WHITE MULBERRY
화이트 멀버리

WHITE MULBERRY

화이트 멀베리

오디나무 위에 두고 온 이름

로사 권 이스턴 장편소설 | 권채령 옮김

서교삼독

《화이트 멀버리》를 향한 평단의 찬사

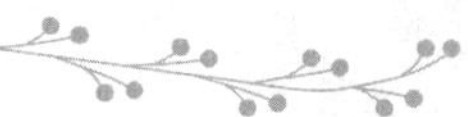

제2차 세계대전과 식민 지배가 쓸고 지나간 격랑의 시대, 조선인 소녀가 어른으로 성장해 가는 모습을 그린 아름답고도 날카로운 소설. 주인공의 끈질긴 생명력과 결단력은 한국이 보여준 놀라운 궤적과 닮아 있다.

- 《작은 땅의 야수들》 작가 김주혜

철저한 고증을 거친 아름다운 소설. 한 여성이 어떻게 가족을 지켜내고, 정체성을 이어가며, 자기 자신을 구원하는가? 《파친코》를 재미있게 읽은 독자라면 사랑하게 될 것이다.

- 뉴욕타임스 베스트셀러 《해녀들의 섬 The Island of Sea Women》
작가 리사 시

작가는 두 세계 사이에서 갈등했던 용감한 자신의 할머니 이야기를 유려하게 재구성해 재일 조선인의 잊힌 역사를 조명한다.

- 베스트셀러 《헤나 아티스트 The Henna Artist》
자이푸르 3부작 Jaipur Trilogy 작가 알카 조시

빛나는 데뷔작. 단순한 생존이 아니라 운명을 개척해 나가는 사람에 관한 이야기. 작가는 생생한 디테일과 팽팽한 서스펜스가 살아 있는 감동적인 여정을 우리 앞에 펼쳐놓는다.

- 《사과 The Apology》 작가 한지민

누구나 마음에 와닿는 구석을 발견하게 될 것이다. 미영의 장대한 여정을 따라가다 보면 손에 땀을 쥐게 된다. 인상적인 데뷔작이다.

– 《저녁의 영웅 The Evening Hero》 작가 마리 이영옥

미영의 이야기는 인내의 서사다. 모든 것을 잃고 또 잃어도 멈추지 않는다. 세상이 무너져 내리는 와중에도 앞으로 나아간다. 가족을 지키기 위해서라면 무엇이든 감내하는 여성의 강인함을 섬세하게 그려냈다.

– 《망고 나무 The Mango Tree》 작가 애너벨 토메티치

저항과 회복, 구원을 잊을 수 없는 서사로 엮어냈다. 누군가의 데뷔작에 이토록 매료된 것이 언제였는지 기억나지 않을 정도다.

– 《좋은 가족 A Good Family》, 《상대적 낯선 사람 Relative Strangers》
작가 A. H. Kim

눈부신 데뷔작. 《화이트 멀버리》는 사랑과 희생, 깊은 비밀이 교차하는 지점에 서 있다. 힘 있는 문체로 시대의 고난, 무엇보다도 그 시대 사람들의 마음을 포착해 낸다.

– 《나무로 본 숲 Forest for the Trees & Other Stories》 작가 매튜 카이에

단숨에 읽히는 작품이다. 세밀한 시대상이 돋보이는 설득력 있는 역사 소설. 미영의 굴하지 않는 영혼이 빛난다.

-《별이 빛나는 들판 Starry Field》 작가 마거릿 이주혜

일본으로 가서 미요코가 되고, 자신을 잃어버렸다가 다시 찾아가는 미영의 여정에서 눈을 뗄 수 없다. 수준 높은 역사 소설이자, 고향의 의미를 탐색하는 아름다운 서사다.

-《핫 스프링스 드라이브 Hot Springs Drive》 작가 린지 헌터

여러 국가와 시대, 종교와 전쟁을 아우르는 대하소설로, 묘사가 풍부하고 고증은 철저하다. 미영의 파란만장한 여정이 놀라울 만치 생생하고 강렬하다. 작가의 다음 작품이 벌써부터 기다려진다.

-《쓸모없고 아주 나쁜 아시아인 No Good Very Bad Asian》 작가 릴랜드 척

나의 가족들에게 바친다.

청춘은 돌아오지 않네

나는 하얀 옷을 입고

소박하게 살 것이오

차례

1928년 제1부 • 조선 평안도

제1장 1928년 8월 | 16
제2장 1928년 9월 | 30
제3장 1928년 9월 | 40
제4장 1928년 10월 | 48
제5장 1928년 10월 | 54
제6장 1928년 겨울 | 62
제7장 1930년 3월 | 72
제8장 1930년 7월 | 79
제9장 1930년 8월 | 86

1930년 제2부 • 일본 교토

제10장 1930년 교토 | 96
제11장 1930년 9월 | 105
제12장 1930년 10월 | 114
제13장 1931년~1933년 | 125
제14장 1933년~1935년 | 138
제15장 1935년 3월 | 151
제16장 1935년 6월 | 162
제17장 1935년 여름 | 169
제18장 1935년 가을, 겨울 | 177
제19장 1936년 3월 | 186
제20장 1936년 4월 | 195

1936년 제3부 • 일본 교토

제21장 1936년 6월 | 206
제22장 1936년 6월 | 220
제23장 1936년 6월 | 226
제24장 1936년 6월 | 236
제25장 1936년 7월 | 245
제26장 1936년 11월 | 256
제27장 1937년 3월 | 267
제28장 1937년 4월 | 273
제29장 1937년 12월 | 285
제30장 1938년 | 296
제31장 1939년~1941년 | 307
제32장 1941년 12월 | 320

1943년 제4부 • 일본 오사카

제33장 1943년 4월 12일 월요일 | 326
제34장 1943년 4월 13일 화요일 | 330
제35장 1943년 4월 14일 수요일 | 337
제36장 1943년 4월 15일 목요일 | 347
제37장 1943년 4월 16일 금요일 | 353
제38장 1943년 4월 17일 토요일 | 363
제39장 1943년 4월 18일 일요일 | 377
제40장 1943년 4월 19일 월요일 | 385
제41장 1943년 4월 19일 월요일 | 395
제42장 1943년 4월 19일 월요일 | 410
제43장 1943년 4월 20일 화요일 | 418

작가의 말 | 424
《화이트 멀버리》 독자들을 위한 독서 가이드 | 432

제1부 · 조선 평안도

1928년

제1장

1928년 8월

한여름 대낮의 햇볕이 쨍쨍 내리쬐는 마당 한구석, 오디나무 한 그루가 작은 집 위에 그림자를 드리우고 있었다. 반들거리는 잎사귀들 사이에 몸을 숨긴 미영은 늘 앉는 가지 위에 걸터앉아 마을 여기저기에 듬성듬성 자리한 초가지붕들을 내려다보았다. 목을 쭉 빼고 먹을 만치 익은 오디 열매를 찾던 미영은 나무 아래에서 느껴지는 낯선 움직임에 시선을 돌렸다. 옅은 황갈색 제복을 입고 장화를 신은 남자가 담장을 따라 걷다가, 미영과는 아버지가 다른 언니 보배가 닭들에게 호박 껍질을 던져주고 있는 모습을 보고는 우뚝 멈춰 섰다.

긴장한 미영의 손톱 끝이 두터운 오디나무 껍질을 파고들었다. 일전에도 시장에 갔을 때도 보배 언니를 저런 눈으로 바라보던 젊은 남자들이 있었다. 손에 넣고 싶은 물건을 보는 듯한 눈빛. 보배 언니는 얼굴을 붉혔지만 미영은 아랑곳하지 않고 언니 앞에 뛰어들어 그 시선을 막아냈다. 열한 살의 어린 나이지만 용띠 해에 태어난 미영이다. 적들에게 불을 내뿜고 꼬리를 휘둘러 납작하게 눌러버릴 테다.

낯선 남자는 모자를 벗어 얼굴에 부채질을 해댔다. 일본 군인일까? 언젠가 평양역의 불쌍한 노점상에게서 군밤 한 봉지를 빼앗아 가던 일본인 병사를 본 적이 있었다. 미영의 집에도 혹시 빼앗아 갈 것이 없나 살피러 온 걸까? 아버지 말로는 20년 전 조선을 점령한 일본인들이 미영이네 할아버지의 농장도 빼앗아 갔다고 했다. 아버지가 저 사람을 상대해 주면 얼마나 좋을까! 하지만 아버지는 다음 달이나 되어야 미영의 집을 찾을 것이다. 아버지의 집은 걸어서 두 시간이나 걸리는 옆 동네에 있다. 아버지의 본처, 그리고 미영의 이복형제들이 사는 집이었다.

미영은 어머니를 찾아 두리번대다가 밀짚모자를 쓰고 보리밭 옆 텃밭에서 노란 참외를 따고 있는 어머니를 발견했다. 집 쪽을 보며 허리를 펴고 손에 묻은 흙을 털어내는 것을 보니 어머니도 그 남자를 본 모양이다. 어머니는 아픈 다리를 곡식 자루마냥 끌며 남자에게 다가갔다.

미영은 낯선 남자를 자세히 보려고 눈을 가늘게 떴지만, 콧수염과 윗도리에 쓰인 글씨는 흐릿하게 보일 뿐이었다. 눈이 커 보이도록 늘 눈을 똑바로 뜨라는 어머니의 잔소리가 귓가에 울리는 것 같다. 미영의 이름 첫 글자 '미'는 아름답다는 뜻이지만 어머니는 미영의 두 눈이 서로 너무 가까이 붙은 데다 피부색은 어둡다고 타박하곤 했다. 정작 미영이 진짜로 원하는 것은 아름다움이 아니라 두 번째 글자 '영'이 의미하는 것, 그러니까 용맹함인데도.

열다섯 살인 보배 언니는 하얗고 둥근 얼굴에 키가 컸다. 어머니 말로는 커서 미인이 될 상이라고 했다. 어머니가 첫 번째 결혼에서 얻은 보배 언니는 누가 봐도 두 자매 가운데 예쁜 쪽이었다. 반면 미영은 외모에 큰 관심이 없었다. 마음껏 뛰어놀고, 가장 좋아하는 오디나무에 오르고 싶을 뿐. 아름드리나무를 타고 올라가 단단하게 뻗은 가지 사이를 누빌 때면 자유롭고 강해지는 기분이었다. 우거진 초록 이파리 사이에서 세상을 뒤로하고 꿈에 잠기곤 했다. 마을의 다른 오디나무에는 시고 붉은 열매가 열리지만, 미영의 오디나무에는 희고 단 열매가 열렸다. 미영의 오디나무는 다른 것들과 달랐다. 마치 미영처럼.

어머니의 새된 목소리에 미영은 생각을 멈추고 귀를 기울였다. "저기요. 무슨 일로 오셨죠?"

낯선 남자는 흠칫 놀라 몸을 돌리며 대답했다. "전기 회사에서 나왔소."

남자의 입에서 학교에서 배우는 일본말이 아닌 익숙한 조선말이 흘러나오자, 미영의 마음이 조금 가라앉았다. 그래도 모를 일이다. 아버지 말로는 조선말을 유창하게 하는 일본인도 많다고 했다.

어머니는 남자를 올려다보며 손수건으로 얼굴에 맺힌 땀을 찍어냈다. "아, 그렇군요. 노 씨 아저씨에게 오늘 오실 거라 들었어요. 이 집에도 곧 전기를 놓을 수 있을까요?"

"모르겠소. 난 그저 전기선 놓을 자리의 수치를 재서 상사에게 보고할 뿐이오." 남자가 말했다.

보배가 우물 쪽으로 사라지자, 미영은 안도의 한숨을 내쉬었다. 언니는 이제 낯선 남자의 시선이 닿지 않는 곳에 있다.

어머니와 남자가 대화를 이어갔지만, 미영의 귀에는 더 이상 들리지 않았다. 집에 전기가 들어온다면 얼마나 좋을까! 친구가 평양 야시장에 가서 반짝이는 불빛 아래서 사탕을 사 먹었다고 자랑했을 때, 미영은 그 광경을 직접 보고 싶어서 애가 탔다. 흐릿한 촛불 대신 밝은 전깃불 아래에서 책을 읽는 상상도 해봤다.

미영은 오디나무 위에서 다른 미래를 꿈꿨다. 남자애들처럼 배우고 싶은 만큼 배우고 언젠가는 선생님이 되는 꿈. 이 동네 여자애들처럼 부모님 말씀대로 집안일을 돕고, 가만히 앉아 결혼하기만을 기다리는 것과는 다른 삶. 나 자신으로 살아가는 미래.

"미영아!" 어머니가 부르는 소리에 미영은 백일몽에서 깨어났다. "들어와서 손님방 좀 치워라." 어머니와 낯선 남자는 나란히 대문 안으로 들어섰다.

전기가 들어올지도 몰라 들떴던 마음은 온데간데없이 사라지고 다시 걱정이 차올랐다. 지금 어머니가 치우라는 손님방에 머무는 사람은 아무도 없으니, 보배 언니를 수상한 눈길로 쳐다보던 저 남자가 그 방을 쓰게 된다는 뜻이다. 미영은 조심스레 발아래를 살피며 나무를 타고 내려가 언니에게 달려갔다. 언니에게 이 사실을 알려야 한다.

**

금빛 하늘이 붉은빛으로 변해가자, 보배는 닭들을 닭장에 몰아넣었다. 미영은 손님방을 치우기 전에 언니에게 최대한 오래 밖에 있다가 들어오라고 귀띔했다. 언니가 오기 전에 남자가 볼 일을 다 보고 가버리면 좋을 텐데……. 걸레질을 끝낸 미영은 어머니를 도와 밥상을 차렸다. 어머니가 평소보다 부산스럽게 움직이는 통에 냄비며 그릇 부딪히는 소리가 요란했다. 보배도 부엌으로 들어섰다.

"오늘은 손님이 자고 가실 거야. 전기 회사에서 일하는 분인데 내일 아침 일찍 마무리하셔야 하는 일이 있다." 바짝 긴장한 미영이 보배와 눈을 맞췄다.

"정 씨 아저씨라는 분이야." 미영은 남자의 이름을 듣고 긴장이 조금 풀렸다. 이름을 보니 일본인은 아니다. "저녁 식사도 우리랑 같이하실 거야." 이어진 어머니의 말에 미영과 보배의 입이 동시에 딱 벌어졌다. 손님방에 머무는 사람과 함께 밥을 먹는 일은 거의 없다. 어머니는 마치 낯선 남자를 기다리고 있었던 것처럼 보기 드물게 으리으리한 상을 차려냈다. 마른 멸치며 싱싱한 명태, 흰 쌀밥이 갑자기 어디서 나왔을까? 미영이네가 평소 먹는 저녁은 기껏해야 달걀, 두부를 넣은 된장국, 텃밭에서 그때그때 자라는 푸성귀나 과일이 전부였다.

어머니는 낮은 밥상에 정성스레 음식을 차렸다. 나무 비녀로 단단히 틀어 올린 머리와 햇볕에 그을린 얼굴이 텃밭의 흙마냥 거칠고 버석한 데다, 어깨에는 더러운 행주를 걸치고 있어 실제 나이인 서른셋보다 훨씬 늙어 보였다. 보배 언니는 오늘 유난히 더 예뻤다. 어머니가 머리를 빗고 빨아둔 옷으로 갈아입으라고 했기 때문이다. 미영에게는 아무 말이 없었기 때문에 미영은 내심 다행이라 생각하며 옷을 갈아입지 않았다.

정 씨는 반들거리는 온돌바닥에 양반다리를 하고 앉았다. 바닥에 입힌 종이가 가장자리부터 조금씩 일어나 말려 있고, 방 한가운데는 닳아 있다. 방 한쪽 구석에는 어머니가 매일 아침 이불과 요를 개어 넣어두는 낡은 장롱뿐이라, 허전한 벽 위로 등잔불이 깜빡이며 그림자를 만들어냈다. 이맘때는 하루 중에서도 미영이 좋아하는 시간이다. 집안일도 다 끝냈고, 주린 배를 채울 수 있는 시간이기 때문이다. 점심때 먹은 보리죽은 다 꺼져버린 지 오래다. 특별한 저녁상을 떠올리니 배 속에서 한층 더 요란한 소리가 새어 나왔다.

큰 밥그릇에 담긴 흰쌀밥에서 김이 모락모락 올라오고, 밥상 한가운데 매콤한 명태 조림 뚝배기가 놓였다. 열무김치와 두부부침, 시금치나물 등 가짓수를 채운 반찬이 뚝배기 주변을 알록달록 수놓았다. 특식인 냉면까지 상에 올랐다.

“보배야, 아저씨 막걸리 좀 따라드려라.” 어머니가 말했다.

무릎을 꿇고 앉은 보배는 시선을 내린 채 두 손으로 조심스레 정 씨의 양은 사발에 막걸리를 따랐다. 남자는 아버지보다는 손아래 같았지만, 여자애들은 어른의 얼굴을 함부로 쳐다봐서는 안 됐다.

정 씨의 깨진 손톱 아래에는 때가 까맣게 끼어 있었다. 지저분한 제복을 벗고 옷을 갈아입었지만, 바지 한쪽 무릎은 구멍이 나 있고 저고리 소매도 해졌다. 정 씨는 막걸리를 단숨에 들이켜더니, 입맛을 다시면서 보배를 향해 활짝 웃어 보였다. 어머니가 술을 내오는 건 아버지가 소금이나 감자 따위를 갖고 올 때뿐인데, 정 씨 아저씨는 아주 특별한 사람인 모양이다.

보배가 두 번째 잔을 따르고 나서 자매의 눈이 다시 마주쳤다. *뭐 얼마나 대단한 사람인 거지?*

"이렇게 작은 동네에서 일본인에게 봉급 받는 일을 구하다니 대단하시네요." 어머니가 정 씨 앞으로 반찬 그릇을 밀어주며 말했다. "아내분이 아주 좋아하시겠어요."

"집사람은 내가 일을 하니 좋아하지요. 그래도 그놈들이 돈을 너무 적게 준다고 생각합니다." 정 씨 아저씨는 아내를 '집에 있는 사람'이라고 했다. 결혼한 여자는 흔히들 그렇게 불린다.

어머니는 대답에 약간 실망한 기색이면서도, 서둘러 명태 조림을 더 떠서 내민다.

"나는 일본 놈들이 싫소." 정 씨가 입을 벌린 채 음식을 씹으며 말을 이었다. "하지만 그놈들 밑에서 일하는 것 말곤 돈을 벌 방법이 없지요. 남동생 녀석은 여기서 일자리를 잃는 바람에 일본으로 갈 수밖에 없었소. 거기서 좋은 자리를 찾았다지만 이제 가족과는 영영 떨어진 신세요."

"남동생분은 무슨 일을 하시나요?" 어머니가 눈썹을 한껏 치켜올리며 물었다.

"그놈도 전기기사요."

"그렇군요. 일본은 잘사는 나라라 조선인들을 많이 데려다가 그렇게 일자리를 주는가 봅니다."

"그렇소. 돈을 잘 번다고 합디다. 하나 아직 녀석을 챙겨줄 아내가 없어요."

어머니는 손에 든 수저를 떨어뜨렸다가 서둘러 집어 들었다.

"이름도 하라모토로 바꿨다고 그럽디다." 정 씨가 손으로 낮에 입었던 제복의 이름표가 붙어 있던 가슴팍을 가리켰다. "나는 그래도 이름을 그대로 쓰지 않습니까. 일본에서는 천대받지 않으려고 이름을 바꾸는 조선인들이 있다지요. 동생 놈도 그러면 안 됐는데……. 조상님들이 알면 무덤에서 벌떡 일어나실 일 아니오."

미영은 일본 이름을 쓰는 조선인을 한 번도 만나보지 못했다. 내가 일본 이름을 쓴다면 어떤 이름이 좋을까? 이름을 바꾸면 사람의 속도 바뀔지 궁금했다. 이름을 바꾸면 덜 외로워질까? 남자애들처럼 바지를 입고 오디나무에 오를 수 있을까? 나무에 오를 때 치마는 걸리적거리기만 한다. 일본 이름을 갖게 된다면 일본에 가볼 수 있을지도 모른다. 일본이라는 나라에 대해 듣기는 많이 들었어도, 사실 아는 것은 별로 없었다. 미영은 교과서에서 본 그림을 떠올렸다. 알록달록한 기모노를 입은 아름다운 여자가 금박으로 덮은 절 앞에 서 있는 그림. 이끼 덮인 정원을 거닐며 연못에 비친 아름다운 절을 구경하기 위해선 일본 이름을 가져야 하는 것일까?

정 씨는 밥그릇을 들고는 젓가락으로 쌀 한 톨 남기지 않고 입안에 밀어 넣더니, 그릇을 내밀어 밥을 더 청했다. 미영과 보배는 각자의 몫으로 받은 귀한 흰쌀밥을 조금씩 씹어 넘겼다. 흰쌀밥을 더 먹을 생각은 감히 해본 적도 없었다. 미영은 밥을 천천히 씹으며 황홀한 단맛을 최대한 느끼려고 애썼다. 손님 밥그릇에 밥을 퍼담는 어머니는 깊은 생각에 잠긴 것 같았다.

마당에서 언니와 함께 설거지를 마친 미영은 다시 오디나무에 올라 밤하늘에 뜬 별들을 바라봤다. 멀리서 희미한 빛이 매미 울음소리에 맞춰 깜빡였다. 매미 울음소리와 함께 마을도 깊은 잠에 빠져들 시간이다. 미영이 자리를 고쳐 앉을 때마다 나뭇가지가 초가지붕을 스치며 바스락거리는 소리를 냈다. 8월의 밝은 달 아래 미영은 집을 내려다봤다. 마당을 중심으로 왼쪽으로는 부엌이, 가운데에 마루가 있고, 오른쪽으로 나란히 붙은 방이 두 칸이다. 종이를 바른 장지문 너머로 이불을 펴며 잠자리를 준비하는 보배의 그림자가 어른거렸다.

미영은 문간에서 다시 한번 숨소리를 죽인 채 정 씨와 어머니의 대화를 엿들으려고 애썼다.

“저녁 잘 먹었습니다.” 정 씨의 목소리가 또렷하게 들려왔다.

“별말씀을요. 저희가 감사하지요. 언제쯤 전기가 들어올 수 있겠습니까?” 어머니가 묻는다.

정 씨는 고개를 돌려 이쑤시개로 이를 쑤시는 모양이었다. “아까도 말했지만, 아직 모릅니다. 수치를 재서 도면을 그렸을 뿐이고, 결정은 윗사람이 할 것이오.”

정 씨의 얼굴 위로 그림자가 드리워 표정은 보이지 않았다. 정 씨는 헛기침을 하더니 화제를 바꿨다. "아까 내가 이야기한 일본 사는 남동생 말이오. 교토에서 아주 크고 좋은 집에 살고 돈도 잘 번다 하지 않았소."

어머니가 정 씨 쪽으로 몸을 조금 더 기울였다. 미영도 귀를 쫑긋 세웠다.

"남동생에게 조선인 아내가 필요한데 내 생각엔 이 댁 딸 보배가 아주 적격이오. 시집가면 매일같이 쌀밥을 먹게 될 거요."

미영은 숨이 턱 막혀 저도 모르게 손바닥으로 입을 막았다. 보배 언니는 안 돼. 그런 일을 또 겪을 수는 없다. 3년 전, 어머니는 미영과 아버지가 다른 자매 중 첫째인 복희 언니를 중매로 만주에 시집보냈다. 복희 언니도 그때 열다섯이었다. 보배 언니와 복희 언니의 아버지는 오래전에 돌아가셨다. 중매 소식을 듣고 입술을 떨던 복희 언니의 모습이 생생하다. 그때도 어머니는 눈 하나 깜짝하지 않았다.

미영은 숨을 참고 어머니의 답을 기다렸다. 여기서 보배 언니의 운명이 결정된다. 어머니는 분명 아까부터 정 씨 아저씨와 그의 남동생에게 관심이 많은 것 같았다. 매미 울음소리가 점점 더 크게 울려 퍼졌다.

"생각을 좀…… 해보겠습니다." 어머니가 짐짓 침착한 목소리로 말했다.

미영은 참고 있던 숨을 내쉬었다. 아무리 어머니라 해도, 복희 언니가 그렇게 된 마당에 보배 언니까지 먼 곳으로 보내버리지는 않을 것이다. 복희 언니는 집을 떠난 뒤로 소식이 완전히 끊겼다. 언젠가부터 미영은 꿈에서 강물에 엎드린 채 떠내려오는 젊은 여자의 시체를 보기 시작했다. 강 건너 만주로 넘어간 사람은 영영 돌아오지 못한다는 소문이 파다했다. 복희 언니의 웃는 얼굴을 다시 한번 보고 싶지만, 이제는 생사조차 알 수가 없다.

제발 보배 언니를 보내지 마세요. 언니의 결혼은 곧 이별을 뜻했다. 보배 언니도 영영 못 보게 되면 어떡하지? 미영은 자기 손바닥을 뚫어지게 내려다보았다. 손금에 보배 언니가 떠나지 않을 거라는 말이 새겨져 있기라도 한 것처럼. 보배마저 가버리면 언니들이 모두 떠난 집에 미영 홀로 남게 된다. 매일 아침 닭이 갓 낳은 따뜻한 달걀을 손에 쥐여줄 사람도, 목욕하는 날 작은 나무 귀이개로 귀를 파줄 사람도 없다. 밤에 이부자리에 누울 때마다 옆자리는 차갑게 텅 비어 있을 것이다.

보배 언니의 앞날, 그리고 자신의 앞날을 생각하니 두려움이 밀려와 속이 울렁거렸다.

**

다음 날 아침 미영은 아침을 천천히 먹으면서 어머니가 무슨 말을 하지 않을지 눈치를 살폈다. 정 씨는 자매가 일어나기도 전에 이미 손님방을 비우고 떠났다. 미영은 보배 언니에게 어젯밤 엿들은 이야기를 전하지 않기로 결심한 터였다. 어쩌면 어머니도 그냥 넘어갈지 모른다. 어머니는 아무 말 없이 늘 먹는 보리죽을 떠 마시고 있었다. 밥상을 치울 때까지 아무런 이야기가 없어서 다행이었다.

미영은 그러고도 한동안 어머니를 곁눈질했다. 뙤약볕 아래서 정 씨가 덮었던 이불을 터는 어머니의 얼굴에 땀방울이 맺혔다. 마루를 닦는 보배에게는 눈길도 주지 않는 걸 보니, 정 씨의 제안을 거절할 모양이다. 미영은 그제야 마음을 놓고 대문 밖으로 나가 학교에 가지 않는 일요일을 마음껏 즐겼다.

점심 식사 때 어머니가 보배를 마주 보고 한쪽 무릎을 세워 앉았다. 어머니가 한쪽 무릎을 세워 앉을 때는 주로 긴히 할 말이 있을 때였다. 미영의 가슴이 뛰기 시작했다. 허리가 아프니 너희가 집안일을 더 많이 도와야겠다고 했을 때도 어머니는 저렇게 자세를 고쳐 앉았었다. 복희 언니가 시집을 가게 됐다고 이야기했을 때도 마찬가지다. 미영은 마음을 다잡았다.

"보배야, 어제 우리 집에 묵고 간 정 씨 아저씨 있잖니. 교토에 사는 남동생이 있는데 그이도 전기기사란다."

미영은 빨라지는 맥박을 느끼며 언니가 어머니 이야기에 귀를 기울이고 있는지를 살폈다. 보배는 달걀 장조림을 씹으면서 마루 위로 올라온 귀뚜라미를 물끄러미 바라보고 있었다. 어머니 쪽으로 고개를 돌리긴 했지만, 여전히 눈길은 귀뚜라미를 향한 채였다.

"조선인 아내를 찾는 중인데, 정 씨 아저씨 말로는 보배 네가 적격이라는구나."

보배의 쇠젓가락이 옻칠한 밥상 위로 떨어져 요란한 소리를 냈다.

“그래서 보배 너를 교토로 시집보내기로 했다.” 마침내 어머니가 선언한다.

“뭐라고요?” 보배의 눈이 튀어나올 것 같다.

방 안이 순식간에 고요해지고 미영의 귓가에는 오로지 쿵쾅대는 심장 소리만이 크게 울려 퍼졌다. 복희 언니가 떠난 뒤 미영은 사랑하는 이를 잃는 것이 두려워졌다. 그런데 똑같은 일이 또다시 반복되려는 참이다. 가슴팍이 조이듯 아파왔다.

“내 말 못 들었니? 좋은 자리에 시집갈 기회야.”

“그렇지만…… 알지도 못하는 사람인데요.” 보배가 대꾸했다.

“정 씨네는 집안이 좋아. 옆집 노 씨 아저씨의 먼 친척이다. 요즘은 신랑감으로 삼을 만한 사람들은 죄다 도시로 일하러 가지 않았니. 이러다간 주변에 아무도 안 남을 거야.”

노 씨 아저씨가 가져다준 다디단 옥수수를 맛있게 먹었던 일이 떠올라 미영의 입맛이 썼다.

“그치만 일본이라뇨? 우린 일본 사람 싫어하잖아요.” 보배가 다시 입을 열었다.

어머니는 인상을 찌푸렸지만, 화가 난 눈은 아니었다. “그만. 그 사람한테는 조선인 아내가 필요하고 너도 거기 가면 지금보다 더 잘살 수 있을 거다.”

“절 보내지 마세요. 싫어요, 오마니!” 보배가 한마디 한마디 힘을 주어 목소리를 높였다.

입을 꽉 다문 채 무릎에 손을 올린 어머니는 마치 돌부처 같았다.

그 모습에 보배도 대꾸를 멈췄다. 보배는 이내 포기한 듯 몸서리를 치더니 고개를 푹 숙였다.

"언니!" 미영의 울음 섞인 목소리가 터져 나왔다. 보배는 미영에게 세상 그 누구보다도 소중한 사람이다. 언니에게 포기하지 말고 무슨 말이라도 해보라고 간절한 눈빛을 보내보았지만, 어머니의 결연한 표정을 보니 언니가 이길 수 있는 싸움이 아닌 것 같았다. 언니는 어머니의 상대가 못 된다. 지난번에도 언니는 아픈 이웃의 집에 가서 집안일을 거들어주라는 어머니의 명을 거슬렀다가 회초리로 종아리를 맞았다. 어머니의 눈빛이 그날과는 비교도 안 되게 번뜩이고 있었다.

"나 혼자 너희를 기르느라 얼마나 고생스러웠는지 아니? 처음엔 힘들지 몰라도 결국엔 이게 최선이야. 언젠가는 너도 고생 끝에 낙이 온다는 게 무슨 뜻인지 알게 될 게다."

어머니의 심장은 단단한 돌덩이로 되어 있는 건가? 미영의 마음속에서 두려움이 솟구쳤다.

"안 돼요!" 미영이 가진 힘을 몽땅 끌어모아 자리를 박차고 일어나며 외쳤다. 밥상 위에 있던 물잔이 엎어졌다. 깜짝 놀란 어머니가 눈을 치켜떴다. 종아리를 맞는대도 상관없었다. 보배 다음은 이제 미영이니까.

제2장

1928년 9월

대문이 끼익 열리고 아버지의 헛기침 소리가 들려왔다. 빨래를 하던 미영은 빨랫감을 내팽개치고 마당을 가로질러 아버지에게 달려갔다. 꼬박 보름을 조마조마한 심정으로 혹시나 아버지가 보배 언니의 혼사를 막아주지 않을까 기대해왔다. 어머니는 다음번에 아버지가 오시는 날 이야기를 꺼내겠다고 했었다. 아버지는 인사가 늦어지는 걸 싫어하신다. 특히 오늘 같은 날 아버지의 기분을 상하게 해서는 안 된다.

미영은 고개를 깊이 숙여 아버지를 맞이했다. 양손을 한데 모으고 무릎을 굽히자, 등허리에 따뜻한 아침 햇살이 느껴졌다. 추석이라 학교에 가지 않고 어머니와 아버지의 대화를 직접 들을 수 있어서 다행이었다. 아버지가 보배 언니의 결혼을 허락하지 않겠다고 말하는지 꼭 보고 싶었다. 보배는 막 근처 산으로 버섯을 따러 간 참이었다. 미영이 달려오며 일으킨 흙먼지가 아버지 얼굴 근처까지 날아들었다.

"너는 왜 그렇게 늘 뛰어다니느냐?" 아버지가 기침을 하며 화가 난 목소리로 말했다. "여자애가 그러면 못 쓴다. 이제 나이도 찼는데, 어미가 널 잘못 가르쳤구나."

"죄송해요, 아버지." 미영이 고개 숙이며 공손히 대답했다. 아버지의 매서운 말투에 얼굴이 화끈거렸다. 미영은 아버지의 짚신 끝에 시선을 고정했다. 그렇게 하면 머리를 숙이고 눈을 낮추는 걸 잊지 않을 수 있다. 미영은 아버지 말씀에 말대꾸할 만큼 어리석지는 않았다.

곁눈질로 살짝 올려다보니 아버지는 못마땅하다는 듯 고개를 젓고 있었다. 대나무로 짠 삿갓이 좌우로 흔들렸다. 미영은 언젠가 아버지가 들려준 이야기 속의 갓을 떠올렸다. 아버지의 아버지가 쓰고 다녔다는, 말총으로 만든 높다란 검정 모자. 아버지 말로는 일본 사람들이 조선에 와서 남자들의 긴 머리를 모두 자르도록 했는데, 미영의 할아버지는 남자의 상징과도 같은 상투가 잘려 나간 것에 분노를 금치 못했다고 했다. 아버지가 직접 당한 일은 아니지만 미영도 마음이 아팠다. 그 이야기를 종종 꺼내는 걸로 봐선 아버지도 자존심에 상처를 입은 게 틀림없었다.

앞치마에 손을 닦으며 부엌에서 나온 어머니가 아버지에게 짧게 고개 숙여 인사했다. 어머니는 흘러내린 머리 한 가닥을 귀 뒤로 꽂으며, 그나마 나은 것으로 꺼내 입은 치마를 털어 주름을 폈다. 살짝 벌어진 도톰한 입술에 소복이 솟은 윗볼 위로 커다란 갈색 눈이 두드러진 어머니의 얼굴. 보배와 복희의 아버지가 돌아가신 뒤 미영의 아버지가 미영의 어머니에게 눈길을 준 것은 미모 때문임이 분명했다. 어머니는 몇 년 동안 과부 신세로 두 딸을 키우며 근처 농가에서 일해 근근이 먹고 살다가 아버지를 만났다고 했다. 아버지는 어머니가 지금의 이 여인숙을 꾸릴 수 있게 도와주었고, 얼마 안 가 미영이 태어났다. 어머니는 남자가 아내를 여러 명 두는 게 드문 일은 아니라고 했다. 말은 그렇게 해도 어머니는 동네 사람들이 모여 있는 곳을 지날 때면 얼굴을 붉혔고, 친구도 딱히 없는 것 같았다.

아버지와 어머니 사이에 한때 애정이라는 게 있었는지도 모르지만, 이제는 사라지고 없다. 아버지는 어머니와 이야기를 나눌 때 미소를 짓거나 웃는 법이 없었다. 두 사람이 함께 있는 걸 미영이 몰래 훔쳐본 적도 있지만, 어깨를 두드리거나 손을 맞잡는 정도의 애정 표현도 드물었다. 아버지가 어머니를 대하는 태도는 미영을 대하는 태도와 다를 바 없었다. 말투는 거칠고 대꾸는 금지되어 있다.

아버지는 매달 감자나 다른 생필품을 들고 미영의 집을 찾아왔지만 오래 머무는 일도 거의 없었다. 아버지는 올 때마다 어머니에게 동전이 든 주머니를 건넸다. 그렇게 아버지에게 받는 것 외에 돈이 들어올 데라곤 가끔 찾아오는 손님들의 숙박비가 전부였다. 어머니와 보배, 미영은 텃밭을 일구고 닭을 치며 두부를 직접 만들어 끼니를 이어나갔다.

"다들 별일 없는가?" 아버지가 두서없이 말을 꺼냈다. 어디 급히 갈 곳이 있는 사람처럼 서두르는 모습이다. 언제나처럼 흰 삼베 저고리와 바지를 위아래로 갖춰 입고 턱수염을 뾰족하고 길게 기른 아버지는 오늘따라 유독 더 크고 말라 보였다. 아버지는 마을의 다른 할아버지들처럼 머리가 하얗게 세지 않았는데도, 사람들이 벼농사 비법이나 보리값이 오르는 이유 따위를 언제나 아버지에게 묻는다는 걸 미영은 알고 있었다. 아버지는 무뚝뚝하지만 어딘가 위엄이 흐르고 아는 것이 많았다. 미영은 아버지가 가끔이라도 자신을 봐주고 관심을 가져주길 바랐다. 아버지 눈에 들려면 도대체 무엇을 어떻게 해야 하는 걸까?

어머니도 아버지를 똑바로 바라보지 못한다. 맷돌로 콩을 가느라 늘 등을 구부리고 있어서 그런지 어머니는 자세도 구부정하다. 어머니는 한 손을 허리에 얹어 가까스로 허리를 폈다.

"막걸리 좀 자시렵니까?" 어머니가 물었다.

"그럴 시간은 없고. 뭐 할 말이 있는가?"

"있지요." 어머니의 목소리가 살짝 떨렸다. "보배 말이지요……. 보배가 지금 나가고 없긴 한데, 아주 중요한 얘기라서요." 보배 언니는 아버지의 친딸도 아니건만, 어머니는 보배 언니에 관한 일이라면 뭐든 아버지에게 이야기하고 허락을 구했다. 복희 언니를 시집 보낼 때도 마찬가지였다.

"무슨 얘기?"

어머니는 초조한 듯 몸을 흔들며 앞치마 끝을 만지작거렸다. "보배를 일본에 사는 조선인 전기기사에게 시집 보냈으면 해요."

미영은 숨을 죽이고 아버지의 답을 기다렸다.

"뭐라?" 아버지가 눈살을 찌푸렸다. "일본? 일제 놈들은 죄다 도둑놈들이야! 보배를 그런 데로 보낸다니 말도 안 되는 소리."

미영의 마음이 부풀어 올랐다. 그래, 보배 언니는 아무 데도 안 가!

어머니는 포기하지 않았다. "일본이 싫은 마음은 알겠지만, 이 동네 사내들은 전부 도시로 떠나고 없단 말입니다. 이 사람은 집안도 좋고요. 이런 기회는 다시없을 거예요."

아버지는 고개를 숙이고 뒷짐을 진 채 흙바닥에 공연히 발을 굴렀고, 어머니는 입을 꾹 다물었다. 미영은 주먹을 꼭 쥐고 아버지의 입이 떨어지길 기다렸다.

어머니는 아버지의 긴 침묵을 틈타 말을 이어갔다. "이렇게 보내면 지참금도 필요 없고 중매쟁이한테 돈을 줄 필요도 없지요. 먹고 입히느라 걱정할 일도 없고……."

어머니의 말에 아버지는 뭔가 투덜거리면서도 생각을 달리하는 듯 보였다. 미영도 마을 사람들로부터 중매쟁이가 받는 돈이 크다는 이야기를 들은 적이 있었다. 이 동네 중매쟁이는 중매를 서고 받은 땅에 집을 짓고 사는데, 마을에서도 꽤 큰 축에 속하는 집이었다. 많은 사람이 중매쟁이를 찾았고, 아들 많은 집안을 소개받으려면 웃돈을 줘야 했다. 미영은 시장에서 손목에 커다란 돈주머니를 차고 다니는, 덩치가 작고 눈매가 날렵한 여자를 보고 사람들이 말하던 중매쟁이가 아닐까 생각했었다.

"나도 형편이 예전 같지 않네." 아버지의 말은 사실이었다. 아버지는 수완 좋은 장사꾼으로 몇 년 전까지만 해도 남부럽지 않게 돈을 벌었고, 한때는 여자와 아이들이 지내는 별채를 따로 둔 커다란 집에 살았다. 미영이 아버지 집에 놀러 갈 때마다 배다른 형제자매들과 숨바꼭질할 수도 있을 만큼 큰 집이었다. 하지만 지금 사는 집은 훨씬 작고, 하인도 대부분 내보냈다. 일본인들이 아버지의 땅을 거의 다 빼앗아 갔기 때문이다. 아버지가 부리던 사람들도 마찬가지로 일본인들이 데려갔다. 이제는 일본인들에게 농산물을 갖다 바치는 중간 상인 노릇이나 하는 수밖에 없다고 아버지는 한탄했었다. 먹일 입이 너무 많다는 말도 자주 했다.

"기어코 시집을 보내겠다는 게로군." 끝내 아버지의 허락이 떨어졌다. 약간의 안도감마저 느껴지는 말투였다.

미영은 피가 거꾸로 솟았다. 하고 싶은 말이 목구멍으로 차오르더니 자신도 모르게 외마디가 터져 나왔다. "그렇지만……!"

일순간 일그러진 어머니의 얼굴에 미영은 숨이 턱 막혔다. 하지만 어머니는 금세 아랑곳하지 않고 아버지에게 고개를 숙였다. "고마워요. 그럼 그렇게 하는 걸로 아셔요."

아버지는 눈썹을 치켜세우고 미영 쪽을 바라봤다. 갑작스러운 아버지의 시선에 미영의 얼굴은 다시 화끈 달아올랐다. "미영이는 어쩔 거요? 셋째도 머지않아 혼처를 찾아야지."

미영은 입술을 깨물었다. 왜 얌전히 입을 다물고 있지 못했을까? 이건 악몽이다. 미영은 어머니에게 다급한 눈짓을 보내며 도움을 청했지만, 어머니는 입을 굳게 다문 채 도통 읽을 수 없는 표정을 하고 있었다. 막내딸인 미영도 곧 시집을 보내야 해서 슬픈 걸까? 그런 건 어머니에게 아무 상관 없는 일인지도 모른다. 그래도 미영은 종종 어머니가 진짜 감정을 숨기고 있는 것처럼 느껴질 때가 있었다. 어머니는 복희 언니가 제일 좋아하던 국을 끓이다가 눈물을 흘린 적도 있었으니까.

그날 미영은 용기를 내서 어머니에게 직접 물었었다. "왜 우셔요, 어머니?"

어머니는 콩나물 끝을 다듬어 냄비에 넣느라 손이 바쁜 와중에도 눈에 눈물이 그렁그렁했다. "여자 팔자 뒤웅박 팔자라지. 태어나서는 아버지를 따르고, 결혼하면 지아비를 따르고, 그다음에는 자식을 따른다고. 이 어미는 시집을 잘못 왔어. 이 나라에도 기대할 것이 없단다. 복희를 만주로 보낸 것도 그래서야. 그 아이는 조금이라도 더 잘살아보라고."

어머니는 어디라도 여기보단 낫다고 했다. 보배 언니를 일본으로 보내려는 것도 그 때문일 것이다. 하지만 어머니도 시집와서 팔자가 잘못 풀렸다고 생각하면서 왜 딸들을 시집보내려고 안달인 걸까? 결혼이라는 것도 다른 나라에서는 좀 다른 걸까? 어머니 입에서 나올 말에 미영의 앞날이 걸려 있었다. 손바닥이 땀으로 축축하게 젖어왔다.

"미영이도 곧 혼약을 맺어야지요. 무슨 말씀인지 잘 압니다." 어머니가 말을 이어갔다. "그래도 소학교는 마치는 게 좋겠어요. 이 애는 보배나 복희랑은 좀 달라요. 학교 선생님 말씀이, 아주 영리해서 장차 훌륭한 선생님이 될 수도 있겠답니다."

미영은 깜짝 놀라 얼굴을 붉혔다. 어머니는 평소 칭찬에 인색했다. 뜻밖의 칭찬에 가슴이 두근거렸다.

"계집애가 있을 곳은 어쨌거나 제 집이지. 공부는 쓸데없는 짓거리야."

단호한 대답에 부풀었던 마음이 순식간에 쪼그라들었다. 하지만 돌아서는 아버지를 보던 미영의 입에서 도저히 참지 못한 말들이 터져 나왔다.

"아버지, 저 정말로 공부를 잘해요! 사내애들보다도요!"

사고를 치고 말았다. 아버지에게 말대꾸한 것은 처음이었다. 아버지의 표정이 딱딱하게 굳었다. 미영은 한 대 얻어맞을 각오로 몸을 움츠렸지만 다음 순간, 놀랍게도 아버지의 얼굴에 희미한 미소가 스쳐 지나간 것 같았다. 혹시 헛것을 본 걸까?

말대꾸긴 해도 틀린 말은 아니다. 미영은 수업이 끝난 뒤에도 학교에 남아 시험지를 채점하는 김 선생님 곁에 앉아 숙제를 하곤 했다. 아침 수업이 시작하기 전에도 늘 책을 읽느라 사방치기를 하며 노는 친구들로부터 핀잔을 샀다. 시험을 치면 1등은 늘 미영의 차지였다. 미영은 세상을 배우는 것이 즐거웠다. 공부를 해서 김 선생님처럼 되고 싶었다. 똑똑하고, 결혼도 하지 않고, 혼자 살아가는 김 선생님.

미영은 어머니의 엄격한 옆얼굴을 애타게 바라보며 어머니가 한마디 거들어주기를 간절히 빌었다. 미영이 억지로 시집가게 생긴 보배 언니의 편을 들어줬듯이, 어머니가 내 편을 들어주면 얼마나 좋을까! 그동안 어머니에게 대들었다가 돌아온 것이라고는 회초리질이었지만, 맞고 나면 마음이 더 단단해지는 것 같기도 했다.

미영이 다시 한번 입을 열려고 숨을 들이마시던 차에 어머니가 끼어들었다.

"신 씨 일을 기억하지 않으셔요? 제가 글을 읽을 줄 몰라서 그런 치에게 땅을 빼앗기지 않았습니까! 미영이가 그런 일을 겪으면 안 되지요."

전에도 어머니가 아버지와 세 딸 앞에서 수없이 되풀이했던 이야기지만, 어머니는 그 어느 때보다 더 크게 코를 벌름대며 화를 내고 있었다. "내가 과부가 되고 나니까 그 수상쩍은 놈이 무슨 문서를 내밀면서 도장을 찍으라고 했는데, 알고 보니 죽은 복희 아비의 땅을 자기 이름으로 돌려서 팔아치우려는 수작이었지요. 미영이만은 꼭 제대로 가르쳐서 그런 일을 당하지 않게 할 겁니다. 내 자식 중에서 공부해서 쓸데가 있을 아이는 미영이뿐이에요." 잔뜩 흥분한 어머니가 말을 쏟아냈다.

그 말에 미영의 마음은 어머니가 끓인 순두부찌개만큼이나 따뜻해졌다. 그래도 어머니는 내 편이구나. 어머니도 어차피 여자애들은 집안일이나 해야 하니 공부는 쓸데없는 짓이라고 생각할 줄 알았다. 하지만 공부를 해야만 자신과 가족을 지킬 수 있다는 걸, 미영도 이미 안다. 한꺼번에 많은 말을 쏟아낸 어머니는 기운이 빠졌는지 기둥을 붙잡고 몸을 추슬렀다. 인중에는 땀이 송송 맺혀 있었다.

미영은 아버지를 쳐다봤지만, 아버지는 어머니의 몸 상태에 관심도 없는 것 같았다. 아버지의 얼굴에는 어두운 그림자가 드리워져 있었다.

“계집애에게 학교는 시간 낭비라니까. 그래도 소학교까지는 마치고 시집보내는 걸로 해주지. 이 얘기는 이걸로 끝이네.”

미영은 안도의 한숨을 내쉬었고 그제야 어머니 미간에 잡혔던 주름도 펴졌다. 열세 살이 되기까지는 아직 1년하고도 반이나 남았으니, 그때까지는 시집갈 걱정을 하지 않아도 된다.

아버지의 목소리가 미영의 생각을 막아섰다. “다음 주에 집에 들어와서 차례상 준비를 돕도록 해라. 계집애들이 벌써부터 뭘 만든다고 집 안이 아주 엉망이야.”

미영은 아버지 집에 가서 차례 준비를 도울 생각, 또 제일 좋아하는 이복오빠 태영을 볼 생각을 하자 마음이 들떴다. “네, 아버지.” 미영은 오늘의 작은 승리를 축하하고 싶었다. 아버지에게 처음으로 말대꾸를 했고, 시집갈 신세도 면했다. 적어도 당장은.

제3장

1928년 9월

아버지가 사는 집까지는 미영의 걸음으로 두 시간이 걸렸다. 미영은 눈으로 새들을 좇으며 곧 떠날 보배 언니 생각을 떨치려고 애썼다. 아버지가 사는 집에 도착해서 대문 밖 돌담에 등을 대고 쭈그려 앉아 눈썹에 맺힌 땀방울을 소맷단으로 닦아냈다. 손에 든 보따리에서 달콤하고 고소한 냄새가 흘러나와 입안에 침이 절로 고였다. 어머니가 알록달록한 보자기에 싸준 떡은 아버지의 본처에게 갈 선물로, 아버지와 함께 사는 가족들만 겨우 먹을 수 있는 양이었다. 아버지가 본처에게서 얻은 자식은 여섯인데, 그중 셋은 결혼해서 집을 나가거나 일자리를 찾아 멀리 떠나서 지금 같이 사는 자식은 셋이었다. 미영은 저녁때 집에 돌아가서야 주린 배를 채울 수 있을 것이다. 본처는 좀처럼 미영에게 먹을 것을 권하는 법이 없었다.

미영은 나무 대문에 걸린 쇠고리로 문을 두들겼다. 아버지의 본처를 만날 때 어머니가 하듯, 땋은 머리를 가지런히 하고 치맛자락에 묻은 먼지도 털어냈다. 한번은 인사를 제대로 하지 않았다는 이유로 본처에게 엉덩이를 맞은 적도 있었다.

대문 안쪽에서 누군가가 쿵 하고 마당으로 내려오는 발소리가 나더니 자갈 위로 걸어오는 소리가 가까워졌다. 아버지가 보배의 결혼을 허락한 날 밤, 미영이 베개에 몇 번이고 머리를 내리쳤을 때도 비슷한 소리가 났다. 안에 메밀을 채운 딱딱하고 네모난 베개는 머리를 내리칠 때마다 머리 모양이 그대로 남았다. 베개에 남은 머리 모양처럼 가슴 한구석에 생긴 구멍도 커져만 간다. 미영과 보배는 밤마다 손을 잡고 나란히 누워 보배가 일본에 가면 살게 될 큰 집, 마음껏 먹게 될 고기반찬 따위를 떠올리며 서로를 위로했다.

묵직한 대문이 활짝 열리고 이복오빠 태영이 나타났다. 미영의 얼굴에 미소가 번졌다. 슬픔이 금세 조금은 사라지는 것 같았다. 세 살 위인 태영과 산을 오르거나 술래잡기를 하는 건 늘 즐거웠다. 늘 다정하게 반짝이는 눈빛으로 봐서는 태영도 미영을 아끼는 것이 틀림없었다.

"오빠!" 미영이 외쳤다.

"들어와!" 태영의 목소리는 이제 소년보다 남자에 가까웠다. 한 달 전보다 키도 더 자란 것 같았다. 태영은 얼마 전부터 안경을 쓰기 시작했는데, 미영은 그 모습이 통 익숙해지지 않았다.

미영은 대문을 지나 마당으로 들어섰다. 집도 마당도 미영이

네보다 훨씬 크다. 네모난 마당 양쪽으로 방이 자리하고, 검정 기와를 얹은 지붕이 더운 날씨에 꼭 필요한 그늘을 드리운다. 방 앞에는 시원한 보리차를 마시며 쉴 수 있는 마루가 있고, 마당 오른쪽에 여자들이 지내는 방이 있는데 종이를 바른 미닫이문이 열려 있어서 안쪽이 들여다보였다. 방 안에서는 아버지의 본처와 미영의 두 이복언니가 쪼그리고 앉아 길게 자른 천 조각을 막대에 묶고 있었다.

"들어와라." 본처가 미영에게 손짓했다. 딱딱한 목소리에 반가운 기색은 전혀 없었다. 아버지의 다른 자식들도 미영처럼 이름에 돌림자 '영'을 썼지만, 미영은 이복언니들과는 그다지 친하지 않았다. 보배 언니가 시집가고 나면 미영과 놀아줄 사람은 태영 오빠뿐이다.

미영은 곧장 걸음을 멈추고 머리를 숙여 인사했다. "아버지한테 먼저 인사드려야지. 하실 말씀이 있다니까 얼른 가봐라. 태영아, 데리고 가." 이복언니들도 고개를 들어 미영을 봤지만 본체만체다. 새삼 서러움이 차올랐다. 벌써부터 보배 언니가 그리워진다.

미영은 마루에다 가져온 떡을 올려놓고 태영과 함께 마당을 가로질러 아버지의 서재로 향했다. 집안은 이미 추석 명절 분위기로 가득했다. 나무로 만든 커다란 차례상 뒤로 다섯 폭짜리 병풍을 세워뒀다. 차례상은 곧 맛있는 음식으로 가득 찰 테다. 참깨와 밤으로 속을 채워 솔잎과 함께 쪄낸 송편을 떠올리자 더욱 배가 고파왔다. 아버지의 돈벌이가 줄어들면서 차례상에 올라가는 음식도 해가 갈수록 간소해졌다. 그래도 송편은 오늘 미영이 가져온 떡보다 훨씬 맛있을 것이다. 그리고 미영이 그 음식들을 맛볼 일은 절대 없을 것이다.

미영은 추석이 오기 전에 집으로 돌려보내질 것이고, 어머니, 보배와 함께 전이나 조금 부쳐 먹을 수 있으면 다행이다. 아버지의 가족이 미영을 추석 상차림에 초대한 적은 한 번도 없었다. 아버지의 집에서 환영받지 못하는 건 익숙했고, 태영 오빠가 있어서 그나마 위로가 됐다.

"미영이 왔어요, 아버지. 들어가도 될까요?" 종이를 바른 얇은 문 너머로 태영이 물었다.

"그래." 낮고 굵은 아버지의 목소리가 들려왔다.

방 안으로 들어간 두 사람은 방석 위에 무릎을 꿇고 앉았다.

"아버지, 저 왔어요." 미영이 고개를 숙이며 말했다.

아버지는 양반다리를 한 채 두 손을 무릎 위에 얹고 바닥에 펼쳐놓은 신문을 보고 있었다. 가느다란 턱수염이 목 아래까지 드리워져 있다. 아버지는 옻칠한 상에 올려둔 긴 담뱃대를 집어 들더니 깊이 한 모금 들이마셨다.

"저번에 한 이야기 말이다."

미영은 자세를 고쳐 앉았다. 혹시 보배 언니의 혼사에 대해 생각이 바뀌신 걸까?

"네 혼사." 아버지의 입에선 예상 밖의 말이 흘러나왔다.

미영은 실망해서 어깨를 늘어뜨렸다. 또 이 이야기라니. 이번엔 편들어줄 어머니도 없는데.

“아침에 모임에 나갔다가 양 씨를 만났어. 그 집 아들이 태영이랑 동갑인데 조만간 신붓감을 구한다는구나. 그래서 너랑 맺어주기로 했지.”

말문이 막혔다. 양 씨네 아들이 누군지는 안다. 같은 소학교에 다니다가 몇 년 전 졸업한 일수라는 아이였다. 키가 작고 빼빼 마른 데다 얼굴에 곰보 자국이 가득한 양일수. 입도 거칠고 다른 아이들을 괴롭히곤 했다. 아무런 이유도 없이 누굴 걷어차는 모습을 본 적도 있다.

“하지만…… 걔는 아주 못됐는걸요!” 미영이 외쳤다. “사람을 때리고 다닌다고요!”

아버지가 눈살을 찌푸렸다. 말대꾸를 해서 화가 난 건지, 아니면 일수 이야기에 놀란 건지 알 수 없었다. 아버지는 눈을 한 번 지그시 감았다가 떴다. 미영을 가만히 바라보는 눈빛은 여전했다. 미영을 측은히 여기는지도 모르지만, 속마음을 좀처럼 겉으로 드러내지는 않았다.

미영은 태영 오빠에게 눈짓으로 도움을 청했다. 태영도 미영만큼이나 놀란 것 같았다. 태영은 당장 신붓감을 구하지 않아도 된다. 산수에 재주가 있어 평양의 명문 고등학교에 장학금을 받고 진학하기로 했기 때문이다. 평양에 가면 아버지 친구 집에서 하숙하며 하숙비 대신 그 집 아이들 공부를 봐줄 계획이라고 했다. 미영은 남자로 태어나 고등학교에 다닐 수 있었다면 얼마나 좋았을까 늘 생각했다. 사내애였다면 당장 결혼하라는 소리를 들을 일도 없었을 것이다.

태영이 뭔가 말할 것처럼 입을 열다가, 이내 닫아버렸다.

"양 씨네는 점잖은 집안이야. 농사도 크게 짓는 집이다." 아버지는 단호했다.

"학교는 마저 다니라고 하셨잖아요." 미영의 볼이 뜨겁게 달아올랐다.

"소학교는 마치도록 해. 하지만 졸업하면 곧장 일수한테 시집가거라." 아버지가 턱짓으로 여자들이 지내는 방 쪽을 가리켰다. "마침 오늘 아침에 양 씨를 만난 것이 얼마나 다행이냐. 네 언니 둘은 중매쟁이한테 돈을 주고 혼처를 구했나. 너는 시집 잘 가는 게다."

미영은 아버지가 가리킨 쪽을 바라보며 일수보다 잘생기고 착한 남자에게 시집가는 두 이복 언니의 모습을 상상했다. 둘은 열다섯, 열여섯 살인데 보배 언니만큼 예쁘지도, 상냥하지도 않다. 그 둘도 시집을 간다는 사실은 전혀 위로가 되지 않았다. 하지만 말대꾸도 할 만큼 했고, 더 이상 아버지에게 대들 수는 없다.

신랑이 될 사람의 얼굴까지 또렷해졌으니, 미영은 초조함이 이루 말할 수 없었다. 언젠가 우연히 이 씨네 신혼부부가 수풀 속에서 몰래 입 맞추는 장면을 보고 얼굴을 붉혔던 미영이다. 꼭 일수가 아니어도, 사내와 입 맞추는 상상만으로 몸서리가 절로 쳐졌다. 일수의 아이를 낳는 건 상상도 하고 싶지 않다. 아버지는 자식이 많지만, 아버지가 어머니를 대하는 모습으로 보아 본처에게도 딱히 다정할 것 같지 않다. 사실 아버지가 본처와 대화하는 모습도 딱히 본 적이 없다. 두 사람은 항상 각자의 방에서 따로 지냈다. 미영이 보기에 결혼에 좋은 점이라곤 조금도 없었다.

"이제 가서 일손을 돕거라. 내가 할 이야기는 이게 전부다. 네 어미한테도 그렇게 전하고."

"네, 아버지." 미영이 웅얼거리며 대답했다.

미영과 태영은 엉거주춤 일어나 뒷걸음질로 방을 나섰다. 태영이 미닫이문을 닫고는 낮은 목소리로 속삭였다. "어떡하니, 미영아."

"나 정말로 시집가기 싫어. 양일수한테 시집가는 건 더 싫어." 미영이 주먹을 불끈 쥐었다.

"그럴 만도 하지. 내가 해줄 수 있는 게 없어서 어쩌지……." 태영이 발가락을 꼼지락대며 고개를 숙였다. "아버지는 딸자식들 시집보내는 게 당신 의무라고 생각하셔. 그러니까 내가 뭐라고 한들 소용없을 거야."

미영의 꽉 쥔 주먹에서 힘이 조금 빠졌다. 아버지에게도 아버지만의 걱정거리가 있는 거겠지. "그래도 이건 옳지 않아."

"맞아. 넌 똑똑하니까. 학교는 내가 아니라 네가 가야 하는데."

"나도 오빠처럼 학교 가고 싶어." 미영이 자포자기한 목소리로 말했다.

"너는 공부도 잘하는데……. 너처럼 주판을 빨리 놓는 여자애를 본 적이 없다, 난."

"아버지는 여자애한테 학교가 필요 없다고 하셔. 소학교라도 다닐 수 있으면 다행이지."

"평양에는 여학생들이 다니는 고등학교도 있는 거 알지? 거기 가면 시집가기 전에 더 공부할 수 있을 텐데……." 태영이 고개를 들어 미영을 똑바로 보며 말했다.

"정말?" 미영은 소학교를 졸업하고도 학교를 더 다닐 수 있을 거라고 생각해본 적이 없었지만, 평양에서 하교 후 태영 오빠와 함께 붐비는 거리를 함께 걷는 상상을 했다. 평양에 가본 건 딱 한 번, 만주로 시집가는 복희 언니를 배웅했을 때였다. 말과 마차, 전차가 얽히고설켜 온통 시끄럽고 붐비는 곳. 생각만으로도 가슴이 설렜다. 친구가 다녀와서는 자랑을 늘어놓았던 야시장에도 꼭 가보고 싶었다. 반짝이는 전깃불 아래 늘어선 노점 사이를 누비며 제일 좋아하는 순대랑 주전부리를 이것저것 잔뜩 맛보고 싶었다.

"내가 평양에 가면 너도 놀러 와." 태영이 장난스레 미영의 옆구리를 찌르며 말했다. "자, 이제 밖에 나가서 놀자. 새로 생긴 비밀 장소를 보여줄게. 명절 준비는 그다음에 하면 돼."

태영과 미영은 지칠 때까지 집 뒤의 바위 언덕을 오르내리고는, 집으로 돌아와 화투를 쳤다. 하지만 미영의 머리 위에는 온종일 먹구름이 드리워져 있었다. 이복언니가 가야금을 뜯자 구슬픈 가락에 머리가 아파왔다. 아버지의 본처와 이복언니들을 도와 명절 준비를 하는데, 자신이 만든 옥수수수염 인형이 마치 귀신처럼 보였다.

제4장

1928년 10월

함께 보내는 마지막 밤에 미영과 보배는 아시아 대륙의 지도를 펼쳤다. 학교 김 선생님께 빌려온 지도였다. 미영은 그 무시무시한 일본이 조선보다 그다지 크지도 않다는 사실에 적잖이 놀랐다. 두 사람은 촛불 아래 지도를 놓고 요 위에 엎드려 손가락으로 기찻길을 따라 그렸다. 보배는 고향 맹정리를 떠나 평양으로, 경성으로, 그다음엔 남쪽 끝에 있는 항구도시 부산까지 먼 길을 떠날 것이다.

미영의 손가락이 조선과 일본 사이 해협에서 멈춰 섰다. 눈물이 차올라 시야가 흐려졌다. 언니가 이렇게나 멀리멀리 가는 거구나. 눈물이 지도 위에 뚝뚝 떨어졌다. 어머니는 보배가 배를 타고 해협을 건너 일본의 항구도시 시모노세키까지 갈 거고, 거기서 다시 한번 기차를 타야 교토에 도착한다고 했다. 족히 이

틀, 사흘은 걸리는 여정일 것이다.

"걱정 마, 꼬맹아." 미영이 갑자기 조용해진 것을 알아차린 보배가 말했다. 보배는 힘이 다 빠져버린 미영의 손을 꼭 쥐었다.

미영은 언니의 손길에 슬픔도 잠깐 가시고, 쌀쌀한 가을밤이지만 몸도 어쩐지 따뜻해졌다. "어떻게 걱정을 안 해. 언니 보고 싶어서 어떡해."

"나도 보고 싶을 거야." 보배는 미영의 손을 감싸 쥐더니 자신의 가슴에 갖다 댔다. "그렇지만 어차피 여기서 평생 살 수는 없잖아."

보배 언니는 갑자기 어른이 된 것 같다.

"나도 시집가면 어차피 이 집을 떠나야 돼. 복희 언니처럼. 그게 내 팔자인 거야."

미영은 잡고 있던 보배의 손을 펴서 손금을 살펴봤다. 팔자라는 것도 이 엇갈리는 손금처럼 복잡할까? 미영은 자신과 언니의 손바닥을 나란히 놓고 들여다봤다. 미영의 손바닥을 가로지르는 두꺼운 선은 중간에 끊겨 있었다. 이 손금이 끊기는 자리가 바로 이 순간인 걸까? 보배 언니랑 헤어지는 것도 처음부터 정해진 팔자였던 걸까?

결혼 준비가 착착 진행되면서 보배 언니를 붙들어둘 수 있을지 모른다는 희망도 완전히 꺾이고 말았다. 언니마저 순순히 가기로 마음먹은 마당이니 이제는 돌이킬 수 없다. 그 와중에도 미영은 자신이 양일수에게 시집간다는 사실만은 받아들일 수 없었다. 아직 뾰족한 수가 도통 떠오르지 않지만, 어떻게든 그

팔자는 벗어날 것이다.

"어머니 말씀이 옳아. 일본으로 시집가면 더 잘살게 되겠지." 보배가 한숨을 쉬며 말했다. "알게 뭐니? 내가 진짜로 그 사람을 사랑하게 될지도 몰라. 사랑이 뭔진 몰라도, 있는 거라고 믿을래."

미영은 언니의 말을 곱씹어보았지만, 이내 사랑 따위 알 바 아니라는 결론을 내렸다. 보배 언니는 언제나 세상만사에서 밝은 면을 찾아내고 너무 빨리 자신의 팔자를 받아들이는 쪽이다. 미영은 중얼거렸다. "나는 절대 양일수를 사랑하지 않을걸."

보배가 미영의 머리를 쓰다듬으며 속삭였다. "괜찮아. 다 괜찮아질 거야."

**

다음 날, 미영은 어머니, 보배와 함께 마을 기차역으로 향했다. 단풍이 한창이고, 떨어진 이파리들이 알록달록한 담요처럼 길바닥을 덮고 있었다. 보배는 여러 번 빨아 색이 바랬지만 그래도 가진 것 중 제일 좋은 노란 한복을 입고, 앞코가 살짝 들린 고무신을 신었다. 신던 고무신이 너무 닳은 데다 작아져서 어머니가 큰맘 먹고 사준 새 신이었다. 보배의 헌 고무신은 미영이 곧 물려받아 신을 것이다. 미영은 늘 언니들이 물려준 옷을 입었다. 보배가 든 딱딱한 짐가방도 새것이었다. 짐가방에는 하얀 모시 한복과 스웨터, 복희에게 물려받은 두꺼운 겉옷이 들어 있다. 어머니는 먼 길을 떠나는 보배를 위해 한 푼 두 푼 모아둔 돈을 몽땅 털어 호사스러운 짐가방도 샀다.

미영은 기차역까지 가는 내내 언니의 손을 꼭 쥐고 놓지 않았다. 자매는 절뚝거리는 어머니의 걸음에 맞춰서 천천히 걸었다. 기차역에 도착해보니 창구에 몇몇 사람이 모여 있을 뿐 한산했다. 승강장에는 정 씨가 미리 와서 기다리고 있었다. 정 씨는 교토까지 보배와 동행해 남동생에게 신붓감을 넘겨줄 계획이었다. 작업복이 아닌 옷을 입은 정씨는 완전히 다른 사람 같아서, 미영은 콧수염을 보고서야 그를 알아봤다. 보배는 정 씨를 보자마자 얼굴이 일그러지더니, 우뚝 발걸음을 멈췄다.

"오마니, 저 안 갈래요." 어머니와 미영 사이에 선 보배가 갑자기 어린아이처럼 어머니의 소맷자락을 붙들고 늘어졌다.

"보배야." 어머니는 딸의 손을 뿌리쳤다. "소란 피우지 마라. 널 호강시켜줄 새신랑이 교토에서 기다리잖니." 어머니는 턱짓으로 기차를 가리켰다. 떠날 시간이었다. 어머니는 아주 잠깐 눈빛이 누그러지는 것 같았지만, 이내 평소처럼 표정을 딱딱하게 했다. "계집애들은 여기 있어봐야 고생만 한다. 보배 너는 예쁘고 똑똑하잖니. 일본에 가면 분명히 훨씬 더 잘살 게야. 어서 가거라!"

미영은 만주로 떠나는 복희 언니를 배웅했던 날이 떠올랐다. 훨씬 더 큰 평양역이었지만, 복희 언니도 똑같이 승강장에서 어머니에게 애원했었다. "오마니, 난 가기 싫어요! 만주로 갔다가 조선에 돌아오는 사람은 하나도 없대요!"

“입 다물어라.” 어머니는 그때도 말했다. “어른들이 결정한 거니까 따르도록 해. 강 건너에서 새신랑이 기다리고 있다. 일본 놈들이 우리 땅은 다 가져갔지만, 만주에 가면 땅이 천지란다.”

그 뒤로 복희 언니를 한 번도 보지 못했는데, 이번에도 어머니는 보배 언니에게 똑같은 말을 하고 있었다. 미영은 다시 보배의 손을 꾹 잡았다. 보배도 미영의 손을 잡고 힘을 줬다. 언니도 복희 언니가 떠나던 날을 떠올린 걸까?

정 씨가 보배더러 오라고 손짓하더니 기차에 올라탔다. 세 사람은 열린 기차 문을 향해 천천히 걸어갔다. 계단을 한 칸 오른 보배가 미영의 손가락을 하나씩 풀어 손을 놓고는 조심스레 치맛자락을 걷어들었다. 미영은 언니가 떠나가는 모습에 목이 메어왔다. 보배는 동생의 마음을 눈치챈 듯이 계단을 오르다 말고 뒤돌아 미영을 세게 끌어안았다.

“어머니 말 잘 듣고 있어. 보고 싶을 거야.”

미영은 한 번 더 언니를 끌어안으려고 했지만, 보배는 몸을 빼더니 뒤도 돌아보지 않고 기차 칸 안으로 사라졌다. 잠시 후 시야에서 잠깐 사라졌던 보배가 창 너머에 다시 나타났다. 보배는 신문을 펼쳐 든 정 씨 맞은편에 앉아 있었다. 미영은 분노에 휩싸여 정 씨의 옆통수를 한껏 노려봤다. 이게 다 저 사람 때문이다. 시간을 거슬러 올라갈 수만 있다면, 우리 인생에 끼어들지 못하게 그때 없애버렸을 것이다.

보배가 창문을 열자, 미영은 다급히 팔을 뻗어 언니의 손을 잡았다. 마지막으로 한 번 더 언니 손을 잡아보고 싶었다. 어머니도 보배를 향해 손을 뻗는 듯하더니 마지막 순간 멈칫하며 팔을 거뒀다. 어머니의 얼굴이 어두워졌다. 기차가 경적을 울리며 승강장을 빠져나가기 시작하자 미영은 보배의 손을 놓을 수밖에 없었다. 미영은 언니의 얼굴에서 눈을 떼지 못했다. 눈을 떼면 다시는 언니를 볼 수 없을 것만 같았다. 기차가 속도를 올리고 보배의 모습이 시야에서 사라지자, 미영은 그제야 눈물을 떨궜다.

제5장

1928년 10월

다음 날, 교실 한 칸짜리 학교로 향하는 미영의 발걸음은 한없이 무거웠다. 언니가 너무나 그리워서 온몸이 아픈 것 같았다. 제각기 나이가 다른 학생 마흔 명이 저마다 자기 자리를 찾아 앉느라 교실은 몹시 소란스러웠다. 맑은 가을날이었다. 흙으로 지붕을 바른 건물은 통풍이 잘되는 편인데도 교실이 비좁고 답답했다. 오디나무 종이를 바른 창문이 살짝 열려 있어 그나마 신선한 바깥 공기가 들어왔다.

미영 또래의 상급생들 자리는 교실 뒤편 마룻바닥이었다. 평소 책에 얼굴을 파묻고 김 선생님의 분필이 칠판을 스치는 소리에 맞춰 발을 까딱거리면 더없이 행복한 미영이었지만 오늘은 그렇지 않았다. 창밖을 멍하니 바라보며 수업 내용을 한 귀로 흘려들었다. 보배 언니가 떠나던 모습, 또 양일수와의 암울한 미래가 머릿속을 떠나지 않았다.

전날 기차역에서 언니를 배웅한 후로 미영은 좀처럼 정신을 차릴 수 없었다. 평소처럼 오디나무에도 올라가 보았지만 몰래 주변을 관찰하는 것도, 상상의 나래를 펼치며 이야기를 지어내는 것도 더는 재미가 없고 무엇을 해도 흥이 나질 않았다. 입맛도 싹 떨어져서 나무 아래서 밥 짓는 냄새가 풍겨오고 어머니가 밥을 먹으러 오라고 불러도 평소처럼 신이 나지 않았다. 어머니는 미영이 제일 좋아하는 빈대떡을 부쳤지만, 두 사람 다 말없이 먹는 둥 마는 둥 하다가 상을 치우고 말았다. 해가 지고 날이 추워지자 기분은 더욱 가라앉았다.

학교에 오면 기분이 나아질 줄 알았건만, 수업이 끝날 무렵에도 기분은 그대로였고 언니 없는 집으로 돌아갈 생각을 하니 견딜 수가 없었다. 미영은 다른 아이들이 모두 돌아간 뒤에도 교실에 남아 숙제를 하는 척 미적댔다. 김 선생님의 경쾌한 연필 소리가 멈추더니, 선생님이 고개를 들어 걱정스러운 눈빛으로 미영을 바라봤다.

"이리 와보련." 김 선생님이 다정한 말투로 미영을 불렀다.

"네, 선생님." 내가 뭔가 잘못한 걸까? 긴장한 미영이 잰걸음으로 선생님에게 다가갔다.

"보배가 떠났다고 그러더구나. 동네가 워낙 좁아서 소문이 금방 났어."

선생님의 말 한마디 한마디가 가슴 속 깊이 박혔다. "네, 어제요." 미영이 기어들어 가는 목소리로 말했다.

선생님의 입가에 옅은 미소가 떠오르자 치열이 고른 치아가 돋보였다. 눈동자는 흐르는 냇물 속 자갈마냥 반짝거렸다. 작고 마른 체격의 김 선생님은 젊은 여자들 사이에서 유행하는 단발머리를 하고 있었다. 무릎까지 올라오는 긴 양말에 무늬가 있는 면 블라우스를 지퍼 달린 치마 안으로 넣어 입은 선생님의 차림새는 마을의 다른 여자 어른들과 달랐다. 목에는 늘 더하기 표시처럼 생긴 장식이 달린 금목걸이를 걸고 있었는데, 미영은 선생님이 눈을 감은 채 목걸이를 손으로 잡고 좌우로 움직이는 것을 보며 그 행동이 무슨 뜻인지 궁금해한 적도 있었다.

김 선생님은 예전에 미영을 가르쳤던 무서운 유 선생님과 모든 면에서 달랐다. 유 선생님은 여학생들을 몽땅 교실 뒤편에 따로 앉혔지만, 김 선생님은 학생들을 남녀 구분 없이 학년별로 나누어 앉혔다. 김 선생님은 미영이 시험을 잘 보면 눈을 빛내며 기뻐했다. 학생들을 벌주는 일도 없었다. 유 선생님 때는 벌받을 짓을 하면 무거운 책을 들고 교실 앞에 서 있어야 했다. 벌받을 짓이라고 해봐야 추운 겨울날 순서를 어기고 석탄 난로 옆자리에 앉는 것 정도였는데도. 김 선생님은 학생들에게 늘 다정했다. 한번은 막 아버지를 여읜 친구를 불러 복숭아 한 알을 따로 챙겨주신 것도 미영은 기억하고 있었다. 미영은 커서 김 선생님 같은 어른이 되고 싶었다.

“언니가 가버려서 힘들겠구나.” 미영은 눈물이 차오를 것 같아 먼 곳을 봤다.

“슬플 때는 슬퍼해도 괜찮아.”

"……네." 안도감이 밀려왔다.

"그건 그렇고, 어머님께 미영이가 얼마나 공부를 잘하는지 말씀드렸단다. 어머님이 뭐라고 하시든?"

칭찬에 익숙지 않은 미영이 얼굴을 붉혔다. 감사 인사를 드려야겠다고 여러 번 생각했지만, 정작 쑥스러워서 하지 못했었다. 김 선생님이 먼저 말을 꺼낸 덕에 미영은 크게 용기를 냈다. "칭찬해 주셔서 감사합니다……."

"미영이가 앞으로도 공부를 열심히 했으면 좋겠구나."

"그럴게요!" 미영은 알 수 없는 힘이 솟구쳐 자신도 모르게 등을 똑바로 폈다.

"계속 열심히 하면 나중에 고등학교에 갈 수 있도록 추천서를 써주마."

심장이 멎는 것 같았다. 태영 오빠가 이야기한 평양에 있는 여학교 생각이 머릿속을 떠나지 않던 참이었다. 계속 학교에 다니게 된다면 양일수에게 시집가는 것도 미룰 수 있을지 모른다. 아버지의 무서운 얼굴은 떠올리지 않으려 애썼다.

아예 결혼을 안 할 수는 없을까? 김 선생님은 결혼하지 않고 혼자 산다. 읍내에서 하숙집을 드나드는 김 선생님을 본 것도 여러 번이었다. 토요일이면 선생님은 혼자 시장에 나와 학생들에게 나눠줄 연필을 사기도 했다. 보통 김 선생님 나이의 여자들에게는 대부분 남편이 있다. 하지만 선생님이 되고, 스스로 돈을 벌면 남편이 필요하지 않은지도 모른다. 새 옷처럼 꼭 필요하지 않은 것을 살 때면 아버지의 허락을 받아야 하는 어머니와 달리, 내가 원하는 것은 내 마음대로 살 수 있을지도 모른다. 지금까지 미영이 만난 여자 선생님들은 모두 남편이 없었다. 미영은 김 선생님이 어떻게 남편 없이 혼자 살림을 꾸려가는지 궁금했다.

"미영이는 훌륭한 선생님이 될 수 있을 거야." 김 선생님의 말투에서 즐거운 기색이 묻어났다. "어린 친구들이 묻지 않아도 산수랑 한글을 잘 가르쳐주던데. 다들 미영이를 우러러본단다."

미영의 마음이 들뜨기 시작했다. 어머니가 했던 말씀이 진짜였구나! 미영은 자기보다 어린 학생들을 가르치는 일이 정말로 즐거웠다. 선생님이 알아주신다니 꿈만 같았다.

"선생님은 평양에 있는 교회에서 미국인 선교사에게 가르침을 받았단다. 여자들도 사내와 똑같이 배우고, 또 가르칠 수 있다는 게 그분들 생각이야."

미영은 깜짝 놀라 눈을 크게 떴다. 교회에서는 여자에게도 공부를 가르치는구나. 미영은 하나님이나 기독교에 대해 아는 것이 별로 없었다. 어머니가 교회를 좋아하지 않는다는 것 외에는. 미영의 식구들은 절에 다녔다. 어머니는 서양식이라면 무엇이든 좀처럼 믿지 않았다. 교회에서 여자애들한테 공부를 가르쳐준다고 해도 어머니는 생각을 바꾸지 않을 것이다. 어머니 말로는 조선이 일본에 맞서 싸울 수 있도록 서양인들이 도와준다고 믿고서 교회에 다니는 사람들이 있다고 했다. 서양인이나 일본인이나 똑같이 외국인인데 그들을 믿는 사람이 바보라는 말도 했다. 하지만 김 선생님이 추천해준다면 어머니를 설득할 수 있을지도 모른다.

"앞으로 학교에서 하급생들 가르치는 걸 도와주면 어떻겠니? 미영이가 가르치는 걸 이렇게 좋아하니까 말이야." 김 선생님의 눈이 반짝였다.

미영의 심장이 빠르게 뛰기 시작했다. "좋아요, 선생님. 감사합니다!"

"보배가 무사히 일본에 도착하기를 기도하마. 언니가 그리워서 힘들 미영이를 위해서도 기도할게." 기도라니, 그게 뭐지?

"기도가 뭐예요, 선생님?"

"기도는 하나님이랑 직접 이야기를 나누는 거란다. 간절히 도와달라고 하면 정말로 도와주셔. 은혜의 힘으로 걱정을 덜어주시기도 하고." 선생님이 대답했다.

듣고 보니 기도 비슷한 것을 본 적 있는 것 같았다. 이모가 돌아가셨을 때 산꼭대기에 있는 절에서 장례를 치렀는데, 그때 스님도 눈을 감고 무언가를 중얼거렸다. 어머니도 눈을 꼭 감고 있었다. 미영은 어머니가 언니를 다시 보게 해달라고 빌고 있을 거라 생각했었다. 보배 언니를 생각해도 더 이상 슬프지 않게 해달라고 기도해도 되는 걸까?

"기도라는 게 절에서 부처님께 비는 거랑 비슷한 건가요?" 미영은 둘의 차이를 잘 이해할 수 없었지만, 어머니의 뜻은 분명했다. 어머니는 절에 장례를 치르러 가는 길에도 교회에서 나오는 사람들을 보고 혀를 찼었다.

"백인 목사들은 환생도 안 믿는다 하더이다." 어머니가 옆 사람에게 했던 말이다. "우리 언니는 죽었지만 적어도 다음 생에 돌아올 게 아니오? 그런데 교회에서는 죽으면 천국으로 가든지, 지옥으로 가든지 둘 중 하나라고 합디다."

김 선생님이 한 팔로 미영의 어깨를 감싸안으며 말했다. "다음에 나랑 같이 교회에 가서 기도하는 걸 직접 보면 어떻겠니?"

실은 미영도 교회 안이 어떻게 생겼는지 늘 궁금했지만, 불러주는 사람이 없어서 들어가보지 못했다. 생각해보면 학교에서 미영이 유일하게 친구로 생각하는 혜원의 아버지가 목사였다. 하지만 교회에 간 걸 어머니가 알게 되면 어쩌지? 어머니 생각을 하니 가슴이 조여온다. 보배 언니를 너무 그리워하지 않게 해달라고, 또 언니가 일본에서 행복하게 살게 해달라고 기도하고 싶다. 그런 기도가 나쁜 짓일 리는 없다.

"네, 가보고 싶어요." 미영이 고개를 끄덕였다.

"그러면 그때까진 선생님이 학교에서 기도해줄게. 교회에 꼭 가지 않아도 된단다. 기도는 어디서든 할 수 있어. 자, 선생님이 보여줄게."

미영은 나무로 만든 염주를 손에 쥔 어머니의 모습을 떠올리며 잠시 망설였다. 김 선생님이 미영의 손을 잡고 부드럽게 끌어당겼다.

"이렇게, 양손을 모으고 손가락이 하늘을 향하게 하는 거야." 미영이 어색하게 손을 모았다. "자, 이제 눈을 감고."

선생님이 기도를 시작했다. "하늘에 계신 아버지, 자매와 헤어진 이 어린 소녀를 보살펴주십시오. 외로움에 너무 고통받지 않도록 해주시고, 마음이 아파도 앞으로 나아갈 수 있도록 해주소서. 제 앞에 나타나주신 것처럼 미영이에게도 나타나주소서. 앞날이 창창한 어린 소녀이옵니다."

미영의 마음이 편안해졌다. 벗은 발이 마룻바닥 아래로 가라앉는 것 같은 기분이 들었다. 팔에 돋았던 소름이 선생님의 목소리에 잦아들었다. 어쩐지 모든 일이 다 잘될 것 같은 기분이 든다. 이제 보배 언니도 없는데, 기도를 하면 좀 덜 외로워질까? 공부를 잘해서 중학교에 가게 해달라고, 선생님이 되게 해달라고 기도하고 싶었다. 김 선생님 같은 선생님이 되면 결혼을 미루거나, 아예 안 할 수 있을지도 모른다. 앞으로 가야 할 길이 어렴풋이 보였다. 언니들과는 다른 미래에 대한 조그만 가능성이.

아픔으로 가득 찬 미영의 가슴속에 자그마한 희망이 피어올랐다.

제6장

1928년 겨울

긴 겨울이 다가오고 있었다. 미영은 굶주린 호랑이처럼 공부에 매달렸다. 학교에 있는 책이란 책은 몽땅 빌려와서 밤마다 촛불을 켜고 읽어치웠다. 누구보다 일찍 등교했고, 수업이 끝나면 늦게까지 남아 다른 친구들의 숙제를 도왔다. 보배가 떠난 뒤 학교는 미영에게 희망이자 도피처였다. 보배가 있을 때도 그랬지만 이제 더욱 절박해졌다. 중학교로 가는 길은 스스로 닦아야만 한다.

학교는 외로움을 달랠 수 있는 곳이기도 했다. 친구 혜원은 웃을 때 마비된 얼굴 한쪽이 움직이지 않고, 경련 때문에 오른쪽 눈을 자주 움찔거렸다. 아이들이 혜원을 따돌렸지만 정작 혜원은 전혀 신경 쓰지 않는 것 같았다. 미영은 혜원의 그런 당당함 동경했기에 둘은 널뛰기 친구가 되었다. 둘은 솜을 넣어 누빈 겉옷을 단단히 여미고 나무판자를 발로 굴러 맞은편의 상대를 하늘 높이 띄워 올렸다. 꺅 소리를 낼 때마다 하얀 입김이 차가운 공기 속으로 퍼져나갔다.

어느 날 수업을 마치고 함께 집으로 향하던 길에 미영은 혜원에게 털어놓기로 했다. 중학교에 갈 수 있게 해달라고, 보배 언니가 행복하게 살게 해달라고 남몰래 기도하고 있다고.

"너 기도 어떻게 하는지 알아?" 혜원이 놀라서 물었다.

"응, 김 선생님이 알려주셨어. 닭장에 들어가서 몰래 연습하는 중이야. 왜?"

"이 동네엔 교회에 다니는 사람이 별로 없잖아."

"사실 우리 집은 부처님 믿어." 미영이 말했다. "그래서 처음에는 좀 어색하더라. 근데 몇 번 하다 보니까 편해졌어. 언니가 너무 보고 싶어서……."

"너 다음 주 일요일에 나랑 같이 교회 갈래? 우리 아버지가 설교하실 거야."

혜원의 물음에 가슴이 두근거렸다. 어머니는 절대 허락하지 않을 것이다. 어머니는 보배가 떠난 뒤로 더욱이 말이 없어졌고, 평소보다 일찍 일어나 혼자 앉아 있는가 하면, 함께 밥을 먹을 때도 좀처럼 미영에게 말을 걸지 않았다. 늘 발이 저리다며 발을 주무르면서도 전처럼 무당에게 도움을 구하러 가지 않았다. 미영이 보배 이야기를 꺼내려는 시늉만 해도 어머니는 입을 다물라고 손짓했다. 그 겨울, 두 사람의 유일한 행복은 보배가 가끔 보내오는 짧은 편지였다. 미영은 어머니에게 편지를 큰 소리로 읽어드렸다. "저는 잘 지내고 있어요. 조선에서 온 친구들이 좀 생겼어요. 어머니랑 미영이가 보고 싶어요." 남편에 관한 이야기는 하나도 없는 것이 이상하긴 해도, 보배는 말주변도 없고 시시콜콜 이야기를 늘어놓는 성격도 아니라서 두 사람은 그러려니 했다.

미영은 여전히 어머니의 꾸중이 두려웠지만 교회라는 곳이 정말로 궁금했고, 결국은 궁금증이 두려움을 이기고 말았다. 일요일이 오기를 기다리는 동안 미영은 맷돌을 돌리거나 닭장에서 달걀을 꺼내올 때도 콧노래가 절로 나왔다. 보배가 떠난 뒤에는 좀처럼 없었던 일이었다. 쌀쌀한 11월의 어느 아침, 집안일을 모두 끝낸 미영은 몰래 혜원을 만나러 갔다. 눈을 감고 앉아 있는 어머니에게 학교 운동장에 가서 놀다 온다고 하니, 어머니는 귀찮은 듯 얼른 나가라고 손짓했다. 한번은 어머니에게 말없이 눈을 감고 무슨 생각을 하시느냐 물었는데, 다음 생에는 슬픔이 덜하기를 빌고 있다고 했다. 미영도 어머니를 따라 조용히 눈을 감고 앉아봤지만, 언니에 대한 그리움, 그리고 양일수와 결혼해야 한다는 걱정이 좀처럼 머리를 떠나지 않았다.

읍내에 있는 교회는 커다란 목조 건물이었다. 미영은 교회 근처에서 혜원을 만나 손을 잡고 함께 걸었다. 그날따라 혜원의 얼굴이 무척 편안해 보였다. 오른눈의 경련은 거의 알아챌 수 없을 정도였다. 둘은 교회 입구에서 신발을 벗고 건물 안으로 들어가 앞쪽에 놓인 방석 위에 앉았다. 교회는 천장이 높고, 양옆에 윗부분이 뾰족한 모양의 창문이 줄지어 나 있었다. 날이 추운데도 촛불의 온기가 느껴졌다. 촛농에서 피어오르는 가느다란 연기를 따라 미영의 시선이 높은 천장을 향했다.

교회 안에 모여 앉은 사람들은 낮은 목소리로 두런두런 이야기를 나누거나 소리를 죽여 웃기도 했다. 미영은 앞줄에 앉은 사람을 알아봤다. 시장에서 고구마를 팔던 여자였다. 아기 어머니들은 등에 업은 아이를 흔들어 어르고, 손수레에 부엌살림을 싣고 다니며 파는 아저씨는 고개 숙여 기도하고 있었다. 절 앞마당에서 열리는 시끌벅적한 마을 행사와는 전혀 달랐다. 북을 치거나 알록달록한 깃발을 흔드는 사람도, 염불을 외는 스님도 없이 고요하고 차분했다.

어떤 이가 창문 옆 나무 의자를 향해 손짓했다. 미영이 그쪽을 바라보니 커다란 검정 모자를 쓴 백인 여자와 김 선생님이 앉아 있었다. 미영을 알아본 김 선생님의 얼굴에 커다란 미소가 번졌다. 두 사람이 눈짓을 주고받는 사이, 발목까지 내려오는 검정 옷을 입은 남자가 헛기침을 하며 목청을 가다듬었다. 저 사람이 혜원이네 아버지인가 보다. 혜원의 아버지는 커다란 검은색 책을 가슴에 소중히 끌어안고 사람들 앞에 섰다.

목사님이 입을 열자, 단전에서 끌어올린 듯 깊고 단단한 목소리가 울려 퍼졌다. 목소리는 낮게 내려왔다가 다시 높이 솟구치기를 반복했다. 성경은 예수의 눈에 우리가 모두 똑같다고 가르친다는 내용이었다. "유대인이나 헬라인이나, 종이나 자유인이나, 남자나 여자나 모두 예수 그리스도 안에서 하나이니라." 목사님이 검정 책의 한 구절을 소리 내 읽었다. 그러니 누구든 다르게 대해서는 안 된다는 이야기 같았다. 교회에 다니는 사람들이 마을 외곽에 사는 나병 환자들에게 먹을 것을 가져다주는 이유도 그 때문일까? 예수 앞에서는 남자나 여자나 똑같다면, 어린이도 마찬가지일까? 계집애도 사내애와 다를 바가 없다는 뜻일까? 미영의 가슴속에서 희망이 솟구쳐 올랐다. 미영은 이미 그 어떤 사내애보다도 나무를 잘 탄다. 태영도 미영이 자기보다 주판을 잘 놓는다고 하지 않았던가.

목사님이 사람들에게 찬송가를 권하자, 노랫소리가 높은 천장으로 울려 퍼졌다. 모두가 몸을 양옆으로 흔들며 노래를 부른다. 김 선생님도 밝은 얼굴로 열심히 노래를 부르고 있다. 다들 기분이 좋아 보여서 미영의 기분도 덩달아 좋아지기 시작했다.

기도를 끝으로 설교를 마친 목사가 다시 입을 열었다. "오늘 아주 특별한 손님이 오셨습니다. 평양 장로교회에서 오신 미국인 선교사이자, 우리 김 선생님의 스승인 스미스 씨입니다."

미국인이 자리에서 일어나더니 살짝 고개를 숙여 인사했다. 젊고 하얀 얼굴이 매끄럽고, 검정 레이스 치맛단은 마치 펼친 우산 같았다. 미영이 서양 사람을 실제로 보는 건 처음이었다. 김 선생님 옆에 선 스미스 씨의 키가 너무 커서 깜짝 놀랐다. 반짝이는 검정 모자 아래로 노란 머리카락이 구불거렸다. 흰색 한복을 입은 동네 사람들과는 머리부터 발끝까지 모든 것이 달랐다.

"스미스 씨께서 내년에 미국인 선교사들이 우리 마을에 와서 학교를 새로 지어줄 것이라 말씀하셨습니다." 목사가 말을 이어갔다. "말씀을 직접 들어보겠습니다. 김 선생님이 우리말로 옮겨주실 겁니다.”

스미스 씨와 김 선생님이 목사님이 서 있던 자리로 나가 미영을 마주 보고 섰다. 외국인을 이렇게 가까이서 보니 기분이 이상했다. 미국 여자의 눈은 엄청나게 크고 여름 하늘처럼 푸르렀다.

“초대해 주셔서 감사합니다.” 김 선생님이 스미스 씨의 말을 조선말로 옮겼다. 외국인의 입에서 나오는 소리는 귀에 낯설었지만, 어딘지 모르게 아름다웠다. 김 선생님은 평양에 있는 학교에서 스미스 씨에게 영어를 배우셨겠지. 김 선생님이 새삼 존경스러웠다.

“평양에 있는 학교를 본떠 이곳에도 중학교와 고등학교를 세울 계획입니다. 남학생과 여학생 모두 다닐 수 있는 학교입니다.”

사람들이 웅성대기 시작했다. 교사의 추천을 받은 특별한 경우를 빼면, 여자애들은 소학교까지만 다닌다는 게 상식이었다. 여자애는 교사의 추천을 받은 학생조차도 평양까지 가서 학비를 내고 중학교에 다녀야 했다. 미영이 아는 마을 사람 중 평양에 있는 중학교로 진학한 여학생은 돈이 아주 많은 부잣집 딸 한 명뿐이었다.

“우리는 여학생들도 남학생과 똑같이 배워야 한다고 생각합니다.” 스미스 씨가 말했다.

미영은 가슴이 두근거렸다. 김 선생님이 미영에게 어린 학생들의 공부를 도와주라고 한 것도, 여학생들을 교실 앞쪽에 앉을 수 있게 해준 것도 다 그런 뜻이었구나. 어머니에게 미영이 얼마나 똑똑한 학생인지 말해준 것도 마찬가지였다. 스미스 씨에게 그렇게 배웠기 때문이다.

스미스 씨의 말이 끝난 뒤 미영은 김 선생님에게 다가갔다.

"여기서 이렇게 보니 반갑구나, 미영아." 김 선생님이 미영의 두 손을 잡아끌었다. "스미스 선생님께 인사드리렴."

귀까지 빨개진 미영은 외국인의 낯선 얼굴을 너무 빤히 바라보지 않으려고 애를 쓰며 머리를 숙여 인사했다. 어른의 눈을 똑바로 마주 보는 건 예의 없는 행동이라고 배웠다. 여자애라면 더더욱.

"안녕하세요."

"안녕하세요." 미영이 수줍은 목소리로 인사를 건네자, 스미스 씨가 능숙한 조선말로 답했다.

깜짝 놀란 미영의 입이 떡 벌어졌다. "조선말을 아세요?"

"조금." 스미스 씨가 엄지와 검지를 맞대며 말했다.

스미스 씨의 말에 셋은 다 같이 웃음을 터트렸다. 김 선생님이 스미스 씨에게 영어로 뭐라고 하더니, 미영에게 몸을 돌려 말했다. "미영이 네가 공부를 잘하고, 커서 선생님이 되고 싶어 한다고 말씀드렸어. 앞으로도 지금처럼 잘하면 내가 새로 지어질 학교에 너를 추천할게. 마을에 새 학교가 생겼을 때 거기 다니면 얼마나 좋겠니?" 김 선생님이 활짝 웃어 보였다.

"너무 좋아요!" 심장이 터질 것만 같았다. 어머니는 분명 내가 교회 학교에 다니는 걸 싫어하겠지. 미영은 어머니의 굳은 얼굴을 머릿속에서 밀어내려 애썼다. 선생님이 될 수만 있다면, 소학교를 마치자마자 양일수와 결혼하지 않아도 된다면 얼마나 좋을까!

"교회에 와보니까 어떻니?" 김 선생님이 묻는다.

"좋아요. 노래도 듣기 좋고요."

"다행이다. 다음에 또 오면 어때?"

"저도 그러고 싶어요."

김 선생님과 스미스 씨가 다시 한번 알아들을 수 없는 말을 주고받았다.

"스미스 선생님께 미영이네 언니가 중매 결혼을 했다고 말씀드렸어. 언니가 집을 떠나서 슬프겠다고 하셔."

미영의 눈에 단박에 눈물이 차올랐다.

스미스 씨가 미영에게 뭐라고 말을 건네자, 김 선생님이 조선말로 알려주었다.

"미국에서는 중매 결혼 대신 사랑하는 사람끼리 결혼을 한단다."

미영의 입이 다시 한번 떡 벌어졌다. 여자도 결혼할 때 선택이란 걸 할 수 있구나. 미영이 아는 결혼은 중매 결혼이 전부였다. 이 씨네 신혼부부가 입맞추는 걸 봤을 때 빼고는, 이성 간의 사랑이라는 것을 딱히 인지해본 적도 없었다. 보배 언니 말고는 그런 이야기를 입에 올리는 사람도 본 적이 없다. 어머니와 아버지 같은 관계에도 사랑이 있다고 할 수 있을까?

"다른 나라 사람들은 우리와 생각도 달라. 그렇지?" 김 선생님이 말한다.

미영의 목구멍이 간질거렸다. 결혼을 내 마음대로 할 수 있다고요? 그럴 수 있다면 사랑하는 사람과 결혼하거나, 아니면 아예 결혼을 안 할 수도 있는 걸까요? 혹시 교회에 와서 기도하면 어른들의 뜻대로 양일수 같은 깡패에게 시집가는 일을 피할 수 있는 걸까요? 미영은 몇 달 전만 해도 여자도 배워야 한다고 말하는 서양 사람을 만나기는커녕, 교회에 다니는 것조차 상상하지 못했다. 기도라는 걸 해서 뭔가 달라진 걸까?

집에 돌아온 미영은 어머니가 교회를 어떻게 생각하는지 좀 더 캐물어보기로 마음먹었다. 교회도, 또 앞으로 지어진다는 학교도 꼭 다니고 싶었다.

다음 날 미영은 염주를 쥐고 앉은 어머니 옆으로 가서 어렵게 입을 뗐다.

"혜원이네 아버지 말이에요, 교회 목사님. 훌륭한 분 같아요."

어머니가 염주를 돌리자 손톱이 나무 구슬에 부딪혀 딱딱 소리를 냈다.

"기독교에서 그러는데 계집애들도 사내처럼 배워야 한대요."

어머니의 어깨가 굳어가는 게 눈에 보였다.

"기독교는 서양인들이 믿는 거다."

"어머니도 아버지께 제가 영리해서 학교를 계속 다녀야 한다고 하셨잖아요. 교회에서도 그렇게 가르친대요."

"그게 무슨 상관이냐. 교회는 환생도 믿지 않고, 뭐든지 바꾸려고만 하잖니."

"그래도요……." 미영은 포기하지 않았다.

"교회에 다니는 백인 산파는 갓난아기에게 젖 주는 것도 정해진 시간에만 주라고 했단다. 아기가 울 때 젖을 안 주면 어쩌자는 거니? 가엾어라!"

어머니의 의견은 생각보다 확고한 것 같았다. 미영은 어머니의 마음을 바꿀 수 없다는 걸 깨달았다. 다음 주에도, 그다음 주에도 어머니 몰래 교회에 나갔다. 죄책감에 괴로웠지만 궁금한 게 너무도 많았다.

그러던 어느 일요일, 미영은 교회에서 나오다가 시장에 온 어머니와 마주쳤다. 어머니는 입을 꽉 다문 채 미영을 무섭게 쏘아보더니, 미영의 머리채를 잡고 집에 올 때까지 놓지 않았다. 수레를 끄는 황소 같은 기세였다.

집에 오자마자 어머니는 대나무 막대기 세 개를 한데 묶은 회초리로 미영의 종아리를 후려쳤다. "다시는 교회에 가지 마라!"

미영은 맞은 자리가 아파서 움찔대면서도 고통보다 큰 분노를 느꼈다. 기도하기를 절대 그만두지 않을 것이다. 어머니 몰래 해야 한대도 상관없다. 김 선생님 말씀대로 꼭 교회에 가서 기도해야만 하나님이 들어주시는 게 아니다. 그날 밤 잠들기 전, 미영은 눈을 감고 기도했다. 열심히 공부할 테니 길이 열리게 해달라고 간절히 빌었다.

제7장

1930년 3월

"미영아!"

어느 날 저녁, 어머니가 큰 소리로 미영을 불렀다. 보배가 일본으로 간 지 1년이 넘었고, 미영이 2월에 소학교를 졸업한 지는 이제 한 달이 됐다. 한 학년이 끝나는 때가 늘 가장 추웠다. 올해도 마찬가지였다.

혹시나 하는 기대감으로 미영의 가슴이 쿵쾅거렸다. 이제 열세 살이 되었다. 비밀리에 기도를 열심히 했으니 혹시나 미영을 시집보내려던 어머니의 마음이 바뀌지 않았을까?

어머니는 미영에게 와서 앉으라며 거친 손바닥으로 온돌바닥을 두들겼다. 늘 다리가 아파서 찡그리고 있는 어머니인데, 오늘은 어쩐 일인지 표정이 좋다. 요즘 어머니는 통 허리를 펴지 못하고, 아침에는 늦게까지 일어나지 못하는 날이 많았다.

보배가 가고서 보배 몫의 집안일을 그대로 물려받은 미영은 이제 어머니가 하던 일까지 대부분 맡아 하고 있었다. 동네 우물에서 물을 길어 머리에 지고 오는 일까지도.

방석에 앉은 어머니는 할 말이 있는 듯 몸을 들썩였다.

미영은 어머니 앞에 무릎을 꿇고 앉아 숨을 죽였다. 갑자기 불어닥친 눈보라 탓에 마당으로 내려가는 계단 위에 쌓인 눈을 치우느라 다리가 시렸던 터라 온돌바닥이 유난히 따뜻하게 느껴졌다. 미영은 지난해 키가 부쩍 자라 이제 어머니와 눈높이가 비슷해졌다. 저녁이면 어머니는 바느질 하는 동안 미영을 옆에 앉히고 책을 소리 내 읽게 했다. 어머니는 자신이 읽을 수 없는 글을 줄줄 읽어내리는 미영을 보며 미소 짓곤 했다. 미영은 어머니에게 한글을 가르쳐 드리려고 여러 번 시도했지만, 어머니는 매번 다 늙어서 무슨 소용이냐며 손을 내저었다. 미영에게 바느질을 가르친 뒤 솜씨를 칭찬하기도 했다. 요즘 들어 어머니는 바늘을 자꾸만 떨어뜨리는 통에 바느질도 제대로 하지 못하고 있었다. 오늘은 바느질 이야기 말고 다른 할 말이 있는 모양이었다.

"내가 김 선생님이랑 이야기를 좀 했다." 어머니가 입을 열었다. "아주 점잖은 분이야. 미영이 네가 중학교에 다닐 준비가 다 됐다고 하시더구나."

고대하고 또 고대하던 말이었다! 저도 모르게 기쁜 비명이 터져 나왔다.

어머니는 옆으로 자세를 고쳐 앉더니 한쪽 무릎을 세웠다. 중요한 이야기가 나올 모양이다! 숨이 멎을 것 같았다.

"김 선생님이 평양에 있는 여학교에 널 추천한다고 하셨어." 어머니의 목소리에는 아무런 감정도 실려 있지 않았다.

"저 정말로 가고 싶어요!" 미영이 외친다.

"한데 난 못 보낸다."

미영의 입에서 탄식에 절로 새어 나왔다. "왜요?"

"예수쟁이 학교잖니. 학비도 들고."

"그렇지만……." 코앞에서 문이 열렸다가 곧장 닫혀버린 기분이었다.

"이 동네에 새로 생기는 학교는요?" 미영은 선교사가 했던 말을 떠올리며 물었다.

"몇 년 뒤에나 생긴다더구나. 게다가 거기도 마찬가지로 교회 학교가 아니니?"

"그게 뭐가 어때서요?" 미영이 어른에게 말대꾸하면 안 된다는 것도 까맣게 잊은 채 소리쳤다.

"얘가 어디서 자꾸 말대꾸를 해! 학교에 간대도 조선식 교육을 받아야지. 서양식 학교는 안 돼."

머리가 멍해졌다. 일생일대의 선물을 받았다가 곧장 도로 빼앗긴 기분이었다.

"그래서 미영이 너를 일본으로 보낼 거다. 거기는 학비도 안 든다더라."

미영의 눈이 두 배로 커졌다. "일본으로요?" 일본이라면 보배 언니가 있는 곳이다. 보배 언니를 다시 볼 수 있다는 뜻일까?

"너를 교회 학교에 보낼 수는 없다고 하니까 김 선생님께서 일본에 있는 공립 중학교에 가면 학비를 안 내도 된다고 하시더구나."

미영은 제대로 들은 건가 싶어 자기 귀를 꼬집어봤다. 꿈에도 그려본 적 없는 이야기를 지금 어머니가 하고 있다.

"보배한테 편지를 써서 널 데리고 살 수 있느냐고 물었더니 보배가 답장을 보냈어." 어머니는 싱글벙글 웃으며 윗옷 안 주머니에서 얇은 편지 봉투를 꺼내서 미영에게 건넸다.

"아니, 도대체 어떻게……." 어머니는 글을 읽을 줄도 쓸 줄도 모르는데? 미영은 어머니 입에서 나오는 한마디 한마디가 너무나 놀라워서 말을 잇지 못할 지경이었다.

"네가 미리 너무 기대하면 곤란하잖니. 우편국에서 일하는 이 씨 아주머니한테 편지를 써달라고 했단다."

미영은 봉투를 조심스레 열어 내용을 확인했다. *미영이 여기 와서 살아도 돼요. 미영이가 집안일을 돕는 조건으로 남편도 허락했어요. 7월 말에 제가 데리러 갈게요.* 보배 언니의 편지는 언제나처럼 짧았다.

"정말요?" 미영이 외쳤다. 부푼 마음에 터져 나오는 웃음을 감출 길이 없었다. 중학교에도 갈 수 있고, 보배 언니도 다시 볼 수 있다! 기도한 것이 전부 이루어진 셈이다.

어머니도 들쑥날쑥한 이를 활짝 드러내며 웃어 보였다. 어머니랑 단둘이 밥을 먹을 때면 어머니는 미영에게 세상에 바라는 것이 두 가지뿐이라고 이야기하곤 했다. 보배를 다시 보는 것,

그리고 미영이 많이 배워서 어머니처럼 나쁜 놈들에게 속지 않는 것.

"그럼…… 결혼은요?" 괜한 말을 꺼냈다가 좋은 소식이 물거품처럼 사라질까, 미영이 조심스레 물었다.

"아버지 말씀이 일수는 규슈에 있는 석탄 공장에 일하러 갔다는구나. 그 집도 농사짓던 땅을 다 뺏겨버려서 아들이 돈을 벌어와야 하는 모양이다. 공장에서 일하는 조선인들이 다 같이 기숙사에 모여 사는데 결혼한 사람은 들어갈 수 없다지 뭐니?"

"그러면 일수한테 시집가지 않아도 되는 거예요?" 미영의 가슴속에서 희망이 부풀어 올랐다.

"일수네에서는 일수가 언제 돌아올지 모른다고 하고, 아버지께는 우리도 다른 혼처가 나타나면 영영 기다릴 수는 없다고 말씀드렸다."

미영이 얼굴을 찌푸렸다. 양일수가 아니더라도 시집은 여전히 가야 하는 건가? 어머니가 마음에 둔 다른 혼처가 있다면?

"아버지가 중매쟁이를 통해 신랑감을 찾아봐야 하나 하시길래 내가 김 선생님 말씀을 전했지. 일본에 가서 중학교에 다니면 어떻겠느냐고 말이다."

이제는 방석 위에 얌전히 앉아 있기가 힘들 지경이었다. "아버지께서 뭐라셨어요……?"

"처음에는 반대하셨지. 하지만 일수는 언제 돌아올지 모르고, 요즘엔 일본에도 조선인이 많으니 거기서 신랑감을 찾는 게 빠르지 않겠느냐고 말씀드렸다."

"아……." 미영이 실망해서 고개를 숙였다.

"보배가 널 데리러 올 때, 또 둘이 같이 일본에 갈 때 드는 돈도 아버지가 내준다고 하셨어." 어머니가 자랑스레 말했다.

미영은 얼마나 기뻐해야 할지 조금 혼란스러웠다. 당장은 결혼하지 않아도 되지만, 아버지는 여전히 미영의 혼처를 걱정하고 있다. 일본에 가서 학교도 다니고 보배 언니를 다시 볼 수 있는 건 물론 너무 좋지만…….

"감사해요, 어머니!"

"신 씨 놈 같은 사기꾼한테 속을 일은 없어야지!" 어머니는 손이 시린 사람처럼 두 손을 모아 입김을 불어 넣으며 말했다. 김 선생님이 시베리아 북서풍이라고 부르는 차가운 바람이 올해도 산을 타고 내려와 뼛속까지 파고드는 중이었다. 벌써 3월 중순이고 오디나무에도 새잎이 돋아나기 직전이지만, 여전히 해가 짧다. 미영은 어머니 어깨에 담요를 둘러드리려 했지만, 어머니는 손사래를 쳤다. "난 괜찮다. 미영이 너는 최고로 잘 배워야 해. 이 어미한테는 그게 시집가는 것만큼이나 중요하니까."

미영은 어머니가 몸을 떠는 것이 영 마음에 걸렸다. 요즘 어머니는 부쩍 몸이 약해졌고 걸음걸이도 이전만큼 빠르지 못했다. 며칠 전에는 미영이 우물에서 길어온 물을 항아리에 옮기다가 몽땅 쏟아버리기도 했다. "아이고, 내가 왜 이리 칠칠치 못하게!" 깜짝 놀란 미영을 보며 어머니는 자신을 타박했다.

날로 약해지는 어머니가 걱정이었다. 간단한 집안일도 점점 힘들어지는데, 왜 나를 멀리 보내려는 걸까? 부모들은 대개 딸이 시집가기 전까지 집안일을 도우며 함께 살기를 원한다. 하지만 미영은 어머니가 생각을 바꿀까 봐 두려워서 차마 묻지 못했다. 혼자 남겨질 어머니를 생각하면 마음이 아팠다. 미영까지 가버리면 어머니에게는 딸이 하나도 남지 않는다. 하지만 예상치 못하게 무궁무진한 미래의 가능성이 펼쳐지자 어머니 걱정도 뒤로 물러났다. 일본이 상상대로 멋진 곳이라면, 나중에 어머니도 일본에 와서 다 같이 살면 되지 않을까?

일본에서 다니게 될 학교를 머릿속에 그려봤다. 책도 많고, 훌륭한 선생님도 많겠지! 미영은 뭐든 빨리 배우니까 일본어도 금세 능숙해질 것이다. 기본적인 히라가나와 가타카나는 이미 학교에서 배워서 어느 정도 읽고 쓸 수 있다. 가만히 앉아서 배우기만 했던 게 아니다. 선생님을 도와 저학년을 가르쳐봤으니, 이미 선생님이나 다름없다. 일본에 가면 새로운 친구들도 사귈 수 있겠지!

"정말 감사해요, 어머니!" 미영은 몇 번이고 외쳤다. 언젠가 결국 결혼해야 할지도 모르지만, 지금 당장은 동네 여자애 누구도 갖지 못한 것을 손에 쥔 것이다. 스스로 앞길을 닦아나갈 기회를.

제8장

1930년 7월

미영은 마당 오디나무에 기대서서 보배가 오기를 기다렸다. 보배가 집에 오는 건 근 2년 만이다. 요즘 미영은 부쩍 다리가 길어지고 몸도 무거워져서 나무를 오르기가 힘들어졌지만, 그래도 가장 좋아하는 자리에서 언니가 도착하는 모습을 보고 싶었다. 보배가 오면 먹으려고 깎아둔 달콤한 참외 향기가 코끝을 간지럽혔다.

올해로 열세 살이 된 미영은 여름 내내 보배가 자신을 데리러 올 날만을 손꼽아 기다렸다. 날마다 두부를 만들고 닭을 치며 집안일을 도우면서도, 마음만은 먼 곳으로 떠나 있곤 했다. 일본에서 사는 건 어떨까? 어떨 때는 신이 났지만, 두려움이 몰려올 때도 있었다. 이제 보배 언니를 만나면 일본 이야기를 실컷 들을 수 있겠지? 마침내 그게 옳은 결정이었는지를 확인할 수 있을 것이다.

동네 아이들이 내지르는 환성에 미영은 정신이 번쩍 들었다. 누더기를 걸친 깡마른 아이들이 조선의 마지막 왕비라도 본 양 보배를 둘러싸고 있었다.

“언니!” 여자애들이 일제히 외쳤다.

“누나!” 남자애들이 뒤따라 소리쳤다.

아이들의 맨발이 일으킨 먼지 속으로 잠깐 사라졌다가 다시 나타났을 때, 보배는 환한 미소를 짓고 있었다. 보배 언니는 그 어느 때보다도 아름다웠다. 작년에 시집간 동네 새색시처럼 머리는 뒤로 모아 낮게 쪽을 지고, 미영이 사진으로 본 일본 여자의 기모노 대신 녹색 한복을 입고 있었다. 보배는 자신을 둘러싼 아이들에게 작은 떡을 하나씩 나누어줬다.

“어서 와!” 목소리가 한층 높아진 아이들이 보배의 소맷자락을 잡아끌며 떡을 베어 물기 바빴다.

언니를 본 미영의 심장이 빠르게 뛰었다. 단숨에 아이들과 보배가 있는 곳으로 달려갔다.

미영을 알아본 보배도 달려와 동생을 끌어안았다. 보배는 미영의 어깨를 붙잡고 얼굴을 한참 바라보다가 양 볼을 잡고 흔들었다.

“왜 이렇게 많이 컸어!”

보배가 환하게 이를 드러내며 웃자, 매끄러운 피부가 햇빛 아래 반짝였다. 기억하는 것보다 훨씬 더 예쁜 얼굴. 언니의 머리카락에서 풍겨오는 장미 향에 오랜 그리움이 녹아내렸다. 미영은 언니 냄새를 크게 들이마셨다.

어머니의 기침 소리에 보배가 몸을 돌렸다. 어머니가 작고 마른 몸을 벽에 기댄 채 지붕 그늘에 서 있었다. 보배가 몸을 돌려 몸을 반쯤 숙인 채 어머니에게 다가갔다.

"어머니."

"어서 오렴." 어머니가 보배를 맞이했다. 어딘가 뻣뻣한 손을 뻗어 보배의 등을 토닥이는 어머니의 얼굴에 미소가 아주 살짝 스쳤다가 사라졌다. 어머니의 낯빛이 잿빛이었다. 아침에만 해도 보배가 제일 좋아하는 빈대떡을 만들면서 코를 훌쩍이며 눈물을 훔쳤는데, 지금은 다시 딱딱한 가면 뒤에 슬픔을 숨기고 있는 것만 같았다. 이레 후면 보배는 미영까지 데리고 다시 떠난다. 딸들을 언제 다시 볼 수 있을지 모른 채 혼자 남을 어머니를 생각하면 미영의 마음은 한없이 가라앉았다. 미영도 어머니와 언니에게 다가갔다.

미영은 언니와 단둘이 있고 싶었지만, 보배가 왔다는 소문이 삽시간에 온 동네에 퍼지고 말았다. 이웃들이 몽땅 집으로 몰려왔고, 미영이 기대했던 조용함은 오후 늦게나 찾아왔다. 미영과 보배는 종종 멱을 감던 연못가로 향했다. 드디어 언니에게 일본 이야기를 들을 수 있겠구나!

"그래서, 거긴 어때?" 미영은 풀밭에 배를 깔고 엎드린 채 언니에게 얼굴을 가까이 가져다 대며 물었다. 한여름 열기가 뜨거울 때도 연못가에 줄지어 선 오디나무 아래에는 그늘이 진다. 어릴 때는 연못가에 이렇게 누워서 가게에서 본 달력 사진에 대해 이러쿵저러쿵 이야기를 나누곤 했다. 우아한 옷을 입고 절 앞에 선 일본 여자들을 찍은 사진 같은 것. 미영은 보배 언니가 그 여자들처럼 살고 있겠거니 상상했고, 이제는 그 이야기를 직접 듣고 싶었다.

보배는 손님들을 맞이하면서도 오후 내내 별로 말이 없었다. 미영은 멀리서 온 언니가 손님들까지 상대하느라 피곤하겠거니 생각했다. 보배가 손을 모아 미영의 귓가에 대고 속삭였다.

"정 씨 아저씨가 우릴 속였어. 아저씨 동생은 전기기사도 아니고, 계량기 검침원이야. 사는 데도 구질구질한 동네야."

미영은 충격에 할 말을 잃었다. "어떡해." 언니도, 나도 어떡하면 좋지?

"그이 이름은 하라모토야. 큰 집은커녕 방 두 개짜리 판잣집에 살아."

"정 씨 아저씨는 몽땅 거짓말만 했네?"

"부자도 아니고, 술주정뱅이야."

화가 나서 피가 거꾸로 솟는 것 같았다. 어머니를 속여 땅을 팔게 했다던 신 씨가 떠올랐다.

"하라모토는 술을 너무 많이 마셔. 어쩔 때는……." 말을 흐리는 보배의 눈에서 순간 빛이 사라지고 표정이 어두워졌다. "그럴 만한 이유가 있기는 해. 직장에 하라모토보다 늦게 들어온 일본인이 먼저 승진했거든. 사장 말이 조선인을 승진시키고 돈을 더 주면, 일본인들이 다 일을 그만둔다고 했대."

"그래도 그러면 안 되지."

"맞아. 그런데도 그냥 그렇게 한대. 조선인들은 판자촌에 살면서 지저분한 일만 해. 청소하고, 식당에서 그릇 닦고, 잡부일 같은 거."

"어떡하면 좋아, 언니."

"일본인들은 조선인이 가까이 사는 것도 싫어해서 방을 잘 빌려주지도 않아. 좋은 일자리도 다 일본인들 차지야."

맑은 7월 하늘에 구름이 갑자기 몰려와 어두워졌다. 미영은 침을 꿀꺽 삼키며 언니가 들려준 이야기를 곱씹었다. 지금까지 상상했던 삶과는 전혀 달랐다. 몇 년 전 정 씨가 일본인들은 일본에 사는 조선인을 아랫사람 보듯 한다고 말했지만, 그 이야기가 무슨 뜻인지 깊이 생각해본 적은 없었다. 아버지가 일본인들을 왜 그렇게 싫어하는지에 대해서도 마찬가지였다. 일본에 간 조선인들이 좋은 일자리를 얻어 행복하게 지낸다고 믿고 싶었는지도 모른다. 일본에 가면서 중매로 시집가는 건 피하게 됐지만, 또 다른 괴로움을 향해 달려가는 건 아닐까? 지금껏 미영은 자기 장래만 생각했지, 다른 조선인의 삶에 대해선 생각해보지 않았다. 일본에서 학비가 안 드는 중학교에 다닐 수 있다는 것만으로 보배 언니가 말하는 비참한 생활을 견딜 수 있을까?

미영의 마음을 알아차린 듯 보배가 더 가까이 몸을 붙여왔다.

"걱정하지 마. 난 이제 익숙해졌어. 우리가 가난하고 하라모토가 술을 많이 마시긴 해도, 조선 사람끼리 같이 모여 사니까 참을 만해. 집에 전기도 들어온단다. 여기는 아직도 전기가 안 들어왔다니, 참!"

미영이 작게 웃음을 터트렸다. 밤에도 앞을 볼 수 있다면 좋기는 하겠다.

"중학교도 다니고, 얼마나 좋겠니."

희망이 다시 한번 쪼그라들었다. 일본에서 조선인이 천대받는다면 학교에서도 마찬가지 아닐까? 일본에 가는 게 과연 좋은 생각인지 갑자기 의심스러웠다. 어머니와도 헤어져야 하는데 미영은 평생 한 번도 집을 떠나본 적이 없었다.

"괜찮아." 보배가 미영의 머리를 쓰다듬으며 말했다. 미영은 보배를 더 꽉 끌어안으며 언니가 일본으로 떠나기 전에도 이렇게 누워 자신을 달래주던 것을 떠올렸다. 그때 다 괜찮아질 거라던 언니 말대로 양일수에게 시집갈 걱정은 이제 없어졌다.

뜨거운 바람이 불어와 연못 위를 스쳤다. 미영은 언니들과 미역 감던 시절을 떠올렸다. 복희 언니의 밝게 웃는 얼굴이 연못에 비쳤었다. 근심 걱정 없이 마냥 행복했던 언니들. 복희 언니가 만주에서 어떻게 살고 있는지는 아무도 모르지만, 어쩌면 언니는 이곳을 떠나 자유로워진 것일지도 모른다. 보배 언니도 이제는 아버지나 어머니 말을 따르지 않아도 된다. 보배 언니의 삶도 완벽하지는 않겠지만, 적어도 자신의 삶을 꾸려가고 있었다. 미영도 그런 삶이 어떤 것인지 맛보고 싶은 마음만은 분명했다. 이 동네에서는 죽었다 깨어나도 중학교에 갈 수 없지만, 일본으로 가면 적어도 중학교에 다닐 수 있다. 뭐가 됐든 양일수 같은 사람과 결혼해서 그걸로 끝인 삶보다는 낫지 않을까?

소나무 위에서 지저귀는 새소리에 갑자기 정신이 번쩍 들고 용기가 솟았다. 미영은 마음을 정했다. 일본으로 가서 중학교도 다니고 보배 언니와 함께 살 것이다. 그곳의 삶이 힘들더라도 어떻게든 이겨낼 것이다. 남은 미래는 그것뿐이다.

"이제 우리 다시 같이 사는 거야!" 보배가 벌떡 일어나 앉으며 말했다.

"맞아!" 미영도 일어나 앉았다. 언니와 함께라면 괜찮을 것이다.

다만 한 가지만은 분명해졌다. 남자는 여자를 속이기만 하는 좀처럼 믿을 수 없는 존재라는 것.

제9장

1930년 8월

미영은 낡은 천 가방에 보잘것없는 물건 몇 가지를 챙겨 넣었다. 보배가 시집갈 때 어머니가 사준 딱딱한 짐 가방과 비교하면 초라하지만, 미영에게까지 새 가방을 사줄 돈은 남은 식구들에게 없었다. 이제 일주일만 지나면 태어나서 지금까지 한 번도 떠나본 적 없는 집을 떠나게 된다. 긴장감에 배가 사르르 아파왔다.

미영은 옷을 개어 가방에 넣다 말고 갑자기 마당에 있는 어머니에게 달려갔다. 그러고는 텃밭에서 오이를 따고 있는 어머니를 큰 소리로 불렀다. "오마니! 나 일본에 안 갈래요. 집에 오고 싶으면 어떡해요?" 작년에 옆 동네 친척 집에 갔을 때도 금세 집이 그리워져서 예정보다 일찍 돌아왔었다. 일본에 가서 잘 지내지 못하면 어머니가 그만 집으로 돌아오라고 하실까?

어머니가 들고 있던 오이를 내려놓더니, 끙 소리를 내며 허리를 펴고는 팔을 연신 주물렀다. “미영아, 그런 걱정은 말아라.”

어머니 말을 믿어도 될까? 옆 동네에서 집으로 돌아오는 것과 일본에서 돌아오는 건 천지 차이다. 언제나처럼 텃밭에서 일하고 있는 어머니를 보니 요 몇 년 어머니와 보낸 오붓한 시간이 떠올랐다. 저녁을 먹고 나서 어머니에게 책을 읽어주던 시간, 함께 온돌방에 앉아 바느질하던 밤. 내가 없어도 어머니는 괜찮을까?

미영은 김 선생님과 이야기해보기로 마음먹었다. 싸던 짐을 내팽개치고는 그 길로 학교까지 달려갔다. 학교 수업이 막 끝날 시간이었다. 이제는 최고 학년이 된, 미영 바로 아래 후배들이 막 교실 문을 나서고 있었다. 학교 앞 운동장에 놓인 널을 보니 혜원이 몹시 그리웠다. 혜원의 아버지가 서울에 있는 교회에 부임하면서, 혜원은 졸업하자마자 남쪽으로 이사를 가버렸다. 어머니가 엄포를 놓은 이후 미영은 교회에 발길을 끊었지만, 일본에 가면 잠깐 다녔던 교회도 그리워질 것이다.

교실로 들어가니 김 선생님이 칠판을 닦고 있었다.

“미영이가 어쩐 일이니? 어서 오렴!” 선생님 얼굴에 환한 미소가 퍼진다.

“안녕하세요.” 미영은 김 선생님과 눈을 마주치지 못하고 바닥을 내려다봤다. 지난봄 졸업한 뒤로 김 선생님과 마주하는 게 처음이라 어쩐지 쑥스러웠다.

“어떻게 지냈니?” 김 선생님이 다정한 목소리로 물었다.

“별일 없어요. 실은 제가 일본에 가게 되었는데요……. 선생님…… 보고 싶을 거예요."

"다른 아이들한테 듣기는 했단다. 선생님도 미영이가 그리울 거야!" 선생님의 손이 어깨에 닿자, 미영의 가슴이 따뜻해졌다.

"고향이 정말 그리울 것 같아요." 미영의 목소리가 갈라진다.

"미영이가 일본에 가게 된 건 다 하나님의 계획일 거야. 분명히 장차 훌륭한 선생님이 되겠지. 미영이는 절대 혼자가 아니야. 하나님이 늘 함께 계시니까." 오후 햇살에 선생님의 십자가 목걸이가 반짝하고 빛을 냈다.

미영은 왠지 이 순간을 잊고 싶지 않아 눈을 감고 마음속에 새겼다. 미영이 당장 가진 것에 만족하지 않고 꿈을 꾸게 된 건 김 선생님 덕분이다. 선생님이 없었다면 일본에 갈 일도 없었겠지. 김 선생님 덕에 스미스 씨를 만나지 못했다면, 여자도 남자와 똑같이 배워야 한다고 생각하는 사람이 많은 줄도 몰랐을 것이다. 미영의 눈에 눈물이 차올랐다.

"선생님이 미영이를 위해 기도할게. 미영이 너도 외로울 때는 기도를 하면 돼, 알겠지? 그리고 일본에 가면 그곳 교회를 찾아가거라."

"네." 눈물이 금방이라도 떨어질 것 같다.

김 선생님이 서랍을 열어 무언가를 꺼냈다. "참, 이거 미영이 주려고 샀어. 떠나기 전에 만나서 주려고 했는데, 마침 잘 왔네." 선생님의 손에 들린 건 오디나무 종이로 엮은, 아름다운 미색 공책이었다. 미영은 가슬가슬한 표지를 손으로 쓸어보았다. 이런 공책은 한 번도 가져본 적이 없다. 좋아서 가슴이 터질 것만 같았다.

"떠오르는 생각이 있으면 여기에 적어봐. 공책을 보면서 고향을 떠올려주면 좋겠구나."

미영은 공책을 가슴에 품고 떨리는 목소리로 감사 인사를 했다. 선생님께 용감하게 떠나는 모습을 보여드리고 싶어서 애써 미소를 지으며 돌아섰다. 미지의 세계에 대한 두려움은 좀처럼 사라지지 않았다. 생각에 빠져 머리 빗는 것을 잊어버리는가 하면, 입맛이 떨어져 밥도 잘 넘어가지 않았다. 앞으로는 보지 못할 모든 것을 머릿속에 담아두고 싶어서 하릴없이 동네를 거닐기도 했다. 집 생각을 많이 할수록 불안한 마음도 커져만 갔다.

미영은 늘 가던 숲속에 우두커니 서서 매미 소리에 귀를 기울였다. 이 소리를 일본에서도 들을 수 있을까? 교회 종이 울리자 마지막으로 교회에 몰래 숨어들어 처음으로 찬송가를 불렀던 때가 떠올랐다. 마음을 달래주던 노랫가락. 김 선생님은 미영이 어디에 있든지 하나님이 마음속에 함께하신다고 했다. 일본에서도 교회를 찾아봐야지. 어머니한테 들킬 걱정 없이 교회에 다닐 수 있다고 생각하면 기분이 좋으면서도 어쩐지 쓸쓸해지곤 했다.

미영은 자신의 오디나무에 마지막으로 한번 올랐다. 다리가 길어지고 몸도 무거워져서 익숙한 산과 들이 보이는 꼭대기까지는 더 이상 올라갈 수 없다. 손발 같던 나뭇가지들이 그리울 것이다. 튼튼한 가지를 골라 걸터앉으니, 흙먼지가 피어오르는 길 양쪽으로 빨간 고추밭이 펼쳐졌다. 어머니가 김치에 넣을 고춧가루를 갈던 모습을 떠올리니 입속에 침이 고였다. 아직 집을 떠나지도 않았는데 어머니 음식이 벌써부터 그리웠다. 어머니와 고향 집, 마을의 모든 것이 얼마나 그리워질지 새삼 느껴졌다.

일본으로 떠나는 날이 밝자, 미영과 보배는 어머니와 함께 집을 나섰다. 짐이 있는 데다 요즘 들어 어머니의 절뚝거림이 더욱 심해진 탓에, 시간을 넉넉히 두고 일찍 출발했다. 이웃들과는 어제 작별 인사를 나눴기 때문에 따로 배웅하러 나온 이는 없었다. 아버지도 며칠 전 태영과 함께 미영이네 집을 찾아왔다.

"조심히 가거라." 아버지가 돈이 든 얄팍한 봉투를 미영의 손에 쥐여주며 말했다. 언제나처럼 무표정한 얼굴이었지만, 목소리가 조금 떨리는 것 같았다. 내가 집을 떠나는 게 슬프신 걸까? 하지만 그 순간이 너무 빠르게 지나갔기 때문에 확신할 수는 없었다. 태영 오빠와의 작별은 특히나 괴로웠다. 평양에서 고등학교에 다니다가 여름방학을 맞아 집에 돌아온 태영은 검정 교복을 입고 있었다. 키도 부쩍 자랐고 더욱 멋있어졌다.

"편지 해, 알겠지? 나도 꼭 편지 쓸게." 태영이 미영의 머리를 장난스레 흐트러뜨리며 학교 주소가 적힌 쪽지를 건넸다. 미영은 귀하디귀한 선물마냥 두 손으로 쪽지를 받아 들고 일본에서 자리 잡으면 즉시 오빠에게 편지를 쓰리라 다짐했다. 마지막으로 아버지 집에 갔을 때 눈물 한 방울 없이 냉랭하게 작별 인사를 건네던 본처나 이복언니들에게는 편지를 쓸 생각이 전혀 없었다.

무더운 날이었지만 미영은 가진 것 중 제일 좋은 푸른색 한복을 입고, 보배의 낡은 고무신을 신었다. 하나로 길게 땋아 내린 머리끝에 보배가 매준 분홍색 댕기가 걸음을 뗄 때마다 좌우로 흔들렸다. 긴 머리를 낮게 모아 나무 비녀로 쪽진 어머니는 열린 기차 문 앞에 말없이 멈춰 섰다. 아침에 집을 나설 때 어머니는 미영에게 아끼던 옥비녀를 건넸고, 미영은 선물을 소중히 짐 속에 챙겨 넣었다. 한쪽 끝이 둥근 옥비녀는 어머니가 할머니로부터 물려받은 물건이었다. 어머니가 그런 비녀를 준 건 무슨 뜻일까? 곰곰이 생각하던 미영은 문득 깨달았다. 언제 다시 만날지 모르니 이게 마지막 선물일 수도 있다는 것을.

"오마니!" 미영이 온 힘을 다해 어머니를 불렀다. 갑자기 엄마 치맛자락에 매달린 어린아이가 된 기분이었다. "저 안 갈래요!" 뜨거운 눈물이 볼을 타고 흘러내렸다.

보배 언니도 집을 떠나는 날 그렇게 외쳤지만, 그때도 지금도 어머니는 꿈쩍하지 않았다.

어머니는 눈을 감은 채 크게 한숨을 들이마시고는 입을 열었다. "일본에 가면 부디 열심히 공부해라. 배워서 사람 노릇을 해야지."

보배가 잡고 있던 미영의 손을 꽉 쥐는 것이 느껴졌다. 몇 년 전 기차역에서 어머니와 헤어지던 순간을 떠올리고 있겠지. 미영의 고통을 자신의 아픔처럼 생생히 느끼고 있는 거겠지. 미영은 발을 질질 끌며 보배의 손에 이끌려 기차에 올랐다.

보배는 지난주 내내 미영을 달래느라 안간힘을 썼다. 보배가 일본까지 가는 여정을 자세히 설명해주면 미영은 듣는 순간에는 기대감에 마음이 설레기도 했다. 하지만 막상 떠나야 하는 순간이 오자 모든 것이 달리 보였다. 일본까지는 가는 여정은 멀고도 험하다. 집으로 돌아오려면 돈도 어마어마하게 들겠지. 일본은 너무나도 먼 곳이다. 어머니와 고향 집, 내 나라를 떠난다. 그것도 어쩌면 영영.

"오마니!" 미영은 차창을 열고 어머니 얼굴을 찾았다.

어머니는 마음이 약해졌는지, 굳은 표정을 살짝 누그러뜨렸다. 어머니의 눈가가 젖어 있었다. 후회의 눈물일까? 하지만 경적이 울리고 기차가 움직이기 시작하자 그런 순간도 순식간에 휘발되고 만다. 어머니의 모습이 멀어질 때 미영은 양손으로 창틀을 붙잡고 흐느껴 울었다.

한참을 울던 미영은 짐가방을 뒤져 어머니가 준 옥비녀를 꺼냈다. 쥐고 있으면 과거로 돌아갈 수 있는 요술 비녀라도 되는 양, 비녀를 가슴팍에 갖다 대고 눈을 꼭 감았다. 보배의 어깨와 맞닿은 미영의 어깨가 계속 들썩거렸다. 미영은 끝을 알 수 없는 여행을 떠나고 있었다. 돌아올 기약도 없이 남의 나라로 향하는 여행.

제2부 · 일본 교토

1930년

제10장

1930년 교토

아침 햇살에 눈을 뜨자마자 코를 찌르는 냄새가 들이닥쳤다. 술 냄새가 진동하는 작은 다다미방은 엎어진 빈 술병이며 쓰레기로 가득했다. 강렬한 악취에 코가 타들어가는 것 같았다. 작년 생일에 아버지께 소주를 따라드렸을 때가 떠올랐다. 그날의 주인공은 미영이었는데도 도리어 아버지의 술 시중을 들었다.

이제 미영은 집에서 멀리 떨어진 낯선 곳에 홀로 남겨진 신세다. 양철지붕의 갈라진 틈 사이로 가느다란 햇살이 들어와 허공에서 이리저리 엇갈렸다. 창문에 붙인 신문지는 지저분한 누런색으로 바랬고, 창호지가 찢어진 미닫이문 건너편엔 구겨진 담요와 풀다 만 보배의 짐가방이 너저분하게 널려 있다. 옆집에서 말소리가 희미하게 들려올 뿐, 사방이 숨죽인 듯 고요했다.

어젯밤 늦게 교토역에 도착했을 때 기차가 끼익 소리를 내며

선로에 멈춰 서던 기억이 생생했다. 보배는 어둠 속에서 미로 같은 골목으로 미영을 이끌었고, 둘은 마침내 조선말이 여기저기서 들려오는 허름한 동네에 도착했다. 기차역 뒤편 골목이 교토에서 조선인들이 모여 사는 동네라고 했다. 일자리를 찾아 일본으로 건너온 사람들, 유학생과 그 가족들이 벽을 공유하며 다닥다닥 붙은 비좁은 목조 주택에 살고 있었다. 두 사람이 집에 도착했을 때 형부 하라모토는 이미 깊은 잠에 빠져 있었다.

문어 굽는 냄새가 열린 창으로 흘러들어왔다. 고향의 장터가 떠올랐다. 집을 떠난 게 어제였던가, 아니면 그제였던가? 익숙한 냄새에 피곤한 몸이 녹으며 배가 고파왔다. 음식 냄새를 따라 밖으로 나가보고 싶었지만, 혼자 나가기가 두려워 보배 언니를 기다려보기로 했다. 찻잔이 놓인 작은 서랍장이 있길래 서랍을 열어보니 오래된 쌀과자가 조금 있었다. 미영은 요란하게 과자를 씹으며 지저분한 방을 둘러보았다. 상상했던 집과는 전혀 달랐다.

일본부터가 상상했던 것과 달랐다. 부산에서 배를 타고 시모노세키에 내리니 군복 입은 사람들이 잔뜩이라, 미영은 도착하자마자 겁에 질렸다. 군인들이 어깨에 소총을 메고 뭐라 뭐라 크게 소리를 질러댔다. 같이 배를 타고 온 조선 사람들의 이야기를 들어보니 시모노세키항은 태평양 각지의 일본 식민지로 통하는 관문이라고 했다. 일본 군인들이 바로 근처에서 전쟁이라도 벌어지고 있는 양 설치고 다녔지만, 적군의 모습은 보이지 않았다. 이들에 비하면 평양에서 본 일본군은 상냥했다고 느껴질 정도였다.

배를 타기 전까지의 기억은 흐릿하다. 보배의 소맷자락을 붙잡고 울기만 했기 때문이다. 보배는 내내 미영의 손을 잡아줬지만 별다른 말이 없었고, 덕분에 미영은 눈물이 마를 때까지 마음껏 울었다. 일본에 도착해서 교토행 기차를 타고서야 미영은 비로소 돌이킬 수 없는 여행길에 오른 것을 실감했다. 아침 햇살이 쏟아지는 창가 자리에서 창밖으로 휙휙 지나가는 이국의 낯선 풍경을 보며 익숙한 모든 것에서 멀어졌음을 깨달았다. 집과는 반대 방향으로 가고 있다. 집이 점점 멀어진다. 심지어 나 자신마저 조금 떼어놓고 온 것만 같았다.

집으로 돌아가고 싶다는 생각이 막 들던 차에 문이 열리고 보배가 들어왔다.

"오하이오!" 보배 언니가 일본말을 쓰는 건 처음 봤다. "일본어로 '안녕하세요'라는 뜻의 아침 인사야." 보배 언니는 상황이 안 좋을 때도 늘 명랑했다. 그렇지 못한 미영은 언니의 그런 면이 더욱 존경스러웠다.

"오-하이-오!" 부드럽게 오르내리는 조선말과 달리 미영의 입에서 나온 일본말은 딱딱하고 어색하기만 했다. 소학교에서 일본어를 조금 배우기는 했지만, 실제로 듣고 말하기는 쉽지 않을 것이다.

"오늘 하루 일을 쉬게 돼서 다행이지 뭐니." 보배가 말했다. "먼 길 오느라 얼마나 힘들었는데 어떻게 또 식당에서 하루종일 설거지를 하겠어. 그건 그렇고, 아침에 네가 다닐 학교에 다녀왔어. 다음 주부터 나오면 된대."

미영은 교실을 가득 채운 일본인 학생들 앞에서 입도 떼지 못하는 자기 모습을 상상했다. "나 아직 일본말도 잘 못 하는데 어떡하지! 조선인 학교는 없어?" 일본에도 조선말을 쓰는 학교가 있다는 이야기를 들은 적이 있었다.

"조선인 학교를 나오면 일자리도 못 구해. 그리고 그런 학교는 사립이라 학비가 든단다."

"아……." 미영이 고개를 떨궜다. "하지만 어떻게 하루아침에 일본말로 공부를 해?"

"걱정하지 마." 보배가 웃음을 지어 보였다. "일본어를 배우는 책도 있고, 일본인 학교에도 조선인 학생들이 좀 있다고 하더라. 걔들이 도와주겠지."

조선말 쓰는 사람을 다시 만날 수 있다고 생각하니 조금은 긴장이 풀렸다.

"학교에서는 소학교 6학년을 다시 다니면서 일본말을 배우라고 하던데? 여기서도 조선이랑 똑같이 학기가 4월에 시작하고 3월에 끝나니까, 한 살 어린 애들이랑 6학년 중간부터 다니는 거야."

미영은 마음이 놓였다. 그렇다면 배우는 내용은 어렵지 않을 것이다. 열세 살치고는 덩치도 작은 편이니까 한 살 많은 것쯤은 티도 나지 않을 것이다.

"너 배고프겠다." 상 위에 흩어진 과자 부스러기를 본 보배가 말했다. "이따가 하라모토 상 저녁밥도 차려줘야 하니까, 같이 시장에 가보자."

그날 오후 미영은 보배의 손을 잡고 시장으로 향했다. 차도도 없는 좁은 골목에 조선인들이 운영하는 노점상과 식당들이 빼곡히 자리 잡고 있었다. 아무렇게나 마구 지은 판잣집에 일본어와 조선말을 뒤섞어 쓴 간판들이 즐비했다. 상인들은 길가에서 배추며 고춧가루, 고추장 따위를 늘어놓고 팔았다. 머리부터 발끝까지 돼지고기의 모든 부위가 알뜰하게 걸려 있었다. 고향에서 먹던 냉면과 비슷한 물냉면 한 그릇을 사 먹었더니, 온몸이 땀범벅이 된 채로도 조금은 시원한 기분이 들었다. 곧 부서질 것 같은 나무 의자에 앉아 순대도 씹어 넘겼다. 일본말과 조선말이 뒤섞여 들려오는 것에도 점점 익숙해졌다. 아줌마들이 행인을 붙잡고 튀긴 만두나 말린 오징어를 맛보라고 외치고 있었다. 조선말을 들으니 향수병이 조금은 사그라드는 것 같았다.

미영은 도시 생활이 처음이었다. 양철로 지은 건물이 저렇게나 기울어져 있는데 무너지지 않는 것도 신기했다. 사람들은 버려진 양철 조각을 주워 엮은 판잣집에서 살았고, 쓰레기는 여기저기 쌓인 채 악취를 풍기며 썩어갔다. 집 사이사이에 줄을 걸어 빨래를 말렸고 길 양쪽으로는 오수가 그대로 흘러들었다. 여기저기서 풍겨오는 고약한 냄새에 얼굴이 찌푸려지기 일쑤였다.

사람들의 생김새도 달랐다. 나이 든 여자들은 한복을 입지만, 젊은 사람들은 서양식 옷을 입었다. 기모노를 입은 여자도 있고, 발가벗은 채 돌아다니며 길거리 아무 곳에나 오줌을 누는 아이들도 있었다. 남학생들은 검은색 교복을, 여학생들은 주로 주름치마에 깃이 달린 윗옷을 입었다.

"참, 학교에서 준 교복이 있어." 보배가 말했다.

다른 여자애들과 같은 옷을 입을 수 있다는 사실에 미영은 안도했다. 새로 온 전학생인데 차림새까지 달라 눈에 띄고 싶지는 않았다.

보배는 입구에 일본어가 쓰인 짧은 남색 가리개를 드리운 가게로 들어가더니, 닭튀김과 노란 무절임, 어묵을 샀다. 집에서 먹던 음식이 아니라서 그런지 미영은 그걸 보고도 그다지 입맛이 돌지 않았다. 다른 가게에 들러 아까 집에서 본 빈 병과 같은 모양의 술병도 하나 집어 들었다. "하라모토 상은 사케를 좋아해. 소주랑 비슷한 술이야. 집에 조선 음식은 들이지도 못하게 해. 자기가 일본 사람인 줄 안다니까!"

하라모토가 일본 음식과 일본 물건을 좋아하는 걸 언니는 못마땅하게 여기는구나. 보배는 지금도 한복을 입고, 냉면을 먹을 때는 여전히 두 손으로 그릇을 잡고 입을 댄 채 국물을 마셨다. 밥을 먹은 후에는 소매 끝단으로 입가를 훔치는 모습까지도, 언니는 여전히 영락없는 조선 사람이었다. 시장에 나와보니 조선인 가게에서 파는 과자도 많은데, 집에 있던 쌀과자가 일본 제품이었던 것에도 다 이유가 있었다.

두 사람이 집에 돌아와 낮은 상에 저녁밥을 차릴 무렵에는 뜨거운 여름 해도 이미 저물어가고 있었다.

"타다이마(다녀왔어)." 하라모토가 좁은 현관에서 신발을 벗으며 귀가를 알렸다.

미영이 형부 얼굴을 본 건 이때가 처음이었다. 첫인상은 정 씨와 비슷했다. 다부진 체격에 머리가 벗겨지는 중이고, 형처럼 짧은 콧수염을 기르고 있었다. 얼굴 피부는 두꺼운 거죽 같고 주름이 가득했다. 미영의 눈에는 아버지와 비슷한 연배로 보였다.

보배가 시집온 지도 두 해가 넘었는데, 부부는 서로 모르는 사이마냥 말도 없이 눈인사를 주고받았다.

"제 동생 미영이예요." 보배의 소개에 미영은 고개를 푹 숙여 인사했다.

하라모토는 짧게 고개를 끄덕였지만, 여전히 한마디도 하지 않았다. 처음 만나는 아내의 여동생은 안중에도 없다는 표정이었다. 하라모토는 회색 제복을 입고 있었는데, 정 씨의 말대로 가슴팍에 일본어로 이름이 새겨져 있었다. 미영이 시장에서 본 조선인들은 서로를 조선 이름으로 불렀지만, 보배 언니는 남편을 하라모토 상이라고 불렀다. 하라모토 상이 실제로 하는 일은 길거리를 돌아다니며 계량기를 확인하는 게 전부인데도, 그는 자신을 전기기사로 불러주길 원했다.

"이타다키마스(잘 먹을게)." 하라모토가 밥상에 앉으며 짧게 내뱉었다. 음식 씹는 소리가 요란하고 사케를 벌컥벌컥 들이켜는 모습이 정 씨와 판박이였다. 보배는 미영에게 자기 옆에 무릎 꿇고 앉으라고 손짓했다. 함께 남편의 시중을 들자는 뜻이었다.

하라모토가 석간신문을 가져오라고 하자 보배는 공손히 신문을 갖다줬다. 밥을 다 먹은 하라모토는 혼자서 침실로 들어가더니 문을 닫아버렸다. 보배 언니는 꼭 어머니처럼 굴고 있다.

아버지 말이라면 뭐든 고분고분 따르는 어머니처럼. 미영은 절대로 결혼 같은 건 하지 않겠다고 다시 한번 속으로 다짐했다.

하라모토가 방으로 들어간 뒤에야 보배는 크게 숨을 내쉬더니 미영에게 속삭였다. "자, 이제 우리도 밥 먹자." 보배는 매운 총각김치와 국수, 달걀물을 입혀 튀긴 생선, 흰쌀밥으로 새 밥상을 차렸다. "우리 집에서 처음 먹는 밥이니까!"

"흰쌀밥을 어떻게……. 돈 많이 썼겠다, 언니." 이렇게 허름한 집에 살면서 동생이 왔다고 근사한 상을 차린 것이다. "고마워, 언니. 여기까지 데려와서 학교도 다니게 해주고."

"고맙다는 말은 교토 말로 '오키니'라고 해."

"오-키니." 미영은 새로 배운 말을 어색하게 발음해 보았다.

다음 날 저녁, 하라모토는 전날보다 사케를 훨씬 더 많이 마셨다. 미영이 잘 준비를 하고 있는데 옆방에서 보배와 하라모토가 다투는 소리가 들려오더니, 젖은 수건이 피부를 내리치는 것처럼 철썩 소리가 나고 다음 순간 갑자기 조용해졌다. 두려움이 미영의 몸 구석구석을 파고들었다. 집을 떠나기 전 보배 언니가 연못가에서 해준 이야기가 떠올랐다. 하라모토 상은 승진을 못해서 술을 많이 마신다고 했지. 이번에도 또 밀려난 건가. 그렇다고 언니에게 화풀이를 하다니! 다음 날 미영은 특별히 언니의 기분을 신경 쓰면서 군말 없이 집안일을 도왔다.

학교에 가기 전까지 며칠간 미영은 언니와 집안일도 하고 시장에도 갔다. 보배가 가져다준 닳고 닳은 일본어 교재도 틈틈이 들여다보았다. '내 이름은 무엇입니다', '실례지만 여기로 가려면 어떻게 가나요?' 따위의 유용한 문장들을 머릿속에 집어넣었다. 저녁이면 하라모토를 상대로 외운 문장을 써보기도 했다. 술에 취하지 않은 하라모토 상은 생각보다 친절했다. 길거리의 간판을 읽거나 사람들의 대화에 귀를 기울이다 보면, 소학교 시절 일본어 수업이 떠올랐다. 김 선생님은 말과 글을 사랑하라고 하셨다. 얼른 일본어를 배워서 일본 학교에서도 우등생이 되리라. 김 선생님에게 부끄럽지 않은 사람이 되고 싶은 생각뿐이었다.

제11장

1930년 9월

처음으로 일본 학교에 가는 날, 미영은 잔뜩 긴장한 채 등교 준비를 했다. 평소보다 더 공들여 세수하고 보배가 갖다준 교복을 입었다. 하얀 깃이 달린 검정 긴팔 윗옷엔 구김이 져 있고 주름치마는 헐렁했지만, 신경 쓰지 않았다. 다른 아이들과 크게 다르지 않은 모습이기만 하다면 다행이었다. 새 학교에서 새로운 친구를 사귈 생각을 하자 가슴이 두근거렸다.

보배는 커다란 교문 앞까지 미영을 데려다주고는 수업이 끝나는 시간에 맞춰 데리러 오겠다고 약속했다. 미영은 언니의 뒷모습을 한참 바라보다가, 언니가 인파 속으로 사라지고 나서야 다른 학생들을 따라 학교 건물로 향했다. 소학교와 중학교가 붙어 있는 곳이라 재잘대며 웃는 어린애들과 여드름 자국 가득한 십대들이 한데 뒤섞여 있었다. 미영은 마음을 단단히 먹고 고개를 빳빳이 세우고는 2층짜리 콘크리트 건물 앞에서 기죽지 않으려고 안간힘을 썼다. 새 학교는 고향에서 다녔던 교실 하나짜리 소학교에 비하면 너무 크고 차가워 보였다. 운동장이 넓고, 창문 아래에는 화단을 가꿔놓았다. 문 두 짝으로 된 건물 입구에 다다르기도 전에 열 살쯤 되어 보이는 남자애가 미영을 밀치고 지나가는 바람에 거의 넘어질 뻔했다.

남자애는 코를 막는 시늉을 하며 미영을 향해 소리를 질렀다. 뭐라고 하는지 알아들을 수는 없었지만 미영에게서 냄새가 난다는 뜻인 것 같았다. 미영은 그 자리에서 사라지고 싶었지만, 순식간에 여러 명이 미영을 둘러싸고 다 함께 노래를 불러댔다. 어떤 아이가 미영의 땋은 머리를 잡아당겨 머리가 뒤로 확 젖혀지자 얼굴이 붉게 달아올랐다.

도망쳐야겠다! 미영이 생각한 순간, 한 남자가 끼어들었다. 턱에 보조개가 있고, 둥근 안경테 너머 두 눈이 상냥한 어른이었다. "오노 하루키, 노무라 이치조!" 남자가 큰소리로 두 아이의 이름을 부르며 교실로 들어가라고 손짓했다. 아이들이 곧장 시킨 대로 하는 걸 보니 선생님인가 보다. 미영은 무리를 따라 건물 안으로 향했다. 소학교 때처럼 모두가 입구에서 신발을 벗길래 미영도 따라서 신발을 벗었다. 어린아이들이 한쪽 복도로 향하고 큰 아이들이 반대편 복도로 향하는 걸 보니, 건물 한쪽은 소학교, 다른 한쪽은 중학교인 모양이었다.

아까 그 선생님이 미영을 교무실로 데려가더니 책상에 앉은 직원에게 뭐라고 한마디 하고는 가버렸다. 하지만 직원은 종이에 도장을 찍기만 할 뿐 미영을 올려다보지도 않았다. 미영은 보배가 학교에 가져가라며 준 종이를 떠올렸다. 미영의 이름이 한글로 쓰여 있고, 나머지는 일본어로 적혀 있는 종이. 미영이 종이를 꺼내서 내밀자, 직원은 더러운 것이라도 만지듯 두 손가락으로 받아 들었다. '미영'이라는 이름을 보니, 아까 선생님이 불렀던 일본 아이들의 이름과는 너무나도 다르다는 것이 실감 났다. "야마모토 선생님 반이다." 직원이 소학교 복도 쪽 교실을 가리키며 말했다.

미영이 조심조심 교실로 다가가서 문 앞에 서자, 아까 미영을 도와준 선생님이 책상에 앉아 있는 게 보였다. 미영을 발견한 선생님은 웃으며 교실 뒤편에 있는 빈 책상을 가리켰다. 고향의 소학교에서는 낮은 좌식 책상에 앉아 공부했는데, 이 교실의 책상은 높이가 높고 학생들이 나무로 된 의자에 앉아 있었다. 책상 사이를 지나 자리로 가는 길에 누군가가 발을 걸어서 미영은 넘어질 뻔했다. 와르르 웃음소리가 터져 나오자, 야마모토 선생님이 곧장 지시봉으로 책상을 두드렸다. "쉿!" 교실의 모든 눈이 미영에게 집중되고, 다들 서로 귓속말로 속삭였다. '조센징'이라는 단어가 들렸지만 무슨 뜻인지는 알 수 없었는데, 그 말이 나온 이후로는 누구도 미영에게 관심을 주지 않았다. 미영은 수업에 집중해보려고 애를 썼지만, 알아들을 수 있는 것이 거의 없었다.

점심시간이 되자 미영은 보배가 준 공책에 뭔가를 쓰는 척하며 다른 아이들이 모두 밖으로 나가기만을 기다렸다. 아까 발을 건 아이와 절대 마주치고 싶지 않아서였다. 그때 어떤 여자애가 미영의 자리로 다가왔다.

"난 지민이야." 여자애가 조선말로 말을 걸어와서 미영은 그제야 긴장을 풀었다. 지민이 똘망똘망한 눈으로 붙임성 있게 웃어 보였다.

"난 미영이." 그날 아침 눈을 뜬 뒤 처음으로 마음이 조금 편해지면서, 갑자기 오줌이 마려워졌다. 미영이 몸을 배배 꼬기 시작하자 지민이 물었다.

"너 괜찮니?"

"변소가 어딘지 알려줄래?" 미영은 볼을 붉히며 물었다.

지민이 빙긋 웃으며 미영을 데리고 복도로 나섰다. 복도 끝에 있는 불투명한 유리문을 열고 들어가자 변소가 나왔다. 미영은 공용 고무신을 신고 문이 열려 있는 칸으로 향했다. 변소라고 해봐야 땅에 뚫어놓은 구멍일 뿐이지만 그제야 안심이 됐다.

"가자." 미영이 볼일을 마치고 나오니 기다리고 있던 지민이 손을 잡아끌었다.

지민을 따라가자, 학교 건물 옆 잔디밭에 몇몇이 앉아서 점심을 먹는 모습이 보였다. 다들 조선말을 쓰며 미영이 싸 온 것과 비슷한 수수밥, 김치, 삶은 감자 따위를 먹고 있어서 한시름 놓을 수 있었다. 모두들 처음 등교한 날 비슷한 일을 당했다는 이야기를 듣자 더욱 마음이 놓였다.

"일본 애들은 우릴 싫어해." 빡빡 깎은 머리에 덩치가 큰 남자애가 말했다. "우리가 마늘만 먹어서 냄새가 난다나?"

미영은 마음이 상해 고개를 떨궜다. 조선인이라는 이유만으로 그런 취급을 당하는구나.

볼에 점이 있는 여자애가 작은 목소리로 말한다. "이 학교에는 조선인이 우리 다섯 명뿐이야."

"그걸 어떻게 알아? 중학교에도 더 있을걸?" 아까 그 남자애가 목소리를 높였다. 키가 갑자기 자랐는지 교복 윗도리 단추는 터지기 직전에, 바지는 너무 짧아 발목이 다 드러나 있었다.

"조선인이 몇 명인지 왜 몰라?" 미영이 물었다.

"일본말을 잘하는 애들이 있는데, 조선인인 걸 숨기려고 일본 이름을 써. 저쪽 중학생들 사이에 키 크고 무섭게 생긴 형 보이지? 이름은 일본식인데, 사실은 조선인 깡패 두목이래."

과연 흙모래가 깔린 운동장 건너편에 남자 중학생들이 무리지어 서 있었다. 오전 내내 있었던 일을 떠올려보면, 조선인인 걸 숨기고 싶어 하는 아이들이 있는 것도 이해가 갔다. 조선인과 일본인의 생김새는 크게 다르지 않으니, 마음만 먹으면 숨기는 게 그렇게 어려울 것 같지는 않다. 일본인 행세를 하는 생활은 어떤 걸까? 마음 상하는 일도 피할 수 있고 살아남기도 확실히 더 쉽겠지.

낯선 언어를 한마디라도 더 알아들으려고 애쓰다 보니 오후 수업도 순식간에 지나갔다. 야마모토 선생님이 집에 가져가서 보라고 일본어 교재를 한 권 줘서, 이제 미영이 가진 일본어 책은 두 권으로 늘어났다. 수업이 끝난 뒤 미영은 교문에서 기다리는 보배를 만나 집으로 향했다. 학교가 시야에서 사라지자,

미영은 인상을 쓰며 입을 열었다.

"애들이 내가 조선인이라고 괴롭혀!" 미영은 소학교에서 자신이 보살피던 어린 학생들처럼 언니에게 칭얼댔다. 괴로웠던 순간을 떠올리니 얼굴이 다시 뜨거워졌다.

"그게 무슨 소리야?" 보배가 물었다. "뭐라고 했는데?"

미영은 그날 일본인 학생들에게 어떤 취급을 당했는지 털어놓았다. "전부 못돼 처먹었어! 중학교에 가도 별로 달라지지 않을 것 같아."

"동생아." 보배가 미영의 팔을 토닥였다. "내가 여기서 학교에 다녀본 건 아니지만, 한복을 입고 다니다 보면 시장에서 줄을 섰다가도 줄 밖으로 밀려날 때가 있어. 힘든 건 알지만 이젠 익숙해져야 해."

그날 밤, 미영은 어머니가 준 옥비녀를 손에 꼭 쥔 채 어린아이처럼 울면서 잠들었다. 고향의 보리밭을 가로질러 달려가는데 일본 군인이 쫓아오는 악몽을 꿨다. 꿈에 복희 언니도 나왔는데, 언니는 귀신처럼 텅 빈 눈에 머리가 하얗게 세어 있었다. 미영은 비명을 질렀지만, 목소리가 완전히 사라져 있었다. 입을 벌려도 아무런 소리가 나오지 않았다.

며칠이 흘렀지만 학교는 나아진 것이 없었다. 일본 아이들은 틈날 때마다 미영을 괴롭혔다. 야마모토 선생님이 보고 있지 않을 때면 미영을 밀치거나 팔을 쳐서 미영이 들고 있는 책을 떨어뜨렸고, 수업이 끝나고 가보면 신발장에 벗어놓은 신발이 없을 때도 있었다. 다른 조선인 친구들의 상황도 크게 다를 것이 없었다.

"왜 가만히 있는 거야?" 미영이 지민에게 물었다.

"싸워봐야 소용없어. 재들은 계속 저럴 테니까."

"선생님께 말씀드리면? 그럼 그만두지 않을까?" 야마모토 선생님이라면 도와줄 것 같기도 했다.

"도와주는 선생님도 있는데, 안 그러는 사람도 많아." 지민이 대답한다. "선생님들은 대부분 들은 척도 안 해."

미영은 학교생활이 달라지리라는 희망을 접었다. 입도 마음도 닫아버린 채, 어머니에게 집에 돌아가고 싶다는 편지를 쓰기로 결심했다. 집으로 돌아가면 시집을 가야 하고 학교도 더는 못 다니겠지만, 이런 상황에서는 도망칠 수 있다. 어머니는 글을 읽지 못하지만, 우편국에서 일하는 이 씨 아줌마가 편지를 대신 읽어주실 것이다. 9월이 끝나갈 무렵, 손꼽아 답장을 기다리던 미영에게 드디어 얄팍한 편지 봉투가 구겨진 채 도착했다. 겉면에는 고향집 주소가 한글로 쓰여 있었다. 미영과 보배는 상을 가운데 두고 함께 앉아 편지를 읽었다. 어머니가 다른 사람의 어설픈 손을 빌려 쓴 편지 내용은 이랬다.

딸아,

학교에서 그런 일이 있었다니 안됐구나.

분명 옳지 못한 일이다.

그게 너의 잘못이 아니라는 점을 명심하거라.

그래도 그곳에 살아야 기회가 많단다.

공부 열심히 하고, 언니랑 선생님 말씀 잘 듣거라.

'고생 끝에 낙이 온다'는 속담을 기억하렴.

어머니가

미영은 편지를 반으로 접고 외로운 마음도 함께 접어 봉투에 넣었다. 어머니는 처음부터 미영을 영영 떠나보내려고 마음먹은 게 틀림없다. 헤어질 때 옥비녀를 준 것도 그런 뜻이겠지. 아무리 힘들고 불행해도, 이제 일본에서 살아야 한다. 고생 끝에 낙이 온다니, 그런 엉터리 같은 속담이 있나! 여기선 아무리 고생해도 낙이 올 것 같지가 않다.

"언니, 나 이제 어떡해?" 미영이 묻는다.

"어떡하니. 조선인 친구들은 어때? 걔네랑 친해지면 좀 낫지 않을까?"

"지민이라는 애가 착하고 나한테 말도 걸어줘. 조선 사람끼리 뭉치는 수밖에 없나……." 생각해보니 그래도 학교에 친구가 아예 없는 건 아니었다.

"잠깐, 좋은 생각이 있어." 보배가 뜻밖의 이야기를 꺼냈다. "미영이 너도 일본 이름을 쓰는 게 어때?"

"일본 이름?" 미영의 가슴이 두근거리기 시작했다. "정말? 언니도 일본 이름이 있어?" 언니는 왜 지금껏 이런 이야기를 해주지 않은 걸까?

"내 일본 이름은 아이코야." 보배가 대답했다. "'아이'는 '사랑'이라는 뜻이고, '코'는 '아이'라는 뜻이야. 내가 직접 지었어. 사랑이라는 말이 들어간 이름이 좋아 보여서……. 별로 쓸 일이 없기는 해. 난 내 원래 이름이 더 좋아."

자그마한 희망이 보이는 것 같았다. 어떤 이름이 좋을까? 이름을 바꾸면 사람 속도 달라질까? 속이 바뀌면 좀 어때? 일본 이름을 쓰면 일본 애들의 대접도 조금은 달라질지 모른다.

"그냥 마음대로 지으면 되는 거야?"

"그럼. 어차피 신분증에 진짜 조선 이름이 나와 있으니까, 아무도 뭐라 안 해."

사실이다. 보배와 집 근처 관청에 가서 받은 신분증에는 '서미영'이라는 한글 이름이 쓰여 있다.

"어디 보자……. '미영'은 아름답고 용감하다는 뜻이지? 미요코 어때? 일본말로 '아름다운 아이'라는 뜻이야."

썩 괜찮은 이름 같다. 아름답고 사랑받는 사람이 되고 싶으니까. 그런 이름을 갖고 있으면 다른 사람들도 미영을 그렇게 봐 줄지 모른다. 용감해지는 건 그다음 일이다.

"좋아!" 미영은 다시 설레기 시작했다. 일본 아이들이 자신을 미요코라고 부르며 친구로 대하는 모습을 상상해 본다. 중학교에 갈 때쯤이면 다들 미요코라는 이름에 익숙해져 있겠지.

집으로 돌아가는 일은 이제 없다는 걸 미영은 받아들였다. 이 학교에서 열심히 공부해서 우등생이 되는 수밖에 없다. 새 이름이 새로운 기운을 가져다줄지도 모른다. 옷차림도, 행동도 일본 아이들을 흉내 내야지. 여기서 살아남을 방법은 그것뿐이다.

제12장

1930년 10월

"미요코, 미요코."

미영은 학교 가는 길에 자신의 새 이름을 조용히 불러보았다. 발아래서 걸음마다 낙엽이 바스락거렸다.

수업 시작을 알리는 종이 치기 전, 미영은 야마모토 선생님의 자리로 갔다. 떨려서 가슴이 쿵쾅거렸다. "부탁드립니다. 오늘부터 저를 하라모토 미요코라고 불러주세요." 입 밖으로 내뱉었으니 이제 주워 담을 수도 없다.

"그래, 그러마. 하라모토 미요코." 야마모토 센세가 고개를 끄덕이며 웃어 보였다.

미영은 이제 미요코가 되었다. 선생님이 아무렇지도 않게 새 이름을 받아줘서 마음이 놓였지만, 동시에 조금 슬프기도 했다. 하지만 일본 이름 덕분에 친구 사귀기가 쉬워지고 앞으로 선생님이 되는 데에 도움이 된다면 그걸로 됐다.

점심시간이 되자 미요코는 언제나처럼 일본인 학생들이 점령한 운동장에서 조금 떨어진 곳에 조선인 친구들과 함께 앉았다.

"일본인이 되기로 한 거냐?" 민호가 입안 가득 음식을 씹으며 물었다.

모두 약속한 듯 입을 다물었다. 미요코는 예상하지 못했던 반응에 당황했다. "그래야 적응하기가 쉬울 것 같아서……."

"그건 그냥 항복 아닌가. 사람이 원래 자기 이름을 써야지." 지민이 말했다.

말문이 막혔다. 먼저 말을 걸어주고 이 무리에도 끼워준 것도 지민이니까, 지민만은 내 편을 들어줄 줄 알았는데.

"맞아." 까까머리 정수가 맞장구를 쳤다. "일본 이름을 쓴다고 사람들 대접이 달라지진 않아. 그저 나도 속이고, 남도 속이는 것뿐이지."

미요코의 얼굴이 화끈 달아올랐다. 어떡하지. 죄책감이 밀려들었다.

도시락을 다 먹은 아이들은 미요코를 그대로 둔 채 자리를 떴다. 미요코는 다른 여자애들이 팔짱을 끼고 웃으며 멀어지는 모습을 바라만 볼 수밖에 없었다.

그날 집에 돌아온 미요코는 김 선생님이 준 공책에 일기를 쓰고, 김 선생님에게 편지도 썼다. 한 달 뒤, 김 선생님의 답장이 도착했다. 미요코는 설레는 마음으로 봉투를 열었다.

미영에게,

편지가 와서 반가웠단다!

여기는 날씨가 추워지고 있어.

일본에서 따뜻하게 잘 지내고 있기를 바라.

일본인 선생님이 좋은 분이라니 다행이다.

선생님께 잘 배우렴. 미영이는 분명히 잘할 거야.

일본 이름을 지은 것도 이해가 가는구나.

매일같이 괴롭힘을 받는다니 정말 힘들 거야.

조금이라도 편하게 지낼 방법이 있다면 무엇이든 해봐.

하나님은 미영이를 위한 계획이 다 있으시니까, 참고 기다려보렴.

미영이가 건강하기를 기도할게.

선생님이

김 선생님의 편지에 용기를 얻은 미요코는 마음을 단단히 먹고 학교를 다녔다. 그 뒤로 몇 달 동안은 오로지 일본어를 익히는 데만 집중해서, 학교 도서관에 있는 책이란 책은 몽땅 읽어치웠다. 일본어는 어렵지만 문장 구조 자체는 조선말과 비슷했다. 일본인처럼 능숙하게 발음하기 위해서 늘 소리 내 단어를 읽고 외웠다. 노력이 통했는지, 몇 달 만에 미요코의 말하기와 읽기 실력은 몰라보게 늘었다. 미요코는 보배에게 싸구려 기모노를 사달라고 졸라서, 교복을 입지 않을 때는 간소한 보랏빛 기모노를 입고 다녔다. 얼마 지나지 않아 모르는 사람 앞에서 일본인 행세를 할 수 있게 됐다.

동생의 새로운 모습을 볼 때면 보배는 표정이 굳었다. "일본 이름을 쓰는 건 어쩔 수 없지만, 그래도 뿌리를 잊으면 안 돼." 보배는 집에서 여전히 미요코를 미영이라 불렀다.

"내 마음엔 안 들지만 너에게 이래라저래라 할 수는 없지." 보배의 목소리는 여전히 다정했다. "나도 너만큼 머리가 좋았다면 너처럼 했을지도 몰라."

미요코는 언니의 말에 안심했다. 학교에서 좋은 성적을 받아서 선생님이 되기 위해서는 이 방법뿐이다. 영원히 이방인으로 살고 싶지는 않다.

한편 하라모토는 미요코로 거듭난 미영이 퍽 마음에 드는 기색이었다. 자신도 원래 이름을 버린 지 오래고 그 사실을 자랑스러워하는 사람이니 당연한 일인지도 모른다. 어느 날 퇴근하고 돌아와 면 유카타를 걸친 채 사케를 마시던 하라모토가 말했다.

"미요코 짱, 니혼고 가 조우주 데스네(일본어 실력 좋은데)!" 하라모토는 미요코의 이름을 친근하게 부르더니 다짜고짜 일본말로 칭찬했다.

"이이에(아니에요)." 미요코가 손사래를 쳤다. 일본말을 쓸 때는 자신을 낮추는 것이 예의였다. 칭찬을 들어도 그대로 받아들여서는 안 됐다.

"일본 이름도 잘 어울려." 하라모토가 덧붙였다.

"아, 소 데스까(그런가요)?" 미요코는 귀 기울여 듣는 티를 내며 일본어로 되물었다.

“일본에 사니까 일본 이름을 써야지.”

“소 데스 네(그렇지요).” 미요코가 다시 일본어로 맞장구를 쳤다.

“어차피 이름을 바꾼다고 해서 핏줄까지 바뀌는 것도 아니고.” 하라모토는 확신에 찬 말투였다.

“소 데스 까?” 선뜻 확신이 들지 않았지만, 미요코는 장단을 맞췄다.

“말을 잘 알아듣는군. 일본에 왔으면 일본식을 따르는 게 최선이다.” 하라모토의 얼굴이 환해졌다.

고향 사람들은 미요코라는 새 이름을 어떻게 생각할까? 혜원이가 이 사실을 알면 뭐라고 할까? 어머니는? 어머니는 그래도 일본에 적응하고 사는 게 집으로 돌아오는 것보다 낫다고 했으니까, 새 이름도 좋다고 하실 것이다. 이곳 사람이 되기로 했으니 최선을 다할 수밖에. 고향의 흔적이라면 모조리 지워버리는 한이 있더라도.

일본 이름을 쓰게 됐지만, 학교에서는 미요코가 조선인이라는 사실을 아무도 잊지 않았고 괴롭힘도 여전했다. 하라모토의 말은 사실이었다. 이름을 바꾼다고 핏줄이 조선인이라는 사실이 변하지는 않는 것이다.

“미영이는 자기가 미요코인 줄 아는데, 여전히 조센징처럼 냄새가 고약하다고!” 류스케라는 덩치 큰 남자애는 미요코를 볼 때마다 혀를 내밀며 소리쳤다. 사치코라는 전학생이 새로 왔을 때 그애와 잠깐 친해진 적도 있었지만, 몇몇 여자애들이 사치코에게 귓속말로 뭔가 말하자마자 곧 멀어졌다. 이런 경험이 쌓이고 쌓여 깊은 상처가 됐다.

미요코는 자신이 둘로 갈라진 것 같았다. 하라모토 말대로 겉으론 일본인 행세를 하지만, 핏줄은 여전히 조선 사람이다. 사람이 이름을 바꾸면 속도 바뀌는지 오랫동안 고민해왔지만, 여전히 답을 찾지 못했다. 자신이 어떤 사람인지 알 수 없었고, 어느 쪽도 온전한 사람은 아닌 것만 같았다.

일본 사람 행세를 하면 할수록 어린 시절 자신의 모습과 고향 맹정리의 기억은 사라져갔다. 거울 앞에 서서 고개를 이리저리 돌리며 자기 모습을 살피다 보면 얼굴의 윤곽마저 희미해져 가는 듯했다. 다른 사람의 눈에는 얼핏 일본 사람처럼 보이는지 몰라도, 미요코가 보기에는 뭔가가 빠져 있는 것 같았다. 마음속에 남아 있는 고향 집과 어머니, 그리고 오디나무 가지 위에 앉은 어린 미영 때문일까? 달라진 겉모습 아래에는 과거의 그림자가 여전히 어른거렸다.

미요코는 야마모토 선생님에게 점심시간에 교실 청소를 해도 되느냐고 물었다. 다른 학생들과 마주치고 싶지 않아서였다. 선생님은 다정한 눈빛으로 칠판 지우개를 건네줬고, 미요코가 혼자 책상에 앉아 점심을 먹을 때 아무것도 묻지 않았다. 그런 선생님이 고마웠지만, 선생님이 잘해준다 해도 다른 아이들의 괴롭힘은 좀처럼 누그러들지 않았다. 도저히 이길 수 없는 싸움이었다.

점심시간에 야마모토 선생님의 교실에 함께 남는 유미코라는 아이가 있었는데, 차분하고 조용한 유미코는 다른 일본 아이들과도 잘 지내는 편이었기 때문에 미요코는 왜 유미코가 혼자 교실에 남는지 궁금했다. 하루는 유미코가 도시락으로 싸 온 김초밥을 나눠줬는데, 받고 보니 조선식으로 참기름을 바른 김이었다. 일본식 김초밥에는 조선식과 달리 거칠고 마른 김을 썼다.

말없이 도시락을 먹던 유미코는 연필을 꺼내서 자기 이름을 한글로 썼다. 유정. 미요코도 옆에 한글로 적었다. 미영. 유미코의 따뜻한 눈빛에 미요코도 따라 웃었다. 그 뒤로 둘은 거의 매일 조선말로 속닥거리며 점심을 함께 먹었다. 미요코는 일본 학생들 눈에 띄지 않으려고 정체를 숨기고 있는 학생들이 더 있으리라 짐작했다.

알고 보니 유미코는 미요코가 살고 있는 조선인 판자촌의 이웃이었다. 둘은 가끔 주말에도 만나서 함께 동네를 탐험했다. 유미코는 일본에서 태어났지만, 유미코의 가족들은 오래전 경성에서 왔다고 했다. 둘은 손을 잡고 거리에 늘어선 가게들을 구경했다. 색이 화려한 입간판을 세우고 일본식 튀김이며 조선식 칼국수 따위를 파는 가게들이었다.

어느 일요일 오후, 유미코와 헤어지고 집으로 오는 길에 미요코는 한복 입은 사람들이 무리 지어 어느 목조 건물로 들어가는 장면을 보았다. 하나같이 뒤따라오는 사람이 있을까 봐 걱정하듯이 조심스레 주변을 살피는 모습이었다. 문이 열렸을 때 슬쩍 보니, 안쪽 벽에 한글로 '은혜교회'라고 쓰여 있었다. 일본 사람들은 대개 입구 양쪽에 붉은 기둥을 세운 신사에 다닌다. 미요코가 일본에 와서 한국식 교회를 본 건 이때가 처음이었다.

몰래 다가가 건물 안을 들여다보니, 사람들이 모여서 기도하고 있었다. 그중엔 키가 크고 짧은 머리에 안경을 쓴, 태영 오빠를 닮은 남자도 있었다. 미요코는 책이 가득 쌓인 교실에 앉아 공부하고 있을 태영의 모습을 상상했다. 태영이 마지막으로 보내온 편지는 아주 짧았다. 평양에 잘 적응했고, 학교생활이 즐겁다는 내용이었다. 미요코도 편지를 여러 번 보냈지만, 일본 이름을 지었다는 이야기는 왠지 부끄러워서 하지 못했다.

태영을 닮은 젊은 남자는 사람들 앞에 서서 조선말로 성경 구절을 읊으며 설교하고 있었다. 남 목사님 설교에서 비슷한 구절을 들었던 것이 기억났다. '눈을 열어 주의 법 안에 담긴 놀라운 진리를 보라.'

순식간에 긴 창문이 달린 고향 맹정리의 교회로 돌아온 것 같았다. 흰색 한복을 입은 마을 사람들이 창밖에서 구경거리라도 난 듯 교회 안을 들여다보던 것도 떠올랐다. 작고 소박한 교회당과 거기서 느꼈던 평온함이 떠올라 온몸이 구석구석 따뜻해지는 기분이었다. 어쩌면 하나님이 일본까지 먼 길을 함께 와서 나를 돌봐주고 계신 게 아닐까? 김 선생님은 하나님을 믿어보라고 했지만, 이제 누군가를 믿는다는 건 너무나 어려운 일처럼 느껴진다. 미요코가 사랑하는 사람들, 아끼는 것들은 이제 모두 너무 멀리 있다. 이곳에서 미요코는 완전히 혼자였다.

태영을 닮은 남자가 갑자기 목소리를 높였다.

"저, 밖에 계신 분, 안으로 들어오세요." 미요코에게 하는 말이었다. "제 이름은 송우선입니다. 들어오시겠어요?"

금속 테 안경 너머 눈빛이 부드러웠다. "네." 낯선 사람을 믿어도 될지 두려웠지만 입에서는 저도 모르게 대답이 흘러나왔다.

"학생 이름이 어떻게 돼요?"

"제 이름은……." 미요코는 말을 하다 말고 잠시 망설였다. 이름이 두 개인 걸 알면 나를 비난할까? 하지만 운에 맡겨보기로 마음먹었다. "제 이름은 서미영인데요, 여기서는 하라모토 미요코라고 해요."

미요코의 고백에도 우선의 얼굴에는 미소가 여전했다. 그제야 안심한 미요코는 두 손을 모으고 눈을 감았다. 설교가 끝난 뒤에는 우선에게 궁금한 것을 물어보기로 했다.

"왜 몰래 모여서 기도하시는 거예요?"

우선의 표정이 어두워졌다. "일본인들은 우리 조선인들이 모여 있는 걸 싫어해요. 교회라고 해도 마찬가지예요. 1919년의 3·1운동 같은 걸 또 일으킬까 봐 그러는 거죠. 우리가 지금 여기 모여 있는 것도 다 감시하고 있을지 몰라요."

"그렇군요." 멀지 않은 곳에서 순찰을 돌던 순사들이 떠올랐다. 교토에서 3·1운동 이후 일제에 저항하는 조선인 모임이 여럿 생겼다는 이야기도 들은 적이 있었다. 3·1운동 당시 일본은 폭력을 쓰지 않고 만세를 부르던 조선인들도 잔인하게 진압했고, 민가와 교회에 불을 질렀다고 들었다.

"게다가 일본 사람들은 신토*를 믿죠. 하나님이 아니라." 우선이 덧붙였다.

미요코는 학교에서 아침마다 하는 국기에 대한 경례, 그리고 어디서든 흔히 보이는 일본식 신사를 떠올렸다.

새로 알게 된 교회에 금세 마음을 붙인 미요코는 얼마 안 가 일요일 오후마다 교회에 나갔다. 구성원 대부분이 근처 대학교에 다니는 조선인 유학생이라는 것도 알게 됐다. 여자들 가운데는 남자 대학생의 누나나 여동생도 있었다. 열세 살인 미요코는 여자 중 가장 나이가 어렸는데, 모두가 예배 때 미요코에게 옆자리를 기꺼이 내주는 등 친절을 베풀었다. 그럴 때면 고향에 온 것만 같은 기분이 들었다.

교회에 꾸준히 나오자 어느 날 우선이 성경책을 내밀었다.

"미영아, 이거 가져가."

미요코는 성경책을 조심스럽게 받아들었다. 성경책을 갖게 된 건 처음이다. 누군가에게 빌려서 읽어본 적도 없었다. 목사인 혜원의 아버지가 설교하는 동안 성경책을 소중히 끌어안고 있던 모습이 떠올랐다. 집에 돌아와 성경책을 펴보니 일본어와 한글이 나란히 쓰여 있었다. 미요코는 일본어로 성경을 베껴 적으며 일본어 공부에 박차를 가했다. 하나님은 결코 나를 버리거나 떠나지 않을 것이고, 그 사랑은 변치 않으며, 언제나 나를 보호하고 이끌어준다는 문장을, 조용히 앉아서 읽고 또 읽었다.

하지만 어떤 질문들은 여전히 머릿속을 떠나지 않았다. 왜 하나님은 다른 사람을 괴롭히는 이를 그냥 두시는 걸까? 조선인

---

* 불교와 유교 이전에 일본에 토착적으로 자리 잡은 민족 종교. 모든 자연물에 신이 깃들어 있다고 믿는 다신론을 기반으로 한다.

이라는 이유만으로 나를 괴롭히는 아이들을 왜 그냥 두시는 걸까? 미요코도 자신을 솔직하게 내보이고 싶지만, 그렇게 살다가는 고통스러워질 뿐이다. 스스로를 속이는 짓인 줄 알지만, 일본인 행세를 해야만 그나마 자신을 보호할 수 있었다. 그렇게 아무리 자기 변호를 해보아도 거짓된 삶을 살아간다는 죄책감은 미요코의 마음속에 점점 깊이 뿌리내리고 있었다.

제13장

1931년 ~ 1933년

교토에서 처음 맞이하는 겨울, 미요코는 얼음장 같은 바람에 맞서며 조용히 학교 공부와 교회 예배에 집중했다. 코타츠 아래에서 교과서, 소설책, 시집, 그리고 성경을 읽으며 일본어를 익혀 나갔다. 자연을 묘사하는 하이쿠 중에서도 특히 호쿠사이라는 19세기 화가 겸 시인의 작품이 미요코의 마음을 울렸다.

나는 쓰고, 지우고, 다시 쓴다
다시 지운다, 그리고
양귀비꽃이 핀다

하이쿠 속 양귀비처럼 굳은 심지로 공부한 끝에 미요코는 교토 다이호 소학교에서 가장 성적이 우수한 학생이 되었다. 2년제 중학교에 진학해서도 계속해서 좋은 성적을 받고 있었다. 조선인으로서 겪는 고통은 감내하는 수밖에 없었다. 예상했던 대로, 중학교에서도 사정은 나아지지 않았다. 일본 여자애들은 물론 일본 이름을 쓰지 않는 조선인 학생들도 미요코와 어울려주지 않았다. 그나마 친해졌던 유미코는 다른 중학교로 가게 되면서 멀어졌다.

딱히 모범적이지 않은 조선인 남자애들의 사정도 나을 바가 없었다. 일본 이름을 쓰는 어떤 조선인 남학생은 동급생의 물건을 훔치다가 걸리는 바람에 정학당했다. 조선 이름을 그대로 쓰는 아이들도 여럿 있었는데, 개중에는 수업을 종종 빼먹어 문제아로 낙인찍힌 아이들도 있었다. 또 조선인 학교로 잠시 옮겼다가 일본인 학교로 돌아오려고 했는데 이유 없이 입학 허가를 받지 못한 일도 있었다.

이곳에서 살아남으려면 분노와 실망은 진짜 정체성과 함께 마음속 깊은 곳에 숨겨야 한다는 걸 미요코는 배워갔다. 어차피 일본에서 모범생들은 눈에 띄지 않는 조용한 아이들이다. 미요코는 수업 중 선생님이 하는 질문의 답을 알 때도 절대 손을 들지 않았다.

학교 밖에서 보면 일본인들도 미요코만큼이나 순응적인 것 같았다. 일본은 1931년 9월에 만주를 침략했고, 새로 들어선 일본 군사 정부는 이 전쟁을 일본에 없는 석탄과 철을 얻기 위한 전략이라고 포장했다. 사진으로 본 만주는 스산하고 황량하기만 했다. 복희 언니를 생각하면 가슴속에 찬 바람이 이는 것 같았다. 언니도 저런 곳에서 힘겹게 살아가고 있겠지. 만약 지금까지 죽지 않고 살아 있다면.

일요일에 교회에 가려고 길을 나서면 전장으로 떠나는 병사들을 종종 볼 수 있었다. 병사들이 군악대의 음악에 맞추어 행진하고, 구경꾼들은 길가에 서서 작은 일장기를 흔들었다. 몇몇 병사는 너무 어려 보여서 전쟁터보다는 학교 운동장이 더 어울릴 것 같았다. 사뭇 비장하게 소매를 걷어붙인 소년 중 대다수는 집으로 돌아오지 못하리라고 생각하면 마음이 아팠다.

만주 침략 소식에 일본 전체가 들떠 있었지만, 미요코는 아랑곳하지 않고 학교 공부에 열을 올렸다. 미요코가 막 열여섯 살이 된 중학교 마지막 학기에 담임 선생님인 아오키 선생님이 미요코를 따로 불렀다.

"학교에서 네가 상급 학교에 갈 수 있게 추천할 거야." 아오키 선생님은 그 어느 때보다 밝은 표정이었다. 지금껏 미요코를 친절하게 잘 이끌어주신 남자 선생님이었다. 미요코를 사내애들과 똑같이 대해주었고, 김 선생님처럼 방과 후에 미요코의 숙제를 봐주기도 했다.

"감사합니다!" 미요코가 외쳤다.

"다음 주가 등록이야. 부모님이나 보호자의 허락을 받고 학비도 내야 한단다."

"학비요? 고등학교는 돈이 드나요?" 미요코의 얼굴이 어두워졌다.

아오키 선생님은 잠시 머뭇거리더니 어렵게 입을 뗐다. "그래. 미안하지만 중학교랑은 달라."

미요코는 곧바로 낙담했다. 당연히 고등학교 공부를 하고 싶지만, 과연 학비를 마련할 길이 있을까? 지금껏 해온 건 모두 부질없는 노력이었나?

어머니에게 편지를 써서 도움을 구하는 것 말고 다른 방법은 떠오르지 않았다. 아버지는 고등학교 진학을 허락하지 않을 것이다. 학비가 들어간다면 말할 것도 없다. 다행히 일본에 온 뒤로 혼사에 관해서는 더 들은 바가 없었다. 아버지에게는 시집보내야 하는 딸이 둘이나 더 있으니 관심 밖으로 밀려난 거겠지. 미요코는 내심 그게 사실이길 기대했다. 어엿한 여학생이 된 미요코를 보면 아버지도 기뻐하시지 않을까? 아버지와 좀 더 살가운 사이였다면 어땠을까 하는 아쉬운 마음도 들었다.

미요코는 월경도 시작했고 몸이 부쩍 여성스러워졌다. 일본 여학생들처럼 짧은 머리를 양 갈래로 묶고 다녔고, 조선 사람으로서는 드물게 자라면서 콧대가 뚜렷해졌다. 하라모토는 서양 사람 같다며 미요코의 외모를 칭찬했다. 어릴 때부터 어머니가 코를 부지런히 만져줘서 그런 게 틀림없다면서, 어머니께 감사드리라는 말도 했다.

미요코는 어머니에게 편지를 쓰고, 애타게 답장을 기다렸다. 마침내 받아 든 편지 봉투에는 태영 오빠의 평양 주소가 쓰여 있었다.

미영에게,

우편국의 이 씨 아주머니께 네 편지를 전해 받았어. 이런 소식을 전하게 되어 미안하지만, 아버지 말씀으론 네 어머니가 몹시 아프시다고 하는구나. 몸 한쪽이 마비되었는데, 병원에 갈 돈이 없다고 해. 말씀하시거나 식사하시는 것도 어려운 상황이야. 하숙집도 접고 우리 동네에 있는 어머니의 사촌분 댁에서 지내고 계셔. 아버지가 종종 그 집에 가 보고 생활비도 주신다는구나. 너희 어머니가 너와 보배에게 소식을 전해달라고 아버지께 부탁했는데, 내가 직접 전한다.

어머니는 편지 내용을 불러줄 기운도 없으신 모양이야. 앞으로도 소식이 있으면 내가 전하마. 어머니께서 당장 학비를 도와주실 수 없다니 유감이야. 내 등록금이라도 갖다주고 싶구나. 나보다는 네가 훨씬 공부를 잘했는데 말이야.

1933년 2월

태영 씀

가슴에 차가운 바람이 불어닥쳐 심장이 얼어붙는 것 같았다. 그날 저녁 보배에게 소식을 전하자 언니의 얼굴이 창백해졌다. 둘은 서로를 부둥켜안고 한참 울었다.

"불쌍한 어머니. 도대체 언제부터 그렇게 아프셨던 거지?"

미요코는 옥비녀를 쥐여주던 어머니를 떠올리며 코를 훌쩍였다. 따로 천 주머니에 소중히 넣어 간직하고 있던 옥비녀였다. 미요코의 질문에 답이라도 하듯 갑작스러운 돌풍이 창문을 흔들고 지나갔다. 옥비녀는 역시 어머니의 마지막 선물이었던 거다.

"알면서도 말씀 안 하신 거야." 보배도 뺨을 타고 흘러내리는 눈물을 훔쳤다. "우리랑 살 때도 항상 손발이 저리다고 하고 걷는 것도 힘들어하셨잖아."

보배는 눈 내리는 창밖을 멍하니 바라보았다. "자꾸 우리 둘 다 멀리 보내려고 하시길래 영문을 모르고 그냥 뭔가 이상하다 생각은 했어. 사실대로 얘기할 수는 없으니 차라리 아무 말도 안 하신 거야."

더 늦기 전에 어머니를 보러 가야 한다. 참외를 따면서 허리를 굽혔다 펼 때 아파하던 어머니의 모습이 떠올랐다. "그래서 내가 집에 돌아가고 싶다고 했을 때 절대 안 된다고 하신 거구나. 내가 가서 어머니를 보살펴드려야 했는데……."

보배가 미요코의 손을 잡고 토닥였다. "나도 마음은 그래. 하지만 집세 내고 밥해 먹을 돈도 빠듯한걸. 조선까지 갈 여비를 마련할 길이 없어."

미요코는 어머니가 낫게 해달라고 기도했다. 그러고는 어떻게든 어머니의 치료비를 스스로 벌겠다고 다짐했다. 미요코는 곧바로 태영 오빠에게 답장을 썼다.

태영 오빠에게,

어머니 소식에 보배 언니랑 나는 너무 놀랐어. 앞으로 내가 일을 해서 어머니를 모실 계획이야. 어차피 학비를 마련할 때까지는 고등학교에 갈 수 없으니 열심히 벌어서 어머니께 보내드릴게.

어머니 소식을 알려줘서 고마워. 오빠도 건강하게 잘 지내고, 공부 열심히 해.

미영이가

편지를 쓰다 보니 또 눈물이 차올랐다. 선생님이 되려던 꿈은 점점 멀어져가는 것만 같다. 공부를 계속하고 싶었는데……. 마음속의 불씨가 서서히 사그라들고 있었다. 어머니도 자기 딸 중에서 미요코만은 해낼 수 있을 거라고 하셨는데……. 어머니에게 자랑스러운 딸이 될 수 있을까?

미요코가 가진 재주라고는 공부뿐이다. 간단한 집안일 말고는 해본 적도 없었다. 보배를 도와 요리나 청소를 하기는 해도, 그런 일로 돈을 벌어본 적은 없다. 일자리를 구할 수나 있을까? 그나마 일본인 행세에는 능숙해졌는데, 그게 도움이 된다면 얼마나 좋을까…….

**

일본에 와서 학교에 다닌 지 3년 만에, 열여섯 살이 된 미요코는 직업소개소에서 일본 이름으로 일자리를 찾아보기로 했다. 하라모토도 일본 사람들이 더 좋은 자리를 가져갈 뿐 아니라 같은 일을 하더라도 돈을 더 받는다고 말했다.

"전기기사 일을 구하던 당시에도 이 조선인 판자촌 주소 때문에 내 이력서가 밀려나서 계량기 검침원 자리밖에 구할 수 없었던 거야. 주소가 후시미구로 되어 있으니 대번에 조선인인 줄 알았겠지. 너는 그런 실수를 하지 마라."

하라모토는 진심으로 미요코를 도와주고 싶어 하는 것 같았고, 보배와 싸운 다음 날에 보배를 대하는 태도도 예전보다는 나아진 것 같았다. 미요코는 하라모토의 조언을 따라 구직 신청서에 거짓 주소를 적어내기로 했다. 일본인들이 사는 동네를 걸어 다니다가 자기 또래 여자애가 기와지붕을 얹은 집으로 들어가는 걸 보고, 그 집 주소를 기억해뒀다가 이력서에 써서 제출했다. 일본인들은 조선 사람에게 방을 세놓으려고 하지 않으니, 그 동네 사람이 조선인이라고는 누구도 생각하지 않을 것이다. 사무소에서 일일이 확인해보지 않기를 바랄 뿐이었다.

그렇게 처음 취직한 곳은 규모가 꽤 큰 식당이었다. 어린 학생에게 과외를 해주는 일을 구하고 싶었지만, 미요코에게 선택의 여지는 없었다. 식당 종업원들은 밝은 꽃무늬 기모노를 입었다. 식당에서 미요코는 일 잘하는 종업원이었다. 일본어로 예의를 갖춰 말하는 법도 잘 알았다. 쉬는 시간이면 비슷한 또래의 일본인 동료 마사미와 남은 음식을 나눠 먹기도 했다.

"닭고기 야키토리 좀 먹을래?" 어느 날 마사미가 말을 걸어왔다. 점심시간에 몰려든 손님이 모두 빠져나가고 저녁 장사 준비가 시작되기 전이었다. 미요코가 일하는 가게는 유동인구가 많은 상업 지역의 은행과 문구점 사이에 있었다. 입구에 청색 발을 드리운 전형적인 일식당으로, 근처에서 일하는 사람들에게 돈부리와 튀김 따위를 팔았다.

"그래." 미요코는 빈 탁자에 앉은 마사미 건너편에 자리를 잡으며 대답했다. 야키토리를 한입 베어 문 미요코는 짠맛에 몸서리를 쳤다.

"미우라 주방장님은 음식에 소금을 너무 많이 쳐!" 마사미가 웃으며 말했다.

"맞아. 물 좀 마셔야지!" 미요코도 맞장구를 쳤다.

둘은 음식을 나눠 먹으며 조금씩 친해졌다. 그러던 어느 날, 나가노 상이라는 남자 종업원도 자리를 함께했다. 나가노는 긴 팔다리를 휘적대며 걷고, 웃는 얼굴이 자연스러운 사람이었다. 나가노와 마사미는 사장에 대한 불평도 서슴지 않았다.

"사장님이 오늘 한 시간 더 일하고 퇴근하래! 돈도 더 안 주면서!" 나가노가 말했다.

"맞아. 저번에 나도 그런 적 있어." 마사미도 말했다. "그치만 내 친구 중엔 몇 달째 일을 못 구하고 있는 애도 있으니까, 우린 운이 좋은 편이지. 요즘 경기가 안 좋대. 우리 나라만 그런 게 아니라 전 세계가 다."

미요코는 잠자코 입을 다물었다. 지금 하는 일에 대해서 불평할 생각은 추호도 없었다. 조선인이라는 사실이 알려지면 길거리 노점상에서 물건 파는 일밖에는 할 수가 없으니까.

"사장님이 또 안경을 집에 놓고 왔던데! 요즘 아주 정신이 없나 봐. 안경 없이는 한 글자도 못 읽으면서!" 나가노가 화제를 바꾸며 분위기를 띄우자, 세 사람은 다 같이 웃음을 터트렸다.

미요코는 속으로 조금 안심했다. *드디어 내게도 새 친구가 생기는 걸까?*

어느 날, 단둘이 있을 때 나가노가 미요코에게 일을 마치고 집에 데려다줘도 되겠느냐고 물었다. 요즘 들어 부쩍 미요코를 눈에 띄게 도와주던 나가노였다. 미요코는 가슴이 두근거렸다. 나가노의 자신감이 마음에 들었던 차였다. 하지만 조선인 판자촌에 산다는 걸 들키면 큰일이다. 미요코는 하라모토나 교회 사람들을 빼면 남자와 단둘이 이야기를 나눠본 적도 거의 없었다.

한 번 거절한 다음에도 나가노는 쉬는 시간이면 늘 미요코 옆에 앉아 말을 걸어왔다.

"난 고향이 홋카이도야. 너는?"

"난…… 음…… 여기가 고향이야. 비와 호수 근처가 본가야." 미요코는 거짓말을 했다.

"그 동네 참 좋지!" 나가노가 말한다. "난 여기서 일을 좀 배운 다음에 아버지가 하시는 오코노미야키 집을 물려받을 거야. 넌?"

"나도 오코노미야키 좋아해. 난 고등학교에 다니고 싶어서 돈을 모으는 중이야. 나중에 선생님이 되고 싶어서."

"정말?" 나가노가 깜짝 놀랐다. "멋있다, 너."

이렇게 수다를 떤 지도 한 달이 넘어갔다. 미요코는 요리와 식당 일을 열심히 배우는 나가노가 마음에 들었다. 미요코에게도 꿈이 있으니 그 마음을 잘 알 것 같았다. 나가노의 눈은 늘 호기심으로 반짝였다. 두 사람이 함께 보내는 시간은 점점 늘어났고 최고의 오코노미야키 반죽을 찾겠다며 노점상 이곳저곳을 함께 가기도 했다. 나가노는 오코노미야키에 들어가는 새우를, 미요코는 양배추를 좋아했다. 오코노미야키에 들어가는 재료는 끝이 없었다. 알싸한 생강, 훈제 향이 나는 다시*부터 완성된 오코노미야키에 올리는 부드러운 갈색 소스까지……. 밖의 세계는 흥미로웠다. 단단히 얼어 있던 미요코의 마음도 조금씩 녹아내렸다.

어느 날, 식당 뒤편으로 쓰레기를 내다 버리고 있는데 누군가가 큰 소리로 외쳤다.

"미영아!" 알고 지내는 옆집 남자였다. 이 동네에서 쓰레기 수거일을 하는 모양이었다.

"미영이 맞지? 그런 옷을 입고 있어서 몰라볼 뻔했네!" 남자가 계속해서 조선말로 말을 걸어왔다.

얼굴이 확 달아오른 미요코는 옆집 남자가 더 입을 열기 전에 서둘러 돌아섰지만, 문간에 서서 듣고 있던 나가노와 마주치고 말았다. 나가노는 입을 떡 벌린 채 미요코를 바라보고 있었다.

---

* 멸치, 다시마, 조개 따위를 우려내어 맛을 낸 국물.

미요코는 수치심에 몸을 떨었다. 두 사람은 하루종일 서로 아무 말도 하지 않았다. 미요코는 아무 일도 없었다는 듯 일에만 집중했지만, 그 뒤로 나가노는 미요코와 눈도 마주치지 않았다.

사실 미요코도 마음속 깊은 곳에서 어느 정도는 짐작하고 있었다. 내가 조선인이어도 나가노가 나를 똑같이 대해줄까? 알게 되면 실망하겠지? 상관없다고 해주면 좋겠지만, 그건 미요코의 바람일 뿐이다. 이곳에서 조선인과 일본인 사이의 연애나 결혼은 금기시된다고 들었다. 몰래 만나고 결혼하는 사람들도 있기는 하지만, 양쪽 모두 손가락질을 면치 못했다.

그날 늦은 오후 식당 지배인이 미요코를 사무실로 불렀다. 미요코가 들어서자 지배인은 인상을 잔뜩 쓴 채 앞치마를 벗어서 내놓으라고 손짓했다.

"우리 가게에서 거짓말쟁이는 못 써. 기모노는 깨끗하게 빨아다가 내일 가져와라."

"저, 하지만……." 미요코는 고개를 떨궜다. 비밀이 만천하에 드러났구나. 나가노가 고자질을 했구나. 미요코는 앞치마를 풀어 지배인에게 건네고 서둘러 식당을 빠져나왔다. 나오는 길에 곁눈질로 보니, 손님이 떠난 탁자 위를 치우며 차가운 표정으로 고개를 절레절레 흔들고 있는 나가노가 보였다. 마사미도 똑같이 미요코를 외면했다.

미요코는 몸을 덜덜 떨며 집까지 걸어왔다. 중학교에 다닐 때도 친구로 여겼던 전학생 사치코가 미요코가 조선인인 걸 알자마자 등을 돌렸었다. 또 이렇게 되는구나. 이번에는 일자리까지 잃었다. 집을 향해 걷다 보니 목이 점점 메어왔다. 이제 사람들이랑 말을 섞을 때는 더욱 조심할 것이다. 남자는 특히 더 조심해야 한다. 어떤 식으로든 다른 사람의 이목을 끌면 정체를 들킬 수 있으니, 차라리 외롭게 지내는 것이 낫다. 높고 단단한 벽을 치고 그 안에 숨을 것이다.

보배 언니에게 그날 일을 털어놓았지만, 언니는 의외로 냉정했다.

"내가 그랬지? 주방에서 접시만 닦고 손님 마주할 일이 없는 곳에서 일하면 괜찮아. 근데 조선인이 음식을 내오는 걸 손님들이 알게 되면 주인도 어쩔 수 없어. 손님들이 발길을 끊으니까."

언니 말을 들으니 먼저 집에 데려다주겠다고 했다가 조선인인 걸 알자마자 곧바로 배신한 나가노 이야기는 꺼낼 엄두도 나지 않았다. 나가노 때문에 일자리를 잃었다고 생각하니 화도 났다. 남자를 믿지 않겠다고 다짐하고서도 결국은 마음을 내준 자신에게는 더욱 화가 났다. 이제는 정말이지 아무도 믿지 않을 것이다. 조선인 서미영은 더더욱 믿을 수 없다. 미요코는 욱신거리는 머리를 부여잡고 자책했다.

제14장

1933년 ~ 1935년

중학교를 졸업한 지 석 달밖에 지나지 않았지만, 공부를 계속해서 선생님이 되겠다는 꿈을 꾼 게 이미 전생의 일 같았다. 꿈이 있던 과거로 돌아가고 싶은 마음이 간절했지만, 어머니에게 치료비를 보내기 위해서 당장 일자리를 찾는 데만 열중했다.

식당을 나온 미요코는 다른 직업소개소를 통해 이번에는 하녀 자리를 구하기로 했다. 하녀 일은 식당 일과 달리 불특정 다수의 사람과 말을 섞을 일이 많지 않을 것 같았다. 어딜 가든 조선말로 말을 걸어오는 사람은 외면하고, 최대한 일본인처럼 행동하겠다고 다시 한번 다짐했다. 일본인인 척 거짓말을 할 때면 마음 한구석이 불편해서 속이 뒤집히는 느낌이었다. 한글 이름을 새긴 도장을 종이에 자랑스럽게 찍던 아버지도 떠올랐다. 이렇게 사는 건 조상들을 욕보이는 짓일까? 보배 언니는 일본에 온 지 오래됐어도 여전히 꿋꿋하게 조선인으로 살아가고 있었다. 미요코 역시 자신이 조선인인 게 진심으로 싫었다면 일본인 행세가 이렇게나 괴롭지는 않았을 것이다. 하지만 앞으로도 중학교에 다닐 때와 마찬가지로 정체를 꽉꽉 숨기고 조심스럽게 행동하리라 마음먹었다.

미요코는 취직을 향한 첫 번째 관문을 무사히 통과했다. 일본인 귀족 집안의 하녀장이 교토 시내에 있는 우동 집 위층 직업 소개소에서 미요코의 면접을 보았다. 보배가 면접에 같이 가주겠다고 했지만, 미요코는 좋게 에둘러 거절했다. 한복을 입은 언니랑 같이 있는 걸 누가 보기라도 하면 곤란하다. 가정부는 백발에 안경을 쓴 일본 여자였는데, 엄격한 표정으로 쉴 새 없이 질문을 퍼부었다.

"바로 전에는 무슨 일을 했지?"

"도쿄에서 하녀 일을 했습니다." 미요코는 미리 준비한 대답을 꺼냈다. "지금은 교토에 계신 이모와 함께 살게 되어서 일을 새로 구하는 중입니다."

"거기서는 얼마 동안 일했지?"

"1년 일했어요." 미요코의 심장 소리가 너무 크게 울려서 귀에 들릴 지경이었다.

여자는 질문에 답을 들을 때마다 펜을 들어 종이에 무언가를 적었다.

가진 옷 중에서 제일 좋은 푸른 줄무늬 기모노를 깨끗하게 빨아 입은 미요코는 목을 길게 빼고 등을 꼿꼿이 세운 채 묻는 말에 최선을 다해 또박또박 대답했다. 겉모습은 길거리에서 흔히 볼 수 있는 평범한 일본 여자들과 다를 바 없겠지만, 혹시나 정체가 탄로 날까 두려워서 몇 번이고 이를 꽉 깨물어야 했다. 가정부는 미요코를 아래위로 한번 훑어보더니 종이에 몇 줄을 더 적고는 자리에서 일어섰다.

"주인어른은 정부 고위직에 계시고, 외국인 손님도 자주 오신다. 외국인들은 집 안에도 신발을 신고 들어오니까 손님들이 왔다 가면 바닥 청소에 더욱 신경을 써야 해." 여자가 말했다.

"하이! 와카리마시타(알겠습니다)!" 미요코는 목소리를 한껏 높여 대답했다. 거짓말을 하도 해서 얼굴이 달아오를 대로 달아오른 상태였다.

"지난번 하녀는 게으름을 피우다가 쫓겨났으니 그런 일은 절대 없었으면 하네."

"네!"

"그럼 바로 시작하는 걸로 하지. 주인댁은 신바시 가에 있어. 숙식 제공이고, 집에 도착하는 대로 급여가 나갈 거야. 월요일까지 간단하게 짐을 챙겨서 이 주소로 오너라." 여자가 미요코에게 종이 한 장을 건넸다.

"주인어른 댁에서 먹고 자면서 일하는 건가요?" 그렇다면 보배 언니네 집을 나와야 한다.

"그렇네."

언니와 떨어져서 지내기는 싫지만, 다시 일자리를 구한 건 분명 다행이었다. 하지만 거짓말쟁이에 사기꾼이 된 기분인 데다가, 이제 학교로 돌아가서 선생님이 될 일은 없을 테니 마냥 기쁘지만은 않았다. 하녀 일을 하면서 뭘 배울 수 있을까? 하루종일 변소 청소나 하고 가구에 쌓인 먼지나 털 텐데. 미요코는 잠시 절망하다가 가정부가 했던 이야기를 떠올렸다. 외국인 손님이 많다고 했던가?

어쩌면 어머니에게 부칠 돈을 벌면서도 뭔가를 배울 수 있을지도 모른다. 학교에서 읽었던 역사책 속에는 미요코가 모르는 바깥세상 이야기가 가득했다. 새 일터에서도 마음을 열면 새로운 세상을 볼 수 있을지 모른다. 하지만 절대로 친구를 사귀거나 동료와 불필요하게 말을 섞는 어리석은 짓은 하지 않을 것이다.

새로운 고용주인 오타 백작은 뼈대 있는 정치인 집안 출신이고, 최근에 아내와 사별했다고 했다. 오타 백작은 늘 깃이 빳빳한 하얀 셔츠에 타이를 매고, 조끼까지 갖춰진 검은색 정장을 입었다. 백작의 일본식 저택은 평생 본 그 어떤 집보다도 크고 호화로웠다. 목조 건물이 아름다운 중정을 둘러싼 형태로, 복도를 따라 방이 여럿 있고 방에서는 정원 쪽으로 난 문을 통해 밖을 내다볼 수 있었다. 미요코도 저택 뒤편 숙소에 작은 방을 갖게 됐다. 미요코의 방은 주방에서 가까웠고, 다른 하인들의 방과 나란히 붙어 있었다.

백작의 집에는 과연 찾아오는 손님이 많았다. 처음 몇 달간은 일본의 전통 관습과 예법을 집중적으로 배워야 했다. 식사 후에는 늘 차를 올렸고, 손님의 사회적 지위에 따라 사용해야 하는 높임말이 달랐다. 저택에는 낮은 상을 둔 일본식 식당과, 높은 탁자와 의자를 갖춘 서양식 식당이 모두 있었다. 서양인 손님들의 식사를 준비할 때 투명한 유리잔과 냅킨은 어디에 두어야 하는지, 은식기는 어떤 순서로 두어야 하는지도 배웠다. 가정부나 요리사와 함께 밥을 먹을 때 서양식 포크와 나이프 쓰는 법을 연습하기도 했다.

백작의 저택에서 일본인과 서양인을 모시고 살면서 미요코는 자신도 알아보지 못하는 모습으로 변해갔다. 미요코는 더 이상 자신이 알던 조선인이 아니었다. 과거의 자신과 너무나 달라진 모습을 자각할 때면 슬픔이 밀려왔다. 익숙했던 것들과는 멀어지고, 후회와 그리움만 남은 것 같았다. 여기가 인생의 막다른 곳은 아니겠지? 미요코는 지금과는 다른 삶, 더 나은 삶을 간절히 원했다.

아무리 생각해도 배움만이 살 길이었다. 미요코는 어떻게든 공부를 이어갈 방법을 늘 찾아다녔다. 어느 날은 쉬는 시간에 주방에서 책을 읽는 운전기사에게 말을 걸었다가, 고등학교 학위를 주는 통신학교가 있다는 사실을 알게 됐다. 미요코는 통신학교 주소를 얻어다가 역사, 문학, 과학, 수학을 가리지 않고 책이란 책은 몽땅 신청했다. 주간 업무가 끝나면 방에 돌아와 교과서를 펼쳤다. 은식기를 닦고, 먼지를 털고, 상을 차리는 지루한 일과 중에도 틈을 내어 교과서를 읽으면 호기심과 기쁨이 솟아났다. 고등학교 학위를 따지는 못했지만, 이 외로운 시기에 책은 미요코에게 둘도 없는 친구였다.

하녀로 일하게 되자 일본인들이 얼마나 잘사는지도 실감할 수 있었다. 일본에 사는 조선인들과는 비교할 수 없는 삶이었다. 미요코는 배고픔을 참고 자존심을 굽히며 일본인과 서양인이 앉은 손님상에 김이 모락모락 나는 흰 쌀밥과 얇게 저민 소고기 따위를 차려냈다. 조선은 미요코가 알지도 못했던 여러 나라에 비하면 너무나 작고 힘이 없었다. 일본은 이미 20여 년 전에 조선을 점령하고 조선인을 장기판의 말처럼 부리고 있지만, 외국인들은 조선인이 겪는 고통에 별 관심이 없었다. 미요코는 그렇게 현실에 눈을 뜨기 시작했다.

일본은 물론 그 너머 세상에서 일어나는 일들에 관심을 두게 된 것도 이 무렵이었다. 일본 정치인들이 모인 자리에서 시중을 들다가 과격한 민족주의자가 일본 총리를 암살했다*는 이야기를 귀동냥으로 들었다. 1931년 만주 침공 이후에는 만주에 일본군 정부가 들어섰다는 것도 알게 되었다. 일본은 조선뿐 아니라 중국에까지 손을 뻗고 있었는데, 만주에 '만추쿠오'라는 일본식 이름을 붙인 뒤 만주를 조선처럼 다스리려 하고 있었다. 미요코는 만주 이야기를 들을 때마다 복희 언니가 떠올랐다. 일본의 탐욕과 군국주의는 이미 너무나 많은 사람을 회복할 수 없이 망가뜨렸는데, 그 끝이 보이지 않았다.

백작의 집에 사는 동안 미요코의 가슴속에서 잠자고 있던 무언가가 깨어났다. 이쪽 세계의 삶은 풍요롭다. 음식이 남아돌

---

* 1932년 5월 15일 이누카이 쓰요시 일본 총리가 관저에서 우익 청년 장교들에게 암살당한 사건.

고, 여흥과 부가 넘친다. 고향에 계신 어머니는 무서운 병을 앓으며 끼니 걱정을 하는데, 이곳에선 모두가 즐겁고 건강하다. 이런 부당한 현실을 바꾸고 싶었지만 방법은 알 수 없었다.

밤에는 매일같이 성경을 읽고 기도하면서 마음의 평화와 버텨낼 힘을 구했다. 어머니에게 편지도 썼다.

어머니께,

요즘은 몸이 좀 어떠신지요? 하녀 일을 해서 번 돈을 태영 오빠에게 보내니, 약값에 보태 쓰세요. 아버지가 도와주고 계신다고는 들었어요. 오는 겨울에는 좋아하는 감도 꼭 사 드시고요.

믿기 어려우시겠지만 저는 영어 단어도 배우고, 포크와 나이프도 쓸 줄 알게 되었답니다. 학교에는 못 나가지만 세상을 배우고 있어요. 밤에는 통신학교 공부를 하고요. 어머니 말씀대로 공부를 계속하려고요.

이제 어머니 곁에는 딸이 한 명도 남지 않았네요. 얼른 고향에 돌아가서 어머니를 뵙고 싶어요.

1933년 11월

미영 드림

이듬해 여름, 미요코는 백작의 집을 나오게 되었다. 백작이 관직에서 은퇴하면서 집에서 일하던 사람들을 일부 내보냈기 때문이었다. 그때까지 번 돈을 대부분 고향집에 보내거나 책을 사는 데 썼기 때문에 어머니를 보러 갈 여비는 모으지 못했다. 태영이 가끔 편지로 어머니 소식을 전해줬는데, 다행히 큰 문제는 없는 것 같았다. 미요코는 다시 직업소개소로 향할 수밖에 없었고, 또다시 거짓말을 지어낼 생각에 초조해졌다. 이번에도 정체를 들키지 않고 직업을 구할 수 있을까? 일자리를 구하지 못하면 어머니에게 치료비를 보낼 수 없다. 고등학교에 가겠다는 꿈은 아득히 멀어져만 가고 있었다. 앞으로 어떤 삶이 펼쳐질지 도무지 알 수가 없는 와중에 분명한 건 미요코가 일 잘하는 하녀로 거듭났다는 사실뿐이었다.

보배네로 돌아간 미요코는 다시 우동 집 위에 있는 직업소개소를 찾았다. 이번에는 갈색 양복을 입은 뚱뚱한 남자가 미요코를 맞이했다.

"무슨 일로 오셨소?" 남자가 미요코를 올려다보며 느릿느릿한 말투로 물었다.

미요코는 크게 숨을 한 번 들이쉬고는 유창한 일본어를 쏟아냈다. "하녀 일을 구하고 있습니다. 오타 백작께서 은퇴하시면서 그 집에서 나오게 되어, 급하게 일자리를 찾는 중입니다."

"아, 그렇구먼." 남자가 자세를 고쳐 앉으며 물었다. "그 댁 가정부한테서 얘기 들었소이다. 하라모토 미요코라고 했던가?"

미요코는 긴장해서 목이 뻣뻣해졌다. 가정부가 내 이야기를 왜 했을까? 혹시 조선인인 게 탄로난 걸까?

"하라모토 미요코가 이곳에 다시 올지도 모른다면서 추천서를 남겼다오."

미요코는 그제야 마음을 놓고 마음속으로 상사에게 감사 인사를 보냈다.

"지금 당장은 하녀 자리는 없고, 대신 시내 병원에서 간호사 보조를 구하고 있소." 남자가 서류를 꺼내 보이며 말했다. "추천서도 훌륭하니 면접은 필요 없겠고."

간호사 보조? 미요코는 병원 일에 대해 아는 게 하나도 없었다. 하지만 어쩌면 하녀 일보다는 나을지도 모른다는 생각이 들었다. 어머니처럼 아픈 사람들을 돕는 일이겠지? 고향집에서는 추운 겨울밤이면 고무주머니에 뜨거운 물을 담아 어머니의 아픈 다리에 올려드리곤 했다. 그 덕분에 아픈 데가 좀 낫다고 하시면 미요코도 덩달아 기분이 좋았다. 간호사 보조가 하는 일도 비슷하지 않을까?

"할게요." 미요코는 남자가 말을 바꾸기 전에 얼른 대답했다.

바로 다음 주에 미요코는 높은 창이 달린 커다란 회색 건물로 출근했다. '일본 적십자 교토 다이니 병원'이라는 간판이 붙어 있었다. 접수대를 지나 복도를 바라보니, 복도 한쪽에 난 길쭉한 창문들이 모두 열려 있었다. 소학교 시절 김 선생님은 한겨울에도 한지 바른 창문을 조금씩 열어두곤 했다. 그래야 좁은 교실에 병균이 퍼지지 않는다고 했다. 넓은 대기실로 가니 남녀노소가 모여 앉아 손수건에 대고 기침을 하고 있었다. 엉엉 우는 어린아이들과 벽에 기대앉은 채 잠을 자는 사람들도 있었다.

빳빳한 흰색 제복을 입고 풀 먹인 모자를 쓴 여자들이 주사기와 약병이 놓인 철제 쟁반을 들고 바삐 오갔다. 목에 청진기를 건 의사는 허리를 숙인 채 휠체어에 앉은 임산부와 이야기를 나누고 있었다. 병원에 와본 건 난생처음이었지만, 어쩐지 머릿속에 그렸던 모습 그대로였다. 미요코는 무슨 일을 하게 되든 열심히 배워야겠다고 다짐했다.

신입 간호사 보조가 된 미요코는 붕대 가는 법과 환자용 변기 처리법을 배웠다. 간호사가 채혈할 수 있게 지혈대를 단단히 묶는 방법도 익혔다. 식사 시간에는 손수레로 음식을 병상까지 나르고, 나이가 많거나 병세가 깊은 환자들에게는 싱겁게 끓인 미소 국을 직접 떠먹였다. 어떤 날은 미요코가 떠준 으깬 사과를 먹은 할머니가 차가웠던 손이 따뜻해졌다며 기뻐해서 하루가 보람찼다.

병원에서의 하루하루가 새로운 세상이었다. 어릴 때 꿈꿨던 선생님이 되지는 못했지만 아픈 사람에게 도움이 된다는 점이 좋았다. 일을 마치고도 기운이 남아 있는 날에는 집에 돌아와 통신 고등학교 책을 펼쳤지만, 수학 문제 몇 개만 풀어도 곧 눈꺼풀이 무거워지곤 했다. 간호사라는 새로운 꿈을 갖게 된 건 이즈음이었다.

다시 보배네 집에 들어와서 살게 되자, 집세와 생활비를 보태고도 좀 더 많은 돈을 모을 수 있었다. 일본어를 잘하는 미요코는 조선인이 운영하는 식당에서 설거지를 하는 보배보다 수입이 좋았다. 미요코는 돈을 아껴 쓰며 수입과 지출을 꼬박꼬박 기록해 나갔다.

석 달에 한 번은 모은 돈을 편지와 함께 어머니에게 보냈다. 어떨 때는 태영이 짧은 답장으로 어머니의 상태를 알려왔지만, 아무런 답이 없을 때도 있었다. 집에서 아무런 소식이 없을 때면 근무 시간을 늘려서 비상금을 모았다. 어머니의 병세가 악화되어 급히 돈을 보내야 하는 날이 올지도 모른다는 생각에서였다. 병원에 왔다가도 돈이 없어서 치료받지 못하고 돌아가는 사람들을 볼 때면 가슴이 아팠다. 어머니가 돈이 없어 치료를 못 받는 일만은 없게 하겠다고 다짐하고 또 다짐했다.

월경 중인 여자 환자의 속옷을 갈아입히거나 알약을 잘 삼킬 수 있게 환자의 고개를 뒤로 젖히는 일상적인 일을 할 때도 아픈 어머니가 떠올랐다. 어머니를 간호하는 마음으로 환자들을 돌볼 때면 고향집과의 거리가 순식간에 줄어들고 그리움도 조금이나마 달래지는 것 같았다. 여비를 마련해서 집에 가게 되면 어머니를 간호해야 하니 미리 연습한다는 생각으로 일했다.

병원에서 일하는 동안 미요코는 일본인들 사이에 잘 섞여 지냈지만, 정체를 숨기는 건 여전히 고단한 일이었다. 일본인 동료들과 친하게 지내지도 못했고, 조선인 환자에게도 조선말을 하지 못했다. 일하다 보면 사람들과 가까워질 수밖에 없지만, 늘 일부러 일정한 거리를 유지하려고 애썼다. 밤에 자려고 누우면 늘 외로웠다.

태영에게서 이런 편지를 받고서는 마음이 더욱 심란해졌다.

미영이에게,

너희 어머니 건강이 나아지질 않는구나. 어머니께서는 지금껏 돈을 부쳐줘서 고맙지만, 이제는 돈을 모아서 학교에 가라고 하셔. 치료비는 걱정하지 말라고 하셨단다. 어머니도 네가 보고 싶지만, 어떻게든 네가 다시 학교에 다닐 방법을 찾아보는 게 제일 중요한 일이라고 하시더라.

아버지는 처자식이 있지만, 너희 어머니에게도 최선을 다하고 계셔.

나는 곧 졸업이야. 내년에 졸업하고서는 평양에 있는 조선중앙은행에서 일하기로 했어!

미영이를 다시 만날 수 있다면 좋겠구나. 언제고 다시 조선 땅을 밟게 된다면, 내가 방을 내줄 테니 걱정 마라.

1935년 2월

태영 씀

어머니의 상태가 나빠지고 있는 걸까? 그래서 이제 돈도 필요 없다고 하신 걸까? 그렇다고 물러설 미요코가 아니다. 무슨 일이 있어도 어머니를 모실 것이다. 어머니에겐 아들이 없으니 내가 아들 노릇을 해야 한다.

미요코는 낡은 오디나무 종이 공책을 펼쳤다. 글을 쓰면 언제나 마음을 더 잘 들여다볼 수 있다. 하이쿠 한 편이 쏟아지듯 흘러나왔다.

청춘은 돌아오지 않네
나는 하얀 옷을 입고
소박하게 살 것이오

미요코는 자신이 쓴 시를 해독하듯 뜯어보았다. 선생님이 되고 싶었던 어린 시절의 꿈은 이루지 못했지만, 이제는 간호사 보조로 흰옷을 입고 일한다. 언젠간 간호사가 되어 아픈 사람들에게 도움을 주고 싶다. 부자가 될 수는 없겠지만, 사람을 돕는 일에서 보람을 느끼며 마음의 풍요를 구할 것이다. 병원에서는 병 이름이며 치료법이며, 새로 배워야 할 것이 넘쳐난다. 태영 오빠도 학교를 마치고 좋은 직장에 취직하는 꿈을 이루었으니, 자신도 뭔가 가치 있는 일을 해내고 싶었다.

미요코의 마음속에서 불꽃이 일었다.

제15장

1935년 3월

미요코는 어머니에게 답장을 썼다. 새 직장 이야기를 꼭 하고 싶었다.

어머니께

집에 돈을 부치지 말고 학비를 모으라 하신 말씀 전해 들었어요. 저는 요즘 병원에서 간호사 보조로 일하면서 환자 돌보는 법을 배우고 있답니다. 흰색 제복을 입고 의사와 간호사들을 돕고 있어요. 어머니께서 뭐라고 하시든 병원 일을 계속해서 돈을 부칠 계획이에요. 통신학교 교재를 사서 고등학교 졸업장은 따보려고요.

언제고 제가 어머니를 뵈러 가면 태영 오빠가 방을 내준다고 해요. 하루빨리 어머니를 뵈러 가고 싶어요. 이미 들으셨겠지만 태영 오빠는 졸업하고 평양에 있는 은행에 취직 했다지요. 정말 대단해요!

어머니, 건강하세요.

미영 드림

미요코는 서둘러 편지를 부쳤다. 그날은 편지 부치는 일 말고도 해야 할 일이 하나 더 있었다. 근 2년간 입주 하녀로, 또 병원에서 간호사 보조로 바쁘게 일하느라 통 교회에 나갈 시간을 내지 못했다. 혼자서 기도도 하고 성경책도 읽었지만, 사람을 만나는 시간이 그리웠다. 직장에서는 일부러 동료들과 거리를 두고 지냈기 때문에 사람이 더 간절했다. 한동안은 일요일에도 출근하다가, 최근에야 근무 시간이 바뀌어서 겨우 시간을 낸 참이었다. 얼른 교회에 가서 어머니의 건강이 나아지게 해달라고, 또 태영 오빠가 새 직장에서 잘 지내게 해달라고 기도하고 싶었다. 기도하면 외로운 마음을 달랠 수 있을 것 같았다.

익숙한 거리가 가까워지자 가슴이 뛰었다. 카모강에 재스민 향기가 가득하고 참새들이 지저귀는 소리가 요란한 걸 보니 곧 봄이 올 것 같았다. 아직은 쌀쌀한 아침 공기에 스웨터를 여미며 '은혜교회'라는 간판을 안쪽에 숨긴 목조 건물로 향했다.

낮은 천장에 간소한 제단만 갖춘 작은 예배당은 기억 속 모습 그대로였지만, 오늘은 어쩐지 더 어둡고 조용해 보였다. 신발을 벗고 들어서자 사람들이 잠깐 목소리를 낮추더니 곧 하던 이야기를 다시 이어갔다. 기억 속 교회는 늘 활기 넘치던 곳이라 이렇게 가라앉은 분위기는 뜻밖이었다.

예배당 안을 살피던 미요코는 익숙한 얼굴을 발견했다. 우선이 처음 보는 사람들과 이야기를 나누고 있었다. 이렇게 오랜만에 갑자기 나타나도 과연 다들 반겨줄까?

우선이 미요코를 알아보고 눈을 반짝이며 장난스레 웃음을 지어 보였다. "돌아왔구나."

"오빠!" 미요코가 외친다.

"오랜만이다. 미영이도 이제 어른이 다 됐네!"

미요코는 얼굴을 붉혔다. 어느덧 열여덟 살이 되었지만 우선 앞에 서니 다시 어린아이가 된 기분이었다. 반가운 마음에 어제 만난 사람을 다시 만난 듯 말이 두서 없이 마구 튀어나왔다. "정말 나오고 싶었는데, 일이 바빠 못 왔어요. 백작댁에서 일할 때도 쉬는 시간엔 성경을 읽었어요. 그때마다 오빠 생각을 했는데……."

"훌륭하네! 이렇게 다시 보니 반가워. 마침 모임 시간에 맞춰서 잘 왔어. 모임이 끝나면 예배를 볼 거야." 우선이 말했다.

보배 언니의 친구 중에도 이런 종류의 교회 모임에 참석하는 사람이 있다고 했다. 겉으로는 일본에 사는 조선인들의 생활 여건 개선을 내세우지만, 비밀리에 조선 독립운동을 지지한다는 것이었다. 일본과 조선의 관계에 대한 진실을 알게 된 이후, 미요코는 마음속 깊이 조선의 독립을 바라고 있었다.

"여기서도 말을 조심하도록 해. 일본 정부가 조선인 모임은 죄다 감시하고 있거든. 교회도 마찬가지야." 우선이 낮은 목소리로 속삭였다.

신문에서 일본이 조선 땅에서의 선교 활동을 탄압하고 교회를 폐쇄하는 중이라는 기사를 읽은 적이 있었다. 일본 정부가 기독교를 식민지배에 방해가 되는 세력으로 여기기 때문이다. 그러니 일본에 있는 조선인 교회도 예외가 아닐 것이다. 교회에 오가는 것도 조심해야 하다니, 숨겨야 할 것이 하나 더 늘어난 셈이다. 이제 보니 고향에서 몰래 교회에 갔다가 어머니에게 회초리로 맞은 일 정도는 아무것도 아니었다.

미요코는 예배당 안쪽에 모여 있는 사람들에게 다가갔다. 젊은 남자가 스무 명 남짓에, 몇몇 여자들도 함께 앉아 있었다. 길거리에서 본 대학생들처럼 동그란 금테 안경을 쓰고 천으로 만든 배낭을 멘 사람들이 다수로, 대부분 서로 잘 아는 사이인 듯 웃고 떠드는 중이었다. 조선인들이 방 한가득 모여 앉아 조선말로 떠드는 소리를 듣고 있자니 문득 미요코의 마음이 편안해졌다. 이윽고 한 남자가 앞으로 걸어 나왔다.

"여러분, 반갑습니다." 남자가 입을 열었다. "저는 권호준이라고 합니다." 앳된 얼굴과 달리 깊고 낮은 목소리였다. 남의 옷을 빌려 입은 것처럼 헐렁한 갈색 모직 윗옷을 대강 걸친 모습이었지만 턱을 치켜든 모습은 제법 위엄 있고 커다란 갈색 눈동자는 따뜻했다.

"저는 여기 교토 리쓰메이칸대학교에서 법학을 공부하고 있습니다." 일본 대학교의 법학과는 들어가기가 엄청나게 어렵다고 들었는데, 그의 말투에는 젠체하는 기색이 전혀 없었다. "우리가 같은 조선인에게 힘이 될 수 있도록 뭉쳐야 합니다. 일본에 사는 조선인 수가 벌써 40만 명이 넘고, 여기 교토 판자촌에도 수많은 조선인이 살고 있는데, 깨끗한 물도 쓰지 못하는 사람이 수두룩하고 아이들은 학교에 못 가서 좀도둑질을 배웁니다. 일본인들은 우리를 천시하고, 일본인이 꺼리는 힘든 일은 우리가 다 하는 데도 정부의 지원은 거의 없습니다. 해결해야 할 문제가 한둘이 아닙니다." 호준이라는 남자의 목소리가 조금 떨렸다.

"성경에는 형편이 어려운 주님의 사람과 먹을 것을 나누라고 쓰여 있습니다. 또 선을 행할 힘이 있거든 마땅히 받을 자에게 아끼지 말라고도 쓰여 있습니다. 조선인들에게는 이웃의 도움이 필요합니다. 손을 보태주실 분은 모임이 끝나고 저를 찾아주세요. 무슨 일이든 좋습니다."

미요코는 집 근처 판자촌에서 넝마를 걸친 채 쓰레기통을 뒤지던 깡마른 어린애들을 떠올렸다. 그 애들을 돕고 싶지만 내가 무슨 일을 할 수 있을까? 호준이라는 사람의 이야기를 듣기 전까지는 직접 알지 못하는 조선인들의 고통에 대해서 깊이 생각해본 적이 없었다.

모임이 끝난 뒤 미요코는 우선에게 물었다.

"아까 사람들 앞에서 말씀하신 분은 어떤 분이세요?"

"아, 호준이는 조선인들에게 도움이 되는 일을 하려고 법대에 갔어. 집안 형편이 넉넉하지 않아서 낮에는 조선어 신문사에서 일하고 밤에는 야간 학교에 다녀."

일하면서 학교에 다닌다니 더욱 관심이 갔다. "신문에는 주로 어떤 글을 쓰세요?"

목소리가 너무 컸는지 호준이 이쪽을 쳐다봤다. 호준의 시선이 잠시 미요코의 얼굴에 머무르자 뺨이 달아올랐다.

"주로 사설을 쓰고, 독립운동 단체에서도 큰 역할을 맡고 있어. 오늘도 예배가 끝나면 그쪽으로 간다더라." 우선이 거의 들리지 않을 정도로 목소리를 낮추며 말했다. 어차피 미요코의 귀에는 이미 아무런 소리도 들리지 않았다. 미요코는 배낭을 짊어지고 예배당을 나서는 호준의 뒷모습을 뚫어져라 바라보았다.

그다음 주에도 미요코는 호준의 이야기를 듣고 싶은 마음에 일찍 교회에 나가 예배 전 모임에 참석했다. 모임에 참석하고부터는 왠지 매일 보는 환자들의 아픔에 더 마음을 쏟게 되었다. 세상에 무슨 일이 일어나고 있는지 신문도 자세히 들여다봤다. 특히 조선의 독립운동에 대한 소식이 있는지를 열심히 살폈다.

두 번째로 만난 호준은 더욱 비장해 보였다. "다들 아시겠지만, 며칠 전에 큰불이 나서 조선인들이 사는 동네가 큰 피해를 보았습니다. 우리 모두의 비극입니다. 1923년 관동 대지진 때도 불 때문에 집을 잃은 사람이 수천 명이었지요."

호준은 모인 사람들을 한번 둘러보더니 목소리를 낮추고 말을 이어갔다. "그때 수많은 조선인이 일본인의 손에 학살당했습니다. 조선인들이 폭탄을 터트리고, 우물에 독을 타고, 불을 질렀다는 헛소문이 파다했지요. 더 이상의 이런 헛된 희생이 있어서는 안 됩니다. 이번에 화재가 일어난 동네의 집을 새로 짓는 일을 도와주실 분들을 찾고 있습니다. 자신만 생각하기보다 이웃을 돌볼 때입니다."

미요코도 근래에 멀지 않은 곳에서 난 큰불과 관동 대지진 때 일어난 끔찍한 일들에 대해서 알고 있었다. 곤경에 처한 사람들을 돕고 싶었다. 어릴 적 동네에서 불이 났을 때 어머니가 집과 남편을 잃은 이웃집 여자에게 방을 내주었던 것이 기억나면서, 오타 백작의 집에서 잘 먹고 잘사는 일본인들을 보며 느꼈던 불공평하다는 감정도 다시 올라왔다.

미요코는 옆에 앉은 우선에게 이야기를 꺼냈다. "제가 집은 지을 줄 몰라도, 아프거나 다친 사람들한테는 조금 도움이 될 것 같은데요……."

"그래준다면 너무 좋지."

모임이 끝난 뒤 우선이 미요코를 호준에게 데려갔다.

"호준, 이렇게 나서줘서 고마워. 이쪽은 서미영이야. 일본 이름은 하라모토 미요코."

"안녕하세요." 미요코는 고개를 숙이며 인사를 건넸다. 일본 이름을 쓰고 있다는 사실을 밝히자니 새삼 얼굴이 달아올랐다. 호준이 어떻게 생각할지 몹시 신경이 쓰였다. "교토 다이니 병원에서 간호사 보조로 일하고 있어요. 제가 도움이 될 수 있을까 해서요……."

호준의 입가와 눈에 환한 미소가 번졌다. "저는 안도 히로시라는 이름을 쓰고 있습니다. 도움을 주신다니 영광이지요. 다음 주 일요일에 쿠조역으로 나와주실 수 있겠습니까?"

"그럼요." 호준이 직접 말을 걸어오자 얼굴이 확 달아오르고, 대답이 자신도 놀랄 만큼 빠르게 튀어나왔다. 숲속 한가운데 서 있는 것처럼 은은한 소나무 향기가 가득 퍼지다가 피부로 스며드는 것 같은 기분이었다. 고향집 오디나무 위에 두고 온 어린 시절이 떠올랐다.

"그럼, 이제 식사들 하자." 어색한 침묵을 깨고 우선이 말했다. "미국인 친구들이 서양 음식을 만들어다 줬어. 이 근처에 미국인 장로교회가 있는데……."

"아, 참, 밥 먹기 전에 하나만 더 말할게." 호준이 말을 끊고 끼어들었다. 목소리를 낮추었지만 미요코에게 들리지 않을 정도는 아니었다. 미요코는 바닥을 내려다보며 두 사람의 대화에 귀를 기울였다.

"신발 가게 어르신이 끌려갔다는 이야기 들었어? 죄명은 반정부 활동이야." 호준이 속삭인다. "가족분들 말로는 감옥에서 어르신을 고문하고 밥도 굶긴다는데."

"끔찍하구먼."

"언제 풀려날지도 모른다더군. 일단 사람들을 모아서 그 집에 먹을 것을 좀 가져다드려야겠어."

"그렇게 하지." 우선이 대답했다.

미요코도 일본 정부에 저항하다가 체포되는 조선인들이 있다는 이야기는 들었지만, 직접 만나본 적은 없었다. 이렇게 가까이에서 일어나는 일인 줄은 몰랐다. 자신도 모르게 마음속에서 분노가 끓어올랐다. 아무것도 하지 못하고 가만히 있는 게 이렇게나 괴로운 일이라니.

우선이 차려놓은 음식 쪽을 다시 가리켰다. "자, 가서 밥부터 들어."

탁자 위에 차려져 있는 음식은 다진 고기 구이와 야채찜이었다. 젓가락 대신 포크와 나이프가 접시와 함께 놓여 있었다. 호준이 미심쩍은 눈초리로 음식상을 훑어보더니 난감한 표정을 지었다.

"영 어색하시죠?" 미요코는 오타 백작의 집에서 처음 손님상을 차리던 때를 떠올리며 혼자 웃었다.

"그렇네요." 호준이 포크를 집어 들고 이리저리 살폈다.

"백작댁에서 하녀로 일할 때 서양인들이 쓰는 걸 봤어요. 제가 보여드릴게요."

두 사람은 음식을 사이에 둔 채 마주 보고 앉았다. 미요코는 왼손에 포크를 쥐고, 오른손에 쥔 나이프로 고기 써는 방법을 호준에게 보여주었다. 호준은 미요코가 시킨 대로 나이프를 앞뒤로 움직였지만 이내 손이 미끄러져 나이프를 놓치고 말았다. 둘은 동시에 웃음을 터트렸다. 미요코는 그제야 내내 움츠리고 있던 어깨를 조금 폈다.

"여기 어딘가 젓가락이 있을 텐데……." 호준이 웃으며 주변을 두리번거린다.

"아니에요. 잘하고 계시는데요. 조금만 연습하면 금방 될 거예요." 음식을 한 입 먹을 때마다 마음이 점점 더 편해졌다. 잘 알지도 못하는 남자와 함께 밥을 먹으며 웃고 있다니. 누군가에게 마음을 붙여서 좋을 게 없다는 걸 알면서도 이 순간이 즐거웠다. 그 사람이 잘 모르는 걸 직접 알려줄 수 있다는 게 기뻤다.

호준은 잔뜩 찌푸린 얼굴로 포크와 나이프와 씨름해 가면서 식사를 마쳤다.

"음식이 입에 안 맞으세요?" 미요코가 물었다.

"어딘가…… 나무껍질을 씹는 것 같군요." 호준이 웃으며 대답했다. "미국 교회에서 이렇게 베풀어주니 고마운 일이지만, 영 익숙하지가 않아서요. 서양 음식은 처음 먹어봅니다."

"드시다 보면 괜찮을 거예요. 백작댁 부엌에서 일하면서 남은 음식을 종종 먹곤 했는데, 처음에는 정말 맛이 없었어요. 치즈 같은 건 냄새도 고약하고요. 그런데 먹다 보면 괜찮은 음식도 있더라고요. 제일 맛있었던 건 그레이비소스를 얹은 칠면조였어요." 입에서 말이 술술 흘러나왔다. 누군가와 이렇게 마음 놓고 대화해본 게 언제였는지 기억도 나지 않았다. 왠지 호준은 미요코가 무슨 말을 해도 받아줄 것 같았다.

식사가 끝나고 호준이 배낭을 집어 들었다. "아쉽지만 이만 가봐야 해요. 밥도 못 먹을 뻔했는데 절 살려주셨네요." 호준이 눈짓으로 포크와 나이프를 가리키며 말했다. "다음 주 일요일에 뵐 수 있겠죠?"

두 사람의 시선이 마주쳤다. 미요코는 속눈썹 사이로 호준을 올려다보며 고개를 끄덕였다. 돌아서는 호준의 뒷모습을 바라보자 심장이 터질 것 같았다. 그를 다시 볼 수 있다. 나도 누군가에게 도움을 줄 수 있다. 하지만 곧 불안감도 함께 밀려들었다. 호준과 함께 있으면 스스로를 너무 의식하게 된다. 지금까지는 외로워도 혼자서 잘 지내왔는데……. 이미 너무 많은 이야기를 시시콜콜 해버렸고, 너무 많이 웃어버렸다.

나가노와의 일 이후, 미요코는 자신이 조선 사람이라는 사실을 어떻게든 숨겨야 한다고 굳게 믿어왔다. 그때 받은 마음의 상처에는 이미 딱지가 앉았지만, 딱지는 언제든 뜯겨나갈 수 있고 상처는 언제든 덧날 수 있다. 호준이 나타난 뒤로 미요코는 그 상처를 새삼스럽게 들여다보았다. 일본인 행세를 하기로 한 것, 사랑을 포기하기로 한 것. 누군가에게 마음을 열었다가는 상처받을 일뿐이라고 생각했는데 어째서 이렇게 호준이 신경이 쓰이는 걸까?

다음번에 호준을 만날 때는 좀 더 조심해야겠다고 다짐했다.

제16장

1935년 6월

그다음 주 일요일에 미요코는 쿠조역에 나가지 못했고 호준도 만나지 못했다. 일주일 내내 출근도 할 수 없을 정도로 아팠기 때문이다. 일요일에도 열이 나고 콧물이 멈추지 않아 종일 누워 있었지만 이불을 덮고 뜨거운 차를 마시는 와중에도 호준 생각이 머릿속을 떠나지 않았다. 미요코는 그런 감정을 애써 외면하며 얼른 교회에 나가고 싶은 것뿐이라고 스스로를 다잡았다.

감기가 낫자마자 미요코는 교회로 향했다. 예배당에 들어섰는데 호준의 모습이 보이지 않아서 실망했고, 그런 자신에게 조금 놀랐다. 호준은 원인 불명의 수상한 화재로 피해를 본 조선인 동네에서 밤낮없이 집 짓기에 매진하고 있다고 우선이 전해주었다. 낮에는 그렇게 고되게 일하고 밤에는 학교를 가니 피곤할 법도 했다.

한 달이 지나고 나서야 교회에서 호준을 다시 만날 수 있었다. 호준은 전보다 눈 밑이 어두워지고 턱뼈는 도드라진 데다, 얼굴 한쪽에 난 커다란 상처에 딱지가 앉아 있었다. 미요코는 어려운 사람들을 위한 일에 저토록 진심인 호준의 상처를 돌봐줬어야 했다는 생각에 가슴이 아팠다.

예배당 앞쪽에 앉아 있던 호준은 누군가에게 말을 걸려고 한 듯 고개를 돌리다가 미요코를 발견하고 피곤했던 얼굴이 순간 환해지며 미소를 지었다. 그는 무슨 말을 하고 싶은 듯 입을 열었지만, 곧 예배가 시작된 탓에 입을 다물고 돌아앉았다. 그날 미요코의 귀에 설교는 하나도 들리지 않았다. 수척해진 호준의 뒷모습 외에는 어떤 것에도 집중할 수 없었다.

호준을 알고 나서 미요코는 몰랐던 자신의 모습을 계속해서 발견하는 중이었다. 호준은 수많은 남자 중 하나일 뿐 그 이상도 이하도 아니라고 생각하려 애썼지만, 그를 다시 만나게 됐을 때 미요코는 진정으로 살아 있음을 느꼈다. 머리부터 발끝까지 피부가 간질거리고 심장이 밖으로 튀어나올 것만 같은 기분. 이런 마음을 하나부터 열까지 전하고 싶었다. 다른 사람 행세를 하는 내가 아닌, 진짜 나의 마음을.

예배가 끝나고 호준이 미요코에게 다가왔다. 맥박이 빠르게 뛰었다.

“아프셨다면서요.” 호준이 말한다.

“이제 괜찮아요.” 따뜻한 말 한마디에 마음이 녹아내리는 것 같았다. “어떻게 지내셨어요?”

"저도 잘 지냈습니다. 집을 잃은 분들도 있는데, 제 처지야 뭐……." 호준은 미요코와 눈을 맞추었지만 마음은 왠지 다른 곳에 가 있는 것 같았다.

"얼굴은 어쩌다가……." 미요코는 가까이 몸을 기울여 호준의 얼굴에 난 상처를 살펴봤다.

"집이 불탄 자리를 치우다가 남아 있던 벽이 무너지는 바람에요." 호준이 상처를 감추려는 듯 고개를 돌렸다.

미요코는 자기도 모르게 뻗어나가는 오른손을 왼손으로 잡아 눌렀다. 호준의 상처를 만져보고 싶었다. 이런 마음은 대체 어디서 생겨나는 걸까?

"제가 붕대를 좀 대드릴게요." 말이 입 밖으로 나오는 동시에 후회가 밀려왔다. 고향에서는 나무 타기와 주판이라면 따라올 남자애가 없던 씩씩한 소녀였지만, 일본에 온 이후로 심하게 변해버린 자신이었다. 늘 말이며 행동을 조심하느라 바빴다.

호준의 얼굴에 미소가 번졌다. "할 줄 아는 게 참 많으시네요." 장난스러운 말투였다. "서양식 식기도 잘 쓰시더니 붕대까지."

미요코는 웃음을 터트리며 꽉 쥐었던 손에 힘을 조금 풀었다.

"제가 미영 씨에 대해서 아는 게 하나도 없었네요."

"말씀드릴 것도 별로 없는걸요." 떠나온 고향에 관한 이야기도, 학교에 다니다 그만둔 이야기도 그다지 하고 싶지 않다. 꿈을 포기해버린 사람을 그가 어떻게 생각할지 두려웠다.

"그럴 리가요. 이렇게 다시 보니 정말 좋네요. 소개부터 하자면 저는 안동 권 씨예요." 호준이 본관을 들어 자신을 소개했다.

"그래서 일본 성을 '안도'라고 지었지요. 미영 씨는요?"

미요코는 입을 꾹 다물었다. 안동 권씨라면 양반이니 출신부터 자신과 다르다. 입이 좀처럼 떨어지지 않았다.

답이 돌아오지 않자 호준이 말을 이어갔다. "저희 아버지는 조선에서 토지 측량 기사 일을 하셨어요. 지금 여기서도 비슷한 일을 하고 계시고요."

미요코는 말없이 듣기만 하며 고개를 끄덕였다.

"실은 아버지께서 조선에서 일본 주식 시장에 투자하셨다가, 주가가 떨어지는 바람에 돈이며 집이며 다 잃고 가족 모두가 일본으로 건너오게 됐습니다. 5년 전쯤에요."

미요코는 여전히 입이 떨어지지 않았다. 여기서 그에게 턱없이 가난하고 별 볼 일 없는 우리 가족 이야기를 털어놔도 괜찮을까?

"아, 너무 가까이 붙어서 미안해요. 어릴 때 열병을 앓아서 귀 한쪽이 잘 안 들리거든요." 어느새 가까이 다가온 호준이 아무렇지도 않게 말했다. 호준에게는 밀물처럼 사람을 끌어들이는 재주가 있는 것 같다.

"저는 평양 북쪽에 있는 맹정리라는 작은 마을에서 왔어요. 여기 교토에서는 언니랑 형부랑 지내고 있고요." 미요코가 기어 들어 가는 목소리로 말했다. *자, 그래도 해냈다. 생각만큼 힘들지는 않았어.*

"아하, 북쪽에서 오셨군요. 역시!" 호준의 입가에 장난스러운 미소가 번졌다.

"그게 무슨 뜻이에요?" 미요코는 약간 초조해져서 조용히 발을 구르며 물었다.

"북쪽 출신 여성들은 강인하죠. 미영 씨도 작고 가냘파 보이지만 의지가 강하고 똑똑한 분 같아요." 호준이 조금은 진지한 말투로 호준이 대답했다.

"저는 그렇지 않아요! 아니, 아닌가……." 미요코가 말을 더듬었다. "물론 처음 일본에 왔을 때는 저도 한 성격 했고 어디 가서 할 말 다 했죠. 여기는 언니뿐이니까 다른 식구들 체면 걱정할 일도 없었고요. 하지만 이곳에 적응하느라고 제 성격도 완전히 달라졌어요."

"언니분과 미영 씨는 어쩌다 일본으로 건너오셨어요?"

이번에는 망설일 새도 없이 둑이 허물어진 것처럼 말이 쏟아져나왔다. 제복을 입은 낯선 남자의 방문부터 보배 언니의 중매결혼, 가까스로 결혼을 피해 일본으로 건너온 일, 선생님이 되고 싶은 꿈을 이룰 수 없었던 사정까지 어느 새 모두 털어놨다. 억지로 시집가는 팔자를 피하게 된 건 다행이지만 지금은 고향에 계신 어머니가 아프셔서 걱정이고, 일자리를 구하기 위해 일본 이름을 쓰고 있지만 조선인들이 받는 대접에 화가 난다고도 이야기했다. 이야기하면 할수록 마음이 가벼워지는 것 같았다. 어릴 적 보리밭을 가로질러 달릴 때처럼.

호준은 잠자코 귀를 기울였다. 문득 주변을 둘러보니 사람들은 대부분 돌아가서 예배당 안에 단둘이 남은 거나 마찬가지였다.

"미영 씨 이야기를 직접 들으니 좋네요." 호준이 가까이 다가서는 순간, 밖에서 요란한 경적이 들려왔다. 그가 한발 물러섰다. "오늘 하루 종일 이렇게 있고 싶지만 가봐야 해요. 시간 가는 줄 몰랐군요. 관청에 가서 집 짓는 데 필요한 돈을 더 융통해 볼 생각입니다. 혹시 교회 밖에서 다시 만날 수 있을까요?"

미요코는 숨이 멎는 것만 같았다. 나가노와의 일이 다시 떠올랐다. 나가노에게 배신당했을 때는 보배 언니의 동정도 사지 못했다. 이번엔 언니에게 아무것도 털어놓지 않을 것이다.

"다음 주 토요일 정오에 카모강 고진교 동쪽에서 보는 거 어때요?" 호준의 눈이 미요코를 정면으로 응시하자 다리에 힘이 풀렸다.

밖에서 단둘이 만난다는 생각만으로도 설렘과 불안이 동시에 몰려왔다. 살면서 이런 감정을 불러일으키는 남자는 본 적이 없다. 하지만 미요코에게는 해야 할 일이 있다. 열심히 일해서 어머니에게 돈을 부치는 것. 다시 일자리를 잃거나, 있는 사람이나마 잃어버릴 여유는 미요코에게 없다.

당장 대답하고 싶었지만 말이 혀끝에서 맴돌았다. 미요코는 고개를 숙여 인사를 하며 한 걸음 물러섰다. 이걸로 거절의 뜻이 전해지면 좋을 텐데.

"과자를 가져가서 강에 있는 오리들에게 줄까 하는데, 와주실 거죠?" 호준은 포기하지 않았다.

고향에서는 부부가 결혼할 때 나무로 만든 오리 한 쌍을 선물하는 전통이 있다. 오리를 떠올리자 들뜬 마음이 갑자기 가라앉았다. 어머니와 아버지의 결혼 생활, 보배 언니의 중매 결혼,

나가노의 배신……. 남녀 사이에 좋은 관계라는 게 세상에 있기나 할까?

하지만 호준과 함께 있을 때면 진짜 자신을 되찾은 것처럼 느껴지는데다 타향살이의 외로움도 덜어지는 느낌이었다. 호준은 미요코가 마음속 깊은 곳에 꽁꽁 숨겨둔 희미한 의욕과 열망을 꿰뚫어 보는 것 같았다. 일본에서 살아남기 위해 감춰온 조선 사람 서미영도 호준의 눈을 통해서 보면 썩 괜찮은 사람인 것 같았다. 호준의 신념과 확신도, 토요일에 강가에서 만나자는 제안도 도저히 거부할 수가 없다.

"네, 토요일에 거기서 뵈어요." 미요코는 자기도 모르게 대답해버리고 말았다.

호준이 보조개가 움푹 파일 만큼 크게 웃어 보이고 돌아서자, 솔잎 향이 확 번졌다. 미요코는 설레는 마음을 도저히 감출 수 없었다. 미래는 알 수 없지만, 그 순간만큼은 확실하게 행복했다.

제17장

1935년 여름

미요코는 고진교 끝에서 흐르는 강물을 바라보며 서 있는 호준에게로 다가갔다. 머리 위에서 한낮의 태양이 이글거리는 더운 여름날이었다. 과자 봉지를 들고 선 호준 앞으로 오리 떼가 모여들었다. 호준이 미요코를 알아보고 손을 흔들었다.

"이렇게 와주셨네요!" 그는 왠지 모르게 쑥스러운 말투였다.

미요코는 호준의 목소리에 눈앞이 환해지는 것 같았다. 두 사람은 나란히 강가를 따라 걸었다. 걱정했던 것처럼 어색하지는 않아서 미요코는 안심했다.

"오리는 한번 짝짓기를 하면 평생을 함께한다더군요." 호준이 요란하게 모여드는 오리 떼를 향해 과자 부스러기를 뿌리며 말했다.

"그런가요?" 오리의 짝짓기라니, 외간 남자와 이런 대화를 나눠도 되는 걸까? 미요코의 얼굴이 조금 달아올랐다.

"저희 부모님은 아직도 혼례 때 받은 오리 한 쌍을 간직하고 계신답니다. 지금도 장롱 위에 놓여 있지요." 호준이 웃으며 말했다.

"음……." 미요코는 할 말이 없어 입을 다물었다. 나도 언젠가 결혼이라는 걸 하는 날이 올까? 이런 생각을 하는 것 자체도 정말 오랜만이었다.

"병원에서는 별일 없었습니까?" 불편한 기색을 눈치챘는지 호준이 화제를 바꿨다.

"오늘은 좀 힘들었어요." 미요코는 반색하며 대답했다. 호준이 오리 밥 주기를 잠시 멈추고 귀기울였다. "엉덩이에 주사를 맞아야 하는 환자가 무섭다고 통 돌아누우려 하지 않아서 제가 주사를 놓는 동안 남자 선생님이 환자를 붙들고 계셨답니다. 얼마나 소리를 지르던지!"

환자라고는 해도 여자의 몸에 대해서 이렇게 아무렇지 않게 이야기해도 되는 걸까? 말을 꺼내고 나니 문득 그런 생각이 들어 얼굴을 조금 붉혔지만 호준과 함께 있을 때는 왠지 마음이 편해지고 용기가 났다. 미요코가 하는 일에 대해 조금이라도 관심을 가져준 사람은 지금껏 아무도 없었다. 보배조차도 평소 병원 일에 대해서는 좀처럼 묻지 않았다.

"주사를 놓는 건 정말 어려울 것 같아요." 호준이 주삿바늘에 찔리기라도 한 것처럼 얼굴을 살짝 찌푸렸다.

"즐거운 일은 아니지만 제가 해야 하는 일이죠. 병이 나으려면 주사를 맞아야 하니까요. 그동안 잘 지내셨나요?" 자기 이야기를 하는 게 익숙지 않은 미요코는 호준의 이야기가 듣고 싶었다.

"낮에는 종일 학생들 공부를 도와주고, 저녁에는 학교에 다녔어요." 호준이 눈을 비비며 말했다. "행정법 시험이 있어서 새벽 두 시에야 잤네요. 오늘 제가 좀 피곤해 보여도 이해해 주세요." 호준은 기지개를 켜며 하품했다.

"별말씀을요. 그래도 공부를 하시니 얼마나 좋아요. 저도 병원에서 일하면서 많이 배우지만 그래도 학교가 그리워요. 공책에 필기하던 것…… 선생님이 칠판에 분필로 글씨 쓰던 소리도 그리워요."

"음, 얼른 다시 학교로 돌아가셔야겠어요."

"한동안은 혼자서 통신학교 공부를 했는데, 지금은 일이 너무 바빠서 그만뒀어요. 요즘은 간호사 선생님들이 일하는 걸 보면서 곁눈질로 배우고 시간이 나면 시를 쓰기도 해요."

산책이 길어져도 이야기는 끊이지 않았다. 호준에게는 무슨 말이든 솔직히 털어놔도 될 것 같았다. 아버지나 다른 남자들과 달리, 호준은 미요코의 공부 이야기, 학교 이야기에도 귀를 기울여주었다.

"오늘 식사는 하셨어요?" 미요코가 물었다. 호준이 늘 입고 다니는 헐렁한 모직 윗도리가 새삼 눈에 들어왔다.

"아침에 말린 오징어를 고추장에 찍어서 조금요." 호준이 입맛을 다시며 대답했다.

매콤한 고추장 맛을 떠올리니 미요코도 침이 고였다. 고향에서 빨간 고추를 길가에 늘어놓고 햇볕에 말리곤 하던 그리운 풍경이 떠올라 조금 슬퍼졌다. 병원에서는 늘 물 탄 간장을 뿌린 연두부나 말린 가다랑어포를 얹은 쌀밥에 채소 절임 따위의 싱겁고 밍밍한 일본 음식을 먹다 보니 고추장 같은 매운 음식이 그리울 때가 많다. 보배 언니가 아닌 다른 사람과 고향 음식을 나누어 먹는 기분은 어떨까?

"먹은 게 별로 없어 그런지 배가 고프네요. 시장에 가서 파전이랑 비빔국수 드실래요?" 호준이 묻는다.

"좋아요." 알싸한 파 향과 매콤한 비빔장을 생각만 해도 배 속이 요동치는 것 같았다. 잠시 구름이 해를 가리고 서늘한 바람이 강 위를 스쳤다. 하늘이 어두워지고 뜨거운 공기가 한 풀 식자 미요코는 옷깃을 여몄다. 가진 옷 중 입을 만한 외출복이라고는 지금 입은 녹색 스웨터뿐이었지만 소매 끝이 다 해져서 호준이 입은 낡은 윗옷과 크게 다를 바가 없었다.

촛불 아래서 어머니와 실을 감고 뜨개질을 배우던 밤이 떠오른다. 최근에 받은 편지로 봐서 어머니의 상태가 딱히 더 나빠지지는 않은 것 같았지만, 그것도 얼마나 갈지 모를 일이다. 미요코가 어머니 생각에 빠져 있는 동안, 호준이 윗옷을 벗어 미요코의 어깨에 걸쳐주더니 그 위에 자기 손을 올렸다. 작고 마른 미요코에겐 지나치게 큰 그 옷이 뜨끈한 국물처럼 마음을 달래주는 것 같았다. 어머니가 호준을 보면 뭐라고 할지 궁금해졌다. 마음에 들어 할지도 모른다. 양반 출신인데다가 어려운 조선 사람들을 돕는 사람이니까. 미요코는 변호사가 되어 어머니처럼 억울한 일을 당한 여자들을 돕는 호준의 모습을 상상했다.

저녁때 집으로 돌아온 미요코는 스웨터를 뜨기로 했다. 호준이 밤늦게까지 공부할 때 춥지 않았으면 좋겠다는 마음으로 그날부터 밤마다 스웨터를 떴다. 대바늘끼리 부딪치는 잔잔하고 규칙적인 소리를 들으면 하루의 근심을 잊을 수 있었다. 뜨개질하는 동안 호준에 대한 마음과 더불어 배우고 싶다는 꿈도 다시 자라나기 시작했다. 변호사가 된 호준과 간호사가 된 미요코가 장롱 위에 나무오리 한 쌍을 놓고 함께 사는 모습도 상상해봤다. 어느새 갈색 털실은 앞판과 뒤판이 되고 소매가 되어 어엿한 스웨터로 완성되었다.

보배가 누구 옷이냐고 물었을 때 미요코는 조선에서 막 건너온 교회 사람에게 줄 옷이라고 둘러댔다. 지금은 언니에게 털어놓을 때가 아니다. 여전히 하라모토와 사이가 좋지 않고 자주 다투는 보배가 동생의 연애사에 어떻게 반응할지는 알 수 없는 일이다. 열심히 일해서 돈을 모을 생각을 해야지 남자를 만나고 스웨터나 떠줄 처지가 아니라는 건 미요코 자신도 잘 알고 있었다.

**

몇 주 뒤 두 사람이 다시 강가에서 만났을 때, 미요코는 어머니가 아버지 집에 보낼 떡을 싸던 보자기와 비슷하게 생긴 일본식 후로시키로 감싼 스웨터를 호준에게 내밀었다.

"이게 뭐예요? 담요?" 호준이 물었다.

부피가 큰 선물이라 포장으로 감추기가 쉽지 않았다.

"소풍 나왔으니 깔고 앉으면 되는 건가?" 호준은 장난스러운 말투였다.

"깔고 앉아도 되기는 해요." 미요코는 가방을 만지작거렸다. 사실 가방 속에는 또 다른 선물이 들어 있다. 보배가 숨겨둔 흰 쌀을 몰래 조금 꺼내 밥을 짓고, 연어와 우메보시를 곁들여 도시락을 준비했다. 미요코는 절인 매실의 톡 쏘는 맛을 좋아했다. 호준도 좋아할까?

미요코는 호준이 스웨터를 펼쳐보기를 기다리며 흘러나오는 미소를 감추지 못했다. "담요가 아니라 선물이에요."

"저한테 주시는 건가요?"

"네, 저쪽에 앉아서 풀어보세요." 미요코는 나무 아래 긴 의자를 가리켰다.

"제가 뭘 했다고 이런 걸……."

"풀어보세요. 어서요." 얼른 호준의 반응을 보고 싶어서 속이 울렁거릴 정도였다.

서툰 손으로 매듭을 푸는 호준의 미간에 주름이 잡혔다. 후로시키도 미요코가 직접 네모난 천에다 주황색과 푸른색 물감을 칠하고 말려 만든 물건이었다. 마침내 매듭을 풀어낸 호준이 가지런히 개어둔 스웨터와 미요코의 얼굴을 번갈아 쳐다보았다.

무슨 말을 할까? 호준의 입이 떨어지기를 기다리는 미요코의 빰이 달아올랐다.

호준은 갈색 스웨터를 펼쳐서 들어 올리더니 한참을 바라봤다. "직접 뜨신 건가요?"

"네." 미요코가 작은 목소리로 대답했다. "마음에 드세요?"

"무슨 말을 해야 할지……." 호준은 스웨터를 얼굴 아래에 갖다 대며 미요코를 향해 활짝 웃어 보였다. "무척 마음에 들어요. 누가 이런 걸 만들어 준 건 처음이에요. 그것도 이렇게 아름다운 분이……."

미요코의 얼굴은 이제 불붙인 것처럼 뜨거웠다. "한번 입어 보세요."

호준은 안경을 벗어 의자 위에 놓더니 윗옷을 벗고 새 스웨터를 머리부터 뒤집어썼다. 새 옷은 치수를 미리 재서 만든 것처럼 딱 맞았다.

"고맙습니다." 호준의 눈빛이 부드러워지는가 싶더니, 한 손을 들어 미요코의 손 위에 얹었다. 미요코는 깜짝 놀랐지만, 뿌리치지는 않았다. 두 사람은 한동안 그렇게 앉아 있었다. 침묵을 깬 건 호준의 배에서 들려온 꼬르륵 소리였다.

"실은 준비한 게 하나 더 있어요."

"선물이 또 있습니까?"

"우리 소풍 온 거예요!"

두 사람은 스웨터를 쌌던 천을 펼쳐 풀밭에 깔았다. 다리를 옆으로 빼면 두 사람이 가까스로 함께 앉을 수 있는 크기였다. 미요코는 가방에서 도시락을 꺼내 뚜껑을 열었다.

"오늘 여러 번 놀래키시네요!"

두 사람은 머리가 맞닿을 정도로 가까이 앉아 도시락을 먹었다. 밥을 먹던 호준이 가까운 곳에서 헤엄치는 오리 한 쌍을 바라보자, 미요코는 문득 기분이 유쾌해져서 풀을 한 움큼 뽑아 호준에게 던졌다. 스웨터 안으로 풀이 들어가자 깜짝 놀란 호준이 웃으며 외쳤다. "간지러워요!"

미요코는 자리에서 일어나 장난스레 나무 뒤로 달려가 숨었지만 곧 호준에게 따라잡히고 말았다. 두 사람은 나무 아래서 한참을 서로 바라보며 가쁜 숨을 몰아쉬었다.

내가 이런 장난을 치다니! 미요코는 자기 모습이 낯설었다. 엉뚱하게도 어린 시절 고향에서 남자애들과 숨바꼭질하던 일이 떠올랐다. 술래를 헷갈리게 하려고 엉뚱한 방향으로 돌을 던지고는 반대쪽으로 냅다 도망가 숨곤 했었지. 그때와 비슷한 장면이지만 마음은 전혀 다르다. 지금껏 알지 못했던 기쁨이 미요코의 가슴을 가득 채웠다.

제18장

1935년 가을, 겨울

여름이 가고 교토 근교 아라시야마산에도 가을이 찾아왔다. 나뭇잎이 빨강, 주황, 금빛으로 울긋불긋 물들었고, 미요코의 마음도 마찬가지였다. 호준과 강가에서 만나기 시작한 지도 여러 달이 지났다. 두 사람은 만날 때마다 몇 시간이고 강둑을 따라 걸으며 이야기를 나눴다. 나란히 걸을 때면 팔이 서로 스치며 맞닿곤 했다.

한 번은 갑자기 비가 쏟아지는 바람에 다이마루 백화점에서 비를 피했다. 에스컬레이터를 타고 5층 식당가까지 올라가 카레라이스를 먹고, 아이스크림을 먹는 아이들 옆에 앉아 소다도 한 잔씩 마셨다. 호준은 백화점 지하 할인점에서 우산을 사서 미요코에게 선물했고, 두 사람은 팔짱을 낀 채 우산 하나를 함께 쓰고 집까지 걸었다. 폭우 속을 서둘러 걸으면서도 웃음이 그치지 않았다. 호준과 헤어지고 나면 곧장 그가 그리웠고, 다음 만남을 손꼽아 기다렸다.

12월에는 기쁜 일이 하나 더 생겼다.

미영에게,

다행히 너희 어머니 병세가 조금 나아지셨어. 아버지가 여전히 살펴봐 주고 계셔. 네가 병원에서 일하며 환자들을 보살핀다니 자랑스럽다고 하시는구나. 네가 번 돈은 오롯이 공부하는 데 쓰고, 갖고 싶은 것도 좀 사라고 하셨어.

나는 평양 하숙집에서 지내고 있어. 출근할 때는 늘 양장을 입는단다. 배울 것이 참 많아. 하루빨리 다니러 와.

태영 씀

어머니 소식을 듣자 희망이 솟아났다. 어머니도 이제 다시 뜨개질을 하실 수 있는 걸까? 미요코는 양장에 넥타이 차림으로 다들 부러워하는 직장에 출근하고 있을 태영의 모습을 상상하며 흐뭇한 미소를 지었다. 집에서 온 소식을 호준에게도 알렸다. 앞날에 대한 기대감이 조금씩 생겨나고 있었다. 이제 어머니 걱정은 접어두고 학교로 돌아가도 되지 않을까? 선생님이라는 꿈은 멀어졌지만, 간호사가 되기 위한 공부는 할 수 있지 않을까? 그러면 호준을 계속 만나도 괜찮지 않을까?

호준의 집 앞에 처음 가본 것도 이즈음이었다. 그의 집은 미요코가 사는 곳에서 그리 멀지 않았다. 호준이 온 김에 들어가

자고 청했지만 미요코는 거절했다. 가난한데다 부모와 함께 살지 않는 자신을 그의 가족이 어떻게 볼지가 두려웠다. 호준의 가족이 사는 이층 목조 주택은 작은 중정을 중심으로 아래층에 방이 세 개, 위층에도 방이 세 개로, 호준의 부모님과 두 형에 형수, 조카들까지 모두 함께 살고 있었다.

호준의 집을 처음 보았을 때 미요코는 고향에 있는 아버지 댁이 떠올랐다. 일본에 건너온 뒤로 아버지와는 편지 한 통 주고받지 않았다. 앞으로 자신도 새로운 가족을 꾸리게 될까 그려보기도 했지만 그때마다 어머니의 구부정한 등이 떠올랐다. 자신의 땅을 빼앗아 간 사기꾼 이야기를 하며 눈을 번득이던 어머니. 호준은 어머니의 삶을 괴롭게 만든 남자들과는 확실히 다른 것 같았지만, 결혼은 또 다른 이야기였다. 미래에 대한 상상의 나래를 펼치는 건 지금의 미요코에겐 사치다. 확실한 것은 오로지 지금뿐. 당장 할 수 있는 건 그저 호준과 하루하루를 즐겁게 보내는 것뿐이다.

호준의 가족을 만날 용기는 없었지만, 대신 호준을 집으로 초대했다. 보배 언니와 하라모토는 아침 일찍 집을 나섰고 미요코는 이른 오후가 되어서야 병원으로 출근했기 때문에, 둘은 오전에 종종 미요코의 집에서 만나 차를 마시며 이야기를 나눴다. 고향에서라면 보호자 없이 방 안에 남자와 단둘이 있는 건 상상도 못 할 일이었을 것이다. 바깥일을 하려면 일본인 행세를 하며 진짜 정체를 숨겨야 하니 여기서라고 마냥 자유롭게 산다고는 못 해도, 부모님이나 마을 어른들이 없으니 사사건건 행실을 감시하는 눈도 없는 셈이었다.

호준과 함께 보내는 짧은 오전 시간이 미요코에게는 더없이 소중했다. 닳아빠진 다다미 바닥에 앉아 대화를 나누면 보잘것없게 느껴졌던 자신의 생각과 의견도 귀해지는 것 같았다. 호준은 선생님들조차 미요코에게 한 적 없는 질문을 던지곤 했다.

"미영 씨가 쓴 시를 좀 읽어볼 수 있을까요?" 어느 날 호준이 물었다.

"남한테 보여줄 만한 건 아니에요." 미요코의 귀가 빨갛게 달아올랐다.

"그래도 보고 싶어요." 호준이 눈을 반짝거리며 간청했다.

미요코는 마지못해 서랍장에 넣어둔, 오디나무 종이로 만든 공책을 꺼냈다. 1년 전 처음 간호사 보조 일을 시작했을 때 직접 지은 하이쿠를 적어둔 공책이었다. 머뭇거리며 일기장을 펼쳐 보였다. 그가 별로라고 생각하면 어쩌지?

청춘은 돌아오지 않네
나는 하얀 옷을 입고
소박하게 살 것이오

호준은 그 짧은 시를 소리 내어 읽더니, 갑자기 입을 다물고 조용해졌다. 미요코는 안절부절못하며 호준의 입이 열리기를 기다렸다.

"아름다운 글이네요." 호준의 얼굴 위로 흐릿한 아침 햇살이

드리웠다. "작가의 설명을 듣고 싶어요."

칭찬을 들으니 용기가 생겼다. "어릴 때 조선에서 흰색 한복을 입었고, 지금은 일본에서 간호사 보조로 일하면서 흰색 제복을 입잖아요. 제 인생이 많이 달라졌지만 달라지지 않는 것도 있다는 뜻이에요."

"미영 씨는 정말 사랑스럽고 또 강인한 여자예요." 호준의 목소리는 언제나처럼 부드러웠다.

미요코는 가벼운 전율을 느꼈다. 이 시를 쓴 건 호준을 만나기도 전의 일이다. 내가 이런 사랑을 받아도 되는 걸까?

"정말 마음에 들어요. 제가 이 시를 가져도 될까요?"

"정말 별 볼 일 없는 글인데…… 마음에 들면 가져가세요." 미요코는 공책에서 시가 적힌 장을 떼어내 호준에게 건넸다.

"고맙습니다." 호준은 푸른 실로 가장자리를 두른 옅은 갈색 손수건을 꺼내 입을 가리고 기침하더니 목을 가다듬었다.

"감기에 걸리신 거예요? 여기 물 좀 마셔요." 미요코는 두 손으로 물잔을 건네고 두꺼운 대바늘을 꺼내 담요를 짜기 시작했다. 호준은 법전을 펼쳤다.

그와 함께 있을 때면 아무 말 없이도 불편하지 않았다. 호준과 결혼하면 이렇게 살게 될까? 그렇다면 결혼이라는 것도 상상과 달리 그리 나쁘지 않을지도 모른다. 하지만 결혼하고도 학교에 다니거나 밖에서 일할 수 있을까? 남편이 생기면 여자는 으레 시댁 식구들을 모셔야 한다. 호준은 셋째 아들이니 부담은 적을지 몰라도, 셋째 며느리는 며느리 중에서 가장 서열이 낮으니 해야 할 일이 많을 것이다. 생각이 너무 앞서가는 것 같아 미요코는 뜨개질에 집중하려고 애썼다.

뜨개질하다 말고 어깨 너머로 호준이 읽고 있는 책을 곁눈질했다. 호준의 책은 전부 몹시 두껍고, 미요코가 모르는 법률 용어로 가득했다. 이번에는 미요코가 질문할 차례였다.

“왜 법을 공부하시는 거예요?”

“사람들한테 도움이 되는 일을 하고 싶어요. 사람은 누구든 공정한 대우를 받을 권리가 있으니까요.”

“권리요?” 미요코는 다시 한번 땅을 빼앗긴 어머니를 떠올렸다. 어머니도 이런 이야기를 들을 수 있었다면 좋았을 텐데.

“일본 땅에 사는 조선 사람들도 좋은 일자리를 얻고 제대로 된 집에서 살 권리가 있어요. 그런데 법이 애초에 불공정하게 쓰여 있고, 또 제대로 적용되지도 않죠. 그런 것을 바꾸고 싶어요.” 호준의 눈은 반짝거렸다.

미요코는 대바늘을 무릎 위에 내려놓고 귀를 기울였다. 잔잔한 물결 같은 목소리에 마음이 편안해졌다.

“신분증도 외국인만 발급받아야 하죠. 목적이 감시라서 그렇습니다. 그리고 조선인이라면 응당 부모님이 주신 이름을 쓰고 싶은 법인데 왜 일본 이름을 쓰겠습니까? 우리도 이곳에서 인간다운 대접을 받아야죠.” 호준이 힘주어 말했다.

미요코에게도 바로 그 외국인 신분증이 있고, 바로 그 일본인 행세를 하고 있다. 호준은 두 세상의 경계선에서 아슬아슬하게 살아가고 있는 미요코를 분명한 한쪽으로 끌어들이고 있었다.

자기 자신을 속이지 않고 살아가는 삶으로. 미요코도 마음 같아서는 호준처럼 살고 싶었다.

"맞아요. 우리가 잘못한 게 없는데도 일본인들의 구미에 맞춰서 이중생활을 하는 삶은 너무 피곤해요. 호준 씨를 알게 되어서 정말 다행이에요."

호준이 다가오더니 미요코를 가까이 끌어당겼다. 미요코는 앞이 제대로 보이지 않았지만, 뒤로 물러나지 않았다. 피부에 와닿는 손이 생생하게 느껴졌다.

호준이 살짝 몸을 붙이더니 얼굴을 천천히 가까이 가져왔다. 미요코는 여전히 시선을 떨군 채였지만 물러서지 않았다. 호준의 손끝이 피부에 닿자 생생한 온기가 느껴졌다. 마디가 거칠고 끝이 딱딱한 손가락이 미요코의 턱을 살짝 들어 올리자, 굳게 닫혀 있던 마음이 조금씩 열렸다. 미요코는 조심스럽게 입맞춤을 받아들였다. 첫 입맞춤이었다.

이내 탁자 위에 올려둔 책이 떨어지고, 호준이 두 손으로 미요코의 얼굴을 감싸 안았다. 호준의 입술이 목덜미에 닿는다. 미요코는 눈을 감고 호준의 머리카락에서 나는 은은한 향을 들이마셨다. 손이 어깨선을 따라 내려오더니 윗옷을 부드럽게 끌어내렸다. 손길은 봄바람처럼 따뜻했고, 어느새 미요코의 온몸이 뜨겁게 달아올랐다. 손끝이 팔을 타고 내려가 허리께에 머물렀다. 간호복 뒤 지퍼가 열리자, 억눌려 있던 감정도 함께 터져 나왔다. 호준의 손끝이 속옷의 고리로 향하자, 미요코는 등을 젖히며 그 손길을 받아들였다.

두 사람 사이의 거리가 더욱 좁아졌다. 호준은 미요코의 입술선을 손끝으로 더듬다가 입맞춤을 이어갔다. 두 사람이 하나가 되었을 때, 옳고 그름은 더 이상 중요하지 않았다. 살아오며 느껴보지 못했던 기쁨이었다.

그날 아침, 미요코는 처음으로 사랑이 무엇인지 알게 되었다. 호준의 맨가슴에 머리를 기대고 심장 소리를 들으며 자신의 숨결을 느꼈다. 그의 몸이 지닌 온기와 선에 익숙해지고, 감정이 닿을 수 있는 깊이를 처음으로 깨달았다. 언제나 몸과 마음 깊이 품고 있던 긴장감이 어느 순간 사라지고 없었다. 사랑이라는 것은 타인들의 이야기라고만 생각해 왔지만, 이제는 알 것 같다. 나도 사랑을 할 수 있다. 사랑을 해도 괜찮을 것 같다.

출근 시간이 되자 호준은 미요코를 따라나서서 몇 걸음마다 장난스럽게 멈춰 세우며 말했다.

"가지 마요. 헤어지기 싫어요."

호준이 미요코의 팔을 살짝 끌어당기다가, 입을 가리고 또 한 번 기침했다.

"괜찮아요?"

병원에서 자주 들어본 기침 소리라 미요코는 문득 불안해졌다. 가볍게 넘길 일이 아닐 수도 있었다.

"괜찮아요." 호준이 웃으며 대답했다.

"그럼 꼭 푹 쉬어요. 내일 또 만나요."

미요코의 가슴에 낯선 충만함이 차올랐다.

보배 언니가 말한 사랑이 이런 것인지도 모른다. 언니는 사랑이 분명 존재할 거라 믿겠다고 했다. 미요코는 그때 사랑을 믿지 않았고 그 말을 이해하지도 못했지만, 이제는 조금 알 것 같다. 더 이상 예전의 미요코가 아니었다. 더는 사랑이 두렵지 않았다.

제19장

1936년 3월

호준과 함께 보낸 첫해는 상상했던 것보다 훨씬 더 즐거웠다. 미요코는 이전에는 보지 못했던 것들에 눈을 떴다. 산책할 때면 호준은 파란 하늘과 솜뭉치 같은 구름을 가리키며 지금은 옆에 없는 하얀 파도가 부서지는 푸른 바닷물을 이야기했다. 호준이 장난스레 옆구리를 간질이기만 해도 미요코는 하루종일 기분이 좋았다. 그런 순간들이 영원하기를 바랐다.

미요코는 그 마음을 일기에 담았다.

> 호준이 나를 깨웠다. 나는 호준과 함께 고향 마을 뒷산을 오르고, 얼음처럼 차가운 냉면을 나누어 먹고 싶다. 내 조선 이름으로 불리고 싶다. 호준과 함께하면 어린 시절의 기억이 너무나도 생생하게 떠오른다. 호준 덕분에 내가 다시

나로 살아갈 수 있다.

들뜬 마음으로 지내던 어느 날, 수술실로 수술 도구를 나르던 미요코의 귀에 조선말이 들려왔다. 미요코는 그 자리에서 얼어붙었다. 교토 다이니 병원을 찾는 환자들은 대부분 일본인이라 조선말을 들을 일은 거의 없었다. 한쪽 눈을 붕대로 가린 중년 여자가 옆 사람의 손을 붙들고 하소연하는 중이었다. 붕대 아래로 보이는 얼굴에 멍이 푸르렀다.

"어머나! 어쩌다가 이렇게 된 거야?" 병문안을 온 여자가 조선말로 말한다.

"남편놈한테 맞아서 찢어진 곳을 꿰매야 한다대. 돈이 없어서 병원까지는 안 오려고 했는데 피가 너무 많이 나는 바람에……."

미요코는 심장이 두근거렸다.

"왜, 도대체 왜 그런 짓을 했대?"

"내가 한복을 입었다고 이래놓은 거야."

"아이고! 너무하네. 자기도 조선 사람이면서."

"그걸 부끄러워하는 사람이잖아. 여기서 조선 사람인 걸 들킬까 봐 아주 전전긍긍해. 들키느니 너도 죽고 나도 죽자고 할걸."

여자의 말이 비수처럼 꽂혀 미요코는 일본 이름이 적힌 이름표를 만지작거렸다. 누군가가 한복을 입었다는 이유로 남편에게 피가 나도록 맞고 있을 때, 미요코는 일본인 행세를 하고 있다.

하라모토가 술을 마실 때마다 훌쩍이던 보배 언니가 떠올랐다. 그때 왜 언니를 잘 달래주지 못했을까? 지금 저 환자에게 다가가 조선말로 위로하고 싶지만 조선인인 걸 들켜도 병원 일을 계속할 수 있을까 싶어 두려웠다. 이 가면이 과연 언제까지 버텨줄까?

미요코는 호준과 이야기해보기로 마음먹었다. 오랫동안 마음에 걸려 있던 질문을 이제는 해야 할 때다. 호준은 미요코가 일본인 행세를 하는 것에 대해 어떻게 생각하고 있을까? 호준은 여전히 조선 이름을 쓰고, 세상이 이대로 흘러가서는 안 된다는 생각에 변호사가 되려고 한다. 이 상황에서 미요코가 할 수 있는 일은 무얼까?

"어제 병원에서 일이 좀 있었어요."

호준이 걱정스러운 표정으로 바라보았다. "무슨 일요?"

그의 얼굴을 보니 솔직하게 털어놓을 수 있을 것 같았다. "한복을 입었다고 아내를 때린 조선 사람이 있더라고요."

"병원에 힘들어하는 사람들이 많아서 보기가 괴롭지요?" 호준이 말했다.

"아무 말도 못 하고 엿듣기만 했어요. 호준 씨가 그 자리에 있었다면 어떻게 했을 것 같아요?"

"글쎄요, 아픈 사람, 다친 사람을 매일 보니 정말 힘들 거라는 거 알고 있어요. 남의 일 같지 않은 경우는 더 괴롭고요."

"할 수 있는 일이 없어서 괴로워요. 어차피 우리를 함부로 대하는 일본 사람들은 무슨 짓을 해도 변하지 않을 거고요."

"저도 잘 압니다."

“제가 여기서 일본 이름을 쓰는 것도 그래서예요. 잘 숨기면서 살아왔어요. 그런데 호준 씨를 만나고 생각이 좀 달라지는 것 같아요. 진실하고 당당하게 살고 싶어요. 내가 가짜 일본인 행세를 하는 걸 호준 씨가 어떻게 생각할까 걱정도 되고요.”

호준이 눈으로 웃어 보인다. “미영 씨 탓이 아닙니다. 우리한테 선택의 여지가 별로 없는 게 우리 잘못은 아니죠. 미영 씨가 어떤 선택을 해도 난 이해해요.”

미요코는 호준의 대답에 안도의 한숨을 내쉬었다.

“그저, 옳다고 생각하는 대로 하면 돼요. 다음번에 또 그런 일이 생기면 그때는 미영 씨가 먼저 다르게 행동할 수도 있어요.”

“하지만 병원에서 내가 조선인인 줄 알면 일을 그만둬야 할 수도 있어요. 물론 그런 처지에 있는 사람들을 도와주고 싶은 마음이야 굴뚝같아요……. 그분이 병원에 올 형편이 못 되는데 어쩔 수 없이 왔다고 했거든요. 그래서, 제가 집집이 찾아다니면서 환자를 보면 어떨까 생각해 봤어요. 체온 재고, 소독하고, 붕대 갈고, 목욕시키고…… 그 정도는 할 수 있거든요. 그런 게 필요한 사람들이 있지 않을까요?”

“좋은 생각이에요!” 호준의 얼굴이 환해졌다. 미요코가 열을 올리자 그는 덩달아 신나 했다. 무기력하게 앉아만 있지 않아도 된다니, 미요코는 이런 기분이 반가웠다.

“그런 분들을 알려주시면 제가 한번 찾아가 볼게요.” 미요코가 숨도 쉬지 않고 말을 이어갔다. 고통받는 동포들을 위해 할 수 있는 일이 내게도 있다. 이러려고 간호 일을 배웠구나!

"바로 알아볼게요. 예배당에서 미영 씨를 처음 봤을 때부터 이렇게 화끈한 여성인 줄 내 진작에 알았지요!" 호준이 눈을 빛내며 소리 내 웃었다.

미요코는 호준에게 다가가 입을 맞췄다. 살짝 벌어진 입술이 따뜻했다. 눈을 감고 그의 얼굴을 손으로 감싸 끌어당기자 그가 고개를 젖혔고, 간호복 망토 자락이 그의 몸에 감겨들었다.

**

다음 날 미요코는 오전 내내 집에서 환자 명단을 가져다줄 호준을 기다렸지만, 그는 나타나지 않았다. 밀린 공부를 하거나 기사를 쓰느라 바쁜 걸까? 아니면 어디가 아픈 걸까? 미요코는 나중에 사정을 알려주겠거니 생각하며 일단 병원으로 출근했다.

하지만 그다음 날에도 호준은 나타나지 않았다. 이때부터는 걱정이 되기 시작했지만, 무턱대고 집으로 찾아갈 수는 없었다. 호준의 부모님은 미요코의 존재도, 두 사람의 관계도 모른다. 그의 부모님이 자신을 어떻게 생각할지 알 수 없으니 집에는 아무 말도 하지 말아달라고 부탁해둔 터였다. 마찬가지 이유로 보배 언니 역시 아무것도 모른다. 호준은 미요코와 달리 양반가 출신인 데다가 보배 언니는 하라모토와 사이도 좋지 않으니, 호준의 이야기를 꺼냈을 때 언니가 어떻게 생각할지 짐작하기가 어려웠다. 가족의 인정을 받지 못해도 그는 변함없이 미요코를 지금처럼 아낄까?

그의 소식을 들으려면 집으로 찾아가는 것밖에는 방법이 없었다. 집 밖에 서 있으면 그가 창문 너머로 보고 나와줄지도 모른다. 혹시 누군가가 나타나서 왜 왔냐고 물으면 호준이 쓰고 있는 기사에 대해서 할 말이 있다고 말하면 되지 않을까? 적당히 핑계를 둘러대면 된다. 가만히 앉아서 기다릴 수만은 없었다.

호준을 마지막으로 본 지 3일째 되던 날, 미요코는 출근 전 서둘러 호준의 동네로 향했다. 혹시나 그의 눈에 잘 띌까 싶어 그가 다이마루 백화점에서 사준 우산을 쓰고 집 앞을 서성였다. 한참 동안 기다렸지만, 호준은 나타나지 않았고 집 안은 조용했다. 옆집에서 개가 짖는 소리만 크게 들려왔다. 무언가 큰일이 난 걸까? 호준이나 식구 중에 누군가가 크게 아픈 건 아닐까? 혹시 그가 하던 활동 때문에 잡혀간 건 아닐까?

그 뒤로도 계속 소식이 없자 미요코는 몹시 불안해졌다. 내가 뭘 잘못한 걸까? 함께 깔고 앉았던 후로시키를 가져가 늘 만나던 강둑에 깔고 앉아서 기다려보기도 했다. 장난스레 풀을 뽑아 던지던 때를 떠올리는 동안 불길한 상상이 끝도 없이 번져갔다.

어쩌면 내가 그를 멀어지게 했는지도 몰라. 내가 한 말이나 행동이 마음에 들지 않았을지도 모른다. 너무 적극적으로 굴었던 건지도, 더 예쁜 여자를 만났을지도 모른다. 언니에게 속사정을 털어놓고 싶지만 몰래 남자나 만나고 다녔다고 비난할까 봐 두려웠다. 남자에게 버림받은 것을 언니 앞에서 또다시 인정하자니 생각만으로도 얼굴이 뜨거워졌다. 아무에게도 이야기하지 못한 채 여러 날이 흘러갔고, 두려움은 분노로 변해갔다. 이런 어리석은 실수를 반복하다니!

일요일이 되어 교회에 갔지만 여전히 호준은 보이지 않았다. 미요코는 우선을 찾아가 물었다.

"혹시 호준 씨 보셨어요?"

"아니, 실은 어제 저녁 모임에도 나오지 않았어. 공부하느라 바쁜 거 아닐까?"

미요코는 책 속에 파묻혀 자신을 잊은 호준의 모습을 상상하며 이맛살을 찌푸렸다. 그 뒤로도 일요일마다 교회에 나갔지만, 아무런 소식도 들려오지 않았다. 확실한 거절의 뜻이다. 달리 설명할 길이 없다. 하지만 한창 행복한 한때를 보내고 있었는데, 어떻게 한순간에 이렇게 될 수가 있는 걸까? 미요코는 입맛을 잃었고 잠도 잘 자지 못하는 데다 병원을 가득 채운 소독약 냄새도 유난히 괴롭게 느껴졌다. 이제는 어떤 감정도 들지 않고 그저 머리가 멍했다.

몇 주 뒤 우선이 예배가 끝나고 미요코를 불러냈다. "호준이 많이 아프다는군. 지금까지 쭉 집에 앓아누워 있었대. 호준의 형님을 우연히 마주쳐서 알게 됐어."

미요코는 놀라서 두 손으로 입을 틀어막았다. 당장이라도 달려가 그를 만나고 싶었다. 그가 가끔 기침을 하고 살이 빠지던 걸 대수롭지 않게 여긴 것이 후회스러웠다. 너무 행복해서 신경을 쓰지 못했다. 동시에 조금은 안도감이 들었다. 그가 일부러 미요코를 피한 건 아닌 셈이다.

"갑자기 그렇게 되었나 봐요. 소식이 끊기기 바로 전주에도 만났었는데…….” 미요코가 말했다.

“그러게. 주변 사람들을 그렇게나 챙기더니 자기 건강에는 신경을 못 썼나 보군.”

“제가 한번 가봐야겠어요.” 미요코가 근심 가득한 얼굴로 말했다.

“당장은 어려울지도 몰라. 가족들이 돌보고 있대.”

“어디가 어떻게 아픈데요?”

“확실한 건 아니지만 결핵일지 모른다고 했어.”

미요코는 놀라서 몸이 굳어버렸다. 결핵은 안 된다. 병원에서 열이 나고 숨이 차서 기침하며 급히 입원하는 환자들을 자주 보았다. 결핵은 폐를 망가뜨리고 면역 체계를 무너뜨리는 무서운 병이다. 결핵 환자는 나날이 늘어가고 있지만 치료법은 딱히 없었다. 치료하면 효과가 있는 경우도 있고 드물게는 저절로 낫기도 하지만, 살리지 못하는 환자가 더 많았다.

당장 호준에게 달려가고 싶은 마음뿐이었다. 병원에서 돌보는 환자들처럼 담요로 꽁꽁 싸맨 뒤 밖으로 데리고 나와 맑은 공기를 마시게 해주고 싶다. 강변에 앉아서 함께 오리를 보고, 따뜻한 국물을 떠서 입에 넣어주고 싶다.

“제가 가서 봐야겠어요.”

“나도 집에 가보려고 했는데, 가족들이 들어오지 못하게 막더군.” 우선이 고개를 저었다. “병이 옮을지도 모른다는 거야.”

사실이다. 결핵이 아무리 조심해도 쉽게 전염되는 병이라는 것을 미요코도 잘 알고 있었다. 정확한 전염 경로는 분명하게 알려진 바가 없다. 호준이 아프기 바로 전까지 그와 아주 가깝게 지냈으니, 지금은 괜찮더라도 미요코에게도 곧 증상이 나타날지도 모른다. 보배 언니나 하라모토에게 병을 옮길 수도 있다.

결핵이 얼마나 무서운 병인지 잘 알면서도 미요코는 호준을 돌봐주고 싶었다. 간호는 미요코의 소명이었다. 어떻게 하면 그를 도울 수 있을까? 내가 무슨 일을 할 수 있을까.

제20장

1936년 4월

미요코는 결핵에 대해서 배울 수 있는 것은 모조리 알아볼 생각이었다. 병원에서 결핵 환자들은 격리 수용되어 요양 치료를 받는데, 하루 몇 시간씩 환기가 잘되는 곳에 앉아서 쉬거나 휠체어를 타고 산책을 하곤 했다. 결핵 환자들이 야외에 나갈 때면 미요코와 동료들은 바람이 들지 않게 담요를 여러 장 덮어주고 머리에도 머릿수건을 둘러주었다. 환자들에게 음식을 가져다줄 때는 늘 입마개를 했고, 환자 주변을 소독하고 나서 꼭 손을 씻었다.

폐 수술을 받은 할머니에게 직접 된장국을 떠먹여 드린 일도 있었다. 몹시 마르고 약한 데다 숨쉬기도 힘들어하는 환자였는데, 얼마 후에 교외에 있는 요양원으로 옮겨갈 예정이었다. 잠시 어느 정도 증상이 호전되는 모습을 보여 미요코도 희망을 품었지만, 결국은 이겨내지 못했다.

두려움이 칼날처럼 마음을 파고들었다. *호준도 결핵으로 죽어버리면 어쩌지?* 시간이 지날수록 심란함이 커져 제대로 먹지도 자지도 못한 채 정처 없이 걷다가 호준의 집 앞까지 간 적도 여러 번이었다. 조금이라도 가까이에 와 있으면 마음이 전해지지 않을지, 달리 할 수 있는 일이 없으니 그런 희망이라도 품어볼 수밖에 없었다.

일본 정부의 감시가 심해져 교회에 나가는 것도 점점 위험해졌지만, 미요코는 꾸준히 교회에 나가 호준이 얼른 회복하게 해달라고 기도했다. 밤에는 방에서 혼자 성경을 펼쳐놓고 소리 내 읽었다. 어머니가 아플 때 이렇게 했더니 어머니의 병세가 호전되었다는 편지가 왔기 때문이다. 호준에게도 효과가 있기를 바랄 뿐이다.

한 달 뒤에 일요일 예배가 끝나고 우선이 미요코를 불러내 편지 한 통을 건넸다.

"호준의 형님을 만났는데, 호준이 이걸 네게 전해달라고 했다더라고."

두툼한 편지 봉투를 보자 목이 메어 아무런 말이 나오지 않았다. 이제는 병이 아주 나았으니 어서 만나고 싶다는 내용이 적혀 있다면 좋으련만! 혼자 있고 싶은 미요코의 마음을 알아챈 듯 우선은 바로 자리를 떴다.

편지를 받아 들고 정신없이 걷다 보니 늘 그와 함께 오던 카모강이었다. 봉해지지 않은 봉투를 열자 안에는 낯익은 것들이 들어 있었다.

하나는 미요코가 일기장에서 찢어줬던 시가 적힌 종이였다. 뒷면에 그가 힘겹게 적어 내려간 편지가 쓰여 있었다.

미영 씨,

갑자기 사라지는 바람에 걱정을 안겨 미안합니다. 매일같이 미영 씨 생각을 했지만, 편지를 쓸 힘이 없었어요. 강가에서 만난 오리 한 쌍이 꿈에 나와서, 오리들처럼 함께 살아가는 우리를 상상하기도 했습니다. 곁에 당신이 있었으면 하고 얼마나 바랐는지. 당신도 나를 사랑하고 있다는 생각으로 아픈 날들을 견딜 수 있었습니다. 그러나 결핵에 걸린 것을 알고도 나를 기다려달라고 하는 것은 이기적인 짓이라는 생각이 듭니다. 앞으로 내가 어떻게 될지 모르니 더 이상 기다리지 마세요. 당신이 불행해지는 것은 상상만으로도 괴롭습니다. 부디 행복하게 살아가기를…….

편지는 쓰다 만 것처럼 마지막 문장의 끝이 흐렸다. 머리가 지끈거리며 아파왔다. 결국 사랑하지만 이제 그만 헤어지자는 이야기다. 결핵이라는 병의 말로는 예측할 수 없고, 앞으로 더 나빠지기만 할 수도 있다. 이걸로 미요코가 꿈꾸던 미래는 깨끗이 사라져버렸다.

편지 봉투 안에는 푸른 실로 가장자리를 두른 호준의 손수건도 들어 있었다. 손수건을 얼굴에 갖다 대자 갓 빤 것처럼 비누향이 났다. 겉옷 안주머니에서 이 손수건을 꺼내 이마를 닦던 그가 떠올랐다. 손수건 가장자리를 손가락으로 훑으며 호준의 얼굴을 떠올리자, 미요코의 눈에 눈물이 차올랐다. *이게 그의 마지막 선물인가 봐.*

당장이라도 호준의 집으로 달려가고 싶은 마음을 애써 억눌러야 했다. 결핵이 얼마나 위험한 병인지는 미요코가 가장 잘 알고 있다. 호준은 아마도 병을 이겨내지 못할 것이다. 행여나 몸이 나아져서 다시 만날 수 있으리라는 기대는 접는 편이 나았다.

만에 하나 병이 낫는다고 해도 그때는 미요코에 대한 감정이 달라져 있을지도 모른다. 오래 아프고 나면 사람이 달라진다고들 하지 않던가. 불확실한 미래는 정말이지 견디기 어려운 것이다. 사랑은 곧 상실이구나. 호준의 손수건은 미요코가 잃어버린 것을 끊임없이 고통스럽게 상기시켰다. 호준이 편지에 담은 뜻은 명확했다. 두 사람의 관계는 이걸로 끝이다.

또다시 사랑에 마음을 열다니, 어리석었다. 미요코는 실연의 고통으로부터 자신을 지킬 방법을 전혀 모르고 있었다. 편지와 손수건을 도로 봉투에 구겨 넣고는 무거운 발걸음을 옮겨 집으로 향했다.

저녁 식사 후에는 자수를 놓는 보배와 함께 코타츠 앞에 앉아 깊은 생각에 잠겼다. 하라모토는 사케를 더 사러 나간 참이었다.

"어쩐 일로 밥을 한 술도 못 떠? 어디 아프니?" 보배가 바늘 쥔 손을 바삐 놀리며 물었다. 천 위로 예쁜 분홍 장미가 모습을 드러내기 시작하고 있었다.

위아래로 움직이는 바늘이 마치 아까 읽은 편지처럼 미요코의 마음을 아프게 찔러댔다.

"요즘 영 이상하다, 미영이 너." 보배가 한마디 덧붙였다.

미요코도 이제는 더 이상 혼자 앓을 수 없었다. 애초에 언니에게 아무 말도 하지 않은 건 호준과의 관계가 얼마나 갈지 알 수 없었기 때문이다. 그다음엔 버림받은 것이 창피해서 말하지 못했다. 하지만 실은 호준이 아예 몸져누워 버렸던 것이니, 언니한테 털어놔도 되지 않을까? 그가 죽을지도 모른다는 두려움을 혼자서 감당할 자신은 도무지 없었다.

"언니, 예전에 내가 교회에서 권호준이라는 사람을 만났다고 했잖아. 왜, 큰불이 난 조선인 동네에 집을 지으러 다닌다던……."

보배가 부지런히 자수를 놓으며 고개를 끄덕였다.

"그 사람이 몹시 아프대. 결핵이래." 목소리에서 슬픔을 감출 길이 없었다. 입 밖으로 꺼내놓으니 더욱더 무서운 일 같았다.

"그래?" 보배가 말했다. "우리 아버지도 결핵으로 돌아가셨는데." 보배의 눈가가 촉촉해졌다.

"맞아, 그렇지. 괜한 얘기 꺼내서 미안해." 보배 언니의 돌아가신 아버지와 호준을 연관 짓자니 더욱 슬펐다.

"난 괜찮아. 그 권호준이라는 사람, 좋은 일 많이 하는 사람이지?"

언니의 말에 무너져 내린 미요코는 가까스로 참고 있던 눈물이 터져 나와 두 손에 얼굴을 파묻었다.

보배가 바느질하던 손을 멈추고 걱정스러운 눈으로 미요코를 쳐다봤다. "왜 그래?" 이제 보배는 자수틀을 완전히 내려놓은 채였다.

"나…… 나 그 사람을 사랑하는 것 같아." 미요코는 우느라고 말을 제대로 잇지 못했다.

보배는 얼굴이 누그러지더니 이내 미요코의 어깨에 가만히 손을 올렸다.

미요코는 눈물범벅인 얼굴을 들어서 언니를 올려다보았다. "진짜 사랑이라는 게 있을지도 모른다고, 언니가 그랬잖아. 내가 그만 그 사람에게 마음을 줘버렸어. 그런데 그 사람이 이제 병으로 죽을지도 모른대!"

"아이고, 그땐 나도 어렸었는데 내가 뭘 알았겠니! 지금 하라모토랑 내 꼴을 보렴!"

미요코는 이 와중에도 자기가 한 말을 주워 담고 싶었다. 언니의 삶을 생각하면 여전히 마음이 아팠다.

"너도 귀가 있으니 알겠지. 우리 부부가 맨날 싸우는 거……."

미요코는 눈물을 닦았다.

"너는 그래도 진짜 사랑을 해본 거 아니니. 나는 별로 좋아하지도 않고 앞으로도 좋아질 것 같지 않은 남자랑 평생을 살아야 해. 근데 그건 내 팔자지, 너도 그렇게 살라는 법은 없어."

"아니, 언니, 난 자신이 없어. 이제 다신 연애 같은 건 꿈도 안 꿀 거야." 미요코가 단호하게 말했다. "우리 사이에 미래가 있다고 믿은 것부터가 잘못이었어. 이제 그이는 곧 죽을지도 모르지. 직접 간호해주고 싶어서 병원에서 결핵 환자 돌보는 법도 찾아봤는데, 그 사람은 그런 것도 싫대."

"어째서?" 보배가 묻는다.

"나도 몰라. 편지를 전해 받았는데 자길 그만 잊으래. 나를 더 이상 사랑하지 않는 건지도 모르지. 이러고도 그이를 기다렸는데 나중에 다시 버림받으면 그땐 정말 못 견딜 거야." 미요코는 다시 목이 메어와 말끝을 흐렸다. 호준은 아파서 누워 있는데 내가 상처받을까 걱정만 하는 건 이기적인 걸까?

"이 이야기를 언제 할지 고민하고 있었는데 오늘인 것 같네." 보배가 자세를 고쳐 앉으며 말했다. "하라모토 상이 여기서 기차로 한 시간 거리에 있는 오사카로 전근을 가게 됐어. 우리도 석 달 안에 이사를 가야 해."

갑작스러운 소식에 앉아 있는 방바닥이 아래로 꺼지는 것만 같았다. 미요코가 알던 세상의 모든 것이 무너져 내리고 있었다. 보배 언니랑 떨어지는 것은 상상도 할 수 없는 일이다.

"뭐라고?" 미요코가 다시 울음을 터트렸다.

"함께 오사카로 가자. 이미 하라모토 상에게 얘기해뒀어. 하라모토는 너를 좋아하잖니. 나보고도 늘 너를 본받으라고 한단다. 그만 조선 사람 티를 벗으라고……."

"고마워, 언니." 뜻밖에도 안도감이 밀려왔다. 상황이 혼란스러우니 호준에게서 멀리 떨어지는 것도 스스로를 지키는 방법일지 모른다. 아예 만날 수 없다면 호준을 잊을 수 있을 테니까.

언니와 하라모토에게 계속 얹혀사는 것이 미안하기는 하지만, 호준이 원하는 대로 헤어지자면 이 방법뿐이다.

그와 헤어진다고 해서 간호사가 되겠다는 꿈을 포기할 수는 없었다. 결핵 환자를 돌보다 보니 간호사 보조가 아닌 진짜 간호사가 되면 할 수 있는 업무가 더 많아진다는 것을 알게 됐다. 조선인이라는 정체를 숨기고 살던 시절로 다시 돌아가 오로지 일에만 열중하고 악착같이 돈을 모아 학교에 갈 것이다. 만에 하나 호준이 병을 이겨낸다면, 그 역시 자기 갈 길을 가면 된다. 어쩌면 하라모토의 전근이 모두에게 잘된 일일지도 몰랐다.

"오사카에 가면 새로운 일자리를 구해야겠네." 또 거짓말로 면접을 봐야 한다고 생각하니 손바닥에 땀이 찼다.

"어려울 게 뭐가 있어? 너는 일을 잘하잖니. 오사카에도 병원은 많아." 보배가 큰언니 같은 말투로 단언했다. 앞으로 어떤 어려움이 닥쳐오더라도 곁에 있을 언니에게 새삼 고마운 마음이 들었다.

미요코는 앞으로 펼쳐질 삶을 그려보려 애를 썼다. 혼자서 천천히 걸어가는 여자의 뒷모습이 처음에는 흐릿해 보이지만, 점차 또렷해진다.

관계란 애초에 부서지기 쉽다. 호준을 잃는 고통을 도저히 감당할 수 없을 것 같았지만, 어쩌면 이별이란 그렇게까지 대단한 일이 아닐지도 모른다. 아예 만나지 않았다면 더 좋았을 인연인지도 모른다. 앞으로 미요코의 인생에 강변을 따라 누군가와 나란히 걸을 일 같은 건 더 이상 없을 것이다. 풀을 뽑아 누군가의 윗옷 안으로 들어가게 던지는 장난 같은 것도 더 이상 치지 않을 것이다. 미요코의 손금이 그리는 미래에는 사랑도, 남자도 없다. 반드시 그렇게 되도록 할 것이다.

제3부 · 일본 교토

1936년

제21장

1936년 6월

날이 더워지면서 오사카로 이사할 날도 점차 다가오고 있었다. 미요코는 병원 일에 몰두하면서 호준, 그리고 교토에서의 삶과 작별할 준비에만 집중하려고 애썼다. 하지만 조선을 떠나 일본으로 올 때처럼 좀처럼 마음을 다잡기가 어려웠다. 그가 병이 다 나은 뒤에도 여전히 미요코를 잊지 못한다면 어쩌지? 그가 정말 이대로 죽어버려서 다시는 얼굴을 볼 수 없게 된다면 교토를 떠난 걸 후회하지 않을까? 마음이 조각조각 찢어진 보자기처럼 어지러웠다.

병원에서의 마지막 날, 더러워진 환자용 침구를 세탁실로 가져가는 대신 직원용 부엌 구석에 아무렇게나 내려놓았다. 소지품을 챙길 때도 기모노를 반듯하게 개키지 못하고 마구 구겨서 가방에 쑤셔 넣었다. 아무리 노력해도 호준에 대한 걱정을 떨칠 수가 없는데, 그에게서는 석 달이 넘도록 아무런 소식이 없었다. 더없이 비참했다.

교회 사람들에게 작별 인사를 하러 간 날, 하늘에는 먹구름이 짙게 드리워져 있었다. 교회 입구에서 신발을 벗으며 보니, 우선이 일본인 순사와 이야기하고 있었다. 미요코는 불안해진 나머지 예배당 구석에 놓인 사과 상자 뒤로 급히 몸을 숨겼다.

"신분증을 보여라." 짙은 콧수염을 기른 순사가 소리쳤다.

"여기 있습니다." 우선의 목소리가 미세하게 떨렸다.

순사는 신분증을 보며 물었다. "여기서는 무슨 일로 모이는 거지?"

"평범한 예배 모임입니다. 일요일마다 모여서 기도도 하고, 조선인들끼리 소소한 도움도 주고받고요."

"그렇군. 그런 모임도 오늘이 마지막이다. 앞으로는 이 지역 협회가 중국 전선으로 나갈 구호물자를 여기서 포장할 거다. 군 출정식 장소로도 쓸 거고."

속이 뒤틀리는 것 같았다. 올해 초 일본에서 쿠데타 시도가 있었고, 그 뒤 보수 성향 군부가 득세했다*는 기사를 미요코도

---

* 2.26 사건. 1936년 2월 26일 1,500명 가량의 일본 육군 장교들이 도쿄를 점령하고 정부 고위직을 살해한 쿠데타를 말한다. 1930년대 일본은 천황 중심 정치 개혁을 주장하는 황도파와 내각 중심 국가 운영을 주장하는 통제파로 갈라져 있었는데, 이중 황도파가 일으킨 쿠데타가 2.26 사건이다. 사이토 마코토 총리 등 여러 각료가 피살되었으나, 4일 만에 정부군에 진압되었다. 천황은 황도파를 지지하지 않고 오히려 강경 진압을 명했으며, 주동자들은 처형되었다. 이 사건을 계기로 황도파는 제거되었고, 통제파가 군부를 장악해 군국주의가 더욱 심해지면서 이후 태평양 전쟁으로 이어지는 도화선이 된다.

읽었다. 하라모토 말로는 이 사건으로 일본이 중국 침략에 박차를 가할 것이고 전쟁에 반대할 수 있는 일본 내 외국인들에 대한 탄압도 강화될 거라고 했다.

"알겠습니다." 우선이 침착하게 대답했다. "오늘 안으로 정리하지요."

순사가 예배당 밖으로 나갈 때까지 미요코는 구석에 숨은 채 숨을 죽였다. 이제 조선인끼리 모이는 것 자체도 위험해진 게 분명하다. 삶이 송두리째 뒤바뀌려는 차에 소중한 공간마저 위협받게 된 셈이다.

이제 일본에 사는 조선인은 외국인 등록을 해야 할 뿐 아니라, 어딜 가든 신분증을 늘 소지해야 했다. 신문에서는 누구나 쉽게 일자리를 찾고 복지 혜택을 받을 수 있도록 하는 정책이라고 떠들어댔지만, 조선인이라면 누구나 신분증 의무 소지가 탄압과 감시의 수단이라는 걸 잘 알고 있었다. 여기저기서 조선인 노동자 모임과 교회가 해산되었다는 소문이 파다했다. 이렇게나 단속이 강화되는 중이라면 호준이 몸져누워 있는 건 오히려 다행일지도 모른다.

누군가가 어깨를 두들기는 바람에 미요코는 화들짝 놀랐다. 우선이었다.

"아까 들어오는 걸 봤어. 다 들었겠구나?"

"네. 너무 무서워요." 미요코가 사과 상자 뒤에서 빠져나오며 대답했다.

"일본 정부가 기어코 우릴 그냥 두지 않을 모양이야. 이제 여기서는 못 모이겠다."

밀려오는 불안감에 가슴이 두근거렸다. 감시가 나날이 거세어진다. 교회는 특히나 탄압 대상이라서, 앞으로 오사카에 가서 새로운 교회를 다니게 되더라도 기독교 신자인 것 자체를 들키지 않도록 조심해야 한다. 고향뿐 아니라 종교도 숨기며 살아야 하다니. 교회가 문을 닫아버리면 조선 사람은 어디에서 만나고, 기도는 또 어디에서 해야 할지 막막할 따름이었다.

"이제부터는 매주 일요일에 니조조에 있는 조선인 소학교에서 모일 거야. 어딘지 알지? 다음 주 일요일 오전 10시에 학교 급식소에서 보자."

"저는 앞으로 두세 번 밖에 못 나와요. 곧 오사카로 이사 가게 됐어요."

"아주 가는 거야?" 우선은 서운한 기색이었다. "다들 미영이가 그리워서 어떡하지? 우리 교회에 정말 중요한 사람인데."

"저도 다들 보고 싶을 거예요. 여기 사는 동안 교회가 정말 큰 힘이 됐어요." 처음 일본으로 건너왔을 때 유일하게 따뜻이 맞아준 이곳을 정말이지 잊지 못할 것이다. 오사카에 가면 다시 안전한 곳을 찾을 때까지 혼자서 기도해야 한다. 호준도, 교회도 없는 생활을 견디며 새로운 곳에 적응해야 한다. 그 어느 때보다 조선 사람이 그리울 것이다. 다시 혼자가 된다는 걸 상상하기 어려웠다.

"그나저나 안 그래도 오늘 미영이를 마주쳤으면 했는데 잘됐다." 우선이 말한다. "할 얘기가 있어. 실은 내가 호준이를 만났거든.”

미요코는 그 자리에서 얼어붙었다.

“몸이 많이 약해지긴 했지만, 병이 나았다고 하더라. 미영이를 만나고 싶대.”

미요코의 눈이 빠르게 깜빡였다.

“다음 토요일 정오에 둘이 늘 만나던 카모강 그 자리로 나와줄 수 있어? 이제 다른 사람에게 병을 옮길 정도는 아니라고 했어.”

심장이 마구 뛰기 시작했다. 미요코를 다시 만나고 싶다는 뜻일까? 앞으로 이 관계는 어떻게 되는 거지?

“그럼요. 나아졌다니 정말 다행이네요. 토요일에 거기로 나간다고 전해주세요. 호준 씨 소식을 전해주셔서 감사합니다.”

“소식 궁금해할 것 같아서.” 우선의 말투에서 다정함이 묻어났다.

일주일이 더디게 흘러 드디어 호준을 만나기로 한 날이 다가오자 온몸이 아플 정도로 긴장이 됐다. 이렇게 그를 다시 만나게 되니 오사카로 가기로 한 게 잘한 결정인지 의문스러웠다. 호준의 마음이 변하지 않았다면 그래도 오사카로 가야 하나? 다른 병원에 다시 취직하고 간호사가 되기 위한 공부도 시작할 생각이었는데……. 다시 마음을 열었다가 또다시 그를 잃게 된다면 감당할 자신이 없었다.

초여름이지만 날씨는 이미 장마철이 시작된 듯 덥고 습했다. 먼 산의 부드러운 능선이 두터운 구름 사이로 살짝 모습을 드러냈다. 미요코는 늘 만나던 강가에서 그를 기다렸다. 직접 뜬 스웨터를 선물했던 날 깜짝 놀라던 그의 얼굴이 잊히지 않았다. 호준이 몸져눕기도 전이고, 편지로 그만 헤어지자는 통보를 듣기도 전인 그때가 마치 전생처럼 느껴졌다. 그 뒤로 후회 없이 앞만 보고 살아가려고 애썼지만, 말처럼 쉽지만은 않다. 그의 얼굴을 다시 본다고 생각하니 흥분과 두려움이 동시에 몰려왔다.

호준은 약속한 시간보다 늦게 나타났다. 멀리서 지팡이를 짚고 천천히 걸어오는 남자를, 미요코는 못 알아볼 뻔했다. 날이 더운데도 호준은 미요코가 떠준 스웨터를 입고 있었다. 당장 달려가서 안아주고 싶은 충동을 느꼈지만, 꾹 참았다. 가까이 올수록 보이는 그의 모습은 몰라보게 달라져 있었다. 바지는 헐렁하고 등은 굽어 있다. 거뭇한 수염 자국 때문에 마르고 창백한 얼굴이 더욱 꺼칠해 보였다. 호준은 걸어오다 말고 멈춰서서 미요코를 기다렸다.

미요코가 가까이 다가서자, 그의 눈에 생기가 조금 돌아왔다. 그가 손을 들어 미요코의 볼을 만지려다가 마음을 바꾸었는지 어깨에 손을 올렸다.

“미영 씨.” 호준의 목소리가 부드러운 파도처럼 귓가에 와 닿자, 미요코는 천 개의 바늘이 피부를 찌르는 것 같은 고통을 느꼈다. 그의 편지를 읽었을 때도 그랬다. 이 순간을 얼마나 기다렸는지 미요코 자신도 미처 모르고 있었다. 그의 마음이 여전한지 너무나도 궁금했다. 머릿기름 냄새가 희미하게 풍겨와 호준의 활기찼던 모습과 두 사람이 애틋했던 한때가 떠올랐다. 미요코 자신의 마음은 여전했다.

"많이 변했네요." 미요코의 목소리가 갈라졌다. 낯빛은 누렇게 뜬 데다 눈 밑이 부어 있는 수척한 그의 얼굴을 당장이라도 어루만지고 고통을 달래주고 싶다. 지금 눈앞에 있는 사람은 미요코가 알던 호준이 아니라 껍데기만 남은 존재인 것 같았다.

"의사가 이제 괜찮을 거라고 해요. 다시 보통 사람처럼 살 수 있을지도 모른다고……."

심장이 멎는 것 같았다. "다행이에요." 호준이 죽을지도 모른다는 걱정은 이제 덜었다. 하지만 둘의 관계는? 아무 일도 없었던 예전으로 돌아갈 수 있을까? 호준은 자신을 잊어달라고 했었고, 미요코는 이미 언니를 따라 오사카로 떠날 계획을 세웠다.

"정말 많이 좋아졌어요. 물론 당장 학교로 돌아가거나 모임에서 활동할 수는 없겠지만……." 호준이 쓸쓸한 목소리로 말했다.

"아무래도 그렇겠지요." 만나서 얼굴을 보고 대화를 나누니 마치 예전으로 돌아간 것 같았다. 미요코는 여전히 호준을 사랑하고 있음을 여실히 깨달았다.

"그때까지는 귀찮게 굴 사람이 미영 씨뿐이군요." 호준은 웃어 보이려 했지만 기침이 터져 나오고 말았다.

밝은 모습을 보이려고 애쓰는 호준을 보며 미요코는 마음이 누그러졌다. 보기만 해도 이렇게 안쓰러운데 삶이 송두리째 달라진 사람은 얼마나 괴로웠을까? 물론 병으로 달라진 건 호준의 인생만이 아니었고 미요코의 삶까지 함께 완전히 흔들려버렸다. 다시 그와 손을 잡고 걸을 수 있을까? 마음속에 실낱같은 희망이 조금씩 부풀었다.

"우리 좀 앉을까요?" 앞으로의 일은 제쳐두고 당장은 호준의 아픈 다리가 걱정이었다. 미요코는 호준을 부축해 아름드리 단풍나무 그늘 아래 의자로 발걸음을 옮겼다. 호준은 털썩 주저앉더니 짚고 있던 지팡이를 풀밭 위에 아무렇게나 내려놓았다.

"어디가 어떻게 아파요?" 미요코가 걱정스러운 목소리로 물었다.

"내 이야기 말고, 미영 씨 이야기를 합시다. 어떻게 지냈어요?" 호준이 몸을 기울여 잘 들리지 않는 쪽 귀를 미요코의 얼굴 가까이 갖다 댔다. 수척하고 피곤해 보이는 얼굴이었다.

"저는 잘 지냈어요." 미요코는 고개를 숙여 시선을 피하며 거짓말을 했다. "일이 바빴어요." 이사를 하게 되었다는 말이 입안에서만 맴돌았다. 보배 언니를 따라 오사카로 가지 않고 교토에 남아야 할까? 기차역에 홀로 남겨진 어머니의 마지막 모습이 눈앞에 아른거렸다. 사랑하는 사람을 남겨두고 떠나는 실수를 반복하고 싶지는 않다.

"그동안 병원 일은 어땠나요? 미영 씨 목소리로 전부 듣고 싶어요." 호준의 목소리에 생기가 돌기 시작하고 예전 모습이 조금씩 되살아나는 것 같았다.

미요코는 생각을 정리할 시간을 벌려고 일부러 천천히 이야기를 이어갔다. 그를 사랑하지만 그가 다시 몸져눕는다면 그 고통을 다시 감당할 수는 없을 것 같았다.

"이번 주에는 무릎을 다친 어린아이가 와서 제가 상처를 꿰매줬는데, 아이가 내내 우는데도 부모가 돈이 없어 마취를 해주질 못했어요." 예전처럼 말이 술술 흘러나왔다. 호준과 나누는 대화가 이토록 그리웠는지도 미처 모르고 지냈다. 그런 생각을 할 겨를조차 없었다.

호준은 조용히 미소를 띤 채 미요코의 입술만 바라보았다. 무더운 하루 끝에 물 한 잔을 달게 들이켜는 사람처럼, 미요코의 입에서 나오는 말은 한마디도 빠짐없이 귀에 담을 기세였다.

어색한 공기는 금세 눈 녹듯 사라져갔다. 미요코는 문득 혼자서 떠들고 있다는 걸 깨닫고 하던 이야기를 멈췄다. "어디가 얼마나 아픈지 제발 이야기를 좀 해봐요."

호준이 숨을 한 번 크게 들이마시더니 입을 열었다. "그때는 너무 아파서 손수건과 편지밖에는 보낼 수가 없었어요."

미요코는 속마음과 함께 서랍장 구석에 숨겨둔 그의 편지를 떠올렸다.

"저는 사실 호준 씨를 보러 갔었답니다."

"저를요?"

"네, 그런데 집이 너무 조용하더라고요. 문을 두드렸다가는 폐가 될 것 같아서……."

"그래도 집 앞까지 왔었다니 고마워요."

"한참이 지나서 우선 오빠에게 들었어요. 가족분들이 병문안도 안 받는다고요."

"나도 미영 씨를 만나고 싶었지만 그때는 병을 옮길까 봐 겁이 났어요. 아픈 모습을 다른 사람에게 보이기도 싫었고요. 미영 씨에게는 더더욱." 호준의 목소리가 갈라졌다.

미요코는 들뜬 마음이 가라앉을 때까지 조금 기다렸다. 지금껏 걱정했던 건 호준의 병뿐만 아니라 달라졌을지도 모를 마음이었다. 그의 얼굴을 보고 말하는 자신의 목소리를 들으며 자신의 마음이 달라지지 않았다는 걸 깨달았지만 이미 새로운 미래를 계획해버린 뒤였다.

"그런 편지를 쓴 건 내가 분명 죽을 줄로 알았기 때문이에요. 그런데 미영 씨를 생각할수록 몸이 나아지는 것 같았어요. 나 없이 살아가라고 한 건 말도 안 되는 실수였어요. 오늘 만나자고 한 것도 그 말을 하고 싶어서예요. 나는 미영 씨가 필요합니다."

숨이 턱 막혔다. 실낱같은 가능성의 세계가 다시 열리고 있다. 짧지만 행복했던 출근 전의 만남, 나란히 걷던 강변, 함께 그렸던 미래. 미요코는 추억을 음미하며 눈을 감았다.

호준이 미요코의 손을 잡고 말했다. "물어보고 싶은 것이 있어요."

미요코는 눈을 뜨고 그의 빛나는 눈동자를 마주했다. "나와 결혼해주시겠습니까?"

숨이 멎는 것 같았다. 자기도 모르게 붙잡힌 손을 빼버렸고 입을 벌린 채 아무런 소리도 내지 못했다. 온 힘을 다해 당신과 결혼하겠다고 외치고 싶건만, 도저히 입이 떨어지지 않았다.

호준이 미요코의 어깨를 붙들었다. 마치 그걸로 모든 걸 바꿀 수 있다는 듯한 몸짓이었다. "누워 있는 내내 미영 씨 생각을 했어요. 당신을 보고 싶어서 병과 치열하게 싸웠어요. 죽지 않고 살아나면 당신에게 청혼해야겠다고 몇 번을 다짐했는지 몰라요. 내가 비록 부족하지만 나와 결혼해준다면 더할 나위 없이 행복할 거예요. 나와 결혼해줘요."

호준의 입에서 흘러나오는 달콤한 말들이 따뜻한 공기가 되어 미요코를 감쌌다. 단지 누군가의 입에서 흘러나오는 말로 이런 기쁨을 느낄 수 있다니 믿을 수 없다. 미요코도 마음속 깊은 곳에서 이런 순간을 기대하고 있었던 건 아닐까? 호준과 결혼해서 평생을 함께하는 삶을 남몰래 꿈꿨던 걸까?

그렇지만 여전히 대답은 선뜻 나오지 않았다. "결혼이라고요?"

호준이 함박웃음을 지었다. "처음 만난 순간 당신과 사랑에 빠졌어요. 미영 씨는 아름답고, 명석하고, 내가 아는 그 어떤 여자와도 달라요."

미요코는 1년 전 자기 모습이 떠올라 얼굴을 붉혔다. 어린아이처럼 머릿속에 떠오르는 생각을 두서없이 마구 내뱉던 그때도 호준은 미요코의 말에 귀를 기울이고 용기를 줬다. 오로지 돈을 모아 학교로 돌아갈 생각뿐이었던 외골수 같은 모습도 자랑스러워했고, 공부건 일이건 미요코가 하고 싶어 하는 것은 뭐든 응원해줬다. 결혼하고 나서도 호준은 그럴 것이다. 그런데도 왜 혀가 굳은 것처럼 대답이 나오지 않는 걸까?

"너무 갑작스러워요." 미요코가 마침내 입을 열었다. "편지를 받고서 전부 끝났다고 생각했어요. 그래서 말씀하신 대로 저 나름의 계획을 세웠고요."

닫아버린 마음이 다시 열릴 수 있을까? 중매 결혼이건, 다른 어떤 종류의 결혼이건 결혼은 미요코의 계획에 없던 일이었다. 사랑은 늘 고통이다. 그렇지 않은가.

호준은 눈을 질끈 감았다 떴다. "그 편지는 잊어줘요. 내 마음은 한 번도 변한 적이 없었으니까." 호준의 눈빛에 한층 더 생기가 돌았다. "내가 미영 씨를 어떻게 먹여 살릴까 걱정하는 거라면, 난 학생도 가르치고 기사도 쓸 거예요. 그리고 곧 변호사가 될 거고요. 미영 씨가 계속 일하고 싶다면 그것도 당연히 지원할 겁니다. 당신과 여생을 보낼 수 있다면 난 죽어도 여한이 없어요."

"여생이라고요……?"

호준은 숨을 크게 들이켰다 내쉬었다. "확실하진 않지만 의사 말로는 결핵이 재발할 수도 있다고 해요. 하지만 미영 씨와 결혼할 수 있다면 내게도 희망이 생깁니다. 나한테는 미영 씨가 약이에요."

머리가 핑 도는 것 같았다. 결핵이 재발해 입원했다가 금세 돌아가신 할머니가 떠올랐다. 교회 신도 가운데에도 결핵을 앓다가 죽은 이가 있었다. "주신 이도 하나님이시오, 거두신 이도 하나님이시라." 목사님의 추모 예배 음성이 귓가에 생생했다.

"내가 과한 것을 바라고 있다면 미안해요. 하지만 나는 항상 진심이었어요." 호준이 조금은 가라앉은 목소리로 덧붙였다.

구름이 해를 가려 하늘이 어두워졌다. 호준의 마음을 다치게 하고 싶지는 않지만, 결핵의 끝은 곧 죽음이다. 그가 죽을지 모른다는 상상만으로도 얼마나 고통스러웠던가! 결혼까지 했는데 호준이 죽어버린다면, 그런 고통은 감당해낼 자신이 없다.

다시 한번 누군가를 잃어버린다는 생각만으로도 등골이 서늘하다.

호준은 미요코가 망설이는 기색을 눈치채고는 조용해졌다.

"저는 아무래도……." 미요코가 뒤로 물러나며 말했다.

"내가 다시 아플까 봐 그러는 거지요?" 호준은 자기 자신에게 화가 난 듯한 목소리였다.

"아니에요." 사랑한다는 말이 튀어나올 뻔했지만, 가까스로 입을 다물었다. 호준이 그런 말을 한 적은 있었지만, 미요코에게는 쉽게 입 밖으로 꺼낼 수 있는 말이 아니었다. "호준 씨는 내게 소중한 사람이에요."

"그게 전부인가요?"

고개를 저으며 할 말을 찾았지만, 혀가 굳어버린 듯 말이 나오지 않았다. 무슨 말을 하더라도 호준에게 설득당할까 봐 겁이 났다.

"제가 백 살까지 살면요? 그러면 괜찮습니까?"

넘치게 사랑을 주고 돌보면 결핵이 재발하지 않을지도 모른다는 터무니없는 생각도 해봤다. 병이 다시 찾아오더라도 환자를 돌보는 게 직업인 자신이 도움이 될 거라는 생각도 해봤다. 미요코는 희박한 가능성에 매달리는 자기 모습에 몸서리가 쳐졌다. 죽어가는 사람을 살려낼 재주 같은 게 자신에게 있을 리가 없다.

“미안해요. 안 되겠어요.” 살아남는 것만이 목적이라면 결혼하지 않고도 가능하다. 지금까지 살아오면서 혼자 강해지는 법이라면 충분히 익혔다.

호준이 끝내 어깨를 떨궜다. 눈에는 슬픔이 가득했다. 두 사람 모두 이런 상황에서 서로에게 무슨 말을 해야 할지 알지 못했다.

오랜 침묵 끝에 호준은 지팡이를 주워 두 손으로 짚은 채 힘겹게 몸을 일으켰다.

“나는 당신을 사랑하고, 내가 원하는 것은 오직 결혼이에요.”

눈이 마주치면 마음이 약해질 것 같아 미요코는 차마 호준을 바라볼 수 없었다. 조용히 몸을 돌려 멀어져가는 그의 발소리를 귀로만 들었다. 고개를 들었을 때는 그가 걸어간 자리에 지팡이 자국만이 상처처럼 남아 있었다.

잠시 어머니의 굽은 등이 떠올라 손을 들고 호준을 부를 뻔했지만 갑작스럽게 옆구리를 찌르는 통증이 찾아와 그대로 얼어붙었다. 이대로 헤어지는 건 일생일대의 실수일지 모르는데도, 조금도 움직일 수가 없다.

어떤 대가를 치르더라도 나 자신은 스스로 지켜낼 것이다.

제22장

1936년 6월

부산스레 움직이는 쥐들 말고는 아무도 없는 집으로 돌아온 미요코는 요 위에 쓰러졌다. 일본으로 오는 배를 탔을 때처럼 어지럽고 정신이 혼미해서 꼼짝도 할 수 없었다. 서늘한 벽에 등을 대고 울렁거리는 속이 가라앉을 때까지 기다렸다.

몇 시간 뒤 집으로 돌아온 보배는 미요코를 불러도 아무런 대답이 없자 방문을 두들겼다.

"괜찮니?" 얄팍한 문 너머로 다급한 목소리가 들려왔다.

그래도 대답이 없자 보배는 미닫이문을 열었다. 미요코는 구석에 몸을 웅크린 채 누워 있었다. 쏟아져 들어오는 햇빛에 눈이 아팠다.

"왜 그러고 있어?"

"아무것도 아니야. 그냥 혼자 있고 싶어서."

"요즘 통 정신이 없어 보이는데, 무슨 일 있었니?"

"호준 씨를 만났어." 저도 모르게 말이 왈칵 쏟아져 나왔다.

"그랬구나." 보배는 오히려 조금 안심한 것 같았다. "병이 좀 나았다던?"

"응, 그런데……." 미요코는 힘겹게 말을 이었다. "나하고 결혼하고 싶대."

"어머나!" 보배는 깜짝 놀라 눈을 동그랗게 뜨더니, 무슨 말을 덧붙이려다가 이내 입을 닫았다.

"보니까 너무 안됐더라. 몸이 많이 약해졌더라고." 미요코는 무릎을 세워서 꽉 끌어안았다.

"그래서 뭐라고 했어?"

"그이를 사랑하는 것 같은데, 그 말을 하려니까 왠지 겁이 나서 못 했어. 내가 옆에서 돌봐주고 병을 고쳐주고 싶지만 그렇게 해도 병이 안 나으면 어떡해? 결국 죽으면 어떡하냐고." 미요코는 고개를 절레절레 흔들었다. "못 하겠다고 했어."

보배의 입이 떡 벌어졌다. "뭐? 결혼을 안 한다고 했어?"

미요코는 언니의 반응에 조금 놀랐다. 언니라면 내 마음을 이해할 줄 알았는데.

"난 언니랑 하라모토 상이랑 같이 오사카로 갈 거야. 가서 병원 일도 새로 구할 거고. 신랑도 결혼도 필요 없어."

마지막 말을 맺기 무섭게 아침에 먹은 것이 솟구쳐 올라왔다. 미요코는 부엌으로 달려가서 설거짓거리를 넣어둔 양푼에 속을 모두 게워냈다. 불쾌하고 시큼한 맛이 입안에 맴돌았다.

따라 나온 보배가 물잔에 물을 따라서 미요코에게 건넸다. "자, 물 마셔."

미요코는 물잔을 밀어냈다. "못 마시겠어."

보배가 미요코의 머리에 손을 올렸다. "이상하네. 열은 없는데."

"왜 이러지?" 미요코는 앓는 소리를 내면서 머릿속으로 병원에서 본 환자들의 증상을 떠올려보았다.

"언제부터 이랬어?"

"이번 주 내내 피곤하고 어지러웠어. 특히 아침엔……."

보배가 잠시 생각하더니 무언가 알아차린 듯한 표정을 지었다. "내가 의원은 아니다만, 임신한 거 아닐까."

"뭐라고?" 미요코가 꿈에서 깨어나듯이 눈을 끔뻑였다. "나 오늘 호준 씨를 석 달 만에야 만난 건데……."

"너도 명색이 간호사 보조인데 알 거 아냐. 배 속에서 아기가 자라는 데는 시간이 걸려. 지금 네 증상이 딱 내 친구 경자가 임신했을 때 같아서. 임신 초반에는 뭘 먹어도 토하더라고."

그대로 몸이 굳어버렸다. *이럴 수는 없다.* 그렇지만 언니 말이 맞는다. 병원에서 입덧하는 여자들을 수도 없이 봐왔다.

"석 달 전이면 시기가 딱 맞네." 보배가 말했다. "호준 씨가 앓아눕기 전이니까."

얼굴이 화끈 달아올랐다. 최근에 월경을 거른 것도 그래서였구나. 이상하다고 생각은 했지만, 호준의 일 때문에 정신이 없어서 오래 고민할 겨를이 없었다.

보배는 미요코 앞에 무릎을 꿇고 앉아 얼굴을 가까이 들이댔다. "아이고, 조심했어야지. 고향에서였으면 집안 망신이지만, 이미 일이 이렇게 된 걸 뭐 어떡하겠니."

"언니, 하라모토 상한테는 뭐라고 말해?" 배가 불러오면 하라모토가 어떤 표정을 지을지 상상만 해도 끔찍했다.

"고지식한 사람이니 마음에 들어 하진 않겠지. 일단 내일 산파 아주머니께 가보자."

달력을 거꾸로 세어 호준과 잠자리했던 날로부터 며칠 뒤에 메스꺼움이 시작되었는지를 따져보니 보배 언니의 말이 틀림없었다. 목이 타서 침을 꿀꺽 삼켰다. 어머니나 친척들이 가까이에 없어서 그나마 다행일까? 하라모토도 당분간은 모를 것이다. 손으로 배를 쓰다듬어보았지만, 지금은 전혀 티가 나지 않는다. *임신이 아니면 좋으련만!*

"임신이 확실하다고 하면 호준 씨 이야기도 다시 생각해보자."

어지러움이 다시 몰려왔다. "이미 싫다고 했다니까!" 아기가 생겨서 마음을 바꿨다고 호준이 생각하게 되는 것도 원치 않았다. 게다가 애초에 일본에는 공부하러 왔지 아기를 낳으러 온 게 아니다. 사정이 생겨서 잠시 공부에서 손을 놓은 것뿐이지, 포기한 게 아니었다. "지금은 결혼하고 싶지 않아. 앞으로도 마찬가지지만……."

미요코는 정신을 차리려고 등을 펴고 몸을 세워 앉았다.

보배가 동생의 다리를 부드럽게 쓰다듬었다. "충격이 크겠지만 내 말 들어봐. 어쩌면 진짜 사랑이라는 게 있을지도 모르잖

아. 이 사람은 너를 사랑해서 결혼하자고 하는 사람이야. 그런 사람과 하는 결혼은 다를 수도 있어."

호준과 있을 때면 살아 있음을 느꼈고, 퍽 괜찮은 사람이 된 기분이었음을, 지금도 똑똑히 기억하고 있다. 그는 있는 그대로의 미요코를 아꼈다. 호준의 손수건을 선물 받았을 때는 특별한 사람이 된 것 같았다. 두 사람은 서로를 사랑하고 있다. 언니의 말이 맞는다. 이런 감정은 살면서 다시 오지 않을지도 모른다.

"아기가 생긴 것도 어쩌면 하늘의 뜻일지도 몰라." 보배가 말했다.

"하늘의 뜻?" 죽지 않고 살아나면 청혼하겠다고 다짐했다던 호준의 말이 떠올랐다. 그가 말은 안 했어도 평소 아기가 생기기를 바랐을지도 모른다.

"아버지 없는 애를 만들 수는 없잖아. 우리 아버지는 내가 아주 어릴 때 돌아가셨고, 너희 아버지도 본처가 따로 있어서 너도 아버지랑 같이 못 살았지만, 아이한테는 아버지가 있는 게 좋아." 보배가 말했다.

어렸을 적 놀다가 헤어지면 친구들은 아버지가 있는 집으로 돌아가곤 했다. 친구들이 아버지의 어깨에 목말을 타는 것, 심지어는 아버지의 밭일을 돕는 것까지도 부러웠었다. 그렇지만 호준의 병이 다시 나빠진다면 아이는 결국 아버지를 잃게 된다. 아버지와 별로 살갑지 않았던 자신조차 일본에 건너온 뒤 아예 연락이 끊기자 마음이 허전했는데, 같이 살던 아버지가 병으로 죽으면 아이는 마음이 오죽할까. 미요코는 이제 자신이 아이를 원하는지조차 알 수 없었다.

"나 어떡해, 언니?"

"할 일부터 해야지. 우선 산파를 보러 가자. 아기가 생긴 게 아니라면 우리랑 같이 오사카로 가. 하지만 아기가 생긴 거라면…… 이미 말했잖아. 호준 씨랑 결혼해. 아이한테는 아빠가 필요해."

아이라니. 이런 일이 생길 수 있다는 걸 상상조차 못 한 자신은 얼마나 어리석었던가. 미요코는 설거지통을 붙들고 두 번째로 속을 게워냈다.

제23장

1936년 6월

다음 날 병원 일을 마치고 돌아오는 길에 조선인 산파의 집에 들렀다. 파란 하늘에 가느다란 구름이 점점이 떠 있는 날이었다. 산파인 유 씨 아주머니의 집은 두부 가게와 문구점 사이 좁은 공간에 끼어 있는 허름한 판잣집이었다. 통통한 얼굴에 어깨가 둥그런 산파가 미요코를 진찰실로 쓰는 방으로 안내했다. 대나무 자리에 눕자 천장에 매달아놓은 끈이 보였다. 산모가 아기를 낳을 때 붙잡는 용도인 모양이었다. 산파는 명상이라도 하는 사람처럼 눈을 감고 손으로 미요코의 배를 문지르더니 안쪽으로 굵은 손가락을 넣어 여기저기 찔러댔다. 미요코는 움직이지 않고 가만히 있으려 최선을 다하면서 천장을 가로지르는 나무 대들보를 뚫어져라 바라보았다.

"입덧한 지는 얼마나 됐죠?" 산파가 물었다.

"서너 주 된 것 같아요." 미요코는 대답하면서도 산파의 손가락에 힘이 들어갈 때마다 손으로 방바닥을 꾹 누르며 버티느라 정신이 없었다.

"흠."

미요코는 겁에 질린 채 산파의 진단이 떨어지기를 기다렸다.

"임신이고, 12주 정도 되었군요."

눈을 질끈 감았다. 하늘이 무너지는 것 같다. "확실한가요?" 미요코가 힘겹게 눈꺼풀을 밀어 올리며 물었다.

산파는 비누에 손을 문지르며 인상을 썼다. "이 일 한 지 10년인데 단 한 번도 틀린 적이 없소."

미요코는 흰색 간호복으로 갈아입으며 몸서리를 쳤다. 아이가 생겼다면 모든 것이 달라진다. 마음속 깊은 곳에서는 보배 언니의 말이 옳다는 걸 알고 있었다. 아이에게는 아버지가 필요하다. 호준은 좋은 아버지가 되겠지만, 과연 아버지 노릇을 몇 년이나 할 수 있을까?

병원에서 함께 일하는 간호사 보조 중에는 결혼했거나 아이를 키우는 이가 한 명도 없었다. 일하면서 아이를 낳아 키우는 건 상상해본 적도 없다. 어쩌면 생각을 바꾸는 편이 나을지도 모른다. 호준에게 마음을 열고 사랑이라는 걸 믿어보는 게 어떨까? 보배 언니는 호준 같은 사람을 만난 게 축복이라고 했고, 어쩌면 그게 사실일지도 모른다. 잃을 걱정부터 할 필요는 없을지도 모른다.

미요코는 몇 푼 안 되는 진료비를 봉투에 담아 두 손으로 산파에게 건네며 침울한 목소리로 감사 인사를 웅얼거렸다.

“다음번에는 아기가 자라는 데 도움이 되는 약초를 좀 드리리다.” 산파는 돈을 받아 허리춤에 두른 돈 가방에 찔러넣었다.

“네.” 대답하고 나니 새 생명을 만들어내고 정을 붙이는 것에 대한 새로운 걱정이 밀려들기 시작했다. 아기에게 나쁜 일이 생긴다면? 어머니의 창백한 얼굴이 머릿속을 스쳐 지나갔다. 딸들을 먹고살게 하겠다며 모조리 멀리 보내려고 고집부리던 절박한 모습이 이제는 어느 정도 이해가 간다. 하지만 미요코는 그렇게 살고 싶지 않았다.

한번은 미요코가 일하는 병원에 탈수로 의식을 잃은 임신부가 실려 온 적이 있었다. 보호자로 따라온 친구 말로는 아기를 유산시킨다는 독초를 먹었다고 했다. 아기를 없애기 위해 더 끔찍한 방법을 쓰는 여자들도 있으니 그만하길 천만다행이었지만, 그렇다고 해도 그 환자는 목숨을 걸고 그런 짓을 벌인 셈이다. 미요코는 몸서리를 쳤다. 마음속 한구석에는 아이가 저절로 없어졌으면 하는 마음도 있었지만, 제 손으로 자신과 아기의 목숨을 위험에 빠뜨릴 자신은 도저히 없었다. 그러다가 죽을 뻔한 여자들과 실제로 죽은 여자들을 병원에서 너무 많이 보았다.

집에 도착하자 보배가 기다리고 있었다.

“그래, 뭐라든?” 보배가 물었다. 하지만 어깨가 축 처진 미요코를 보고는 답을 들을 필요도 없다는 듯 말했다. “내 말이 맞았지?”

미요코는 방바닥에 주저앉으며 고개를 떨궜다. “어떡하지?”

"아이 아빠에게 말해야지."

"알아. 내가 어떻게 하면 좋을지 알려달라고 하나님께 기도도 해봤어. 호준 씨랑 결혼하지 않으려고 했는데 일이 이렇게 된 걸 보면 그를 믿고 아기도 낳으라는 하늘의 뜻이 아닌가 싶어서……."

"여전히 널 사랑한다면 당연히 다시 받아줄 거야." 보배가 말했다.

"그럴까?" 누군가가 자신을 거절한 뒤에도 그 사람을 용서할 수 있을까. 청혼을 거절했을 때 낯빛이 어두워지던 호준의 얼굴. 그리고 모든 이야기를 듣고 난 뒤에도 고개를 젓는 호준을 상상하며 입술을 깨물었다.

애초에 청혼을 거절한 게 잘못이었을지도 모른다. 결혼이 두려운 바로 그 이유로 오히려 청혼을 승낙했어야 하는 건 아닐까. 사랑을 얻기 위해서는 애초에 온 마음을 던질 준비가 되어야 하는 걸지도 모른다.

"참, 오늘 태영이한테서 편지가 왔어. 너랑 같이 읽으려고 기다렸는데, 이 난리가 나는 통에 깜빡했네." 보배가 말했다.

봉투를 열어보니 태영이 넉 달 전에 쓴 편지였다. 누군가가 미리 읽어보고 지운 것처럼 여기저기에 줄이 그어져 있었다.

미영에게,

너희 어머니 모르게 이 편지를 쓴다. 지난번 편지를 보내던 무렵에는 어머니의 상태가 썩 나쁘지 않았는데, 다시 안 좋아지셨어. 은행에서 휴가를 받아서 아버지 댁에 다녀왔는데, 인사를 드리러 갔더니 자리에 누워서 꼼짝도 못 하시더라. 어머니를 돌봐주시는 이웃분께 자초지종을 들었는데, 어머니가 사촌댁에 계실 때 일본 순사가…….

그다음부터는 누군가가 일부러 지운 곳이 너무 많아서 내용을 따라가기 힘들 지경이었다. 미요코가 일본 정부에 저항하는 세력에 동조하고 있다는 신고가 들어와서 경찰이 어머니의 집을 뒤져봤다는 이야기 같았다. 고향에 있던 교회가 문을 닫았다는 이야기는 어쩐 일인지 지워지지 않은 채 그대로 남아 있었다. 미요코가 일본에서 무슨 짓을 했건 간에 관계없이, 집에 성경책이 있었던 것이 죄였는지도 모른다. 경찰이 집에서 무엇을 빼앗아갔는지는 알아볼 수 없도록 지워져 있었지만, 미요코는 쌀일 거라고 짐작했다. 미영과 보배가 다니러 올 날을 기다리며 어머니가 조금씩 모아둔 쌀일 것이다. 일본 경찰이 온 집 안을 헤집어놓고 소중한 물건을 빼앗아 가는 모습을 그저 지켜만 봐야 했을 아픈 어머니를 생각하니 화가 나서 견딜 수가 없었다. 편지의 마지막 부분은 다행히 그대로 남아 있었다.

그때 어머니가 쓰러지셨는지, 이웃분이 발견했을 때는 의식이 없으셨다고 해. 어머니 상태가 몹시 좋지 못하니, 돈을 조금이라도 보내주면 좋을 것 같다. 나도 곧 돈을 좀 가지고 고향에 돌아가서 급한 대로 도와드릴 거야. 나쁜 소식이라 미안하구나.

1936년 2월

태영 씀

온몸에 힘이 쭉 빠졌다.

보배도 놀라서 눈을 커다랗게 떴다. "얼마나 아프신 거지? 경찰이 들이닥쳤다니 얼마나 놀라셨을꼬……."

"얼마 전에 여기 교회에도 경찰이 찾아와서 우선 오빠의 신분증을 검사했어. 우리 교회도 닫아버릴 거래."

"여기저기 난리구나. 편지는 또 왜 이 꼴이지?" 보배가 물었다.

"일본 정부가 뭐든 검열하고 있는 거야. 신문에서도 손기정의 이름을 빼버렸잖아."

"올림픽에 나간다는 우리 나라 선수?"

"그래. 베를린 올림픽에 나가서 메달을 딸 게 유력한 선수라는데, 조선일보가 '손기정'이라는 이름을 실으려고 했다가 검열당했대. 마이니치신문에는 '손 키테이'라는 일본식 이름이 실렸고."

"어떻게 그런 일이……." 보배가 탄식했다.

어머니와 손기정 선수, 그 밖에 조선이 겪고 있는 고통을 생각하니 분노가 치밀어 올랐다. 이런 상황에서 일본인 행세를 하며 살아가는 건 역시 비겁한 짓일까? 옳지 못한 일에 항의하고, 원하는 대로 살기 위해 투쟁하고 싶다. 아이가 태어난다면 자기 핏줄을 자랑스럽게 여기기를 바라지만, 당장 비겁하지 않은 조선 사람으로 살아가다간 호준, 아기와 함께하는 미래마저 불투명해질 상황이다. 교회에 다니는 것도 마찬가지다.

"어머니는 어쩌지? 너 호준 씨랑은 또 어떻게 할래?" 보배가 물었다.

마음이 무거웠다. 임신 중이니 어머니를 보러 먼 길을 가는 것은 무리다. 곧 태어날 아기에게는 이제 미요코가 어미 노릇을 해야 한다. 어머니는 미요코가 자기처럼 홀몸으로 아이를 키우는 것은 원치 않을 것이다. 어머니가 이 사실을 안다면, 먼 길 오지 말고 아기나 잘 돌보라고 손사래를 치시겠지. 기차역에서 어머니가 보인 눈물도 지금은 이해할 수 있을 것 같다. 어머니도 딸들과 헤어지기 싫었을 터다.

"내가 모아놓은 돈은 전부 어머니한테 보낼게. 병원 일은 할 수 있을 때까지 계속할 거야. 호준 씨에게는 결혼할 테니 나를 다시 받아달라고 할 거고."

**

호준을 다시 만난 건 그다음 일요일, 조선인 소학교에 차린 임시 교회에서였다. 청혼받은 지 고작 일주일밖에 되지 않았지만, 그 뒤로 배 속에 아기가 있다는 걸 알게 되었기 때문인지 지난주가 전생처럼 느껴졌다.

신도들이 급식소 한쪽 구석에 조용히 모여 있었다. 냉담한 얼굴의 호준을 발견하자 긴장해서 몸이 떨려왔다. 미요코가 다가가자 호준은 말없이 퉁명스레 인사하더니 돌아서서 가버렸다. 눈도 마주치지 않으려는 그를 보자 다시 한번 몸이 굳었지만, 아주 조금씩 튀어나오기 시작한 배에 손을 올리며 평정심을 유지하려고 애썼다. 호준은 예배가 끝나자마자 가버렸다. 여전히 다리를 절었지만 지팡이는 더 이상 보이지 않았다. 미요코는 서둘러 호준을 따라나섰다. 마침 호준이 붐비는 사거리의 마차 옆에 서 있었다. 전차가 철길을 긁으며 지나가는 소리가 멀리서 들려왔다.

"꼭 해야 할 말이 있어요." 미요코가 뒤로 다가가 호준의 등에 손을 올리자, 그는 움찔하더니 한 걸음 물러섰다.

"그날은 미안했어요. 저 때문에 마음이 상했지요. 용서를 구하러 왔고, 또……." 미요코의 목소리가 잦아들었다. 호준은 천천히 몸을 돌렸다. 여전히 상처받은 얼굴이지만 걱정스러운 기색을 숨기지 못하는 눈빛이었다.

"저기 저쪽, 조용한 데로 가서 얘기합시다." 호준이 문을 닫은 꽃집 앞을 가리켰다. 차양이 드리워져 있어서 대낮의 햇빛과 사람들의 눈을 피할 수 있을 것 같았다. 두 사람은 인파를 헤치며 길을 건너느라 몇 달 만에 처음으로 몸을 꼭 붙이고 걸었다.

"괜찮은 겁니까?" 호준이 숨을 놀리며 물었다. 미요코는 자신을 내려다보는 호준의 눈빛을 보며 그의 마음이 여전하다는 것을 알 수 있었다. 내 마음이 바뀌기 전에 얼른 털어놓자.

"저, 아이를 가졌어요."

호준의 입이 떡 벌어지더니 가슴을 부여잡았다. 두 사람은 한동안 아무 말도 못 하고 서로를 바라만 보았다. 좋은 소식이라고 생각해주면 좋겠건만, 그의 놀란 표정만 보고서는 어떤 마음인지 알 수 없었다.

호준의 표정이 조금씩 부드러워지더니 굳은 얼굴이 누그러졌다.

혈색이 돌아온 미요코가 호준의 귀에 대고 속삭였다. “당신을 사랑해요.” 자기 입에서 흘러나오는 그 말이 낯설게 느껴졌지만 더없는 진심이었다. “아직도 내게 마음이 있다면 당신과 결혼하고 싶어요.” 미요코는 짝사랑 중인 여학생처럼 자기 입에서 나오는 말에 심장 박동이 빨라지는 것을 느꼈다.

“내 말을 못 믿는다 해도 어쩔 수 없지만, 청혼을 거절했던 건 당신을 너무 사랑해서 잃을 것이 두려웠기 때문이에요. 하지만 아기가 생긴 걸 보면 우리는 함께할 운명임이 분명해요.” 목소리가 떨려와서 말을 끝맺을 수 없었다.

호준의 얼굴에 커다란 미소가 번졌다. 그는 미요코를 머리부터 발끝까지 한눈에 담고 싶다는 듯 한걸음 뒤로 물러났다.

“당신이 내 아내가 된다면 나는 더 바랄 게 없어요.” 호준의 손이 미요코의 배 쪽으로 향했다. “그런데 우리의 아이까지 생기다니, 정말 기뻐요.” 호준은 처음 청혼했을 때처럼 미요코의 두 손을 감싸 잡았다.

이번에는 미요코도 호준의 손을 꼭 잡았다. 미래는 알 수 없지만, 호준은 존경할 만한 사람이고 좋은 남편이자 아버지가 될 것이다. 미요코는 안도의 한숨을 내쉬었다. 호준을 잃을까 봐 두려웠던 마음은 새로 돋아난 희망에 자리를 내주기 시작했다. 호준에게 가족을 만들어주고, 함께 행복해질 것이다. 사랑으로 보살피면 병도 나을 것이다. 이제 호준에게는 살아가야 할 이유가 더 생겼으니 오래 살 수 있을지도 모른다.

"나의 앞날, 아니 우리의 앞날에 대해서 많은 생각을 했어요." 호준이 사뭇 엄숙한 목소리로 말했다. "몸이 나으면 여기 일본에 사는 조선인들에게 도움이 되는 일을 하겠지만, 언젠가는 고향으로 돌아가고 싶어요. 조선이 해방되면 고향으로 돌아갑시다. 일본도 조선을 영원히 지배하지는 못할 겁니다. 나와 함께 가겠다고 약속해줘요."

미요코는 호준의 말에 얼굴이 밝아졌다. 호준의 계획은 고향으로 돌아가서 아픈 어머니를 돌보고 싶다는 미요코의 소망과도 맞아떨어졌다.

"좋아요. 얼마 전에 고향에서 편지가 왔는데 어머니가 몹시 아프시대요. 고향으로 돌아가서 어머니를 모시고 싶어요. 아기도 자기 뿌리를 알아야지요. 최대한 빨리 조선으로 돌아가요, 우리." 미요코가 호준의 손을 자신의 배 위로 이끌었다. 안도의 한숨이 희망찬 숨소리로 바뀌었다.

제24장

1936년 6월

그날 밤, 어머니와 태영 오빠에게 편지를 썼다. 딸의 결혼과 아기 소식을 들으면 어머니가 기운을 차릴지도 모른다. 검열당할 것이 뻔하니 어머니의 집에 순사들이 찾아온 사건은 직접적으로 언급하지 않았다. 어머니에게 걱정을 더 안겨주고 싶지 않아 호준이 큰 병을 앓았다는 이야기도 하지 않기로 했다.

어머니께,

몸은 좀 어떠세요? 태영 오빠가 소식을 전해주었는데 최근에 괴로운 일을 겪으셨다지요. 오랜만에 좋은 소식을 전하려고 편지를 씁니다. 제가 결혼을 하게 되었어요. 아기도 가졌답니다. 어머니께 손주를 안겨드리게 된 거지요! 신랑될 사람을 아주 많이 사랑하고 무척 행복해요. 사랑을 찾아 결혼하게 될 줄은 꿈에도 몰랐는데, 이제 다른 삶은 상상할 수도 없어요.
신랑 이름은 권호준이고 안동 출신이에요. 삼 형제 중 막내고, 변호사가 되어 어려운 사람들을 돕기 위해 공부하고 있어요.
저는 매일같이 배가 불러오는 중이에요. 아기는 올해 말에 태어난답니다. 어머니가 될 생각에 신이 나요. 아기가 태어날 때 어머니가 여기에 계시면 좋겠지만, 먼 거리를 오시기는 무리겠지요.
혼례식을 올린 뒤에는 호준 씨 부모님 댁에서 형제 내외분들과 함께 살 거예요. 막내며느리 노릇이 쉽지 않겠지만 열심히 배우려고요. 좋은 아내, 좋은 며느리가 되는 법도 어머니께 배우면 좋을 텐데……. 아기가 태어난 뒤에 주변에서 도와주신다면 병원 일도 계속할 생각이에요.
보배 언니는 기차로 한 시간 떨어진 오사카로 이사를 가게 되었어요. 자주 만나기는 어려울 거라 걱정입니다.
어머니 얼굴을 뵌 지도 6년이나 되었네요. 호준 씨도 최대한 빨리 조선으로 돌아가자고 해요. 저도 그날이 빨리 오면 좋겠어요. 그날이 올 때까지 부디 몸조심하세요. 어머니 소식도 보내주세요.

사랑하는 딸 미영 올림

미영이라는 이름을 오랜만에 손으로 써보니 고향집이 더욱 그리웠다. 다가올 기쁜 일들을 고향의 가족들과 나누고 싶었다. 봉투에는 태영 오빠의 주소를 적고, 오빠에게 보내는 편지도 따로 한 장 넣었다.

태영 오빠,

어머니에게 내 소식을 전해줘서 고마워. 어머니에게 보내는 편지에 소식을 적었지만, 조금 더 보탤게.

남편 될 사람을 말로 다 못 할 만큼 사랑하지만, 시집가서 새로운 가족과 함께 살 생각을 하면 걱정이 커. 호준 씨도 오빠처럼 나한테 하고 싶은 공부를 계속하라고 했어. 아기를 낳고 나면 일도 다시 하고 싶어. 여기서도 여자는 보통 결혼하면 일을 그만두지만, 난 일을 잘하고 또 좋아하거든. 어머니한테는 말씀 못 드렸는데, 실은 호준 씨가 결핵을 앓았어. 지금은 많이 나았지만 재발하지 않도록 늘 기도하고 있어. 결혼하고 아이가 생기는 걸로 살아갈 힘을 얻으면 좋겠어.

내가 시집을 간다고 하면 아버지는 기뻐하시겠지? 이제 내 걱정은 안 하셔도 될 테지. 아버지께도 안부를 전해줘.

또 쓸게.

미영이가

며칠 뒤 호준은 자신의 어머니에게 미요코를 데려가 소개했다. 결혼 계획과 아기에 대해서는 부모님에게 미리 이야기했고,

깜짝 놀랐지만 기뻐하셨다고 전해 들은 참이었다. 호준의 부모님이 혼전 임신에 대해서 어떻게 생각하실지 걱정이었는데, 그분들의 생각도 머지않아 알게 될 터였다.

호준의 아버지가 부재중이라 시어머니에게만 우선 인사를 드리기로 했다. 미요코는 호준의 가족 모두가 '할머니'라 부르는 예비 시어머니가 자신을 마음에 들어 하기만을 바랄 뿐이었다.

"안녕하십니까." 미요코는 허리를 깊이 숙여 공손하게 인사를 올렸다. 눈앞에 보이는 것은 하얗고 자그마한 버선발뿐이었다.

고개를 들었을 때 시어머니의 시선은 미요코의 배를 향해 있었다. 미요코는 불편한 마음으로 자세를 고쳤다.

시어머니의 굳은 얼굴에는 주름만큼 깊은 의심이 서려 있었다. 단단히 당겨서 쪽진 머리 때문에 피부가 당겨져 웃음을 머금기도 어려울 것 같았다. 날카로운 눈초리가 이렇게 말하는 것 같아 구석구석 미요코의 수치심을 자극했다. *어찌 감히 혼인 전에 잠자리를 했느냐? 내 아들의 발목을 잡으려고 일부러 아이를 밴 게 아니냐?* 많은 시어머니들이 아들의 신부감에게 까다롭게 군다는 이야기는 들었는데, 실제로 마주한 시어머니의 눈 역시 적대심으로 가득했다.

"아들을 낳아줘야지?" 눈썹을 한껏 치켜올린 시어머니의 입에서 마침내 나온 말이었다.

미요코는 얼굴을 붉혔다. 지금껏 건강하게만 태어난다면 남자아이이건 여자아이이건 상관없다고 생각해왔지만, 유교 사회에서 늙은 부모를 부양할 아들을 낳는 건 역시나 중요한 일이다. 딸은 자라서 시집가면 다른 가족의 일원이 될 뿐이다. 미요코도 그런 현실을 알고는 있었지만, 집에 언니들뿐인 환경에서 자랐고 여자의 몸으로도 지금껏 앞길을 스스로 개척하며 살아왔다 보니 이런 대접이 조금 낯설었다. 시어머니를 제외한 다른 가족들이 조금 더 따뜻하게 맞아주기를 바랄 뿐이었다.

시어머니의 태도는 혼례식이 다가오면서 더욱 명확해졌다. 호준의 집을 방문할 때마다 시어머니는 미요코를 없는 사람 취급했다. 시어머니는 호준이 곁에 있을 때만 기분이 조금 나아지는 것 같았는데, 다른 아들들까지 못 본 체하며 호준을 애지중지했다. 막내아들은 보통 부모를 부양할 책임이 가장 적지만, 이 집에서 시어머니의 관심을 독차지하는 것은 호준이었다. 시어머니가 미요코에게 말을 걸 때는 차를 가져오라고 하거나 현관에 벗어둔 자기 신발을 가지런히 정리하라고 할 때뿐이었다.

미요코는 이런 집안 분위기에 적응할 자신이 없었다. 아기가 조금 크면 어떻게든 일터로 돌아갈 것이다. 돈을 벌어서 호준과 아기, 미요코 셋만의 가정을 꾸리고 싶었다.

한편 호준의 아버지는 따뜻한 어른이었다. 아들이 곁에 있건 없건 다정한 말투로 미요코를 대했다. 집안에서 '할아버지'로 불리는 그는 높은 이마와 둥근 얼굴에서 어딘가 위엄이 느껴졌는데, 그 점은 호준과 비슷했다. 만약 남자아이가 태어난다면 시아버지를 닮으면 좋겠다고 미요코는 남몰래 생각했다.

"차 좀 갖다주렴." 가느다란 파이프 담배를 피우는 시아버지는 미요코가 차를 가져다드리면 눈과 손목을 동시에 까딱하며 재떨이에 담뱃재를 털고 눈인사를 건넸다. 미요코는 시아버지의 커다란 손을 보며 손이 큰 남자가 중요한 일을 한다는 말을 떠올리곤 했다. 시아버지는 교토 시청에서 측량기사 일을 했다. 붓글씨를 잘 써서 교량 명판 따위에 글씨를 쓰는 일로도 명성이 높았다. 일본으로 건너온 외국인들에게 임시로 살 집과 일자리를 알아봐주고, 일본어를 가르치기도 했다.

처음 인사를 드리고 나서 얼마 안 되었을 때, 시아버지를 찾아온 옆집 사람을 만났다. 그는 시아버지에게 봉투를 건네며 말했다. "아드님이 장가가신다고 해서 돈을 조금 모았습니다." 조선인들 사이에서 존경받는 어른임이 분명했다. 호준도 자기 아버지처럼 손이 크니 다들 호준을 좋아하는 데는 분명 이유가 있었다.

**

혼례는 7월에 호준의 집에서 직계 가족들만 지켜보는 가운데 간소하게 치렀다. 호준의 부모님과 형, 형수들, 이사를 앞둔 보배와 하라모토가 참석했다. 미요코는 아기를 낳고 기를 때도 언니가 곁에 있었으면 하고 바랐지만, 혼례식에라도 올 수 있어서 다행인 게 현실이었다. 보배는 연분홍 한복을 차려입고 떡을 해왔다. 혼례식 전날 언니네 집에서 마지막 밤을 보낼 때, 보배는 처음으로 자신도 아이를 갖고 싶다고 털어놓았다. 아이가 있으면 하라모토와 더 가까워질지도 모른다는 생각을 했는데 하라모토도 동의했다는 것이었다. 미요코는 진심으로 기뻤다. 언니와 가까이 살면서 어머니가 되는 행복을 함께 누릴 수 없다는 슬픔을 잠시 잊을 만큼.

보배가 호준의 집으로 들어서며 우산을 현관 구석에 내려놓자마자 번개가 번쩍 쳤다. 어머니도 없이 혼례를 치르는데 언니까지 교토를 떠나게 되었다는 사실에 하늘이 대신 울어주는 것처럼 장마철 비구름이 아침 내내 해를 가리더니 끝내 빗줄기가 유리창을 때리기 시작했다. 뜨거워진 지붕과 인도, 자전거 위로 차가운 빗물이 세차게 쏟아지자 더운 김이 일었다. 미요코는 혼례 날 비가 오면 재수가 없다는 속설을 떠올리고는 불길한 생각을 떨치려고 고개를 저으며, 빌려 온 혼례복 저고리의 옷고름을 매주는 보배의 손길에 정신을 집중했다. 붉은 비단 활옷은 무릎까지 내려오고, 길고 풍성한 소매는 손끝을 덮어서 나온 배를 가리기에 안성맞춤이었다. 보배는 미요코의 볼에 입술연지를 발라 신부 화장을 완성해주었다. 집중한 언니의 인중에서 꽃 향의 비누 냄새가 땀 냄새와 섞인 채 풍겨왔다. 양볼에 찍은 연지의 크기가 같은지 세심하게 살피는 언니의 정성에 미요코는 고마운 마음뿐이었다.

“자, 됐다.” 보배가 말했다.

“나한테 언니가 있어서 정말 다행이야.” 미요코의 눈가가 촉촉해졌다.

“그렇지? 난 혼례식도 못 올렸잖아. 너 오늘 정말 예쁘다.”

보배 언니가 누리지 못한 것들을 떠올리니 마음이 아팠다.

"미영이 넌 이제 누군가의 아내이고 또 어머니가 되지만, 앞으로도 영원히 내 동생이야." 보배가 자랑스러운 듯 말했다.

"어머니도 오셨으면 좋았을걸." 미요코가 중얼거렸다.

"이것 좀 바로하자." 보배가 비녀의 위치를 고쳐주며 말했다. 아까 미요코가 눈물을 삼키며 스스로 머리를 틀어 올리고 꽂은 어머니의 옥비녀였다.

"이렇게 차려입고 시집가는 걸 보셨다면 정말 기뻐하셨겠지." 보배는 얼마 전에 결혼한 호준의 이웃에게서 빌려온 족두리를 미요코의 머리에 마지막으로 올렸다. 족두리에 달린 장식용 구슬이 눈앞에서 달랑거렸다.

자매는 함께 혼례가 치러질 큰방으로 걸어갔다. 보배가 두 손을 잡고 앞에서 미요코를 이끌었다. 얼굴 앞까지 끌어올린 양팔에 수를 놓은 기다란 흰 천을 걸쳐놓아 앞을 거의 볼 수 없었다. 곁눈질로 신랑을 보자 가슴이 뛰었다. 앞으로 함께 인생을 꾸려나갈 나의 사람. 잘생기고 다정한 나의 남편. 미요코는 사랑하는 사람과 결혼한다. 그런 일은 불가능하다고 지레 체념했었다.

호준도 전통적인 신랑 혼례복을 갖춰 소매가 긴 흰 저고리 위에 자수를 놓은 짙은 남색 예복을 입고 목이 긴 검정 신발을 신었다. 머리에는 높이 솟은 검은색 관을 썼는데 양쪽 귀까지 내려오는 날개가 달려 있었다. 호준 역시 어딘가 불편하고 잔뜩 긴장한 사람처럼 뻣뻣하게 걷고 있었다.

신랑과 신부가 신랑의 부모 앞에 나란히 서서 허리를 깊이 숙여 인사하며 예를 갖췄다. 미요코의 부모님을 대신해 참석한 보배와 하라모토에게도 똑같이 인사를 했다. 자신과 아기를 잘 돌봐줄 가정적이고 성실한 남자와 결혼한다는 걸 어머니가 안다면 틀림없이 기뻐할 것이다.

다음으로 신부가 혼례복을 넓게 펼친 채 무릎을 꿇고 앉았다. 호준의 부모님이 다산을 기원하는 의미로 치맛자락에 잣을 던져주었다. 이미 배 속에서 아기가 자라고 있으니 그저 형식적인 절차일 뿐이다. 시아버지가 모두에게 감사 인사를 한 뒤, 식구들은 둘러앉아 떡을 나누어 먹고 신혼부부는 돈이 든 봉투를 결혼 선물로 받았다,

미요코는 새신부의 기쁨을 만끽하며 떡을 조금씩 베어 먹었다. 가족들이 두런두런 이야기를 나누는 가운데 밖에서는 빗소리가 그치지 않고 들려왔다. 사랑하는 사람과 결혼하는 건 말로 표현하기 어려운 기쁨이구나. 미요코는 정말로 행복했다. 호준을 바라보니 그 역시 미소를 짓고 있었다.

제25장

1936년 7월

미요코는 부부가 되어 보내는 첫 번째 저녁을 호준의 품에서 맞이했다. 여름비는 어느새 잦아들고 후덥지근한 공기가 방 안을 가득 채웠다.

"여보." 새로운 호칭에 마음속 깊은 곳까지 온기가 번졌다. "식을 잘 치른 것 같지요?"

"네." 미요코의 손가락이 호준의 가슴을 지나 도드라진 갈비뼈를 쓰다듬었다. "당신 정말 근사했어요."

호준이 몸을 가까이 붙여와 두 사람의 머리가 맞닿았다. 미요코는 호준의 빗장뼈 근처에서 처음 보는 작은 점을 발견했다. *신랑에 대해서 앞으로도 많은 것을 새로이 알게 되겠지.* 결혼이 가져다준 작은 기쁨이다.

"당신도 아주 예뻤어요. 늘 예쁘지만."

"옷이 여러 겹이라 더웠지만 좋았어요." 미요코가 말했다.

"나도 얼른 다 벗어던지고 싶었어요. 땀이 얼마나 나던지!" 호준이 껄껄 웃었다. "다 벗어던지고 단둘이 있고 싶었는데……." 호준이 몸을 더욱 가까이 기울여왔다.

"여보!" 미요코는 장난스레 호준을 밀어냈다. "잠시만…… 우리 얘기 좀 더 해요."

"알겠어요." 호준이 곧장 물러났다.

"보배 언니는 시집올 때 식도 못 올렸는데 저는 정말 복도 많지요. 어머니도 오셨다면 좋았겠지만……."

"얼른 조선으로 돌아갑시다. 그때까지는 여기서 행복하게 살아야지요." 호준이 미요코를 끌어당겼다.

다정한 말에 위안을 얻은 미요코는 이내 눈을 감고 몸을 맡겼다. 호준의 입술이 목덜미를 스쳤다. 이내 두 사람의 다리가 한데 얽히고, 몸이 같은 박자로 움직였다. 미요코는 호준의 체중을 온몸으로 느끼며 호준의 건강과 미래에 대한 모든 두려움을 잠시나마 내려놓았다. 이런 시간들이 영원하기를.

혼례 직후 몇 달은 미요코의 평생에 가장 행복한 나날이었다. 결혼에 대해 품었던 의심은 장마철에 마른 가지가 휩쓸려 내려가듯 사라져버렸다. 날씨는 더웠지만 소나기가 자주 내려 두 사람이 나란히 산책하러 가거나 외출할 때 열기를 식혀주곤 했다. 둘은 요란한 매미 울음소리를 배경 삼아 사랑을 나누고, 같은 소리를 자장가 삼아 종종 깊은 늦잠을 잤다. 아기가 발길질할 때면 호준은 미요코의 배를 쓰다듬었고, 때로는 귀를 배에 바짝 붙인 채 아기가 내는 소리에 귀를 기울였다. 미요코는 지금껏 알지 못했던 행복을 마음껏 누렸다. 마음이 평화로워지고 온몸의 감각이 깨어나는 듯한 경험이었다.

어머니도 미요코에게 다정한 편지를 보내왔다.

미영아,

결혼 축하한다. 아기도 가졌다니 더욱 기쁘구나. 새신랑을 만나 얼굴을 보고, 네가 몸 풀 때 옆에 있어주고 싶은데 아쉬울 따름이다.

나는 병이 낫지는 않았지만, 그렇다고 더 나빠지지도 않았단다. 이 어미 걱정은 이제 그만하고 임신한 네 몸이나 잘 돌보거라. 산파를 자주 찾아가고 너와 아기한테 도움이 되는 약이 있으면 꼭 타다가 먹으렴.

태영이가 가끔 나를 보러 오고, 내가 좋아하는 순대도 가져다준단다. 너희의 빈자리를 채워주는 좋은 아이지. 나와는 피도 섞이지 않았지만 가끔은 내 친아들 같아. 내게 너희의 기억밖에는 남은 게 없는 걸 잘 아는 게지.

시간이 나면 편지를 써다오. 언제나 너와 손주 생각뿐이란다.

1936년 9월

어미가(이 씨 아주머니가 대신 씀)

어머니의 편지를 받고 한동안은 마음 편히 신혼 생활을 즐기기로 마음먹었다. 호준은 교토 시내에 새로 생긴 영화관에 미요코를 데려가기도 했다. 미요코에게는 인생 첫 영화관 나들이였다. 목제건물인 영화관 외벽에는 앞으로 개봉할 영화의 포스터가 줄지어 붙어 있고, 극장 안 바닥에 고정된 의자를 사람들이 가득 채우고 있었다. 화면 양옆에 붉은 융단 커튼이 길게 드리우고, 한 층 위 영사실에서 투명한 유리창을 통해 빛을 쏘아 스크린에 움직이는 그림을 만들어냈다.

영화를 보는 내내 호준은 미요코의 손을 꼭 붙들고 있었다. 미요코는 다른 한 손을 나날이 커지는 배 위에 올렸다. 마음도 배와 함께 부풀어 오르고 있었다. 영화는 〈외동아들〉이라는 흑백 유성영화로 어머니가 도쿄에 사는 하나뿐인 아들을 찾아갔다가 아들이 겉보기에는 실패한 것처럼 보이는 삶을 살고 있음을 알게 된다는 내용이었다. 미요코는 호준과 함께 이런 시간을 보내고 있다는 사실에 너무 기뻐서 영화에 온전히 집중하지 못했다. 영화를 다 보고 나와서는 꼬치구이를 먹으며 공원을 거닐었다.

“영화 어땠어요?” 호준이 물었다.

“재미있었어요.” 미요코가 고개를 기울여 꼬치를 먹고는 대답했다. “아들이 대학까지 나왔는데 더 잘살지 못해서 아쉬웠을 수도 있지만, 그래도 자랑스러웠을 거예요.” 자신이 학교를 마치지 못했다고 속상해할 어머니가 떠올라서 미요코도 가슴이 아팠다. 호준과 함께하는 삶은 행복하지만, 마음속에는 여전히 아쉬움이 남아 있다.

"나도 아기가 좀 크면 다시 공부를 하고 싶어요." 이제는 호준에게 무엇이든 솔직하게 털어놓을 수 있었다. "아기랑 결혼 때문에 간호 일과 통신학교 공부를 그만뒀지만 언젠간 다시 일하고 싶어요. 고등학교 졸업장은 못 따더라도 간호학교에 가서 공부한 다음에 병원에서 간호사로 일하려고요. 병원 일에 자꾸 마음이 가요."

"당연히 그렇게 해야지요. 당신이 원하는 건 뭐든지 할 수 있게 내가 도울 겁니다. 간호사도 변호사처럼 자격시험을 보는 건가요?"

"맞아요. 병원에서 간호사들이 시험 이야기를 하더라고요. 경력을 좀 더 쌓아야겠지만 언젠가는 시험도 보고 싶어요."

"당신이 자격증을 따면 얼마나 자랑스러울지! 당신의 행복이 내겐 가장 중요해요." 진지한 선언 끝에 호준은 목이 아픈 듯 헛기침을 했다.

"괜찮아요?" 미요코는 순식간에 걱정에 휩싸였다.

"괜찮아요." 호준이 잡은 손에 힘을 주며 대답했다.

두 사람은 나란히 손을 잡고 집 쪽으로 걸었다. 걱정은 금세 사그라들었다.

**

두 사람은 미요코가 집안일을 시작해야 하는 시간에 딱 맞춰

집에 도착했다. 병원에는 임신한 채로 환자를 돌볼 수 없다는 규정이 있어서 미요코는 일을 그만두었다. 미요코도 혹시 모를 감염으로부터 아기를 지키고 싶기는 했지만 마음으로는 늘 분주한 병원의 일상과 환자들을 돌보는 일의 보람이 그리웠다. 호준의 집으로 들어오면서 미요코는 다시 백작가에서 일할 때와 크게 다르지 않은 하녀 노릇을 하게 됐다. 집안일을 할 때면 소외감과 외로움이 다시 찾아왔다. 호준은 외출에서 돌아오면 늘 기력이 바닥나 방에 혼자 누워 쉬었다.

미요코는 시댁의 새로운 질서에 빠르게 익숙해졌다. 호준의 큰형과 몸은 약하지만 성격이 드센 큰형의 아내 인자는 집안일을 가장 적게 했다. 두 사람은 태어난 지 석 달 된 딸과 함께 아래층 침실을 썼다.

"아침에 일어나면 가장 먼저 불을 때고 물을 끓여야 한다." 혼례를 치른 다음 날 인자가 미요코에게 일렀다. "밥은 다른 사람들이 다 먹고 나면 먹고."

미요코는 큰 형님이 시키는 대로 따랐다. 식구들이 아침 식사를 끝내고 남은 음식을 먹을 시간이 되면 미요코는 이미 너무나도 배가 고픈 상태였다. 늦은 아침 식사를 끝내기 무섭게 곧장 다음 끼니를 준비해야 했다. 식사 준비를 하는 내내 인자는 아기를 돌보면서 손수건과 이불, 벽걸이에 꽃무늬 자수를 놓았다. 자수가 놓인 물건은 나중에 다른 식구들이 시장에 내다 팔았다. 미요코는 딸에게 젖을 먹이는 인자를 보며 하루빨리 자신에게도 그런 날이 오기를 꿈꿨다. 다시 병원으로 돌아가 일하게 되면 시댁에 생활비를 보탤 수도 있을 것이다. 지금 당장은 그럴 수 없으니 왠지 며느리로서 역할을 다하지 못하는 것만 같았다.

호준의 둘째 형과 그 아내 윤희는 위층에서 호준과 미요코가 쓰는 방 바로 옆 침실을 썼다. 둥근 얼굴에 몸이 다부진 작은형님 윤희는 명랑하고 다정한 사람이었다. 마당에서 빨래를 하거나 창문 밖에 걸린 빨랫줄에 빨래를 내걸 때면 두 사람은 늘 수다를 떨곤 했다.

“큰형님은 너무 신경 쓰지 마. 처음 시집왔을 때 나한테도 그러셨어. 수를 놓아서 돈을 벌어오니까 아주 기세가 당당해. 그렇게 큰돈도 아닌데…….” 윤희가 설명했다. “어머님 미역국에는 소금을 아주 조금만 넣어야 하고, 아버님은 미지근한 차를 좋아하셔. 꼭 기억해.”

“고마워요, 형님.” 미요코는 윤희의 조언을 머릿속에 잘 새겼다. 의지할 사람이 옆에 있어 감사할 따름이었다.

“밥은 다른 식구들이 다 먹고 난 다음에 남은 걸 먹어야 해. 권씨 집안은 원래 양반이었지만 이젠 돈이 별로 없어서 뭐든지 아껴 쓰고 음식도 남김없이 알뜰히 먹어 치워야 하거든.”

미요코는 남편을 사랑했지만, 결혼하고 나서야 온 집안 식구의 하녀 노릇을 하게 되었다는 걸 깨달았다. 다시 바깥일을 하거나 학교에 다니고 싶다고 하면 시부모가 허락해줄까? 도무지 그럴 것 같지 않다. 이젠 보배 언니도 멀리 이사 갔으니 이야기할 사람도 곁에 없고, 시집을 왔어도 새로운 가족의 일원이 된 것 같지 않았다.

호준은 나름대로 신경 쓸 일이 많은데도 다행히 미요코의 마음을 알아챈 것 같았다. “막내며느리 노릇이 쉽지 않지요?” 어느 날 저녁, 호준이 미요코의 배를 부드럽게 어루만지며 물어왔다. 새벽같이 일어나서 종일 청소와 빨래를 하느라 지친 미요코는 졸음이 쏟아져 눈을 뜨고 있기가 힘들 정도였다.

“네, 즐겁지만은 않네요.” 미요코가 하품하며 대답했다. “그래도 당신과 함께 지낼 수 있어서 행복해요.”

미요코가 배를 끌어안고 옆으로 몸을 눕히자, 호준도 나란히 누워 미요코의 목덜미에 얼굴을 파묻었다.

“계속 생각해봤는데, 역시 아기가 태어나서 조금 자라면 다시 일하고 싶어요.”

“그 심정 잘 알지요. 나도 빨리 다시 일을 하고 싶소.” 호준이 말했다. 호준이 조선인 신문에 마지막으로 썼던 기사는 일본 내 조선인들의 주거와 복지에 영향을 미치는 정책에 관한 것이었다. 결핵을 앓은 뒤 체력이 약해진 호준은 모임에서 직접 활동하는 대신 신문에 사설을 쓰고 있었다. 학교에 나갈 만큼 몸이 회복되려면 아직 멀었기 때문에 미요코도 늘 안쓰러운 마음이었다.

“내가 다시 일하게 되면 우리끼리 집을 구해서 나갈 수 있을지도 몰라요. 당신도 집에서 기사를 쓰면 되고요.” 그런 미래를 꿈꾸는 것만으로도 마음속에 희망이 일었다.

“그렇게 되면 정말 좋겠지요. 얼른 몸이 나아서 당신을 도와주고 싶소.”

"요즘은 좀 어때요?" 문득 호준의 숨소리가 고르지 못한 것 같아 가슴이 철렁 내려앉았다.

"괜찮으니 걱정 말아요." 호준은 미요코를 달래더니 곧 잠들었다.

다음 날 아침, 잠에서 깬 미요코는 손발이 만두처럼 퉁퉁 부어 있는 걸 보고 깜짝 놀랐다. 대낮에 집안일을 하다 말고 방으로 돌아와 베개를 다리 아래 받치고 누워 있어야 할 정도였다. 이후 몇 달간 배에 통증이 자주 찾아와 문틀이건 탁자건 손에 잡히는 것은 무엇이든 짚고 기대야만 겨우 버틸 수 있었다. 식욕이 돋아 뭐든 많이 먹고 싶었지만 시부모와 아픈 남편이 먹을 음식이 부족하지 않도록 자제했다. 하루는 시아버지가 저녁 식사 시간에 외출하는 바람에 수수밥이 남아서, 남은 밥을 한 톨도 남기지 않고 먹은 뒤 그릇까지 핥았다. 일본군이 중국에서 전선을 넓혀가면서 일본 땅에 쌀이 부족해져서 수수가 주식이 되었다. 음식이 늘 부족한 나머지 주린 배를 달래며 잠드는 날이 많았다. 그런데도 아기는 배 속에서 하루가 다르게 커갔다.

쑥쑥 자라는 아기와 달리 호준의 상태는 나빠지고 있었다. 한밤중에 공기가 부족한 듯 숨 가삐 헐떡이다가 금세 아무 일 없었던 듯 평온해지는 일이 반복됐다. 찬 물수건을 이마에 얹어줘도 열이 치솟는 날도 있었다. 이웃과 친구들이 녹용, 뱀탕 같은 비싼 약재를 갖다주기도 했지만, 호준은 자꾸만 야위어갔다. 반짝이던 눈빛도 흐려지는 날이 잦았다.

미요코는 절망에 사로잡혔다. 두려워했던 일이 현실이 되는 걸까? 걱정되어 온몸이 쑤실 정도였지만 간호 일을 하던 사람답게 배가 불러오는 와중에도 최선을 다해서 그를 돌봤다. 호준이 나아지는 모습을 반드시 보고 싶었다.

그런데도 시어머니는 미요코를 가만히 두지 않았다. 호준이 추워하니 담요를 더 가져오라고 했다가, 얼마 안 가서는 호준이 너무 더워한다고 닦달했다. 내 아들이 배가 고픈 게 아니냐, 목이 마른 게 아니냐, 잔소리가 끊이지 않았다. 호준이 너무 약해져서 계단을 오를 수 없게 되자 두 사람은 이층 침실 대신 아래층 거실에서 지내게 됐다. 미요코도 몸이 무거워졌기에 계단을 오르내리지 않는 건 좋았지만, 아래층으로 가자 시어머니의 간섭은 더욱 심해졌다. 시어머니는 무릎이 좋지 않아 직접 할 수 있는 일이 별로 없었고 형님들도 각자 남편 시중을 드느라 바빠 도와줄 수 없었기에 미요코는 밤마다 허기지고 피곤해진 채로 잠들었다.

"당신에게 짐이 되어 미안해요." 시어머니가 잠시 자리를 비운 어느 날, 호준이 말했다. 그사이 더 야위어서 양 볼이 홀쭉해진 그는 곧 병원에 가서 다시 검사를 받을 예정이었다.

"짐이라니요. 당신은 내 남편인걸요." 미요코는 그릇에 담긴 한약을 입으로 불어 식히며 대답했다. 의원 말로는 기력을 보충해주는 약이라고 했다. "여기요. 우리 아이를 생각해서라도 얼른 나아요." 속이 울렁거리는 것을 참고 몇 시간을 저으며 끓인 탕약에서는 가죽 냄새가 났다. 호준에게 약을 먹인 뒤에는 젖은 수건으로 몸을 닦고 수건을 빨아서 널었다. 간호가 매일같이 반복되는 일상이었다.

호준이 쇠약해지면서 미요코의 피로도 쌓여갔다. 아기가 움직여 배가 당길 때마다 두려움에 몸이 굳는 것 같았다. 호준이 죽으면 어떡하지? 밤이면 그의 곁에서 몸을 말고 모로 누워 부정적인 생각들을 떨치려고 안간힘을 썼다. 아기가 건강하게 태어나기를, 내일 아침에 일어나면 그의 상태가 조금은 나아져 있기를 매일같이 기도했다.

셋이 함께 행복해질 수 있기를.

제26장

1936년 11월

쌀쌀한 11월의 어느 날 아침, 진통이 시작됐다. 예정일이 한 달이나 남은 때였다. 호랑이 이빨처럼 날카로운 고통에 그만 소리를 지르고 말았다. 마당에서 함께 빨래하던 윤희가 깜짝 놀라 젖은 빨랫감을 내던지고 미요코의 손을 붙들었다.

"빨리요!" 미요코가 숨을 헐떡이며 외쳤다. "아기가 나올 것 같아요. 산파를 불러주세요!"

윤희는 호준이 쉬고 있는 거실로 미요코를 데려갔다. 윤희가 도움을 청하러 집 밖으로 뛰어나가기 무섭게 다시 한번 찌르는 듯한 진통이 찾아왔다.

"여보, 내 손 잡아요." 호준이 말했다. 미요코는 호준이 저도 모르게 이마를 찌푸릴 때까지 그의 손을 움켜쥐었다.

산파가 도착하자 가족들은 호준을 부축해 거실 밖으로 데리고 나갔다. 곧 능숙한 손길이 미요코의 배를 쓰다듬는 것이 느껴졌다. "힘주세요." 산파가 말했다.

미요코가 이를 악물고 힘을 주는 동안 산파의 손이 배 위에서 아기를 아래로 밀어 내렸다. 미요코가 다시 비명을 지르자, 산파는 소리가 새어 나가지 않도록 젖은 수건을 입에 물렸다.

얼굴에서 흘러내린 땀이 머리 주변에 흠뻑 고여 요가 얼룩졌다. 오랜 진통이 이어진 끝에 미요코는 작은 사내아이를 낳았다. 한 달이나 일찍 태어난 아기는 작고 마른 데다 피부는 보랏빛이고 힘이 없었다.

"아들입니다!" 산파가 큰 소리로 외치며 아기의 엉덩이를 찰싹 때리자 울음소리가 온 집 안에 울려 퍼졌다.

미요코는 겨우 고개를 들어 아기를 올려다봤다. 산파가 탯줄을 자르고 젖은 수건으로 아기의 몸을 닦아냈다. 미끄러운 것이 다리 사이로 흘러나오는 게 어렴풋이 느껴졌지만 너무나 정신이 없어 산파가 태반을 요강에 던져넣는 것도 보지 못했다. 산파는 아기를 미요코의 가슴에 올려놓고는 호준이 기다리고 있는 옆방으로 갔다.

그제야 아기 얼굴을 제대로 볼 수 있었다. 큰 귀에 홀쭉한 볼, 각진 얼굴이 아빠를 똑 닮았다. 아기의 조그만 눈과 시선이 마주치자, 끓어 넘치는 밥물처럼 가슴속에서 사랑이 솟구쳤다. 숨을 깊이 들이마시자 아기에게서 따뜻하고 달콤한 땅 냄새가 번져와 뼛속까지 스며드는 것 같았다. 어머니가 된 기분을 무슨 말로 설명할 수 있을까. 모든 걱정이 한순간에 사라지고, 형언

할 수 없는 기쁨이 그 자리를 채웠다.

"산모는요? 산모는 무사합니까?" 걱정스러운 목소리가 문 너머로 들려오더니, 곧 호준이 뛰어 들어왔다. 미요코가 눈을 마주치고 웃어 보이자, 호준도 안심한 듯 얼굴을 누그러트렸다.

산파가 뒤따라 들어와 아기를 호준에게 안겨줬다. 아기를 품에 안은 호준은 입을 떡 벌리고 아기를 위아래로 흔들어 어르며 볼을 쓰다듬었다. 아기는 인사라도 하듯 혓바닥을 움직여 소리를 냈다. 호준이 아기를 산파에게 돌려주자, 아기는 작은 눈동자를 움직여 아빠를 올려다보았다. 호준의 얼굴에 환한 미소가 번졌다. 갓 태어난 아기와 아버지의 모습에 미요코의 가슴도 벅차올랐다.

"이제 그만 나가세요. 아기한테 젖도 물려야 하고 산모도 쉬어야 하니까." 산파가 말했다.

"잠시만요." 호준이 말했다. "이 얘긴 해야지. 아버지가 벌써 아기 이름을 지어주셨어요."

미요코가 귀를 쫑긋 세웠다.

"사내아이면 순호라고 하셨어요. 안동 권씨 집안의 돌림자 '순'을 붙여서요."

"순호." 미요코는 아들의 이름을 입안에서 굴려보았다.

"일본식으로는 준코라고 부를 거요." 호준이 말했다.

"준코." 미요코가 되뇌었다.

"줄여서는 코짱이라고 부르고요."

일본에서는 어린아이를 부를 때 이름 뒤에 '짱'을 붙인다. 사촌들도 이미 집에서 일본식 애칭으로 불리고 있으니 순호도 '코짱'으로 불리게 될 것이다.

"코짱." 나지막이 아기의 세 번째 이름을 불러보았다.

아기가 자기 이름을 알아듣기라도 한 듯 입맛을 다시며 울기 시작했다. 아기의 눈은 눈물로 풀을 붙인 듯 꼭 감겨 있었다. 미요코가 새끼손가락을 입에 물리자 아기는 곧바로 손가락을 빨더니 울음을 그쳤다. 임신 기간에 밥을 제대로 먹지 못해서인지 젖이 잘 나오지 않았다. 미요코는 볼을 쓰다듬으며 아기를 달랬지만, 애처로운 울음소리에 결국은 시어머니가 나섰다.

"네가 아기에게 좀 젖을 물려라." 시어머니가 큰며느리를 재촉했다.

여섯 달 전에 딸 에미를 낳은 인자는 젖이 넘쳐흘렀다. 미요코는 큰형님과 에미를 보면서 아기에게 직접 젖을 물릴 날을 손꼽아 기다려왔는데, 정작 젖이 나오지 않자 크게 상심했다.

인자는 시어머니가 시킨 대로 곧장 저고리 고름을 풀었다. 달큼한 모유 냄새가 너무나 강렬해서 미요코에게서도 없던 젖이 흘러나오는 게 아닐까 싶을 정도였다. 아기의 입에 젖꼭지를 갖다 대자, 아기는 푸른 핏줄이 비치는 가슴을 붙들고 눈을 감은 채 요란한 소리를 내며 젖을 빨기 시작했다. 인자는 이내 아기를 돌려 안고 반대쪽 젖을 물렸다.

갓 태어난 아들이 다른 사람의 젖을 물고 있는 모습에 미요코는 마음이 아팠다. 아들과 가까워지지도 못하고, 좋은 엄마가 되지 못하는 게 아닐까.

코짱이 태어나고 나서 다행스럽게도 호준의 건강이 나아지기 시작했다. 근 몇 달 만에 기력을 되찾은 호준은 미요코와 아기와 많은 시간을 함께 보냈다. 기대했던 대로 아들이 태어나자 삶의 의지가 더욱 충만해진 것 같았다.

아기가 태어난 직후 몇 달 동안 세 식구는 매일 저녁을 침실에서 함께 보냈다. 미요코는 종일 그 시간만을 손꼽아 기다렸다. 호준은 아들의 얼굴을 손가락으로 따라 그리듯 쓰다듬고, 아기는 작은 손가락으로 아빠의 손가락을 움켜쥐었다. 아기의 배에 입을 갖다 대고 바람을 불어넣으면 아기는 방긋 웃었다.

미요코는 아직 말을 한마디도 못 알아듣는 아기에게 이런저런 이야기를 들려주었다.

"코짱한테 단군 신화를 다시 들려줍시다." 호준이 보채면 아빠 목소리를 들은 아기가 눈을 동그랗게 뜨고 아빠 얼굴로 손을 뻗었다. 아빠의 목소리를 붙잡아다가 자기 귀에 집어넣으려는 듯한 몸짓이었다.

"옛날옛적에 조선을 세운 단군 할아버지가 있었는데……." 이야기를 시작하면 아기는 엄마 쪽으로 고개를 돌리고 목소리에 맞춰서 입술을 움직여댔다. 미요코는 자기 목소리에 귀를 기울이는 아기의 표정을 보면 한없이 기뻤다.

"일본인들은 우리에게 역사가 없다고 하지만 사실이 아니지요. 우리 아들에게 조선의 역사를 알려줍시다." 호준이 아기의 머리를 쓰다듬으며 속삭였다. 아기를 가운데 두고 호준과 셋이 꼭 붙어 있을 때면, 더할 나위 없는 안도감과 행복이 느껴졌다.

"동굴에 호랑이랑 곰이 살았는데, 호랑이랑 곰이 인간이 되게 해달라고 하늘에 빌자, 하늘의 신은 백 일 동안 쑥과 마늘만 먹으면 인간이 될 수 있다고 했답니다. 호랑이는 포기했지만 곰은 포기하지 않았고 결국 인간 여자가 되었어요. 그리고 단군을 낳았답니다."

호준은 이야기하다 잠이 들고, 얼마 안 가 고른 숨소리가 들려오곤 했다. 아기도 엄지손가락을 빨다가 얼마 안 가 잠이 들면 방 안을 비추는 달빛 아래서 미요코는 조용히 미소를 지었다. 아기는 건강하고, 호준의 건강도 많이 나아졌다. 어머니가 되는 일은 무척이나 행복했고, 미요코는 매일 밤 가족들 곁에서 평화로운 마음으로 잠에 들었다.

**

아기가 태어난 지 얼마 되지 않아 미요코는 아기를 둘러싼 가족 관계가 얼마나 복잡한 것인지 알게 되었다.

하루는 아기를 포대기로 업어 올리는 와중에 인자가 윤희에게 불평하는 것을 들었다. "셋째네도 젖을 줘야 하니까 피곤해 죽겠어. 내가 없었으면 어쩔 뻔했어! 똥도 아주 까맣게 싸는데 어머님은 나보고 셋째네 기저귀를 갈라질 않나……. 어미 노릇도 제대로 못 하는 게지."

미요코는 젖이 나오지 않는 납작한 가슴을 만져보았다. 큰형님이 내뱉은 말은 자신이 마음속으로 품고 있던 생각과 크게 다르지 않았다. 아기에게 직접 젖을 물리고, 남편을 돌보고, 셋만 함께 살 집을 꾸린다는 꿈은 이미 산산이 부서진 지 오래다. 미요코는 들고 있던 가제 수건을 구겨서 바닥에 던져버렸다.

아기가 태어나고서 호준의 건강이 조금 나아지기는 했지만, 시어머니는 여전히 갓 태어난 손주보다 막내아들에게 더 관심이 많았다. 문 앞에 고추가 달린 금줄을 걸어준 것도 윤희였다. 시어머니는 매일같이 호준이 덮을 담요를 짜느라 바빠서 아기가 울어도 전혀 신경 쓰지 않았다. 시어머니는 늘 호준에게 필요한 무언가를 만들고 있었고, 그러지 않을 때는 혼자 생각에 골똘히 잠겨 마당을 서성이곤 했다.

미요코는 우울한 시댁살이에서 벗어나고 싶었다. 보배 언니를 따라 오사카로 갔더라면 어떤 삶을 살고 있을까를 종종 생각하곤 했다. 어떤 병원에서 일하고 있을까? 분주한 병원에서 환자들을 돌보던 일상이 몹시도 그리웠다. 아기와 호준을 돌보는 일은 얼마든지 괜찮지만, 아무도 알아주지 않는 집안일까지 혼자서 도맡아야 할 때는 무척 외로웠다.

셋이 함께 오사카로 가서 살면 어떨까? 호준이 기운을 차리면 미요코도 바깥일을 할 수 있을 것이다. 남편과 상의하고는 싶었지만 새로운 고민거리를 안겨주고 싶지는 않았기에 그의 몸 상태가 좀 더 나아지기를 기다렸다.

보배 언니가 아기를 보러 교토에 왔을 때는 몹시 행복했다. 미요코는 아기를 둘러업고 언니와 함께 산책하러 나갔다.

"아기 낳느라고 고생 많았어!" 보배가 아기의 볼을 꼬집었다.

"이름이 뭐라고?"

"순호, 준코라고 해. 줄여서 코짱."

"코짱." 보배는 노래하듯 조카의 이름을 불러보고는 엉덩이를 두들겼다. "너는 좀 어때?"

"아기가 너무 예뻐. 이렇게나 예쁠 줄은 정말 몰랐어."

"정말이지 너무 귀엽네."

"그렇지만 피곤하기도 하고, 어떨 땐 좀 우울하기도 해." 미요코가 덧붙였다.

"우울하다니?" 보배가 걸음을 멈춰 섰다. "제부는 괜찮고? 형님들이 도와주지 않아?"

"호준 씨는 많이 나아졌어. 아기랑도 잘 놀아주고 최대한 오래 셋이 함께 있으려고 노력해."

"다행이다! 다른 식구들은?"

"내가 젖이 안 나와서, 어머님이 큰형님께 아기 젖을 물리라고 하셨어. 내 아기인데 엄마가 돼서 젖도 못 줘서 어쩌나 싶고 마음이 안 좋지."

"걱정 마. 아기가 엄마 젖인지 누구 젖인지 알기나 하겠니?"

미요코의 어깨가 축 처졌다. 언니는 자식을 낳아보지 않아서 아기가 얼마나 예민한지 모르는 걸까? 그래도 언니의 방문은 큰 힘이 됐다. 늘 식구들에게 책잡힐 일만 걱정하면서 사는데, 무조건 미요코의 편인 언니가 곁에 와 있으니 더없이 든든했다.

보배는 아기의 정수리에 입을 맞췄다. "코짱을 보니까, 나랑 하라모토한테도 아이가 있으면 좋을 것 같아."

“좋지! 코짱한테도 사촌이 생기고!” 속으로는 하라모토가 술을 끊었기를 간절히 바랐다.

“그렇지? 여태까지 오사카에 적응하느라 바빴어. 교토보다 훨씬 크니까 어디 한 번 다녀오려 해도 오래 걸려. 앞으로는 더 자주 올게.”

“말이 나왔으니 말이야…….” 미요코는 망설이다 입을 뗐다. “아직 호준 씨한테도 얘길 못 하긴 했긴 했는데, 난 우리 셋이 오사카로 이사 가서 언니네 가까이 살면 어떨까 싶어. 코짱이 좀 더 크면 다시 일도 하고.”

“너무 좋지!”

보배가 미요코를 와락 끌어당겨서 둘은 어린 시절로 돌아간 것처럼 까르르 웃었다. 어릴 때도 둘은 어른이 된 다음에도 가까이에 살자고 약속하곤 했다. 그때 가졌던 꿈이 조금씩 되살아나는 것 같았다.

**

코짱이 태어난 지 다섯 달이 되어갈 무렵, 호준의 상태가 다시 나빠지기 시작했다. 미요코는 매일 밤 호준의 이마에 젖은 수건을 올려서 열을 식혔다.

“여보.” 호준이 들릴락 말락한 쉰 목소리로 미요코를 불렀다.

코짱이 배 속에 있을 때 호준이 귀를 미요코의 배에 갖다 대던 것처럼, 미요코는 호준의 입 가까이에 귀를 갖다 댔다. 행복했던 시절이 뇌리를 스쳐 지나갔다. 슬프게도 그 시절은 오래가지 않았고, 다시 어둠이 드리우는 중이었다. 호준의 병세가 나빠지면서 미요코가 품었던 꿈도 조금씩 무너져 내리고 있었다.

"사랑해요." 호준이 말했다.

"당신, 그만 쉬어요." 미요코는 호준의 머리를 쓰다듬었다. 호준은 머리카락이 가늘어지고 숱도 줄어들고 있었다.

호준이 담요 아래서 무언가를 꺼내 들었다. "여기, 이거 잘 갖고 있어요."

'권호준'이라는 이름을 한글로 새긴, 붉은 인주가 묻어 있는 나무 도장이었다.

"이건 왜요?" 미요코가 손을 내저었다. 도장은 사람의 신원을 확인하는 목숨과도 같은 물건이다. 그저 안전하게 보관하라는 걸까? 아니면 이제 삶을 포기한다는 뜻일까? 미요코가 가장 두려워하는 건 남편의 죽음이다. 실제로 그 일이 일어난다면 어떻게 해야 할지 가늠조차 되지 않는다. 아들의 손을 붙잡고 외로이 삶을 꾸려가야겠지. 호준이 없는 세상에서, 홀로.

"자, 어서." 호준이 도장을 손에 꼭 쥐여주며 단호하게 말했다. "코짱과 함께 최대한 이른 시일 내에 조선으로 돌아가요. 돌아가도 위험하지 않은지 꼭 확인하고. 갈 때 이 도장을 가져가요." 호준이 크게 숨을 한번 들이쉬더니 다시 입을 뗐다. "여기서 우리 식구들과 함께 사는 게 쉽지 않은 거 잘 압니다."

"자, 우리 내일 마저 얘기해요."

"함께 고향으로 돌아가야 하는데 내가 갈 수 있을지……."

"그런 말 마세요. 당신이 기운을 내야지요!" 호준의 미래, 우리 세 식구의 미래는 어떻게 되는 걸까?

두 사람 사이에 누운 아기가 몸을 뒤척였다. 미요코는 아들의 이마에 입을 맞춘 뒤 눈을 꼭 감고 누워 호준이 낫기를 기도하고 또 기도했다.

제27장

1937년 3월

다음 날 아침, 미요코는 아기의 울음소리에 눈을 떴다. 하지만 건너편에 누운 호준은 아무런 기척이 없었다. 흔들어 깨우려 했지만, 남편의 몸은 힘없이 늘어져 있었다. 깜짝 놀라 얼굴을 그의 입가에 대어보았지만 날숨이 느껴지지 않았다. 곧 미요코의 비명이 온 집 안에 울려 퍼졌다.

가장 먼저 방으로 달려온 호준의 형이 곧장 맥을 짚고 숨소리를 확인했다. 최악의 상황을 직감한 미요코는 제자리에서 돌처럼 굳어버렸다. 호준의 형이 미요코를 올려다보며 고개를 저었다. "어쩌면 좋소……."

미요코는 몸을 웅크린 채 바닥에 쓰러져 흐느끼기 시작했다. 살점이 떨어져 나가는 듯한 날것의 고통. 차라리 따라 죽는 게 덜 괴로울 것 같았다. 꿈꿨던 모든 것이 사라져버렸다. 미요코가 그렸던 삶, 셋이 함께 조선으로 돌아가겠다는 꿈, 그 모든 것이 일순간에 사라졌다.

혼이 빠진 채 달려온 시어머니는 힘없이 늘어진 호준의 몸 위에 쓰러져 이미 딱딱하게 굳어버린 가슴을 치며 울었다. 한껏 낮아진 식구들의 목소리 사이로 아기 울음소리가 다시 귀청을 때렸다. 누군가가 아기를 안아서 데리고 나가자 울음소리가 잦아들었다. 미요코는 갓 스무 살에 홀어머니 신세가 됐다. 호준도 미요코보다 고작 두 살 위였다. 아홉 달 만에 끝난 신혼 생활은 너무 짧아서 마치 한여름밤의 꿈 같았다. 아기가 아빠와 보낸 시간은 겨우 다섯 달이었다.

호준의 형이 호준을 방 밖으로 옮기려고 들어 올리자, 미요코가 축 늘어진 남편의 팔을 붙들었다. "안 돼요!" 차마 놓지 못하고 끌려 나가다시피 하다가 결국은 바닥에 쓰러졌다. 구겨진 요와 이불 위에 어제 호준이 주려고 했던 도장이 놓여 있었다. 미요코는 도장을 집어 손가락 사이에 놓고 문질러 보았다. 호준이 남긴 작은 도장을 귀한 보물처럼 얼굴에 대어보다가, 다른 사람들이 보지 못하게 속바지 춤에 집어넣었다. 그러고는 서랍장에서 푸른 실로 테두리를 두른 호준의 손수건을 꺼내어 눈물을 훔쳤다. 이럴 때 어머니라도 곁에 있었다면……. 불가능하다는 건 잘 알았다. 이러다 어머니까지 잘못되면 나는 어쩌지?

미요코는 일기장을 펼쳐 들고 떠오르는 생각을 마구 쏟아냈다.

언젠가 우리가 물 위에 둥둥 떠 가는 오리 한 쌍 같다고 했지요. 오리는 한번 맺어진 짝과 평생을 함께한다는데 이제 당신은 가버렸습니다.

당신 없이 어떻게 살아갈까요? 내 안에 있는 줄도 몰랐던 마음을 바쳐 당신을 사랑했어요. 내 인생에 사랑이라는 것은 없을 줄 알았는데, 당신이 나에게 기쁨과 눈물을 알려주고, 나를 품에 안고 삶을 완전히 바꾸어놓았어요. 코짱을 누구보다 아끼고, 간지럼을 태워 웃게 하던 사람. 고통스러울 때 당신과 함께 걷고 웃으며 외로움을 잊었습니다. 짧은 시간이나마 사랑할 수 있었던 나는 운이 좋았어요.

당신이 우리를 지켜준 것처럼 코짱을 지킬게요. 지금 그곳에서 내가 따라가는 날까지 평온하기를 바라요. 내 인생에 당신만큼 큰 사랑은 다시 없을 거예요.

내 사랑.

미요코는 일기장을 내려놓고 호준의 손수건으로 또 한 번 눈물을 훔쳤다. 코짱은 어디 있지? 벌떡 일어나 방을 나섰다. 아들을 꼭 끌어안고 말해주고 싶었다. *괜찮아, 아가야. 다 괜찮을 거야.* 큰형님이 아기에게 젖을 먹이고 있는 방으로 갔지만, 막상 문 앞에서 우뚝 멈춰서서 코짱을 멍하니 바라보았다. 당장 아기를 품에 안고 싶은 마음이 간절하지만, 지금 이 슬픔이 아이에게 고스란히 전염돼선 곤란하다. 아기를 위해 강해져야 한다.

그날은 누구도 미요코를 건드리지 않았다. 다음 날도, 그다음 날도 마찬가지였다. 꿈에 어머니가 나와서 좋아하는 된장찌개를 끓여주면서 마음을 단단히 먹으라고 했다. 보배 언니를 목놓아 불렀지만, 언니는 나타나지 않았다. 아무도 언니에게 소식을 전하지 않은 모양이었다. 방에 틀어박혀 절망을 떨쳐내려고 안간힘을 썼다.

며칠이 지나도 미요코는 음식을 넘기지 못했고, 아기도 제대로 쳐다보지 못했다.

"여기, 코짱 좀 안아줘." 윤희가 목놓아 우는 아기를 데려와 미요코의 품에 안겨주려고 했지만 미요코는 손을 내저었다.

"싫어요. 이런 모습을 코짱이 보면 안 돼요."

"그럼 이거라도 좀 먹어." 윤희가 뭇국이 담긴 작은 사발을 옆에 두고 일어섰다.

멍한 눈으로 멀건 국을 잠깐 바라보다가 창밖으로 시선을 돌렸다. 어린 시절의 오디나무와 고향 집이 너무 생생해서 그 시절로 돌아간 것 같았다. 녹색 스웨터 아래 넣어둔 어머니의 옥비녀를 꺼내 머리에 꽂고는 눈을 감고 어머니의 병이 낫기를 기도했다. 이제 호준도 없으니까 정말 고향으로 돌아가야 하는 게 아닐까? 어머니가 결국 사위를 만나보지는 못했지만 손주라도 보여드려야 하는 게 아닐까? 그리움과 슬픔은 줄어들기는커녕 날이 갈수록 커져갔다. 그야말로 속수무책이었다.

미요코의 슬픔은 남편을 살리지 못했고, 이제는 자식마저 제대로 돌보지 못하고 있다는 죄책감으로 바뀌었다. 몸과 마음이 산산이 부서졌는데 어디서부터 어떻게 그러모아야 할지 도무지 알 수 없었다.

시어머니는 미요코와 코짱을 돌보는 일을 두 며느리에게 맡겼다.

그러던 어느 날, 미요코는 반쯤 넋이 나간 상태로 인자와 윤희가 나누는 대화를 들었다.

"영 상태가 나아지지 않네요." 윤희가 말했다. "어머님이 그 애한테서 한시도 눈을 떼지 말고 집에 있는 약은 모두 치우라고 하셨어요. 제 손으로 죽으려 할지도 모른다고……. 옆집 송 씨네 딸 아시죠? 작년에 남편이 죽고 나서 글쎄, 부엌에서 목을 매달았대요. 애가 셋인데…… 너무 딱해요."

"큰일 나지 않게 잘 지켜봐야겠어." 인자가 대답했다.

기우가 아니었다. 미요코는 나날이 절망의 나락으로 떨어지고 있었다. 당연히 남편이 그리울 줄은 알았지만, 이 정도로 고통스러울 줄은 몰랐다. 미요코는 매일같이 장례식용 제단 앞에 웅크리고 앉아 시간을 죽였다. 제단에 놓인 사진 속에서 호준은 대학교 교복을 입고 있었다. 커다란 금속 단추로 앞을 여미고 옷깃에는 법대를 뜻하는 'J'를 새긴 검정 교복. 어리다면 어린 나이지만 늠름하고 결연한, 하지만 이제는 꿈을 펼칠 기회를 잃어버리고 만 스물두 살의 청년.

호준과 나누던 대화, 그가 코짱과 놀아주던 모습, 따뜻한 손길과 빛나는 눈, 넓은 마음씨, 모든 것이 그리웠다. 호준이 중병에 걸린 환자고, 회복하지 못할 수도 있다는 걸 몰랐던 건 아니다. 그가 죽어서 육신의 고통으로부터 해방된다면 차라리 그게 더 나을지도 모른다고 생각해본 적도 있었다. 그렇다고 해도 준비 없이 찾아온 죽음은 너무 갑작스러웠다.

미요코는 하루아침에 과부이자 홀어머니에다 환영받지 못하는 며느리가 되어버렸다. 가정에 충실하기 위해 그만둔 바깥일은 아무리 보잘것없는 간호사 보조라고 해도 오롯이 자신의 것이었는데, 이제 미요코에게는 가정도, 일도 남아 있지 않았다. 꿈꾸었던 모든 것이 손가락 사이로 빠져나가 버렸다. 꿈꾸던 삶은 너무나도 멀리, 닿을 수 없는 곳으로 사라지고 없었다.

남은 건 사랑하는 아들, 코짱뿐이다. 더 나은 어머니가 되고 싶다. 보살피고, 놀아주고, 옆에 두고 재우고 싶다. 호준이 두 사람에게 주려고 했던 삶을 이제 미요코가 아들에게 주어야 한다.

그날 저녁 미요코는 쭉 큰형님의 방에서 지내던 아기를 데려와서 옆에 눕혔다. 하품하다가 잠든 아기를 바라보며 마음을 다잡았다. 아들에게 최선을 다할 것이다. 잠든 아기 옆에서 촛불을 켜고 성경을 읽었다. 시편에 나오는 구절이 마음을 달래줬다. "하나님은 우리의 피난처시요 힘이시니, 환난 중에 늘 함께 계시는 도움이시라." 문득 김 선생님의 얼굴이 떠올라 다시 살아갈 용기, 다시 희망을 품을 힘을 달라고 하나님께 기도했다. 미요코는 솜털이 보송보송한 아들의 얼굴에 볼을 갖다 댄 채 몸을 말고 누워 잠이 들었다.

제28장

1937년 4월

호준의 장례식은 열흘 뒤 집에서 치렀다. 호준은 기독교인이었지만 장례식은 집안 전통을 따라 불교식으로 치렀다. 민머리에 갈색 법복을 입은 스님이 마당에서 성냥에 불을 붙여 호준의 사진을 태웠다. 이승에서의 삶이 마무리되었음을 알리고 혼을 떠나보낸다는 의미였다.

사진을 태운 뒤에는 제단을 차려놓은 방으로 들어갔다. 은으로 만든 유골함에 호준의 재를 넣어 제단에 올려두었고, 교복을 입은 호준의 사진이 제단 한가운데 놓였다. 사진 주변에 촛불과 향, 과일과 함께 교회에서 온 꽃이 놓였다. 미요코는 장례를 치르고 나면 임시로 차린 교회로나마 가고 싶었지만, 불교식 장례인지라 호준의 혼이 이승과 저승 사이에 머무는 기간인 49일 동안은 집을 지켜야 할 것이다.

스님이 목탁을 두드리며 염불을 외자, 소복을 차려입은 식구들이 제단 앞에 무릎을 꿇고 앉아 눈을 감았다. 시어머니는 몸을 가누지 못하고 이마가 바닥에 닿도록 엎드려 있었다. 스님의 염불이 끝나자 모두 제단을 향해 고개를 숙여 망자에게 마지막 인사를 했다. 미요코가 뒤돌아보니 시어머니는 여전히 몸을 웅크린 채 엎드려 한 손으로 바닥을 내리치고 있었다.

장례식 소식을 듣고 오사카에서 달려온 보배와 하라모토는 아기를 등에 업은 미요코 옆에서 자리를 지켰다. 정작 어머니가 사위를 한 번도 만나지 못했다는 사실이 떠오를 때면 여전히 가슴이 아팠다.

미요코는 코짱을 업은 채 보배와 함께 집 밖으로 나섰다. 아기가 칭얼거리다가 이내 잠들어서 조용히 이야기를 나눌 수 있었다.

"힘들어서 어떡하니." 보배가 말했다.

"그이가 보고 싶어. 나한테는 남편이 전부였는데……." 미요코가 훌쩍였다. 지금껏 꾹꾹 눌러온 감정이 봇물 터지듯 터져나왔다. "한동안 정말 힘들었어. 형님들이 저러다 죽을지도 모른다고 했어."

"많이 힘들었겠다." 보배가 미요코의 손을 잡아 어루만졌다. "그래도 이제 아들을 생각해야지."

미요코는 몸을 까딱이며 업힌 아기를 얼렀다. 아기의 체온으로 등이 따뜻했다.

"내가 젖도 못 물리니까 죄책감이 들더라고. 전에는 내가 안으려고만 해도 울어대서 이렇게 잘 때만 업고 다녔는데, 지금은 좀 나아졌어. 이젠 내가 놀아주면 같이 웃기도 해. 앞으로는 더 잘해야지, 내가."

"잘할 거야. 내가 도와줄게." 보배가 말했다.

"안 그래도 생각해봤는데…… 코짱이랑 나, 언니 집에서 같이 살면 안 될까? 호준 씨 살아생전에도 내가 언니 가까이 살고 싶다고 했었잖아. 그런데 지금은 내가 따로 살림을 차릴 형편이 안 돼. 언니네 집에서 살게 해주면 돈을 벌어서 살림에 보탤게. 내가 취직하고 자리 잡을 때까지 언니가 아기를 같이 좀 봐주면 더 좋고……."

말하면서도 조바심이 났다. 앞으로 아기와 어떻게 먹고살지 궁리하다가 언니와 상의하기로 마음먹은 터였다. 아기가 있으니 당장 시댁에서 쫓겨나지는 않겠지만, 오래 머물 수는 없다는 생각이 들었다. 이 집에 계속 살다가는 온 식구의 하녀 노릇을 면치 못할 것이고, 오롯이 삶을 꾸려갈 기회는 영영 사라질 것이다.

"남편이 허락할지 모르겠네. 저번에 너랑 이야기하고서는 우리도 아기를 가지려고 노력 중이거든. 아직 아기가 생기지는 않았지만 하라모토가 좋은 남편 노릇을 하려고 나름대로 노력 중인데 괜히 상황을 복잡하게 만들면 안 될 것 같이."

미요코는 언니 손을 꼭 잡았다. 언니네 집에서 지낼 수 없는 건 슬프지만, 보배 언니에겐 잘된 일이다. "알겠어." 언니네 부부 사이를 복잡하게 만들고 싶지도, 언니가 아이 갖는 걸 방해하고 싶지도 않았다. 언니네 집이 아니라면 달리 갈 곳이 있을까? 남편은 죽기 직전 미요코에게 최대한 빨리 조선으로 돌아가라고 했다. "그럼 어머니한테 편지를 써서 물어볼게. 아기랑 같이 조선으로 돌아가서 어머니랑 살아도 될지……. 남편도 그러길 원했을 거야. 자기 어머니가 얼마나 까다로운 분인지 잘 알았으니까."

보배의 표정이 누그러졌다. "시댁에서 지내는 건 정말 힘들겠다. 이러니저러니 해도 난 시부모님이 여기 안 계시니까 편하지." 조금은 밝아진 목소리로 보배가 덧붙였다. "어머니가 뭐라고 하시는지 알려줘. 네가 돌아가면 정말 그리울 거야."

언니를 두고 고향으로 돌아갈 생각에 가슴이 아려왔지만, 언니는 이제 일본에서 완전히 자리를 잡은 듯했다.

어머니에게 결혼 소식을 전하는 편지를 쓴 지도 꽤 됐건만, 아직 답장을 받지 못했다. 편지가 검열되는 일이 흔하다는 걸 알기 때문에 한줄 한줄 적을 때마다 주의를 기울였고 이번에도 최대한 조심스럽게 말을 골랐다.

어머니께,

지난번 제 편지는 받으셨는지요? 제가 아들을 낳았답니다! 오랜만에 집안에 아들이 태어났으니 기쁘시지요. 이름은 순호라고 지었어요. 일본식 이름은 준코이고, 줄여서 코짱이라고 불러요. 정말 예쁘답니다.

하지만 슬픈 소식이 있어요. 남편이 지난 3월 31일에 세상을 떠났어요. 결핵이 완전히 낫지 않았던가 봐요. 남편을 정말로 사랑했기에 저는 슬픔에 잠겨 있습니다. 그래도 보배 언니의 위로가 큰 도움이 되었답니다.

어머니가 너무나 그립고, 고향도 그리워요. 아기와 함께 집으로 돌아가면 안 될까요? 어머니가 하숙집을 그만두신 건 알지만, 어디든 집을 구해서 셋이 함께 살면 좋겠어요. 제가 일해서 어머니를 모실게요. 옛날처럼 어머니랑 같이 살고 싶어요.

딸 미영 드림

아버지께도 편지를 써서 도움을 구하고 싶었지만 이내 마음을 접었다. 이미 첫 번째 부인과 그 식구에 더해 어머니까지 전부 아버지에게 기대고 있으니, 사정이 어려울 게 뻔하다. 고향으로 돌아가 다시 어머니를 볼 수 있다고 생각하면 조금은 희망이 보이는 것 같았다. 스스로 돈을 벌어서 아들을 잘 키워야지. 남편도 그러길 바랐을 것이다. 미요코가 원하는 삶도 남편의 소망과 같다.

미요코는 태영 앞으로도 따로 편지를 썼다.

태영 오빠,

지난달에 남편이 죽었다는 편지를 이미 어머니에게 읽어 드렸겠지. 여전히 시댁에서 지내고 있어서 더욱 힘들어. 내가 간호사 보조 일을 구할 수 있도록 오빠가 도와주면 좋겠어. 어머니를 모시고 새롭게 시작하고 싶어.

계획을 더 세우기 전에 오빠의 답장을 기다릴게.

미영 씀

편지를 부치러 나섰는데 길거리가 떠들썩해서 깜짝 놀랐다. 호준이 죽고 나서 한동안 세상일에 관심을 껐고 밖에도 나와보지 못했었다. 찻주전자와 화로 따위가 길 여기저기에 쌓여 있었다. 가게 안에서 흘러나오는 라디오 소리에 귀를 기울이니 중국에서 전쟁을 치르고 있는 일본 군대로 쇠붙이를 모아서 보낸다고 했다. 나이 든 조선인 남자가 옆 사람에게 조선말로 속삭였다.

"일본이 중국의 자원을 필요로 하니 전쟁은 피할 수 없겠지. 일본이 조선을 점령한 것처럼 곧 중국도 넘어가게 될 거야."

전쟁이라니 머리가 지끈지끈 아팠다. 아기를 데리고 고향으로 돌아가서 어머니를 보살피고 싶다. 일본이 다른 나라를 침략하는 마당에 조금도 힘을 보태고 싶지 않았다. 조선으로 돌아가면 적어도 병원에서 익힌 기술은 조선 사람을 위해서 쓸 수 있을 것이다. 편지가 얼른 어머니와 태영 오빠에게 가닿기를 기도했다.

**

장례식이 끝나자 시어머니의 상태는 더욱 나빠졌다. 시어머니는 매일 아침 호준의 사진을 올려둔 제단 앞에 앉아 바닥을 치며 통곡했다. 피워놓은 향에서 올라오는 연기를 온 방 안에 퍼트리고 촛불을 꺼트릴 만큼 격한 몸짓이었다. 구슬픈 '아이고, 아이고' 소리가 온 집에 울려 퍼졌다.

할머니는 다섯 달 된 손주에게도 화풀이를 했다. 하루는 아기가 좀 유별나게 울고 보채자, 아기를 들고 마구 흔들어대는 바람에 미요코가 달려가 겨우 말렸다. 황급히 시어머니 품에서 아기를 빼앗아 달랬더니 아기는 미요코의 어깨에 얼굴을 파묻고 서럽게 울었다.

"내 아들 대신 네가 죽었어야 해!" 쩌렁쩌렁한 시어머니의 목청은 아기 울음소리에도 묻히지 않았다.

시어머니가 아들의 죽음으로 충격을 받았을 뿐 실제로 손주를 해치지는 않으리라고 믿었지만, 그래도 아기에게서 눈을 뗄 수는 없었다. 아기가 낮잠을 잘 때도 미요코는 아기를 업은 채로 집안일을 했고, 아기가 시어머니 눈에 거슬리지 않게 하려고 애썼다. 한편으로는 어머니와 태영 오빠에게서 답장이 오기를 목이 빠지게 기다렸다.

아기와 함께하는 놀이도 만들었다. 아기의 코를 살짝 잡고 흔들면 아기가 똑같이 따라 하는 놀이였다. 아기가 미요코의 코를 잡고 까르르 웃으면 미요코가 다시 아기의 코를 잡았고 아이는 더 크게 웃었다.

아기에게 백작댁에서 일할 때 배운 서양 노래 〈스와니강〉을 불러주기도 했다. "흠, 흠, 스와니 리버." 기억나는 영어 가사는 두 단어뿐이었지만, 아기를 업고 집안일을 할 때마다 콧노래를 흥얼거리면 희한하게도 아기를 달래는 효과가 있는 것 같았다.

아기에게 아빠의 도장과 손수건을 보여주었다가 아기가 도장을 입에 넣으려는 걸 겨우 막기도 했다. 아이가 더 크면 언젠가는 아빠의 도장을 물려줄 것이다. 아기는 호준의 손수건도 입에 넣고 빨아댔는데, 그 모습을 보면 왠지 마음이 따뜻해졌다. 이제 삶의 낙은 오로지 아이뿐이었고, 아이와 미요코 사이의 유대감은 날로 커지는 중이었다.

잠들기 전에는 아기를 눕혀놓고 소리 내어 성경을 읽었다. 읽기를 멈추면 칭얼대고, 다시 읽기 시작하면 조용해지는 걸로 봐선 엄마 목소리를 알아듣는 것 같았다. 아기가 깊이 잠들 때까지 성경을 읽다가, 잠든 숨소리가 일정하게 들려오기 시작하면 성경책을 덮고 잠을 청하곤 했다.

사십구재가 끝나자, 시어머니는 완전히 달라졌다. 죽은 아들에 대한 집착 어린 애정을 유일한 연결고리인 손자에게 퍼붓기 시작했다. 손주를 밤낮으로 곁에 두고 눈을 떼지 않았고 잘 시간이 되면 직접 자장가를 부르며 아기를 재웠다. 인자가 아기에게 젖을 물릴 때도 옆에서 감시할 정도였다. 미요코는 이런 시어머니의 모습에 할 말을 잃고 말았다.

"젖이 더 많이 나오는 쪽을 코짱 줘라!" 할머니의 말에 인자는 자기 딸보다 코짱을 먼저 챙겨야 할 정도였다. 시어머니는 다른 식구는 물론 미요코마저 코짱에게 가까이 오지 못하게 할 정도로 막내 손자를 애지중지했다. 미요코는 시어머니가 아들의 죽음을 애도하는 방식을 이해하려고 애썼지만, 점점 견디기가 어려워졌다. 시어머니가 아기를 가까이하면 할수록 미요코는 아들과 멀어지는 기분이었다. 언제까지 이런 상황을 두고 봐야 할까?

1937년 7월에는 일본이 중국 본토를 침공하면서 전쟁의 공포가 현실이 되었다. 일본 정부가 발행하는 신문들은 상하이와 베이징, 난징에서의 전투가 불가피한 것이며 전쟁은 천황의 신성한 명령을 받드는 일이라고 떠들어댔다. 호준의 식구들도 다른 주민들과 마찬가지로 집 구석구석의 금붙이를 싹싹 모아 바쳐야 했다. 중국 전장으로 떠나는 군인은 늘어만 갔다.

시어머니에게는 여전히 코짱이 우주의 중심이었다. 미요코는 아들과 함께 시간을 보내고 싶었지만, 시어머니가 쉴 새 없이 집안일을 시키는 바람에 저녁나절이나 되어야 코짱과 단둘이 있을 수 있었다.

11월 초순의 쌀쌀한 어느 날, 시아버지가 식구들을 모두 집 앞으로 불러냈다.

“9시 정각에 황거*를 향해 1분간 절을 해야 한다는구나. 천황의 명령이야.” 시아버지가 어두운 표정으로 말했다.

미요코는 막 아침 젖을 먹은 아기를 등에 업고 식구들과 함께 길가로 나섰다. 이웃들도 삼삼오오 북쪽을 향해 모여 서 있었다. 9시가 되어 사람들을 따라 뻣뻣하게 절을 했다. 공포가 온

* 황제가 거처하는 곳.

나라를 먹구름처럼 뒤덮고 있었다.

일본의 국가주의는 날이 갈수록 거세어졌다. 중국을 침공했으니, 곧 다른 나라와도 전쟁을 하게 되는 건 아닐까? 조선에서는 일본의 움직임을 어떻게 보고 있을까? 어머니와 고향 사람들도 금붙이, 고무처럼 전쟁에 보탬이 될 물자를 내어놓느라 시달리고 있을 것이다. 이럴 때 어머니에게 조금이라도 도움이 되어야 하는데…….

세상일이 어떻게 돌아가건, 시어머니는 코짱에게 성대한 돌잔치를 열어주고 싶어서 안달이었다.

"아비가 아파서 백일도 그냥 넘어갔으니 돌잔치는 크게 해야지. 돌잔치를 잘해야 아이가 천수를 누린다!"

미요코가 듣기에도 틀린 말은 아니었다. 그간 힘들었던 식구들에게도 축하하는 자리가 필요할 것 같았다.

할머니는 미요코와 호준의 혼례보다도 더 큰 잔치를 벌일 기세였다. 사과와 귤을 산더미처럼 쌓아 올리고, 국수, 떡 같은 음식은 물론 붓과 돈 따위도 준비해 상에 올렸다. 코짱은 붉은 저고리에 발목을 묶는 바지를 입고, 앞코가 뾰족한 흰색 버선을 신었다. 가장자리를 화려한 색으로 장식한 고깔모자도 썼다.

돌잔치가 얼마나 떠들썩했던지, 이런 특별한 날은 하루뿐인 걸 알면서도 미요코는 마음이 조금씩 흔들리기 시작했다. 나름대로 풍족한 이곳의 삶을 뒤로하고 괜히 조선으로 돌아갔다가 아들을 고생만 시키는 건 아닐까? 어머니에게 편지를 보낸 게 벌써 여섯 달 전인데 아직도 답장을 받지 못했다. 식민지 조선에서 홀로 아기를 키우자면 조부모의 보살핌이나 금전적 지원도 받을 수 없다. 고향으로 돌아가기로 한 결심이 조금씩 흔들리기 시작한 것도 이때부터였다. 사실 당장의 여비를 마련할 방법도 막막하기만 했다. 보배 언니에게 돈을 빌리는 것 말고는 다른 방법이 떠오르지 않았다.

돌잡이 순서가 돌아오자, 시어머니와 시아버지는 손뼉을 치며 아기의 선택을 기다렸다. 모두가 집중하며 바라보는 가운데 어리둥절해진 코짱은 상 위에 펼쳐놓은 여러 물건 가운데 긴 붓을 골라잡았다.

시어머니는 감격에 겨워 외쳤다. "어머나! 제 아버지처럼 변호사가 되려나 보네!" 방 안이 시끌벅적해지자, 아기는 결국 겁에 질려 울음을 터트렸다.

돌잔치를 치르면서 손주를 향한 할머니의 집착은 더욱 심해졌다. 시어머니의 관심은 오로지 코짱뿐이었고, 미요코는 물론이고 누구도 그 사이를 막아설 수 없었다. 잔칫상에 올랐던 사과를 깎아 떡과 함께 갖다 드렸을 때도, 시어머니는 아이를 보느라 관심도 없는지 손을 내저으며 미요코를 밀어냈다. 애써 깎은 사과가 갈색으로 변해가자 미요코는 먼저 한입 베어 물었다. 사과가 시어서 얼굴이 절로 찌푸려졌다. 시어머니의 그늘에 가려져 사는 삶은 늘 이런 모습일까?

미요코는 어머니와 태영의 답장을 애타게 기다렸다. 고향으로 돌아가게 되면 태영 오빠가 평양 기차역으로 마중을 나오겠지. 오빠와 함께 어머니를 보러 갈 것이다. 어머니가 계신 동네에서 간호사 보조 일을 구하고 아들을 학교에 보낼 것이다. 다시 삶의 보람도 찾고 모든 것을 새롭게 시작하면 된다.

할머니는 얼마 안 가 급기야 손주를 자기 곁에서 재우겠다고 나섰다. 얹혀사는 신세인 미요코는 그 뜻을 거스를 수 없었다. 아들이 사라진 허전한 방에서 밤마다 아기에게 신길 양말을 떴다. 가끔 아들과 함께할 짬이 나면 성경책을 읽어주고 노래도 불러주었다. 작은 발에 직접 뜬 양말을 신길 때는 가슴에서 즐거움이 샘솟았다. 한편 죽은 남편에 대한 그리움은 좀처럼 사그라들 줄을 몰랐다. 지금 아기와 남편, 셋이 함께였다면 얼마나 좋았을까.

제29장

1937년 12월

마침내 집에서 편지가 왔다. 마지막으로 어머니 소식을 들은 지 거의 1년 만이었다. 편지 봉투를 뜯는 손이 떨려왔다.

미영에게,

나쁜 소식을 전하게 되어 미안하다. 너희 어머니가 일주일 전 돌아가셨어. 아무에게도 말씀은 안 하셨지만 상태가 매우 나빴던 모양이야. 오랫동안 병을 앓으셨고 한동안 몸 한쪽을 전혀 쓰지 못하셨어. 더는 버티기 어려우셨을 거다. 아버지가 장례 준비를 하고 계셔.

그래도 돌아가시기 전에 내가 너의 편지를 읽어드렸단다. 네가 결혼하고 아이를 낳았다는 소식에 기뻐하셨고, 또 남편을 잃었다는 소식에는 슬퍼하셨어.

너와 코짱이 고향으로 돌아오겠다면 나는 환영이다. 평양에 있는 우리 집에서 지내도 돼. 은행에서 승진해서 넓은 집을 구했으니 두 사람이 지낼 공간은 충분해. 직장 구하는 것도 도와줄게.

몸조심하고.

태영 씀

미요코는 다리에 힘이 풀려 주저앉고 말았다. 남편이 죽고 이제 어머니까지 세상을 떠나고 말았으니, 고향에 돌아가서 어머니를 모시고 살겠다는 꿈도 물거품이 됐다. 서랍장을 뒤져 어머니의 비녀를 꺼냈다. 둥근 한쪽 끝을 손가락으로 어루만지며 쪽진 머리에 찔러 넣었다. 이제 어머니를 추억할 물건은 이것뿐이다. 두 뺨 위로 눈물이 흘러내렸다.

미요코는 오사카에 있는 직장에 다니는 이웃에게 달려가 보배 언니에게 할 말이 있으니 하루빨리 교토로 와달라는 말을 전해달라고 부탁했다. 전보는 너무 비싸고, 전화는 걸 곳도 받을 곳도 마땅치 않았다. 무엇보다도 언니를 직접 만나 소식을 전하고 싶었다. 며칠 뒤 보배가 집으로 찾아왔다.

"언니, 어머니가 돌아가셨대." 미요코가 보배를 끌어안으며 말했다. "마지막 인사도 못 드렸는데……."

"어머나, 우리 어머니, 불쌍해서 어째!" 보배의 입가가 떨려왔다. "혼자 얼마나 힘드셨을까. 처음부터 그렇게 시집가라고 성화를 부리시더니, 다 이유가 있었던 거야!" 보배는 주먹으로 자기 가슴을 내리쳤다.

"아주 오랫동안 아프셨던 거겠지?" 미요코의 부은 눈에도 회한이 가득했다. "예전부터 허리가 아프다고 하시고, 다리도 저셨잖아. 우리가 걱정하면 별일 아니라고만 하시고……. 그렇게 아프신 줄 알았으면 일본에 오지 말걸 그랬어. 내가 어머니를 모시면서 하숙집을 계속할걸!"

"나도 이럴 줄 알았으면 일본으로 시집오지 않았을 거야. 하지만 어머니는 우리가 남들보다 더 잘살았으면 하신 거지." 보배가 말했다.

"언니도 좋은 신랑 만나고 나도 학교에 계속 다니라고 그렇게 하신 건 알아. 근데 우리 인생이 그렇게 안 풀렸잖아……." 미요코는 어머니의 기대를 저버린 것 같아서 더욱 괴로웠다.

"그래도 이제는 편히 쉬고 계실 거야." 보배가 말했다. "가까이에 자식이 없으니까 너희 아버지가 장례를 치러주시겠지."

"그렇겠지?" 미요코는 언니의 어깨에 머리를 기댔다. "조선으로 돌아가면 묘에 찾아가서 인사 드릴게. 집 떠날 때부터 왠지 어머니를 다시 못 볼 것 같았는데, 정말로 그렇게 될 줄이야."

기차 승강장에 홀로 선, 점점 멀어지던 어머니 모습을 머릿속에서 지우고 싶다. 어머니가 정말로 돌아가시고 나니, 그 마지막 모습은 더욱 아픈 기억이 되고 말았다. "사위 얼굴도 한번 못 보셨는데…… 손주는 꼭 보여드리고 싶었는데……."

방문 밖에서 아기 울음소리가 들려왔다. 곧바로 코짱에게 젖을 물리라고 인자에게 소리치는 시어머니 목소리가 이어졌다.

가엾은 코짱. 아빠도 잃고, 이제는 본 적 없는 외할머니도 잃었다. 갑자기 겁이 나서 가슴이 조여왔다. 호준을, 어머니를, 복희 언니를 떠나보낸 것처럼 아들도 잃는 날이 오면 어쩌지?

"이제 더는 안 돼. 코짱한테는 어머니가 필요해. 코짱은 내 아들이야." 미요코가 말했다.

"미영이 너는 잘할 거야. 네가 너무 어릴 때 일본에 건너와서 나도 걱정이 많았는데, 이렇게 살아남았잖니."

언니의 말에 조금은 용기가 났다. 어떻게든 일을 구해서 아들을 먹여 살릴 것이다. 어디서건 병원 일을 계속하고 싶지만, 당장 정해진 자리도 없이 무작정 고향으로 돌아가는 건 너무 위험하다. 게다가 이제는 서둘러 돌아간들 반겨줄 어머니도 없다. 일본에 남아서 돈을 모은 뒤에 생각하기로 했다. 아들이 좀 더 자라면 평양으로 가서 태영 오빠와 함께 지내면 된다.

생각해보면 시댁살이도 나쁜 것만은 아니었다. 아들과 단둘이 나가 살게 되면 일하는 동안 아이를 돌봐줄 사람이 없다. 당분간은 이대로 지내는 게 나을지도 모른다.

이런 생각을 정리해 태영 오빠에게 편지를 썼다. 정신없이 집안일을 하면서도 육아를 더는 놓지 않으려고 애를 썼다. 이제 아기는 미요코의 등에 업혀 있을 때면 풀어달라고 칭얼거렸고, 까꿍 놀이를 해도 울음을 터트릴 때가 많았다. 할머니랑 노는 게 더 좋은지, 할머니가 발바닥을 간질이면 까르르 웃었다. 아들에게 젖을 물리는 큰형님을 바라보는 건 여전히 괴로운 일이었다.

보배가 돌아가고 일주일 뒤, 미요코는 청소하다가 호준의 장례 때 꽃을 꽂아두었던 하얀 꽃병을 발견했다. 우선이 교회에서 선물로 가져다준 꽃병이었다. 처음 교토에 와서 마음 붙일 곳이 없을 때 미요코를 따스하게 맞아준 교회가 떠올랐다. 우선은 호준과 무척 가까웠으니, 누구보다도 미요코의 마음을 이해하지 않을까?

**

오랜만에 교회에 나산 날에도 우선은 자리를 지키고 있었다. 예배는 여전히 조선인 학교에서 비밀리에 열렸다. 여름에 중국에서 전쟁이 시작된 이후 단속이 더욱 심해졌기 때문에 교인들 모두 그 어느 때보다 조심하며 몸을 사리는 중이었다.

"미영아!" 동그란 안경을 삐딱하게 코 위에 얹은 우선은 그사이 머리가 많이 자라 앞머리가 한쪽 눈을 가리고 있었다. 여전히 학생 같은 그 모습에 호준이 떠올라 가슴이 아렸다.

"오랜만이에요, 우선 오빠." 미요코가 인사를 건넸다.

"이렇게 다시 얼굴 보니 정말 좋구나. 우리 모두 늘 미영이네 가족을 위해 기도하고 있어." 우선이 말했다.

모두들 따스한 미소로 미요코를 맞이해주었다. 타지 생활을 헤쳐 나가는 사람들의 이 동지애가 무엇보다도 그리웠었다.

"꽃이랑 조의금을 보내주셔서 정말 감사했어요. 제가 교회에서 할 일이 있으면 꼭 알려주세요." 미요코가 고개를 숙였다.

"이렇게 나와준 걸로 됐지. 어떻게 지냈니?"

"많이 힘들었어요." 목이 메어왔다. "고향에 계신 어머니도 얼마 전에 돌아가셨거든요."

우선의 얼굴이 어두워졌다. "그랬구나."

미요코는 머리에 꽂은 옥비녀를 만지작거렸다. 오늘은 어머니를 기리는 뜻에서 한복을 입었다. 호준의 장례식 이후 한복을 입는 건 처음이다. 여전히 눈에 띄는 것이 부담스러워 뒷골목으로 걸어오기는 했지만, 한복을 입는 것만으로 고향에 온 것 같은 기분이 들었다.

"잘 왔어. 혼자라고 생각 말아."

"고마워요." 미요코가 눈물을 삼키며 말했다.

"아직 조금 이를지도 모르지만, 교회에서 일을 맡는 게 오히려 너한테 도움이 될지도 모르겠다."

"무슨 일요?" 교회 일이라면 물불 가리지 않고 나서던 호준이 떠올랐다.

"교인 중에 간호가 필요한 사람이 있어서."

"아직 간호사 자격증도 없지만, 제가 도움이 된다면요……." 미요코가 머뭇거렸다. 정식 간호사의 지도 없이 일해본 적은 없지만 이것도 경험을 쌓을 기회가 아닐까?

"자격증 같은 건 상관없어. 몸이 안 좋은데 돈이 없어서 병원에 못 가는 사람들이 있거든. 미영이가 병원에서 일하면서 배운 걸 알려준다고 생각해줘." 우선의 목소리에 생기가 돌았다. "호준이가 아플 때도 직접 간호했으니 자격은 충분해."

"그럼," 이렇게 삶의 의미를 조금씩 되찾을 수 있을까? "한번 해볼게요."

**

매주 일요일 예배가 끝나면 곧바로 환자를 보기로 했다. 우선 이 교회 한쪽 구석을 천으로 가려 임시 진료실을 만들었다. 미요코는 병원에서 일하면서 배운 것, 또 호준을 간호하며 배운 것을 총동원했고 의료품과 약을 몇 가지 구해서 교회로 가져왔다. 여전히 교회를 드나들 때는 정신을 바짝 차리고 주변을 살폈다. 일본 경찰의 눈에 띄는 날에는 끌려가서 조사받거나 체포될 수 있고, 그렇게 되면 아들과도 이별이다.

"긁힌 곳에는 소독약을 조금 발라주면 좋아요." 길에서 넘어진 노인이 환자로 와서 상처를 소독하고 간단한 드레싱을 했다. "상처가 덧나지 않게 거즈를 대겠습니다." 응급 처치 물품은 금세 동이 났지만, 교회에서 돈을 보태 물건을 보충했다. 교인들은 미요코에게 감사 표시로 흰쌀 따위를 가져다주었다. 보배 언니를 만나서 쌀을 나누어줄 생각에 가슴이 설렜다.

"댁에 돌아가시면 누워 계실 때 발을 높은 곳에 올려두세요. 그러면 허리가 덜 아프답니다." 임신부에게는 이렇게 조언했다.

미요코의 임시 진료소는 문을 연 지 두 주 만에 유명해져서, 교회에 나오지 않던 사람들도 아픈 몸을 이끌고 미요코를 만나러 왔다. 미요코도 자신감이 생겼다. 환자들을 돕는 것이 곧 호준과 어머니에 대한 애도였다. 누군가에게 필요한 사람이 되는 것, 아들과 함께 그려갈 미래가 있다는 희망이 너무나도 절실했다.

시댁 식구들에게는 교회에서 하는 일을 알리지 않았다. 식구들의 귀에 들어갔다가는 집 밖에서 쓸데없는 일을 벌이느라 집안일에 소홀하다고 혼이 날지도 모를 일이다. 시어머니에게 일요일마다 아들을 맡기면서, 새로 온 교인들을 돕느라 귀가가 조금 늦어진다고 둘러댔다. 시어머니도 더 자세히는 묻지 않았다.

시어머니는 미요코가 집에 있을 때도 코짱을 떼어놓으려고 갖은 방법을 썼다. 집안일을 더 시키거나, 먼 곳으로 심부름을 보내기도 했다. 미요코는 가끔 짬이 나서 아들과 놀게 되면 코를 잡고 흔들고 이마를 부딪치며 아기가 옛날 기억을 떠올려주길 바랐다. 아기와 보내는 시간이 소중한 만큼 그 시간을 방해하는 시어머니에 대한 원망은 커져갔다. 이대로 있다가는 아들마저 잃는 게 아닐지, 걱정이 잦아들 날이 없었다.

**

어느 날 저녁, 미요코는 부엌에서 저녁으로 미역국을 끓이다가 시어머니와 두 형님의 대화를 들었다. 거실이 부엌 바로 옆이어서 부엌 문간에 서면 옆으로 거실 쪽을 볼 수 있었다. 미요코는 찬장 높은 칸에 있는 그릇을 꺼내는 척하면서 두 사람의 대화에 귀를 기울였다.

"얘야, 지금 수 놓고 있는 그거 정말 예쁘구나." 시어머니의 뿌듯한 목소리가 들려왔다. "시장에 내다 팔면 얼마나 받을 수 있겠니?" 시어머니는 발치에 앉아 옹알이하는 코짱에게 부채질을 해주며 물었다.

"이번 것은 꽤 많이 받을 것 같아요. 식구들 겨울 이불을 새로 장만할 수 있을 거예요." 큰형님이 손을 부지런히 놀리며 우쭐거리는 기색을 숨기지도 않고 대답했다. 인자의 어린 딸도 어머니 옆에 엎드려 천 위아래로 움직이는 바늘을 눈으로 좇았다.

호준이 죽은 지도 1년이 다 되어가고, 교토에는 차가운 북풍이 다시 불어오기 시작했다. 낡은 목조 주택의 널 사이로 바람이 매섭게 들이닥쳤기에, 두터운 겨울 이불은 꼭 필요한 물건이었다. 시어머니는 마당에서 장독을 닦고 있는 윤희에게 눈길을 돌렸다.

"김치는 잘 팔리고 있느냐?" 미요코도 지난 연말에 윤희와 함께 김장을 했다. 겨우내 먹을 김치를 담그는 일은 꼬박 이틀이 걸리는 고된 작업이었다.

미요코는 김치 속에 들어갈 무와 마늘, 생강, 파, 배를 자르고 다듬는 일을 맡았다. 김치를 담글 때는 미요코도 하는 일이 많았지만, 시장에 김치를 내다 파는 건 작은형님이었기 때문에 시어머니의 칭찬을 독차지하는 것도 작은형님이다.

"이번 주에도 열 통이나 팔았어요." 윤희가 의기양양하게 대답하자, 시어머니는 만족스러운 듯 작은 머리를 아래위로 끄덕였다.

미요코는 불 앞으로 돌아가 팔팔 끓는 미역국을 간 보다가 혀를 데웠다. 미역국은 젖을 먹이는 산모에게 좋은 음식이라고 했다. 큰형님은 여전히 제 딸과 코짱에게 젖을 물리고 있었기 때문에 거의 매일같이 미역국을 먹었다. 미요코는 매일 미역국을 끓이면서 다른 사람의 젖을 통하기는 하지만 결국은 아들에게 가는 음식이라고 생각했다.

미역국을 내가자, 시어머니는 미요코를 올려다보았다. "이제 호준이가 벌어오는 것도 없고 코짱 앞으로도 돈이 들어가니, 돈이 좀 더 있어야겠다."

미요코는 말없이 무릎을 꿇고 앉아 미역국을 국그릇에 나누어 담았다. 미요코도 안 해본 생각은 아니다. 큰형님과 작은형님이 돈을 벌어온다는 이유로 조금 더 대접받는다면, 미요코도 돈을 벌고 싶었다. 교회에서 환자들을 보면서 다시 일하고 싶은 마음이 새삼 일던 차였다. 직업소개소에서 간호사 보조 일을 구하면 시어머니에게 인정도 받고, 고향으로 돌아갈 때를 대비해 경력도 쌓을 수 있지 않을까?

말이 나온 김에 기회를 잡기로 했다. 시댁 식구들은 지금껏 미요코의 능력을 알아주지 않았다. 일하게 되면 당장은 아들과 보내는 시간이 줄어들겠지만, 멀리 보면 다른 길이 없다. 미요코는 시어머니에게 이야기를 꺼내봐야겠다고 마음먹었다.

며칠 뒤 아기가 낮잠을 자는 틈을 타 차를 끓여서 시어머니 방으로 갔다. 시어머니는 코짱에게 입힐 스웨터를 뜨고 있었다. 호준에게 떠줬던 스웨터가 떠올라 또 한번 가슴이 내려앉았다.

미요코는 목청을 가다듬고 입을 열었다. "어머님, 저도 다시 일을 해서 살림에 좀 보탤까 해요."

방 안에는 뜨개바늘 부딪히는 소리만 가득했다.

"간호사 보조 일을 구할 수 있을 것 같은데 제가 나가서 일하는 동안 코짱을 봐줄 사람이 필요해요."

시어머니의 눈이 커졌다. "그것참 기특한 생각이구나. 코짱은 걱정 마라. 지금처럼 내가 보면 되니까."

시어머니의 대답에는 어딘가 마음에 걸리는 구석이 있었다. 하지만 하숙집을 해서 세 자매를 먹여 살린 어머니처럼, 지금은 돈을 벌어오는 것이 아이와 시간을 보내는 것보다 좋은 어미 노릇이다. 아들을 고향으로 데려가기 전까지는 시댁 식구들에게 맡기는 것이 가장 안전하다. 미요코가 일하려고 하는 진짜 이유를 시어머니가 지금 당장 알 필요는 없었다.

제30장

1938년

직업소개소는 호준과 걷던 카모강에서 멀지 않은 가와라마치가에 그대로 있었다. 익숙한 가로수 사이로 차가운 겨울바람이 불어와 뼛속까지 한기가 스며들었다. 따뜻한 햇살 아래 환하게 웃는 연인의 손을 잡고 이 길을 걷던 것이 너무나도 먼 옛날 같았다.

미요코는 미닫이문을 열고 낡은 목조 건물로 들어섰다. 회색 양복에 붉은 넥타이를 맨 남자가 서류함 옆 책상에 앉아 문서를 들여다보고 있었다. 지난번에 이 자리에 있던 남자가 아니라, 머리를 기름에 담갔다 뺀 것처럼 매끈하게 빗어 넘긴 키 작은 남자였다. 남자가 맞은편에 놓인 의자를 가리켰다.

“거기 앉으시오.” 무뚝뚝한 말투였다.

“간호사 보조 일을 구하고 있어요. 제 이름은 안도 미요코이고, 예전에 이 사무소에서 교토 다이니 병원에 자리를 구해주셨어요." 유창한 일본어가 자연스럽게 흘러나왔지만, 또다시 일본 이름을 쓰자니 마음이 영 편치 않았다. 호준과 함께 살면서 조선인으로서 뿌리를 소중히 여기는 마음이 조금씩 커졌었고, 아들도 자기 핏줄을 자랑스럽게 생각하는 사람으로 자라나길 바랐던 터였다. 물론 직업소개소에서 아들 이야기는 꺼내지 않기로 했다. 어차피 아이는 시어머니가 돌봐주시기로 했고, 아이가 있다는 이유만으로 일자리를 얻지 못할 수도 있다.

남자는 푸른 줄무늬 기모노를 입은 미요코를 아래위로 훑어보았다. 지난번 일자리를 구하러 왔을 때도 같은 차림이었다.

남자는 서류함을 뒤적이더니 미요코의 서류를 찾아냈다. "요즘은 간호사로 일하려면 자격증을 따야 하오."

"그런가요? 일을 그만둔 지 오래되지도 않았는데……." 자격증을 따는 건 쉽지 않은 일이다. 시험을 친다고 해도 합격한다는 보장이 없다.

"간호사는 수요가 많소. 나라에 간호사가 많이 필요하거든."

"고등학교 졸업장이 꼭 필요한가요?" 미요코가 조심스럽게 물었다. 학교 졸업장까지 필요하다고 하면 곤란하다.

"그건 아니오."

"다음 시험이 언제인가요?"

"10월이오. 일자리 소개를 원하시오?"

"네, 자격증을 따고서 다시 오겠습니다." 미요코는 남자가 말을 바꾸기 전에 재빨리 대답했다.

직업소개소를 나서는 미요코의 머릿속은 걱정으로 가득 찼다. 시험에 어떤 문제가 나오는지, 돈은 얼마나 드는지 모르겠지만 어떻게든 붙어야 한다. 문제는 시험공부를 하려면 아들과 놀아줄 시간이 더욱 줄어든다는 점이다. 아들과 지금보다 더 멀어지는 건 생각할 수도 없는데.

간호사 자격증 시험을 준비하는 동안 아들을 봐달라고 시어머니에게 다시 부탁해볼 작정이었다. 그날 밤 저녁 설거지를 마친 미요코는 거실에 앉은 시어머니 옆에 무릎을 꿇고 앉았다. 코짱은 사촌 누나 에미와 작은 북을 치며 놀고 있었다. 시어머니도 기분이 좋아 보였다.

"이제는 병원에서 일하려면 간호사 자격증이 필요하대요. 자격증을 따려면 공부를 해야 해요."

"그러냐? 시험 준비는 무슨 돈으로 하려고?" 시어머니가 한쪽 눈썹을 치켜올리며 물었다.

"책을 좀 사야 하지만, 공부하면서 시간제 간호사 보조 일을 해서 살림에 보탤게요."

"우리가 돈을 대줘야 하는 게 아니라면 상관없다." 시어머니가 잘라 말하고는 입을 꾹 다물었다.

"책은 제가 모아둔 돈으로 살 수 있어요." 호준이 생전에 신문사 일로 번 돈을 가져다주기도 했고, 언젠가 고향에 돌아갈 때 여비에 보태려고 모아둔 돈도 조금 있었다. "그래도 코짱은 당분간 좀 봐주셔야 할 것 같아요." 미요코는 손을 뻗어 아들의 뺨을 어루만졌다. 아기를 두고 일을 나갈 생각을 하니 벌써 눈에 밟혔다.

"내 손주는 당연히 내가 봐야지." 할머니가 아기를 안아 올려서 등을 두들기자, 아기가 크게 트림했다.

아기를 더 봐달라는 부탁에 시어머니는 오히려 기뻐하는 것 같았다. 시어머니에게 사랑이란 가까이 두고 어마어마한 애정을 퍼붓는 것이었다. 미요코가 경험한 어머니의 사랑은 달랐다. 어머니는 농사를 짓고 하숙집을 운영해서 돈을 벌었고, 그 돈으로 세 자매를 먹여살렸다. 물론 아들과 더 많은 시간을 보내고 싶은 마음은 굴뚝같지만, 미요코가 보고 배운 부모의 사랑은 곧 열심히 일하는 것이었다.

아들과 자신의 미래를 위해서 공부에 전념하기로 했다. 변호사가 되려고 공부했지만 결국은 꿈을 이루지 못한 남편을 떠올리며 의지를 다졌지만, 얼마 못 가 시댁 식구들로 북적대는 집에서 공부를 한다는 건 불가능하다는 것을 깨달았다. 아이 우는 소리, 형님들이 수다 떠는 소리가 끊이지 않았고, 할머니는 여전히 아주 사소한 집안일까지 미요코에게 시키지 못해 안달이었다. 아무리 집중하려고 해도 좀처럼 진도가 나가지 않았다.

매일 아침 만원 전차를 타고 병원으로 출근했다. 정신없이 일하다가 오후가 되면 집에 돌아와서 지칠 대로 지친 채로 밤늦게까지 자격 시험 공부를 했다. 얼마나 고된지 책을 보다가 깜빡 졸기가 일쑤였고 달거리가 끊길 정도였다. 그렇지만 시험에 떨어지는 건 있을 수 없는 일이다.

결국 간호사 보조 월급을 쪼개 병원 바로 건너편 하숙집 작은 방에 세들기로 했다. 코짱과 떨어져 지내는 것이나 모아둔 돈이 줄어드는 건 괴롭지만 꼭 필요한 희생이었다. 시어머니의 허락을 구하는 건 의외로 쉬웠다. 시어머니는 미요코가 당분간 나가서 지내겠다고 하니 오히려 기뻐하는 것 같았다.

미요코가 빌린 방은 다다미 네 장짜리로, 작은 책상 하나에 이부자리를 겨우 깔 수 있는 공간이었다. 한쪽 구석에는 물을 끓이고 국을 데울 수 있는 화로가 있었다. 아들이 그리웠지만, 정작 아기는 할머니가 놀아주고 큰어머니의 젖을 먹으니 어미가 집에서 사라진 것도 잘 모르는 것 같았다.

주말이 되어 집에 들르면 코짱은 미요코를 잘 쳐다보지도 않았다. 장난감으로 눈길을 끌어봐도 소용없었다. 한발 물러나 아들이 사촌 누나나 할머니와 노는 것을 우두커니 지켜보는 수밖에 없었다. 그러다 저녁이 되어 하숙집으로 돌아오면 마음이 그렇게 허전할 수 없었다. 아들과 단둘이 시간을 보내며 마음껏 안아줄 날을 그리며 고된 수험 생활을 견뎠다.

여섯 달을 잠도 제대로 못 자고 내리 공부에 매달린 끝에, 마침내 시험 날이 밝았다. 병원 안에 있는 작은 방에서 해부학, 생리학, 생물 등 여러 과목의 시험을 치렀다. 결과가 발표되는 날, 숨을 죽이고 합격자 명단을 훑었다. 수험번호 2122를 발견한 순간 얼마나 기뻤던지, 미요코는 안도의 한숨을 내쉬었다. 이제야 어깨가 조금 가벼워진 것 같았다.

시어머니의 반응은 시큰둥했다.

"이제 돈을 많이 벌 수 있는 거냐?" 합격 소식을 들은 시어머니의 첫 마디였다. 고생했다는 말도, 축하한다는 말도 없었다.

“다음 주에 다시 직업소개소에 가보려고요.” 미요코는 애써 실망을 감추며 대답했다.

교회 사람들의 반응은 달랐다. 공부하는 동안 예배에도 나가지 못했건만, 합격증을 들고 교회로 돌아가자 우선이 크게 기뻐해주었다. “미영이가 일본 간호사 시험에 붙었답니다, 여러분! 조선 사람이 간호사 자격증 따기는 하늘의 별 따기인데……. 만세!”

사람들의 시선을 한 몸에 받은 미요코는 얼굴을 붉혔다. 서른 명도 넘는 교인들이 박수를 치며 조선인 간호사의 탄생을 자기 일처럼 기뻐했다. 교회가 언제 문을 닫을지 모르는 상황인데도 사람들은 여전히 일요일마다 모이고 있었다. 교회는 미요코에게나 다른 이들에게나 그만큼 소중한 곳이었다.

“이제 쌀 가지고는 안 되겠지?” 우선이 웃으며 말했다. “이제는 진짜 간호사니까 제대로 돈을 받아야지.”

“아니에요! 제가 좋아서 하는 일인데요.” 미요코는 자랑스레 가슴을 폈다. 교회 사람들의 진심 어린 축하 인사에 마음이 따뜻해져 있었다.

**

간호사 자격증을 손에 든 채 다시 직업소개소를 찾았다. 지난번보다 나이가 많고 안경을 쓴 남자가 신문에 얼굴을 파묻은 채 앉아 있었다.

“어떻게 오셨소?” 남자가 올려다보며 말했다.

“간호사 일을 찾고 있습니다.” 미요코가 자격증을 건네며 말했다.

“흠.” 남자가 자격증을 살펴보며 꽁초가 가득한 유리 재떨이에 담뱃재를 털었다. “서미영이라…….” 간호사 자격증은 공식 문서였기 때문에 조선 이름이 쓰여 있었다.

남자는 ‘서미영’이라는 이름을 제대로 발음하지 못했다. 미요코의 얼굴이 달아올랐다. 자격증을 따 오면 다 해결될 줄 알았는데, 만약 병원에서 조선인 간호사를 안 뽑겠다고 하면 어쩌지? 주먹 쥔 손에 힘이 들어갔다.

“조센징이구먼.” 남자의 말투가 적대적으로 변했다.

“네.” 미요코가 대답했다. 밖에서 ‘조센징’이라는 말을 들은 것도 오랜만이다. 이 땅에서 출신은 평생 품고 가야 할 상처 같은 것. 계속 일본에 산다면 아들도 똑같은 아픔을 맛볼 것이다.

“오사카에는 간호사 자리가 있소만…….” 남자는 목을 가다듬었다. “교토에는 지금 자리가 없소.” 남자가 책상을 내려다보며 미요코의 눈길을 피했다.

“저는 가족이 여기 있어서 여기서 취직했으면 하는데요…….”

“미안하지만 이 동네엔 자리가 없소. 오사카에 가서 면접을 볼 거요, 말 거요?” 남자가 다짜고짜 물었다.

손바닥이 땀으로 축축하게 젖어왔다. “거기밖에 자리가 없으면 가서 면접을 볼게요.”

남자는 미요코의 지원서에 도장을 찍고는 면접 장소를 알려줬다.

다음 날, 기차를 타고 오사카로 향했다. 차창 밖으로 스쳐 지나가는 가을 단풍이 아름다웠다. 다시 일하게 될지도 모른다! 미요코는 초조하게 다리를 떨었다. 집을 나설 때도 아들은 어머니 품으로 오려 하지 않았다. 오사카가 가까워져 오자 창밖에는 연기를 내뿜는 굴뚝과 높은 콘크리트 건물이 가득했다. 언니를 만날 수 있다는 것만이 한 가닥 기쁨이었다. 시험공부를 하는 동안은 보배 언니를 한 번도 만나지 못했다.

오사카제국대학 부속병원은 공원과 마주하고 있는 커다란 회색 건물이었다. "곤니치와." 대기실에 도착해 인사를 건네자, 얼굴이 둥그런 간호사가 미요코를 올려다보더니 눈을 빛내며 웃었다.

"하이, 도조(여기요)." 간호사가 미요코에게 손짓했다.

"사토 간호사님을 찾아왔습니다." 미요코는 직업소개소에서 받은 종이에 적힌 이름을 댔다.

"제가 사토예요." 사토가 친절한 목소리로 말했다.

"교토에 있는 직업소개소에서 소개를 받아 왔어요." 떨리는 손으로 서류를 내밀자 사토가 내용을 소리 내 읽었다.

"1938년 10월 21일 시가현에서 간호사 자격 시험에 합격했음…… 서미영."

사토의 입에서 '서미영'이라는 이름이 흘러나오자, 미요코는 움찔했다. 직업소개소의 남자와는 달리 정확한 발음이었다.

"아주 좋아요! 1916년생이면 스물한 살이군요. 간호사 기숙사에 사는 다른 미혼 여성들과 금세 친해지겠어요. 환영합니다." 사토가 얼굴 가득 웃음을 지어 보였다. "내가 서미영 님의 상사예요."

"감사합니다." 미요코가 고개를 숙여 인사했다. 이렇게 빨리 일이 진행될 줄은 몰랐다. 새 상사는 미요코가 다른 간호사들처럼 결혼도 안 했고 아이도 없다고 짐작한 것 같았다.

"우리 병원 간호사들은 기숙사에서 살아야 해요."

당혹스러웠다. 교토에서 코짱과 함께 살면서 매일 오사카로 출퇴근할 생각이었는데……. 하지만 아들이 있다는 이야기를 꺼냈다가 겨우 잡은 일자리를 놓치면 곤란하다.

"다음 주에 바로 시작할 수 있지요?" 사토가 의자를 가까이 끌어당기며 물었다.

"다음 주요?" 미요코의 목소리가 떨렸다.

"기숙사 열쇠예요. 다음 주 월요일부터 출근하세요." 사토는 기다렸던 사람을 만나기라도 한 듯 명랑한 목소리였다.

미요코는 잠시 망설였다. 이렇게 되면 아들과 둘만의 가정을 꾸리겠다는 꿈은 당분간 접어야 한다. 아이와 떨어져 지낼 생각을 하니 가슴이 바늘로 찌른 것처럼 아팠다. 하루빨리 둘이서만 함께 살고 싶었는데……. 하지만 순간 호준의 침착한 얼굴이 떠올랐고, 초조한 마음이 조금씩 잦아들었다.

"감사합니다." 미요코는 용기를 내기로 했다. "뭐 한 가지만 여쭤봐도 될까요? 자격증에 쓰여 있으니 보셨겠지만, 제가 조선 사람인데요…….” 미요코는 기숙사 열쇠를 꼭 쥐었다.

“그래서요?”

“여기서는 안도 미요코라는 이름을 쓰고 싶어서요.” 말을 꺼내자마자 슬픔이 밀려와 미요코는 고개를 떨궜다.

사토가 고개를 끄덕였다. “병원에 전에도 조선인 간호사가 있었는데, 그분도 똑같은 부탁을 하더군요. 훌륭한 간호사였는데 그만둬서 아쉬웠지요. 산파 면허증도 있어서 도쿄에 있는 큰 병원으로 갔답니다. 일본 이름을 쓰는 데는 아무 문제 없어요.”

조선인 간호사와 일해본 적이 있는 사람이라 이렇게 스스럼없이 나를 대해주는구나! 코짱을 받아준 조선인 산파 유 씨를 떠올리며, 산파 자격증도 따야겠다는 생각을 했다. 그러면 더 빨리 돈을 모을 수 있을 것이다. 또 산파 자격증은 조선에 돌아가서도 유용하게 쓸 수 있는 기술이다. 어차피 아들과 떨어져 살아야 하니 일하고 남는 시간에 공부할 수 있을 것이다. 산모들을 돌보고 아기들과 가까이 지내다 보면 코짱과 떨어져 지내는 아쉬움을 달랠 수 있지 않을까?

“감사합니다.” 미요코는 고마운 마음에 허리를 깊이 숙여 인사했다. 해냈다. 이제 일해서 돈을 벌 수 있다.

미요코는 오사카의 조선인 동네에 사는 보배에게 들러 소식을 전했다. 보배는 동생이 가까이 이사 온다는 소식에 기뻐했지만, 아들과 기차로 한 시간 거리에 살아야 한다는 사실에는 함께 슬퍼해주었다. 앞으로는 쉬는 날이 생겨야만 코짱을 만날 수 있다. 멀리 떨어져 살다 보면 마음마저 멀어질지도 모른다.

그날 저녁 집으로 돌아와 소식을 전하자 시어머니는 입꼬리를 올리며 물었다. "집에다 돈을 얼마나 더 가져올 수 있느냐?"

"간호사 보조 때보다는 조금 더 벌지만 그렇게 큰돈은 아니에요." 미요코는 거짓말을 했다. "기숙사에서 살아야 하니, 시간이 나면 다니러 오겠습니다. 코짱이 여기서 지내도 될까요?"

"당연하지." 시어머니가 눈을 빛내며 대답했다.

그날 밤은 호준과 함께 쓰던 방에 이부자리를 펴고 아들의 잠자리를 만들었다. 시어머니가 드디어 호준의 제단을 방으로 옮겨줘서, 이제야 남편의 존재를 오롯이 느낄 수 있었다. 미요코와 아들은 저녁 내내 방바닥에 팽이를 돌리며 놀았다. 코짱은 돌아가는 팽이를 보며 까르르 웃었다. 하지만 시어머니가 자러 가는 소리가 들리자 허둥지둥 방으로 따라가버렸다. 미요코는 아들을 불러봤지만 돌아오지 않았고 문 너머에서 코짱의 웃음소리만 들려왔다. 시어머니는 코짱을 미요코에게서 떼어놓는 걸 은근히 즐기는 것 같았다.

결국 미요코는 홀로 자리에 누웠다. 앞으로도 한참을 아들과 떨어져 살 생각을 하니 눈물이 났다. 아이는 벌써 두 돌이 가까워졌고, 이미 많은 시간을 그냥 흘려보내고 말았다. 어머니가 미요코를 일본으로 떠나보낸 것도 비슷한 희생이었을까? 이제부터는 아이를 위해 더 열심히 일할 것이다. 미요코가 잘할 수 있는 거라곤 그것뿐이었다.

제31장

1939년 ~ 1941년

미요코는 오사카에서도 전처럼 '안도 미요코'라는 명찰을 달고 일하게 되었다. 다른 간호사들처럼 머리는 하얀 간호사 모자 안으로 단단히 묶어 올리고 다림질이 잘된 하얀 제복을 입었다. 평일에는 묵묵히 일만 하고, 한 달에 한 번 일요일에 코짱을 보러 갔다. 그밖에 남는 시간에는 오로지 공부에만 열을 올렸다. 이대로라면 한두 해 안에 산파 자격증을 딸 수 있을 것 같았다.

병원에서는 친구를 만들지 않고 혼자 지냈다. 직원 식당에서도 혼자 밥을 먹고, 다른 간호사들과 말을 섞지도 않았다. 퇴근 후 기숙사로 돌아오면 시험공부에만 매달렸다. 일본인 산파를 쫓아다니며 출산 현장에서 일을 배우고, 남는 시간에는 아들을 만나는 날만 손꼽아 기다리며 간호학 교과서부터 소설, 성경에 이르기까지 닥치는 대로 책을 읽었다. 밤에 자려고 누우면 눈을 감고서도 아들에게 갖다줄 선물을 떠올렸다. 과자, 장난감, 책, 새 양말. 고향 집 마당에서 숨바꼭질을 하고 오디나무에 오를 아이를 상상해보기도 했다. 그런 생각만이 아들을 만나는 날까지 버틸 힘을 주었다.

산파 자격증 시험을 치른 것은 1939년 10월이었다. 미요코는 스물세 번째 생일을 하루 앞두고 정식 면허를 가진 산파가 됐고, 병원 분만실에서 부인과 의사를 보조할 수 있게 됐다. 게다가 상사인 사토가 미요코를 높이 산 덕분에 승진해서 간호사 모자에 줄 하나를 더할 수 있었다. 시댁에 산파 자격증을 땄다는 소식은 전했지만, 월급이 올랐다는 이야기는 하지 않았다. 몇 푼 안 되는 상여금을 받을 때면 아무에게도 말하지 않고 차곡차곡 모아두었다.

아들을 보러 가지 않는 일요일에는 조선인 교회에 나갔다. 오사카의 조선인들은 공회당 한쪽을 임시 벽으로 가린 임시 공간에서 예배를 드리고 있었다. 교토에서와 마찬가지로 이곳 교인들도 미요코가 산파 자격증을 땄을 때 함께 기뻐해주었다. 일본 경찰의 단속 위험이 늘 도사리고 있어 언제 문을 닫을지 모르는 곳이지만, 미요코는 교회 가는 날을 언제나 손꼽아 기다렸다. 병원에서는 여전히 조선인이라는 정체를 숨기고 있었기 때문에 미요코가 조선인 교회에 다닌다는 사실을 아는 사람은 아무도 없었다. 아들이 있다는 건 병원뿐 아니라 교회에도 비밀이었다. 마음 놓고 자신을 드러낼 수 있는 공간이 없으니 외로움은 남모르게 나날이 커져갔다.

오사카에서도 병원 밖에서 간호 봉사 일을 이어갔다. 교회에서 병원에 갈 돈이 없거나 병원 가기를 꺼리는 조선인들의 명단을 받아 직접 왕진하러 갔다. 환자의 상태를 보고 몸을 씻기고 붕대와 침구를 갈고 밥을 먹이고 대소변을 볼 수 있도록 돕는 일, 그리고 이야기를 들어주는 일까지 할 수 있는 일이면 무엇이든 했다. 호준과 약속한 대로 봉사하는 삶을 이어가고 싶었다.

병원에서, 또 산모들의 집에서 산파로도 일했다. 출산에 이르는 긴 임신 기간 동안 산모들의 마음을 보살피고 새 생명을 세상으로 데려오는 일은 큰 기쁨이자 보람이었다. 산모들은 대부분 순산했지만 가끔은 건강하게 임신 기간을 다 채우고도 사산하기도 했고, 어떤 신생아는 너무 일찍 태어나는 바람에 죽기도 했다. 그런 일을 볼 때마다 미요코는 두려움에 사로잡혔고, 하루 빨리 아들과 둘이 함께 살게 되는 날이 오기를 간절히 빌었다.

오사카에서 미요코가 마음을 터놓는 사람은 보배뿐이었다. 보배는 간호사인 동생을 누구보다도 자랑스러워했고, 미요코도 시간이 될 때마다 언니를 찾아갔다. 자매는 고향 음식을 나누어 먹으며 수다를 떨었다. 미요코가 산파 자격증을 따고 얼마 지나지 않아 보배가 좋은 소식을 전해왔다.

"아이를 가진 것 같아!" 보배가 기쁨에 가득 찬 목소리로 말했다. "너도 아침마다 입덧을 했잖아? 내가 이번 주 내내 그러고 있단다. 가슴도 커졌고 말이야."

"흠…… 마지막으로 월경을 한 게 언제야?"

"두 달쯤 됐어. 전에도 월경을 건너뛰었다가 다시 한 적이 있어서 처음에는 기대를 안 했는데, 이번에는 좀 다른 것 같아."

매주 언니를 찾아가 몸 상태를 살폈더니 정말로 임신이 맞았다. 미요코는 직접 언니의 혈압과 자궁저 높이를 재고 태아의 위치와 심장 박동을 확인했다. 이모가 될 생각에 몹시 들뜨면서도, 시댁에 떼어놓고 온 아들을 떠올리면 가슴이 아팠다. 거의 매일같이 은은한 두통과 불안감에 시달렸고, 외로움은 이제 가장 친한 친구나 다름없었다.

하라모토도 보배의 임신 소식에 무척 기뻐했다. 집안일을 도와주기도 하고 퇴근길에는 콧노래를 불렀다. 계량기 검침원 자리도 아직 무사하고 나이가 많으니 징집당할 일도 없어 다행이라고 했다. 하라모토가 아이를 가진 언니에게 잘해주는 것 같아 내심 안도가 되었지만, 사람이 근본적으로 달라지리란 기대는 애초에 하지 않는다. 달라진 모습이 과연 얼마나 갈까?

그러던 어느 날 하라모토가 미요코가 일하는 병원으로 달려왔다. "양수가 터졌네!" 미요코는 사토에게 사정을 말하고 언니 곁으로 달려갔다. 도착했을 때는 이미 산도가 다 트여 있어서, 보배는 몇 번 힘을 준 끝에 건강한 사내아이를 품에 안았다. 하라모토는 아들을 보고는 만면에 미소를 가득 지어 보였다. 아기 이름은 토미요라고 지었다.

토미요는 힘차게 보배의 젖을 빨았다. 그 모습에 미요코는 또다시 아들이 떠올라 가슴이 미어졌다. 새로 태어난 조카를 볼 때마다, 또 병원에서 아기들을 볼 때마다 얼른 아들과 함께 고향으로 돌아가겠다는 각오를 다졌다. 이곳에 가정을 꾸린 언니를 두고 돌아갈 생각을 하면 슬프기도 했다. 갓 태어난 아기를 돌보는 일이 얼마나 힘든지 누구보다 잘 아는 미요코는 시간 날 때마다 언니네 집에 들러 조카를 돌봤다. 먹이고, 입히고, 기저귀를 갈고, 자장가를 부르는 시간 속에서 자매 사이는 더욱 돈독해졌다.

**

처음에는 1년 정도만 아들과 떨어져 지내면 될 거라고 생각했지만, 시간은 너무나도 빠르게 흘러갔다. 1940년의 어느 맑은 봄날, 미요코는 아들을 보러 갈 채비를 하고 있었다. 한 달에 한 번 돌아오는 소중한 날이었다. 벌써 세 돌이 지난 코짱은 호기심이 넘쳤다. 미요코는 언제나처럼 간단한 옷가지와 일기장, 아들에게 읽어 줄 동물 그림책을 가방에 챙겨 넣은 다음 기차역으로 향했다.

이 시절 일본은 중국에서 전쟁을 하느라 민간 열차에 들어가는 연료 공급량을 제한하고 있었다. 그 때문에 기차 운행이 줄어 오사카에서 교토로 가는 기차는 이제 하루 한 번뿐이었다. 오전 8시 기차를 타지 못하면 그달엔 아들을 볼 수 없었다. 우유와 설탕도 배급량이 줄어서 환자들도 고통을 겪었고 어미 젖을 먹지 못하는 아기들이 먹을 분유도 늘 부족했다. 상황이 더 나빠지기 전에 일본을 벗어나고 싶었지만 이런 곳에 보배 언니를 두고 가야 한다는 사실이 마음에 걸렸다.

대문을 열고 시댁 마당에 들어서자 치자꽃 향기가 가득했다.

"저 왔어요." 시어머니에게 허리를 숙여 인사하고는 허리에 두른 오비 안쪽에 손을 넣어 돈 봉투를 찾았다. 교토에 올 때마다 코짱에게 들어가는 돈을 시어머니에게 드리고 있었다.

시어머니는 거실에 앉아 손주들이 노는 모습을 지켜보는 중이었다. 코짱은 작은 돌로 공기놀이를 하고 있었다. 미요코가 어릴 적 태영과 하던 놀이다. 아들은 언제나처럼 미요코의 손에 들린 흰 봉투를 보더니 방긋 웃어 보였다.

아들이 자리에서 일어나자, 미요코는 훌쩍 자란 아이의 키를 실감했다. 비실비실 마른 아기였는데, 제법 통통한 어린이가 되어가는 중이었다. 같은 젖을 먹고 자란 사촌 누나 에미도 똑같이 세 살인데 코짱보다 몸집이 작았다. 에미는 할머니와 차 마시는 시늉을 하며 놀고 있었고, 다른 또래 사내아이는 미요코가 가져온 과자를 보며 입맛을 다셨다. 코짱 이후에도 집안에는 아이들이 태어나, 마당에서도 아이 둘이 더 놀고 있었다.

시댁에 갈 때면 늘 근처 과자점에 들렀다. 달콤한 냄새를 따라 아들을 만나러 가는 길은 늘 행복했다. 코짱을 만나러 갈 때는 맛있는 것을 사는 것을 절대 잊지 않았다. 떨어져서 보낸 한 달에 마침표를 찍는 둘만의 의식이었다. 코짱이 제일 좋아하는 간식은 팥앙금을 넣은 도넛이다. 오늘은 다행히도 과자점에 설탕이 부족하지 않았던지 도넛이 남아 있었다. 집 근처 과자점에 갔다가 설탕이 없어서 헛걸음하고 더 비싼 가게에 다녀오는 한이 있더라도 아들에게 줄 간식은 반드시 챙겼다. 도넛은 미요코의 형편에 맞지 않는 비싼 간식이지만, 아들의 웃는 얼굴을 보면 모든 근심이 사라졌다. 시부모님을 실망시킬 수는 없으니 조카들에게 줄 간식도 늘 잊지 않았다.

코짱은 어머니에게 달려와 안기더니 이미 달콤한 빵을 입 안에 넣은 것처럼 군침을 꿀꺽 삼켰다. 이렇게 아들과 이어져 있음을 실감하는 순간은 자주 찾아오지 않는다. 그 순간을 조금이라도 연장하고 싶은 마음에 예전에 하던 대로 코짱의 코를 살짝 꼬집고 흔들어보았다. 코짱은 어머니와 하던 놀이를 기억하는지 곧장 손을 들어 미요코의 코를 잡았지만, 미요코가 이마를 맞대려고 얼굴을 가까이 갖다 대자 움찔하며 뒤로 물러났다. 간절함이 무색하게 아들과의 거리는 쉽게 메꿔지지 않는다. 미요코는 할머니 쪽으로 몸을 돌렸다.

"할머니 먼저 드려야지."

아이는 과자 봉투를 받아 들더니 곧장 안으로 손을 집어넣었다. 어른이 드시기 전에 먼저 먹으면 안 된다고 배웠음에도 아이는 참지 못하고 입안 가득 도넛을 욱여넣더니, 남은 것을 제 할머니에게 건네며 빙그레 웃었다. 시어머니는 껄껄 웃으며 봉투를 받아들더니, 꾸짖는 말 한마디 없이 손주들에게 도넛을 나누어줬다. 밖에서 놀던 아이들도 어느새 나타나 자기 몫을 받아 갔다. 미요코는 체벌을 해서라도 아들에게 예절을 가르치려고 했었지만, 시어머니는 늘 완강하게 손자를 감싸고 들었다. 그럴 때마다 미요코는 부모 노릇을 제대로 못 하고 있다는 자괴감에 시달렸다.

"가서 저녁 준비를 돕거라." 모두들 왁자지껄하게 도넛을 먹는 와중에 시어머니가 미요코에게 말했다. 미요코는 코짱과 놀아주고 싶은 마음을 억누르고 부엌으로 향했다. 마음 같아서는 접시를 바닥에 내동댕이치고 아들을 시어머니 품에서 빼앗아오고 싶었지만, 지금은 시댁에 의지할 수밖에 없다.

저녁나절까지 큰형님, 작은형님과 함께 매운탕을 끓이고 빈대떡을 부치며 코짱을 먼발치에서 바라보았다. 저녁 식사 때도 아이는 할머니 옆자리를 차지하고 앉아 가장 맛있는 반찬을 넙죽넙죽 받아먹었다.

미요코는 아들 맞은편에 앉아 어떻게든 가까워질 방법을 궁리하다가 생선 살을 발라 코짱의 밥그릇에 올려주었지만, 시어머니가 곧장 더 큰 조각을 떼어 코짱 앞에 놓았다.

코짱은 숟가락을 쥔 채 생선 살 두 조각을 번갈아 바라보았다. 미요코는 시어머니의 시선을 피하며 애꿎은 김치를 젓가락으로 깨작거렸다. 곁눈질로 보니 코짱이 망설이다가 작은 생선 조각을 먼저 집어 입에 넣었다. 어머니에 대한 애정이 조금은 남아 있는 걸까? 가슴속에서 희망이 작게나마 피어났다.

"어머님은 코짱만 예뻐하신다니까." 미요코가 설거지하는 동안 부엌 문간에 선 인자가 미요코도 들으라는 듯 목소리를 높여 윤희에게 말했다.

"그러니 코짱이 아주 제멋대로 굴지요. 어머님은 우리 아들은 안중에도 없으셔요." 늘 미요코에게 친절하던 윤희도 맞장구를 쳤다. 이제 이 집에 내 편은 아무도 없는가 보다.

"걔는 도대체 뭘 입고 온 거야?" 인자가 말했다.

미요코는 이런 지적이 낯설지 않았지만, 그렇다고 상처받지 않는 건 아니었다. 이날 입은 옷은 무릎 아래까지 오는 양말에 양장 치마, 각진 깃이 달린 줄무늬 블라우스였다. 여전히 한복을 입는 형님들과 달리 미요코는 요즘 양장을 주로 입었다.

오사카에 사는 동안 보고 듣는 것이 달라지면서 바뀐 것 가운데 하나가 옷차림이었다. 간단한 외출을 할 때면 기모노 대신 목까지 단추로 여미는 블라우스에 주름치마를 입었다. 최근에는 새 신발이 필요해서 두꺼운 굽이 달린 검정 양장 구두를 샀다. 그런 사소한 결정 하나하나를 스스로 내리면서 자신감도 한층 올라갔다. 누군가는 정신 나간 소리라고 할지 몰라도, 미요코는 언젠가 운전도 하고 싶었다. 운전을 하게 되면 언제든 원하는 때에 어디든지 갈 수 있겠지. 코짱을 차에 태우고 함께 모험을 떠날 수도 있을 것이다.

**

미요코는 코짱과 떨어져 지내는 동안 그리운 마음을 달래줄 아이 사진을 찍고 싶었다. 가족사진을 찍는 사람이 많아져서 사진관도 여럿 생겨나던 참이었다. 사진관에서 사진을 찍으려면 돈이 꽤 많이 들기 때문에 매주 조금씩 돈을 모았다. 그렇게 돈을 모으고 가격이 싼 사진관을 찾아다니는 수고를 한 끝에, 마침내 코짱과 둘이 사진을 찍을 수 있게 됐다.

교토를 방문한 어느 주말에 미요코는 과자를 사주겠다고 코짱을 구슬려 사진을 찍으러 갔다. 시어머니는 처음에 쓸데없는 데 돈을 쓴다며 못마땅해했지만, 결국은 허락했다. 미요코는 사진 촬영을 앞두고 코짱을 집 근처 공중목욕탕에 데려갈 계획이었다. 그 나이대 남자아이들은 어머니를 따라 여탕에 가기도 했지만, 코짱은 할아버지와 남탕에 들어가겠다고 고집을 부렸다.

결국 코짱과 함께 욕탕에 들어가지는 못했지만, 미요코도 함께 목욕탕에 갔다. 커다란 온탕에 몸을 담근 다음, 작은 나무 의자에 앉아서 때도 밀었다. 주변에 어머니와 함께 온 아이들이 많아서, 할아버지와 물장구치며 놀고 있을 코짱이 떠올랐다. 목욕탕에 가득한 수증기처럼 쓸쓸함이 가슴에 차올랐다.

사진을 찍을 때 미요코는 쪽 진 머리에 주름을 넣어 소매를 부풀린 흰색 양장 블라우스를 입었다. 코짱도 미요코가 새로 사준 세라복을 아래위로 입고, 챙이 달린 흰색 모자까지 갖춰 썼다. 미요코는 카메라를 향해 미소를 지으며 아들과 보내는 시간을 만끽했다.

그날 오후에는 코짱과 함께 버스를 타고 동물원으로 향했다. 아이에게 그림책으로만 보던 동물을 직접 보여주고 싶었다. 할머니 곁에서 떨어지니 코짱은 완전히 다른 아이 같았다. 이제 네 돌이 지나 유치원에 다니게 된 코짱은 동물에 대해 궁금해했다. 코끼리는 몸무게가 얼마나 돼? 하마는 어떻게 잠을 자? 호랑이는 고양이랑 비슷한 동물이야? 원숭이는 새끼를 몇 마리 낳아? 재잘재잘 떠드는 코짱을 보고 있는 것만으로도 즐거웠지만, 새삼 아쉬워졌다. 지금껏 얼마나 많은 날을 흘려보낸 걸까? 아이는 하루가 다르게 자라나는데, 그 모습을 한순간도 놓치고 싶지 않았다.

"집에 가면 엄마가 동물들 나오는 책 읽어줄게." 미요코는 코짱을 바라보며 말했다. "엄마도 코짱만 할 때 책을 좋아했어." 이제는 코짱도 이야기를 알아들을 수 있는 나이다.

"좋아!" 코짱이 외쳤다. "나도 책 좋아." 아들과 손을 잡고 나란히 걸으니 손끝에서부터 따뜻한 기운이 온몸으로 번졌다.

사자 우리 앞에서 미요코는 코짱이 근처에 있는 다른 아이와 어머니가 앉아서 소다 한 잔에 빨대를 두 개 꽂아 나누어 마시며 웃는 모습을 유심히 바라보는 걸 눈치챘다. "우리도 저거 마시면 안 돼?"

"안 될 리가!" 호준과 함께 백화점 식당가에서 소다를 나누어 마시던 날을 떠올리자 그가 이 자리에 함께 있는 것만 같았다.

소다를 다 마신 미요코와 코짱은 동물을 직접 만져볼 수 있는 구역으로 향했다. 코짱은 고사리 같은 손으로 염소에게 땅콩을 주며 즐거워했다. 미요코가 사준 사탕을 엄마에게 권하기도 했다. 더 이상 시댁에서 보던 뚱하고 이기적인 아이가 아니었다. 미요코는 아들의 다정한 모습에 안도하고, 또 감동했다.

동물원을 나서는 길에 놀이터에서 놀고 있는 아이들 곁을 지나며 물었다.

"유치원은 재미있니?"

"괜찮아." 코짱의 얼굴이 어두워졌다.

"친구는 좀 사귀었어?"

"아니요."

"어째서?"

코짱은 손가락으로 귀를 만지작거렸다. 불안할 때 나오는 버릇이었다.

"애들이 날 안 좋아해. 어떤 애가 날 밀면서 조센징이라고 했어요."

가슴이 철렁 내려앉았다. 처음 일본에 와서 학교에 다니기 시작했을 때의 기억이 한꺼번에 밀려왔다. 내 아이는 그런 괴로움을 겪지 않기를 바랐는데…….

"왜 그런 못된 말을 해?"

말문이 막혔다. 미요코의 어머니는 그래도 일본에서 사는 게 나으니 불평하지 말고 현실을 받아들이라고 했었다. 어쩔 수 없는 일이니까 참고 견디라고. 하지만 미요코의 입에서는 다른 말이 흘러나왔다.

"친구에게 그런 말을 하면 못써. 걔들이 나쁜 거야."

코짱의 표정이 조금 밝아졌다. 아들의 얼굴에서 언뜻언뜻 호준의 모습이 보인다. 그 얼굴을 보면 솔직하게 말하지 않을 도리가 없다.

"애들이 자꾸 나를 놀리니까, 그냥 혼자서 놀아." 코짱이 시무룩한 말투로 말했다.

가슴이 미어졌다. 어린 아들마저 이 땅에서 외로움에 시달리게 둘 수는 없다.

"혼자 있는 게 편해서 그러지? 엄마도 알아. 하지만 코짱은 혼자가 아니야. 코짱한테는 엄마가 있잖아. 엄마는 코짱을 절대 혼자 두지 않을 거야." 미요코는 코짱의 볼을 어루만지며 머리를 맞댔다. 아들도 이번에는 몸을 빼지 않고 가만히 있었다.

하늘이 분홍빛에서 보라색으로 변해가던 그 늦은 오후, 열심히 일해서 아들과 함께 일본을 벗어나겠다고 다시 한번 다짐했다. 코짱마저 내 집에 있어도 이방인이 된 것 같은 기분으로 살게 할 수 없다. 같은 고통을 아들에게 물려주고 싶지 않다.

아들과 둘이 찍은 사진이 현상되자, 사진을 액자에 넣어 호준의 영정 사진, 호준의 도장, 호준의 손수건과 함께 나란히 기숙사 책상에 올려두었다. 사진을 찍고 동물원 구경을 한 날 이후로 아들과 부쩍 가까워진 기분이 들었다. 아들과 떨어져 지내는 건 여전히 쉽지 않았지만, 사진을 볼 때마다 앞으로 나아갈 힘을 얻었다.

제32장

1941년 12월

12월 8일은 춥고 청명한 날이었다. 미요코는 썰렁한 기숙사 방에서 막 아침을 먹고 추위를 달래려 따뜻한 차를 마시려던 참이었다. 틀어놓은 라디오에서 짧은 발표문이 흘러나왔다. 일본군이 진주만에서 미국 전함을 공격했다는 내용이었다.

정체 모를 두려움에 가슴이 두근거렸다. 서둘러 간호사 제복을 입고 병원으로 달려갔다. 병원에 도착하자 모두 그 이야기뿐이었다. 얼마 안 가 바깥에서 "반자이! 반자이(돌격)!"하고 외치는 소리가 들려왔다. 창밖으로 거리를 뒤덮은 욱일기의 행렬이 보였다. 사람들이 진주만 승리를 축하하며 근처 신사로 행진하는 중이었다. 세상이 또 한번 뒤집히며 불안한 열기가 공기를 가득 채우고 있었다. 코짱과 조선으로 돌아가겠다는 계획은 어떻게 되는 것일까? 전쟁은 모든 것을 바꾸기 마련이다.

일본 안에서 태평양전쟁을 지지하는 여론은 점점 더 커져서, 1937년 중국 침공 때와는 비교도 할 수 없을 정도였다. 하지만 미요코는 의심을 떨칠 수 없었다. 일본이 과연 힘센 서양 국가들을 이길 수 있을까? 백작댁에서 본 서양인들은 오만하기 이를 데 없었다. 말레이시아와 싱가포르, 홍콩, 필리핀에서 일본군이 승승장구하고 있다는 소식이 들려왔지만, 선뜻 믿기 어려웠다.

그 와중에도 국가적인 의례에는 따를 수밖에 없었다. 진주만 공격 이후 한동안, 매달 8일 오전 11시 59분이 되면 도시 전체가 묵념을 올렸다. 미요코가 일하는 병원도 다른 기관과 마찬가지로 그 시간이 되면 국기를 올렸고, 식당이나 찻집은 영업을 중단했다. 제국 신민들도 신사 참배를 강요당하니, 태영 오빠나 조선에 있는 다른 가족들도 같은 신세일 것이다. 일본과 일제 식민지의 주민이라면 누구든 전쟁에 찬성하는 것 말고는 다른 의견을 가질 수조차 없었다. 조선과 대만에서도 군사가 징집되어 일본의 전장으로 끌려 나가고 있다는 소문이 들려왔다. 그런 이야기를 들을 때면 모골이 송연해졌다. 태영 오빠는 이제 나이가 많으니, 전쟁터로 끌려가진 않기를 바랐다.

조선으로 돌아가려던 계획도 미룰 수밖에 없었다. 전쟁 중에 쿠짱을 데리고 먼 길을 떠나는 건 위험하다. 오로지 한 가지 목표로 모든 것을 희생해 왔는데, 이제는 그것조차 손에 잡히지 않는 꿈이 되어가고 있었다. 전쟁은 끝날 기미가 보이지 않고, 아들과 떨어져 홀로 지내는 신세에서 벗어날 방법도 없다. 미요코는 매일같이 전쟁이 빨리 끝나게 해달라고 기도했다.

일요일마다 예배를 보던 오사카의 임시 교회도 하루아침에 사라지고 말았다. 어느 날 가보니 교회는 이미 사라지고, 예배를 보던 공회당의 자리에서는 동네 사람들이 모여서 건어물과 담요, 만화책 따위의 위문 물자를 포장하고 있었다.

신문으로만 보던 이야기가 이제는 현실이 되어가고 있었다. 진주만 습격 이후에 일본 정부는 교회가 미국과 연결되어 있다는 이유로 모든 교회를 폐쇄하는 중이었다. 소중했던 것이 또 하나 사라져버렸다.

헛걸음한 미요코는 기숙사로 돌아와, 이제는 몇 장 남지 않은 오디나무 종이 일기장을 꺼냈다. 최근에는 종이를 아끼느라 글씨를 작게 쓰고 있었다. 숨도 쉬지 않고 몇 줄을 써 내려갔다.

> 세상이 혼란스럽다. 일본은 전쟁 중이고, 교회는 문을 닫았다. 고향으로 가겠다는 내 꿈은 산산조각이 났다.
> 함께 살지 못하니 아들은 나를 모른다. 이제 다섯 살인데, 내가 자기 어머니인 줄도 모르고 할머니를 어머니로 알고 있다…….

눈물이 흘러넘칠 것 같아 글을 쓰다 말고 천장을 올려다봤다. 아까운 종이가 젖으면 곤란하다.

코짱에게 아빠는 할아버지와 큰아버지들이다. 태어난 지

다섯 달 만에 호준이 죽었으니, 제 아비가 누군지도 모른다. 지금 함께 사는 할머니, 할아버지, 큰아버지, 큰어머니, 사촌들만이 가족이라고 생각할 것이다.

슬픔은 점차 분노가 되어 끓어올랐다.

아들은 제 아버지가 받던 사랑, 특히 할머니의 사랑을 그대로 물려받아 누리고 있다. 무슨 짓을 해도 혼내는 사람이 없고 코짱이 입을 열면 다들 하던 일을 멈추고 죽은 호준의 목소리가 들려오는 양 귀를 기울인다. 코짱은 자기 아버지가 아니라 코짱이고, 아직 어린아이일 뿐인데! 앞으로 살아갈 날이 창창하니 아이는 자기 자신으로 살아가야 한다. 나 또한 마땅히 어머니로 인정받아야 한다.

결국 눈물이 떨어져 글씨가 번지고 말았다. 계속 이렇게 아들과 떨어져 살 수는 없다. 호준도 미요코가 이런 삶을 살기를 원하지는 않았을 것이다. 지금은 아들의 미래는커녕 자신의 인생조차 어디로 어떻게 가는지 알 수 없다. 하지만 미요코는 아들을 사랑하고, 코짱 또한 마음속 깊은 곳에서 어머니를 생각하고 있을 것이다. 믿을 거라고는 그것뿐이었다.

제4부 · 일본 오사카

1943년

제33장

1943년 4월 12일 월요일

"안도 미요코 상!"

창밖에 핀 붉은 철쭉을 바라보던 미요코는 병동에 울려 퍼지는 상사의 목소리에 깜짝 놀라 눈을 돌렸다. 환자의 체온을 재면서도 주말에 코짱을 만나러 갈 생각에 들떠 있던 참이었다. 일본이 태평양 전역으로 전선을 넓히면서 출정식과 식량 배급, 신사참배로 얼룩진 한 해가 순식간에 지나가버렸다. 코짱과는 여전히 데면데면했지만, 전쟁이 끝나면 상황이 달라질 거라는 희망을 버리지 않고 있었다.

"접수대로 오세요. 웬 군인이 안도 상 앞으로 편지를 가져왔다는데." 사토가 손짓으로 미요코를 불렀다.

미요코는 가슴이 철렁 내려앉았다. 군인? 군인이 무슨 일로 나를 찾아왔을까? 요즘은 어딜 가나 군인을 흔히 볼 수 있지만,

아프거나 다쳐서 치료가 필요한 경우가 아니고서야 병원에 군인이 찾아올 일은 별로 없다. 표백제 냄새가 가득한 병실에 줄지어 누운 환자들이 호기심 어린 눈길로 미요코를 쳐다봤다.

애써 태연한 척 환자의 겨드랑이에서 체온계를 빼서 온도를 확인하니 체온은 정상이었다. 체온계를 흔들어 철제 트레이에 놓고 고개를 숙인 채 접수대로 향했다. 환자들의 시선이 집요하게 쫓아와 얼굴이 붉어졌다. 어떤 이유에서건 눈길을 끄는 건 아직도 익숙하지 않았다.

군복을 입은 젊은 병사가 얇은 봉투를 든 채 접수대 앞에서 기다리고 있었다. 병사가 시선에 들어온 순간부터 미요코는 몸이 굳었다. 접수대 앞에 앉은 이들의 시선도 미요코를 향하고 있었다.

두근거리는 가슴을 진정시키려 머리를 매만지고 간호사 모자를 고쳐 썼다. 어디서든 군인 제복을 보면 어린 미영의 삶에 불쑥 등장해 모든 걸 송두리째 바꾸어놓았던 제복 입은 남자, 정 씨가 떠올라 불안해지곤 했다. 거짓말로 보배 언니를 꾀어서 일본으로 데려간 사람. 그 뒤로 우리 가족의 모든 게 달라졌고, 결국 미요코도 일본으로 오게 됐다. 지금까지는 병원에서 큰 탈 없이 일본인 간호사 행세를 해왔는데, 낯선 군인의 등장으로 또 한 번 삶이 뒤집히는 게 아닐지, 미요코는 불길한 예감에 사로잡혔다.

크게 심호흡하고는 앉아 있는 환자들 사이로 발걸음을 재촉했다. 이 병원에서도 눈에 띄지 않고 지내기 위해서 갖은 애를 다 썼는데……. 이 군인 때문에 일본 사람이 아니라는 게 들통나서 일자리를 잃으면 코짱은 또 어떻게 한단 말인가.

접수대에 다다르자 군인은 모자 끝을 기울여 인사를 하고는 미요코에게 편지봉투를 건네더니 금세 요란한 군홧발 소리를 내며 멀어져갔다. 손에 든 봉투를 바라보는 미요코의 이마에 식은땀이 맺혔다. 팔이 몸통에 달라붙은 것마냥 움직일 수 없었다. 이 봉투 안에 든 것이 좋은 소식일 리 없다. 수신자란에는 미요코의 일본 이름과 조선 이름이 둘 다 쓰여 있었다.

키득거리며 웃는 소리에 정신을 차리고 뒤를 돌아보니 간호사 둘이 문간에 서서 이쪽을 바라보고 있었다. 소문을 퍼트리기를 좋아하기로 유명한 동료들로, 미요코는 점심을 혼자 먹는 것만으로도 그 둘에게서 나온 험담을 들었는데, 그들이 이런 좋은 먹잇감을 그냥 둘 리 없었다.

"오늘 젊고 잘생긴 군인이 안도 상한테 편지를 주고 갔다지? 무슨 편지였을까? 하도 비밀이 많은 애라 물어보지도 못했네. 오빠나 남동생이 군인인데 전쟁터에서 무슨 일이라도 당한 건가? 아님 숨겨둔 애인일 수도?"

도저히 일이 끝날 때까지 기다릴 수 없어서 봉투를 주머니에 구겨 넣은 채 병원 건물 밖으로 걸어 나왔다. 길 건너 공원에는 벚꽃이 한창이었다. 공기 중에 꽃향기가 가득하고 봄바람에 꽃잎이 하늘하늘 날렸지만, 꽃이 눈에 들어오지 않았다. 나무 아래 벤치에 앉아 일본 제국군의 공식 인장이 찍힌 봉투를 허둥지둥 열었다.

본 명령을 접수한 날로부터 일주일 이내에…… 오사카 사령부에 출두…… 사이판에서 간호원으로 복무할 것을 명함.

놓쳐버린 종이가 분홍 꽃잎 위로 팔랑팔랑 떨어졌다. 전쟁터로 오라는 징집 통지서다. 일본이 식민지를 넓히려고 아시아 이곳저곳에 전선을 구축하고 있다는 기사를 읽었는데, 사이판이라는 섬은 태평양에 있는 일본군의 주요 기지였다.

전쟁터로 끌려가면 돌아올 기약은 없다. 심장이 가슴에서 튀어나올 것처럼 뛰기 시작했다.

코짱을 두고 어디로 간단 말인가.

제34장

1943년 4월 13일 화요일

밤새 뒤척이며 얕은 잠을 자던 미요코는 기숙사 방 창문을 두들기는 빗소리에 눈을 뜨고 머릿속을 가득 채운 안개가 걷히기를 기다렸다. 온종일 징집 통지서의 충격이 가시지 않아서 제대로 자지 못했다. 시곗바늘은 무심하게 쉬지 않고 돌아갔다.

희미한 아침 햇살에 익숙해지자 일기장과 성경책이 눈에 들어왔다. 보통은 이불 아래 숨겨두는데, 어젯밤에는 낮은 책상 위에 그대로 올려둔 채 잠든 모양이다. 일기장은 펼쳐진 채 다 녹아버린 초 옆에 놓여 있었다. 어젯밤 늦게까지 두려운 마음을 정신없이 일기장에 쏟아냈던 터다.

전쟁터에 갔다가 돌아오지 못하면 코짱은 어머니 없는 아이가 되고 만다. 미요코도 조선을 떠나 일본으로 오면서 고아가 된 것 같은 기분을 느꼈고 바다 건너 어머니가 그리워서 매일 밤 울다 잠들었었다. 사이판으로 가게 되면 그보다 더 넓은 태평양이 미요코와 아들 사이를 갈라놓게 된다. 운 좋게 살아 돌아온다고 해도, 아들은 훌쩍 자라 몰라보게 달라져 있을 것이다.

호준이 살아 있었다면 뭐라고 할까? 코짱과 함께 찍은 사진 옆에 놓인 호준의 도장을 만지작거렸다. 일기장에 도장을 찍어 보니 붉은 인주가 묻어났다. *가지 마.* 호준의 목소리가 들려오는 것 같다. *아빠도 없는데 엄마라도 코짱 곁에 있어줘야지.* 하지만 일본군은 어떻게든 미요코를 찾아내서 전쟁터로 데려갈 것이다.

코짱을 데려갈 수는 없을까? 미요코는 고개를 흔들었다. 말도 안 되는 생각이다! 애초에 데려갈 수도 없겠지만, 전쟁터가 얼마나 위험한 곳인데 이곳에서 조부모와 잘 지내고 있는 어린 아이를 전쟁터로 데려갈 수는 없다.

미요코는 성경책을 끌어안았다. 심장의 두근거림이 잦아들지 않았다. *하나님, 제발 길을 보여주세요. 아들과 함께하는 삶은 정녕 불가능한 건가요?*

멀리서 기차 경적이 들려왔다. 기차역에서 본 어머니의 마지막 모습이 떠올랐다. 그 뒤로 몇 번을 다짐했던가. 언젠가 어머니가 된다면 아이와 헤어지는 일은 결코 없도록 하겠다고. 아이가 내가 경험한 아픔을 겪게 하지는 않겠다고. 미요코는 일찍부터 어머니 없이 사는 삶에 익숙해졌지만, 이제는 어머니뿐 아니라 모든 사람을 멀리하는 생활이 완전히 몸에 익었다. 코짱은 그렇게 살지 않기를 바랐다. 지금 코짱에게는 와닿지 않는 이야기일지 몰라도, 아이에게는 분명 어미가 필요하다. 미요코도 아들의 존재가 절실했다. 아들과 함께 찍은 사진을 바라보면서 솟아날 구멍이 떠오르기를 빌고 또 빌었다.

문득 추위를 느낀 미요코는 성냥으로 가스난로에 불을 붙이고 찻물을 끓였다. 뜨거운 차를 마시면 마음이 가라앉을지도 모른다. 찻잔에 펄펄 끓는 물과 녹차 가루를 붓고 나무 막대로 저어서 거품을 냈다. 미요코는 차를 천천히 마시며 보배 언니를 찾아가 조언을 구하기로 마음먹었다.

집을 나서자 머리가 깨질 듯이 아파왔다. 장미가 가득 핀 공원을 가로질러 병원으로 향하던 미요코는 장미 덤불 건너편에서 들려오는 목소리를 들었다.

"우리 병원의 자매 병원에서 일하는 노무라 상이 괌으로 오라는 징집 통지서를 받았다던데?"

"정말? 끔찍하다……."

"어제 이다 상이 그러던데, 안도한테도 편지를 든 군인이 찾아왔대."

미요코는 다리에 힘이 빠져버렸다. 힘들게 간호사 자격증을 땄는데, 그 자격증 때문에 전쟁터로 끌려가게 되다니. 같은 신세에 처한 간호사들이 더 있는 모양이다.

길모퉁이에 사토의 모습이 보이자 두 사람은 대화를 멈추고 서둘러 반대편 행정동으로 향했다.

"안녕하세요." 명랑한 목소리로 인사를 건네던 사토가 미요코의 얼굴을 보더니 걱정스러운 표정을 지어 보였다. "괜찮아요? 몸이 안 좋아 보이는데."

미요코는 애써 웃어 보이며 괜찮다고 말했지만, 목소리가 거의 나오지 않았다.

"참견하는 것 같아 미안하지만, 어제부터 걱정 많이 했어요. 그 군인이 가져온 게 뭐였어요?"

목이 메어서 아무 말도 할 수 없었다. 미요코에게 아들이 있다는 것까지는 모르지만 조선 사람인 걸 알면서도 언제나 상냥하게 대해준 상사다. "군 간호사로 사이판에 오라는 징집 통지서였어요."

사토는 깜짝 놀라 눈을 크게 떴다. "그랬군요. 다른 병원에 통지서를 받은 간호사들이 있다고 듣긴 했는데……." 사토는 손을 뻗어 미요코의 팔을 쓰다듬었다.

"우리 병원으로도 통지서가 올 줄은 몰랐어요……." 미요코는 사토의 마음이 고마웠지만 굳은 얼굴을 펼 수가 없었다.

"재작년에 나온 국가총동원법 때문인가 봐요. 민간인도, 여자 간호사도 징집 대상이라지요. 중국에서는 폭격으로 죽은 간호사가 있다고 친한 친구에게 들었어요. 가면 몸조심해야 해요."

"돌아온 사람이 있다는 이야기는 못 들어보셨나요?" 미요코가 물었다.

"아직은요……. 통지서를 받은 사람 중에 내가 직접 아는 사람은 자매 병원의 후지 상뿐이에요. 버마*의 전장으로 오라는

---

* 1989년까지 불리던 미얀마의 옛 이름.

통지서를 받았죠." 사토는 고개를 저었다. "그런데 후지 상은 결국 가지는 않았던 것 같아요. 잠적해버렸거든요. 어딘가로 도망가서 숨어 있는 것 같아요."

미요코의 입이 떡 벌어졌다. *도망을 친다고?* 그런 생각은 차마 하지 못했다. 그 사람은 어떻게 그런 일을 해냈을까?

"그분이 어디로 갔는지는 아무도 모르나요?" 도망쳤다가 잡히면 어떻게 되는 걸까.

"아무도 몰라요. 군인들이 동네 사람들을 찾아가서 탐문을 좀 했는데, 못 찾고 그만뒀다고 들었어요. 참, 그러고 보니 후지 상도 일본 이름을 쓰는 조선 사람이었네요."

미요코의 머릿속이 분주해졌다. 징집 통지서를 받은 간호사들이 조선 사람인 건 그저 우연일까? 아버지와 호준이 했던 말들이 떠올랐다. *당연히 조선 사람들이 먼저 끌려가겠지. 가난한 식민지 사람은 그런 꼴을 당하는 거야.* 미요코의 간호사 면허에는 조선 이름이 쓰여 있다. 미요코는 외국인으로서 조선인 신분증도 가지고 있고, 인구 조사 때도 조선 사람이라고 답했다. 모르긴 해도 괌으로 끌려갔다는 자매 병원의 노무라 역시 조선 사람인 게 틀림없다. 가슴속 깊은 곳에서부터 분노와 두려움이 차올랐다.

"언제까지 출석하라고 하던가요?" 입꼬리가 한껏 내려간 사토가 걱정스러운 목소리로 물었다.

"일주일 안에요." 코짱에게 작별 인사를 해야 한다고 생각하니 목이 메어서 말이 제대로 나오지 않았다. 병원에는 코짱의 존재를 아는 사람이 아무도 없다. 오로지 병원에서 쫓겨나지 않기 위해서 미요코가 얼마나 큰 희생을 치렀는지, 알아줄 사람은 이곳에 아무도 없다. 마음을 터놓으려면 사람을 믿어야 하는데, 사람을 믿는다는 건 미요코에게 여전히 너무나도 어려운 일이었다.

“내가 도울 수 있는 일이 있으면 알려줘요.” 사토가 말했다. 진심이 느껴지는 말투였다.

따뜻한 사토의 목소리에 미요코는 갑자기 용기를 얻었다. 어떻게든 시간을 내서 방법을 마련해야 한다.

“그러면 일주일간 휴가를 써도 될까요?”

“그럼요. 지금까지 결근 한번 없이 일했으니 문제없어요.”

또 다른 간호사 두 명이 나란히 풀밭 위를 가로질러 병원으로 향했다. 병원 정문 앞에 세워놓은 깃대 위로 일장기가 바람에 휘날렸다. 추위가 채 가시지 않은 초봄 날씨였다. 미요코는 하얀 바탕에 그려진 붉은 원을 하염없이 바라보았다. 꼼짝없이 남의 나라 전장에 나가서 싸워야 하는 신세라니.

가슴이 창에 찔린 듯 아파왔다. 일본을 위해서 죽을 수 있을까? 애초에 내 나라도 아니고, 인생의 절반 이상을 여기서 보냈는데도 집이라고 느낀 적이 없는 이곳에서, 미요코는 언제나 이등 시민이었다. 여기서 태어난 코짱도 마찬가지다. 코짱이 커서 군대에 갈 나이가 되면 코짱도 전쟁터로 끌려가는 건 아닐까?

일본군 소속으로 전쟁터에 나가는 건 미요코의 신념, 그리고 호준의 신념에도 완전히 반하는 행위다. 호준은 일본에 사는 조선인이 처한 부당한 현실과 싸우는 데 짧은 생을 바쳤다. 그는 미요코와 코짱이 계속해서 조선 사람으로 살아가기를 원할 것이다. 아내, 아들과 함께 고향으로 돌아가는 것이 살아생전 호준의 꿈이었으니, 그 꿈을 이루어주고 싶었다.

병원으로 들어서자마자 갑자기 불어온 세찬 바람에 문이 쾅 닫혔다. 지금 이 상황에서 나는 과연 무엇을 할 수 있을까?

제35장

1943년 4월 14일 수요일

다음 날, 미요코는 소식을 전하고 조언을 구하려고 보배를 찾아갔다. 시댁에는 도저히 말을 꺼낼 수가 없었다. 알려봐야 무슨 말이 돌아올지는 뻔했다. 코짱은 걱정 말고 소집에 응하라고 할 것이다. 어차피 오랫동안 아이와 떨어져 지냈으니 달라질 것도 별로 없다고 여길 것이다.

미요코는 보배네 집 근처 신문 가판대 앞에 서서 1면에 실린 기사 제목을 훑어보았다. 기사 하나가 단번에 눈을 사로잡았다. '당국, 징집 기피자의 가족 심문'이라는 기사였다. 조선인이 입영 통지서를 받고 도주해서 그 부인과 자식이 경찰서로 끌려갔다는 내용이었다. 손이 떨려왔다.

"어이, 비키라고!" 덩치 큰 군인 하나가 미요코를 뒤에서 떠밀더니 무거운 군화를 신은 군인들이 줄지어 지나갔다. 미요코는 놀란 가슴을 부여잡고 겨우 지갑에서 동전을 꺼내 신문 한 부를 샀다. 보배에게 보여줄 작정이었다.

보배네 집은 이쿠노구에 있었다. 집에 들어서자마자 익숙한 간장과 마늘, 고추장 냄새가 풍겨와 마음이 조금은 가라앉았다. 얇은 벽 너머의 이웃집에서도 조선말이 들려왔다.

오사카의 병원에서 일하면서부터 미요코는 틈날 때마다 보배를 찾아갔다. 4년 전에 토미요를 얻은 보배는 그로부터 1년 후에 딸을 낳았다. 둘째 이름은 노부코라고 지었다. 식구가 늘어나자 보배는 집을 넓혀 이사를 했지만, 여전히 네 식구가 살기에는 좁은 집이었다. 조카들을 볼 때마다 코짱이 떠올라 가슴이 아프면서도, 그만큼 언니에게 자식들이 큰 기쁨임을 누구보다 잘 알고 있었다.

보배네는 여러 가구가 다닥다닥 붙어 있는 전형적인 목조 건물로, 흙바닥 그대로인 복도 양쪽에 문이 늘어선 구조였다. 미요코는 보배와 단둘이 이야기를 나눌 수 있기를 기대하며 문을 두드렸다.

곧 보배가 활짝 웃는 얼굴로 문을 열고 나타났다. 언니의 얼굴을 본 것만으로도 미요코는 마음이 조금 진정됐다. 언니에게라면 무슨 비밀이든 털어놓을 수 있다.

"미영아, 어쩐 일이야? 왜 일하러 안 가고 여길……." 보배가 물었다.

"언니한테 할 얘기가 있어." 목소리가 벌써부터 떨려왔다.

"무슨 일이야? 얼른 들어와." 보배의 따뜻한 손이 미요코를 방 안으로 이끌었다. "하라모토 상은 애들 데리고 학교 놀이터에 갔는데, 곧 돌아올 거야." 보배는 집 안에서도 솜을 넣어 누빈 일본식 겉옷을 입고 있었다. 춥기는 해도 가족들 없이 혼자 고즈넉히 보내는 시간이 소중할 테다.

미요코는 고향집 이불 아래서 그랬던 것처럼 목소리를 낮춰 속삭였다. "언니, 징집통지서가 나왔어. 나더러 사이판으로 가래."

보배의 입이 떡 벌어졌다.

"군인이 병원에 와서 직접 통지서를 주고 갔어."

"어머나!" 보배의 눈에 두려움이 가득 차올랐다.

"언니, 나 무서워. 아무래도 조선인 간호사들을 먼저 뽑아서 보내는 것 같아."

"이건 너무 가혹해! 미영아, 가면 안 돼! 가면 죽을지도 몰라!" 보배가 호주머니에서 손수건을 꺼내 인중에 맺힌 땀을 훔쳤다.

말로 뱉고 나니 두려움이 더욱 커지는 기분이었다. 사토 상이 한 말도 다시 떠올랐다. *중국에서는 폭격으로 죽은 간호사가 있대요.*

"나도 가기 싫어. 그런데 다른 수가 없어!"

보배는 순간 할 말을 잃었다가 다시 입을 열었다. "복희 언니도 만주에 갔다가 소식이 끊겼잖아. 너도 그렇게 되면 어떡해. 무슨 방법이 없나 찾아보자!"

이제 일본의 전선은 한두 군데가 아니었고, 전쟁터에 가서 죽거나 실종될 수 있는 건 간호사라고 예외가 아니었다. 아들을 데려가지 않는다면 살아서 다시는 못 볼 것이다. 할아버지 할머니의 사랑을 듬뿍 받으며 부족함 없이 살고 있는 아이를 데려가는 건 이기적인 짓일까? 하지만 돌아오지 못할 걸 뻔히 아는데 어떻게 두고 간단 말인가?

"……방법이 없는 것 같아." 미요코는 고개를 떨궜다.

사토 상이 했던 이야기를 언니에게도 들려주어야 한다. "어떤 조선인 간호사는 버마로 오라는 통지서를 받고 도망쳤대." 심장이 빠르게 뛴다. *어쩌면 나도 도망칠 수 있지 않을까?* 위험하지만 불가능한 건 아니다. 하지만 차마 입 밖으로 내뱉기는 너무나도 어려웠다.

"……나는 일본인 행세를 할 수 있으니까, 도망쳐서 숨을 수 있을지도 몰라." 마침내 말하고 나니 힘이 솟아나는 것도 같았다.

"너무 위험할 것 같은데……. 어디로 가게?" 보배의 얼굴에는 여전히 두려움이 가득했다.

문밖에서 아이들 웃음소리가 들려왔다.

"애들 왔나 봐." 보배가 몸을 일으키며 말했다. "밖에 나가서 좀 걷자."

조카들의 천진난만한 목소리에 미요코는 언니가 일본에서 자신을 데리러 왔던 날이 떠올랐다. 보배 언니를 그리워하던 동네 아이들이 몰려와서 집 앞이 떠들썩했던 날 말이다. 미요코는 언젠가 그렇게 고향집에 돌아갈 자기 모습을 상상하곤 했었다.

"지금 당장 코짱을 데리고 조선으로 돌아가면 어떨까?" 미요코는 긴장해서 숨도 제대로 쉬지 못하고 말했다.

보배가 미처 입을 열기도 전에 아이들이 재잘거리며 방 안으로 뛰어 들어왔다. 조카들은 이모를 보더니 수다를 멈추고 고개를 숙여 인사를 했다.

"오하이오 고자이마스(좋은 아침이에요)." 둘째 노부코가 목청을 높였다. 토미요는 쑥스러운 듯 동생 뒤에 서서 머뭇거렸다.

"오하이오." 미요코는 아이들을 꼭 안아줬다. 산파로서 직접 받아 언니와 함께 기른 조카들이었다. 뒤따라 들어온 하라모토에게 눈인사를 건네자 그는 인사를 하는 둥 마는 둥 중얼중얼하더니 담배를 꺼내 물고 옆방으로 가버렸다.

"엄마는 이모랑 나가서 좀 걷다 올 거야. 올 때 과자 사 올게."

아이들은 활짝 웃더니 다시 밖으로 나갔다. 벌써 여섯 살이 된 코짱이 생각나 코끝이 다시 찡해졌다. 보배 언니처럼 아들을 곁에 두고 키우고 싶다. 이번이 혹시 코짱을 데리고 갈 수 있는 마지막 기회는 아닐까?

보배가 미로처럼 복잡한 오사카의 골목길로 미요코를 이끌었다. 조선 사람들이 하는 가게가 모여 있는 구역이었다. 미요코는 간신히 언니를 따라가며 다시 입을 열었다.

"당장 코짱을 시댁에서 데리고 와서 조선으로 넘어가는 거야. 평양에 있는 태영 오빠를 찾아가면 돼. 오빠가 언제든 오라고 했거든."

보배는 아무 말 없이 앞만 보며 걸었다. 미요코가 조선에 가서 잘 지낼 수 있을지 걱정하는 걸까? "태영 오빠가 조선중앙은행에서 일하잖아. 평양에서 내가 병원 일자리 찾는 걸 도와주겠지."

잔걸음으로 걷던 보배가 양장점 앞에서 우뚝 멈춰 섰다. "코짱은 데려가지 마."

전차가 요란한 소리를 내며 지나갔다. 코짱을 데려가지 말라고? 애써 도망치면서 코짱을 데려가지 못하면 무슨 소용인가?

"너 혼자 무사히 빠져나가기도 어려울 텐데 왜 어린애까지 데려가려고 하니?"

뼈아픈 지적이었다. 어린아이까지 데리고 도망치는 건 위험하다. 중간에 잡히기라도 하면 코짱은 어떻게 한단 말인가.

"아이는 나중에 데려가." 보배가 말했다.

"……코짱을 어떻게 두고 가. 난 못 해." 조금 전까지만 해도 용기가 솟구쳐 올랐는데, 갑자기 온몸에 힘이 빠져버렸다.

"코짱은 교토에서 할머니, 할아버지 집에 있는 게 더 안전해."

조선에서 코짱과 함께 사는 게 오랜 꿈이었지만 코짱의 안전만을 생각하면 교토에 두고 가는 게 답일지도 모른다.

"하지만 내가 엄마잖아. 나만큼 코짱을 아끼는 사람은 없어." 할머니, 할아버지도 당연히 코짱을 아끼고 사랑하지만, 그분들이 엄마는 아니다. 게다가 일본이 전쟁에서 지는 날에는 이곳 상황도 어떻게 될지 알 수 없다. 그런 날이 오면 호준이 바랐던 대로 조선이 더 안전하지 않을까?

"아이가 있는 여자랑 결혼하려는 사람은 없어."

미요코는 언니의 말에 깜짝 놀라 한발 물러섰다. 언니가 이 와중에 동생을 새로 시집보낼 생각이었다니, 상상도 못 하고 있었다. 굳어버린 미요코 뒤로 자전거가 빠르게 다가오자, 보배가 미요코의 팔을 잡고 끌어당겼다. 두 사람은 다시 천천히 걷기 시작했다.

"난 다시는 결혼 안 할 거야. 그런 생각은 꿈에도 안 했어. 고향에 가면 간호사 일이랑 산파 일을 해서 코짱을 먹여 살릴 거야. 남편 같은 건 없어도 돼." 코짱에게 아빠가 있으면 좋기야 하겠지만, 이날 이때껏 혼자서 잘 헤쳐오지 않았던가!

"코짱이 있으면 일자리를 구하기도 어려울 거야. 일하는 동안 코짱은 누가 봐주는데? 태영이가 집에서 애를 봐줄 것도 아니잖아?" 보배의 말투가 더욱 단호해졌다.

미요코는 다리에 힘이 풀려 휘청거렸다. 무사히 고향에 도착하고 나면 어떻게 살아갈지는 자세히 생각해보지 않았다. 코짱과 둘이 함께 새 삶을 꾸리겠다는 건 애초에 어려운 일이었는지도 모른다. 언니 말이 옳다. 태영 오빠네 집에 얹혀살 수 있다고 해도, 아이를 봐줄 사람은 없다. 만약 사정이 생겨서 태영 오빠네서 나가야 한다면, 아이와 함께 들어갈 수 있는 간호사 기숙사는 없을 것이다. 일본에서도 그런 경우는 보지 못했다.

보배는 쉬지 않고 말을 이어갔다. "코짱한테는 지금 사는 곳이 집이야. 너도 어릴 때 일본으로 와서 얼마나 힘들었니? 얼마나 외로웠어? 지금 조선으로 돌아가면 코짱도 똑같아."

틀린 말은 아니다. 하지만 처음 일본에 왔을 때 어머니를 부르며 울다 잠든 밤이 얼마나 많았던가? 아이를 어머니한테서 떼어놓는 것도 할 짓이 못 된다. 조선으로 돌아가면 힘들어도 내가, 엄마가 옆에 있을 것이다. "내가 엄마잖아. 코짱을 나처럼 엄마 없는 애로 만들 수는 없어."

다시 의지가 솟구쳐 올랐다. 지금까지 코짱과 너무 오래 떨어져 있었다. 할머니, 할아버지가 코짱을 애지중지하니 그나마 다행이라고 생각했었다. 덕분에 집안일에서 해방되어 일에 몰두하며 남편 잃은 슬픔을 잊을 수 있었다. 아이를 자주 보지 못하는 슬픔이나, 아이와 데면데면한 사이가 되어버린 괴로움에서는 애써 눈을 돌리고 살았다. 다른 방법이 없으니 그게 최선이라고 여겨왔다. 하지만 더는 이렇게 살고 싶지 않다. 이미 아들이 커가는 모습을 보지 못한 채 여러 해를 흘려보내고 말았고, 이제라도 어미 노릇을 하고 싶다. 코짱에게도 엄마가 있어야 한다. 하지만 어떻게?

두 사람은 과자점 앞에서 발걸음을 멈췄다. 보배는 아이들에게 줄 과자를 산다며 가게로 들어섰다. 미요코는 진열창에 등을 기대고 서서 숨을 깊이 들이쉬었다. 눈을 감고 방법이 떠오르게 해달라고 기도했다. *하나님, 제발, 도와주세요.*

눈을 다시 떴을 때 길 건너편에 있는 신문 가판대가 시야에 들어왔다. 문득 아까 산 신문이 떠올라 가방을 뒤졌다. 징집을 피해 도망친 아버지 때문에 어머니와 함께 경찰서로 불려간 아이가 사진 속에서 미요코를 쳐다보고 있었다.

미요코는 도넛이 든 종이봉투를 안고 나온 보배를 붙들었다.

"언니, 여기 이 기사 좀 읽어봐. 내가 도망갔다고 코짱이 잡혀가서 조사라도 받게 되면 애가 어떻게 되겠어? 어미 없는 애라고 고아원에 보내버리기라도 하면…….”

미요코의 목소리가 커지고 얼굴이 달아올랐다. 함께 도망치는 것도 위험하지만, 여기에 남는 건 더 위험할지도 모른다. 고향에 돌아가서 남편감을 찾는 일, 일하는 동안 코짱을 돌봐줄 사람을 찾는 일 모두 당장 도망간 어머니 때문에 경찰에 잡혀가는 것에 비하면 대단한 문제가 못 된다.

“아무래도 코짱은 내가 데려가야겠어.”

보배가 기사를 읽어 내려가더니 마침내 입을 열었다. “그래. 어쩌면 이번이 고향으로 돌아갈 마지막 기회일지도 모르지. 조선에 가면 일본인 행세도 그만두고, 어미 노릇도 하면서 살 수 있을지도 몰라.” 보배는 안쓰러운 눈빛으로 미요코를 바라보았다. “나도 이제 어미니까 네 심정은 알아.”

“언니랑 조카들이 보고 싶어서 어쩌지.” 언니와 헤어질 생각을 하니 가슴이 미어졌다. “언니가 시집갔을 때도 얼마나 슬펐다고. 날 키워준 사람은 언니야. 여기서 나한텐 언니뿐이었어. 앞으로 언니 없이 어떻게 살아야 할지 모르겠네.”

“언제 다시 볼 수 있으려나……. 훗날 조선이 식민지 신세를 면하게 되면 하라모토한테 우리도 조선으로 돌아가자고 해볼게. 애들이 생기고 나서는 하라모토도 생각이 좀 달라진 것 같아. 그렇지만 당장은 그이에게도 비밀로 하자. 마침 내일부터 하라모토가 교토 밖으로 출장을 가니까, 일단 코짱을 데리고 우리 집으로 와. 떠날 준비가 될 때까지 우리 집에 있으면 돼.”

미요코는 보배를 와락 껴안았다. 미요코가 가려는 길이 얼마나 험난한지 알면서도 기꺼이 지지해주는 언니가 그 누구보다 소중했다.

“태영 오빠한테 미리 소식을 알리고 싶지만 편지가 중간에서 검열당할지도 몰라. 저번 편지에 조선에 돌아갈 생각이 있다고 썼으니까, 우리가 갑자기 나타나도 그렇게 당황하진 않을 거야.”

미요코는 정말로 징집 통지서를 무시하고 도망칠 작정이었다. 평생 이런 짓은 해본 적이 없었지만, 소집일이 일주일도 채 남지 않았으니 머뭇거릴 시간이 없었다.

제36장

1943년 4월 15일 목요일

미요코는 옷을 갈아입으려고 서랍장을 열었다. 긴장해서 서랍장을 여는 손이 떨렸다. 탈출 계획을 실행에 옮기는 첫날이다. 어젯밤 보배네서 돌아온 미요코는 일기장에 해야 할 일을 적어 내려갔다. 우선 시모노세키로 가는 기차표를 사야 한다. 13년 전 처음으로 일본 땅을 밟았던 곳이다. 그다음에는 코짱을 시댁에서 데리고 나와야 하는데, 아이와 할머니, 할아버지에게는 보배 언니네 집에 다녀오겠다고 거짓말할 것이다. 아이를 무사히 데리고 나온 다음에는 기차를 타고 서쪽으로 달려 시모노세키까지 가야 하고, 그다음에는 항구에서 조선으로 가는 배를 타야 한다.

이 모든 걸 잘 해낼 수 있을까? 준비는 충분한가? 일본에서 지금껏 쌓아 올린 삶을 모두 버리는 것이다. 코짱도 할머니, 할아버지와 헤어져야 하고, 삶이 송두리째 흔들릴 테다. 하지만 아들과 함께 꾸려갈 앞날이 머릿속에서 점점 더 선명해지는 것 같았다. 무사히 조선에 도착하면 집에 산파 진료소를 차리고 코짱을 돌보며 집에서 일할 것이다. 어미 노릇을 제대로 하려면 이 길뿐이다.

서랍 속에는 하얀 간호사복과 함께 곱게 개어놓은 기모노도 몇 벌 있었다. 그중에서 파란 줄무늬 기모노를 꺼냈다. 열여섯 살 때부터 10년 넘게 입어온 옷이다. 그때도 미요코는 정체를 곧잘 숨겼고, 지금은 더 능숙해졌다. 일자리를 구할 때마다 이 옷을 입었으니, 오늘도 행운이 따라주기를 바랄 뿐이다. 시모노세키까지 가는 기차표를 무사히 구하려면 용기와 행운이 모두 필요했다.

시모노세키까지 버스로 가는 건 너무 오래 걸려서 반드시 기차를 타야 하는데, 최근에는 전쟁 탓에 기차도 군인과 군용 물자를 실어 나르느라 바빴다. 군용 열차는 오사카와 교토 사이를 오가는 여객용 기차와 생김새부터 다르다. 태평양 전쟁에서 일본이 수세에 몰리자 더 많은 물자를 실어 나르기 위한 고속 열차가 도입됐다. 여자들은 혼자 멀리 가는 일이 드물고, 직접 기차표를 사러 오는 경우도 거의 없으니 의심스러운 눈초리를 피하려면 남자의 도움을 받아야 한다. 하지만 누가 도와줄 수 있을까?

기모노의 오비를 단단히 매고 짧은 머리 밑단을 서양식으로 동그랗게 말았다. 발가락 부분이 갈라진 타비 양말을 신으면서는 언니와 함께 꾸며낸 이야기를 읊조렸다. *제 남편은 조선에 파*

견된 장교입니다. 남편이 크게 다쳐서 아들을 데리고 가보려고 합니다. 한시바삐 가지 않으면 남편이 처자식을 못 보고 죽을지도 모릅니다.

기모노의 넓은 소매에 딱 맞는 미색 겉옷을 걸친 다음 나막신을 신고 방을 나섰다. 좁고 썰렁한 기숙사 복도를 지나 거리로 나섰을 때는 아직 이른 시간이라 그런지 지나다니는 사람이 없었다. 사람들과 마주치게 되면 틀림없이 누군가가 어디 가느냐고 물어올 것이다. 미요코는 가슴을 쓸어내렸다.

오사카 기차역을 향해 바삐 걸음을 옮기는 길, 아직 피지 않은 진달래꽃 봉오리 끝에는 아침 이슬이 맺혀 있었다. 기모노 소매 안에 손을 넣어 돈을 넣어둔 봉투가 잘 있나 다시 한번 확인했다. 시모노세키까지 가는 기차표 두 장을 사고도 남을 돈이지만, 누군가의 도움이 필요할지도 모르니 돈은 넉넉히 준비하는 편이 안전하다.

초조하고 불안한 마음에 발걸음을 재촉하다가도 두려움에 걸음이 느려졌다. 마침내 역에 도착하니 순찰하는 경찰들이 눈에 들어왔다. 미요코는 자기도 모르게 큰 기둥 뒤에 몸을 숨겼다. 경찰이 불안해 보이는 사람을 무작위로 조사해보면 어떡하지? 성공하려면 누구보다도 뻔뻔하게 연기해야 한다.

잠시 뒤 목을 빼고 바라보니 경찰관들은 군인 한 무리와 이야기를 나누느라 정신이 팔려 있었다. 미요코는 푸른색 철도원 제복을 입은 한 남자를 발견하고는 나막신 소리가 나지 않도록 조심조심 다가갔다. 아무나 붙들고 도움을 구하는 것보다는 역에서 일하는 사람에게 부탁하는 게 기차표를 구하는 데 유리할 것이다. 미요코는 곁눈질로 남자의 얼굴을 살폈다. 고생깨나 한 듯 얼굴에 주름이 깊게 팬 나이 든 남자였다. 이런 사람이라면 미요코를 가엾게 여길지도 모른다. 용기를 내서 말을 걸었다.

"실례합니다. 제 남편이 조선에 파견된 장교인데, 큰 부상을 입었습니다. 아들이랑 남편을 보러 가야 하는데 어떻게, 방법이 없을까요?"

연습한 대사가 매끄럽게 흘러나왔다. 한 음절만 틀리게 발음해도 조선 사람인 것이 탄로 날 수 있지만, 미요코의 일본어는 완벽했다.

남자는 아무런 말이 없었다. 마음이 동한 것일까? 아니면 수상한 사람이라 생각해 신고하려는 걸까? 아니었다. 더 들어보겠다는 눈빛이다.

미요코는 다시 입을 열었다. 목소리가 떨렸다. "남편이 죽기 전에 마지막으로 얼굴을 봐야 합니다. 제발 좀 도와주세요. 시모노세키행 기차표 두 장을 구해주시면 돈을 조금 더 얹어서 드리겠습니다. 부탁드립니다."

미요코는 손을 무릎 위에 짚고 목덜미가 드러날 정도로 고개를 깊이 숙이며 애원했다. 고개를 살짝 들어 남자의 표정을 살피니, 약간 당황한 듯 얼굴을 붉히고 있었다. "나라를 위해 일하시는 분이 처자식을 만나야 한다면 도와드려야지요. 표를 구할 수 있는지 가서 좀 살펴보리다."

미요코는 공손하게 두 손으로 돈 봉투를 건네며 거듭 고개를 숙였다. “부탁드립니다.”

미요코는 매표소 쪽으로 걸어가는 남자의 뒷모습을 바라보며 심호흡하고 마음을 가라앉히려 애썼다. 남자가 매표소 직원에게 무어라 말하며 돈을 건네자, 직원이 표 두 장을 꺼냈다. 성공이다!

남자는 미요코에게 돌아와 기차표와 거스름돈을 건넸다. “여기 있소. 가장 빨리 출발하는 표가 사흘 뒤 일요일 아침이오. 무사히 상봉하시오.”

미요코는 기차표와 남자를 번갈아 바라보며 연신 고개를 숙였다. 계획이 먹혀들었고, 표를 구했다! 도망칠 길이 열린 셈이다. “어떻게 감사를 드려야 할지……. 남은 돈은 감사의 표시로 받아주세요.”

“별일 아니오.” 남자는 손을 내저었다. “몸조심하시구려. 도시 밖으로 나가면 검문소가 아주 많으니까.” 남자가 무언가를 아는 건지 은근한 눈짓을 보냈다.

미처 대답할 새도 없이, 남자는 철로 가까이 가려는 사람을 향해 호루라기를 불며 자리를 떴다. 다시 공포가 엄습했다. 기차표는 구했지만, 앞으로 언제 어디서 붙잡힐지 모른다. 군인들이 기차를 멈춰 세우고 승객을 하나하나 검문하는 모습이 머릿속에 그려졌다. 소집을 거부하는 것도 모자라 조선으로 도망칠 계획을 세운 사람은 무슨 벌을 받게 될까? 일본 당국은 조선 사람들에게 특히 더 가혹하다. 상상만으로도 오금이 저렸다.

미요코는 손안에 들어온 기차표를 바라보며 다시 한번 결의를 다졌다. 속으로는 벌벌 떨었지만, 어쨌든 첫 번째 거짓말도 계획한 대로 잘 해냈다. 자신도 몰랐던 용기가 어딘가에 숨어 있었던 것 같다. 오늘은 목요일이고, 이제 일요일 아침까지 코짱을 오사카역으로 데려와야 한다.

소집 기한인 월요일까지는 이제 나흘밖에 남지 않았다.

제37장

1943년 4월 16일 금요일

다음 날 아침 일찍 미요코는 교토행 기차에 올랐다. 보배와 의논한 대로 일단 코짱을 언니네 집에 데려다두어야 했다. 마침 하라모토가 출장 중이었다. 대사를 다시 한번 연습했다. "코짱, 우리 오사카에 놀러가서 재미있는 구경도 하고 맛있는 것도 잔뜩 먹자." 코짱은 기차를 한 번도 타본 적이 없으니 무척 기뻐할 것이다. 반짝이는 아들의 눈을 떠올리자 죄책감이 밀려왔지만, 계획이 성공하려면 코짱과 할머니, 할아버지를 모두 감쪽같이 속이는 수밖에 없다.

등을 바짝 세우고 앉아 지난 며칠간 일어난 일을 복기하고 또 앞으로 펼쳐질 날을 그려봤다. 기모노 소매 안에 넣어둔 기차표가 잘 있는지도 연신 확인했다. 검문소에 기차가 설 때마다 들려올, 바퀴가 철로를 스치는 소리와 조선으로 가는 배 위에서 바라볼 깊고 검은 바닷물을 상상하면 이마에 식은땀이 맺혔다. 얼마나 많은 고비가 기다리고 있을까? 미요코는 용기가 바닥나지 않기를 간절히 기도했다. 하나님이 도와주실 거라는 막연한 믿음으로.

교토에 도착한 미요코는 언제나처럼 기차역을 빠져나와 시댁으로 향했다. 근처 과자점에서 풍겨오는 향긋한 냄새를 따라가면 금세 도착이다. 달콤한 빵 냄새를 맡으면 코짱과 보낸 즐거운 시간과 떨어져 지내야 했던 숱한 날들이 동시에 떠올랐다. 과자점에 들러 코짱이 제일 좋아하는 팥앙금 도넛을 샀다. 설탕 배급량이 줄어들어서 그런지 가격이 더 올랐다. 코짱이 도넛을 먹으면 기분이 좋아져서 순순히 오사카로 따라가겠다고 할지도 모른다.

도넛을 사서 집으로 가는 길에는 수선화 향기가 가득했다. 새들이 지저귀며 나무 사이를 바삐 오가고 있었다. 교토는 오사카보다 작은 도시지만 곳곳에 작은 공원이 많다. 어쩐지 일이 잘 풀릴 것 같다는 희망을 품게 하는 곳이다. 시댁에 도착한 미요코는 커다란 나무 대문을 열고 마당으로 들어섰다. 코짱이 낡은 양말을 뭉쳐서 만든 공을 차며 놀고 있는 모습을 보자 그저 흐뭇했다.

아이는 깜짝 놀라더니 미요코의 손에 들린 익숙한 빵 봉지를 보고는 얼굴이 환해졌다. 미요코가 다녀간 지 일주일밖에 되지 않았으니 놀랄 만도 했다. 환히 웃을 때면 한쪽 눈이 유독 더 작아지는 것이 아빠를 똑 닮았다. 여느 유치원생들처럼 민머리를 하고 있어서 동그란 얼굴이 더욱 도드라졌다. 도넛 냄새에 코짱이 군침을 꿀꺽 삼켰다.

"코짱, 엄마가 병원에서 휴가를 받았어." 미요코가 명랑한 목소리로 말하면서 두 팔을 쭉 뻗어 빵 봉투를 내밀었다. "코짱 주려고 사 왔지."

코짱은 얼른 달려오더니 주위를 한번 살피고는 봉투를 낚아채다시피 가져갔다. 그러고는 허겁지겁 종이봉투를 찢어 열더니 곧장 도넛 하나를 입에 넣었다. 평소 같으면 훈육을 했겠지만 오늘은 참아야 한다.

무릎을 굽혀 코짱과 눈높이를 맞췄다. "엄마랑 기차 타고 오사카에 가지 않을래?" 미요코는 숨을 죽이고 아들의 반응을 살폈다.

"응?" 코짱은 입안 가득 도넛을 우물거리며 말했다. "기차?"

앞으로 해야 할 수많은 거짓말을 떠올리니 가슴이 조여왔다.

"언제?" 코짱이 몸을 펴며 말했다.

미요코는 조금 안심했다. "내일 아침에 갈까? 최대한 빨리 가자. 엄마 휴가가 짧아서." 언니와 연습했던 대사를 읊을 차례다. "보배 이모 집에도 갈 거야. 코짱이 얼마나 컸나 이모가 보고 싶대!"

보배 이모 이야기로 코짱의 환심을 살 수 있을까? 몇 년 전 언니가 교토에 놀러 왔을 때 코짱을 데리고 함께 동네 축제에 간 적이 있기는 했지만 기대와 달리 코짱의 미소는 사그라들고 있었다.

"이모랑 관람차 타고 맛있는 팝콘도 먹었잖아. 기억 안 나?"

"응, 근데……." 코짱이 고개를 갸우뚱거렸다.

"오사카에서도 축제가 열려서, 이모가 코짱이랑 가고 싶대!" 미요코가 목소리를 한껏 높였지만 코짱은 여전히 미심쩍은 얼굴이었다.

너무 오래 집을 떠나 있기 싫은 걸까? "며칠만 다녀오자."

"흠." 코짱이 입을 열었다. "할머니랑 할아버지도 가요?"

여태껏 할아버지 할머니와 떨어져본 적이 없으니 불안할 만도 하다. "같이 가고 싶은 거 알지. 근데 그렇게 멀리 가시기는 힘들대."

코짱이 얼굴을 찌푸렸다. "그럼 나도 안 갈래!" 코짱은 벌떡 일어나더니 밖으로 뛰어나가 버렸다.

너무 늦었나 보다……. 이제 아들과 가까워지기는 영영 그른 걸까. 함께 보낸 시간이 많지는 않아도 좋은 기억은 간직하고 있을 줄 알았는데……. 미요코는 마음이 약해졌다. 어쩌면 할아버지 할머니와 살게 두는 게 코짱에게 더 좋을지도 모른다.

"무슨 일이냐?" 시어머니가 종이 바른 미닫이문을 열고 고개를 내밀었다. 낮잠을 자다 깼는지 백발이 흐트러져 있었다.

"시끄럽게 해서 죄송해요. 휴가를 받아서 왔어요." 가슴이 두근거렸다. 화제를 바꿔야 한다. "차 좀 내드릴까요?"

시어머니가 좋아하는 보리차를 따르며 다시 마음을 다졌다. "코짱을 데리고 언니네 좀 다녀오려고요. 언니가 몸이 좀 안 좋은데 의사도 왜 그런지 잘 모른대요. 더 안 좋아지기 전에 조카를 보고 싶다고 해서…….”

이러니저러니 해도 코짱을 키워주시는 시어머니에게 거짓말을 하려니 마음이 괴로운 노릇이었다. 아들을 병으로 떠나보낸 어른에게 있지도 않은 언니의 병을 핑계로 대고 싶지는 않았지만 급한 구실을 만들어야 하니 방법이 없었다. 시어머니도 아픈 식구 이야기에는 마음이 약해질지 모른다. 전에도 코짱에게 오사카 구경을 시켜주고 싶다고 이야기를 꺼냈다가 허락을 받지 못한 적이 있었다. 보배가 직접 교토로 왔던 것도 그 때문이었다. 하지만 이제는 코짱도 여섯 살이고 이모가 아프다고 하면 이야기가 다를지도 모른다.

시어머니는 입을 꾹 다물었다. 시어머니는 원래 나약한 사람은 아니었지만, 아들의 죽음으로 큰 충격을 받았다. 여전히 아들이 쓰던 방에 제단을 차려놓고 매일같이 염불을 외웠다. 이제 남은 건 손주뿐인데 손주마저 다시는 못 보게 된다면 완전히 무너져 내리고 말 것이다.

하지만 호준의 마지막 부탁은 분명했다. *코짱과 함께 최대한 이른 시일 안에 조선으로 돌아가요.* 지금이 아니면 기회는 없다.

미요코는 마음을 굳게 먹었다.

“내일 아침에 코짱을 데리고 기차를 타려고요. 내일이 토요일이니, 월요일에 유치원에 갈 수 있도록 일요일 저녁까지 데려오겠습니다.” 이토록 뻔뻔한 거짓말을 하다니, 목이 메어왔다.

시어머니는 미요코의 얼굴을 바라보며 고개를 저었다. “안 돼. 애가 아직 너무 어리다.” 말을 맺기 무섭게 고개를 홱 돌리는 시어머니의 눈가가 젖어오고 있었다. 전에도 시어머니의 이런 모습을 본 적이 있다. 아들 생각이 난 것이 틀림없다. 아들이 죽었기 때문에 손주에게 더 집착하는 것이다. 코짱을 늘 보이는 곳에 두고 싶어 하니, 단 이틀 멀리 보내는 것도 상상할 수 없겠지.

미요코는 신중하게 말을 골랐다. 할머니만 허락한다면 코짱은 할머니 말을 들을 것이다.

"손주 걱정이 늘 얼마나 크셔요. 하지만 코짱도 많이 컸고, 제가 어미잖아요. 어머님도 아범 살아생전에 아범을 얼마나 아끼셨어요. 제가 어미인데 바깥일을 하느라 자주 보지를 못하니 아이에게 미안한 마음뿐이에요. 휴가도 받았고, 언니도 조카를 보고 싶어 해요……. 코짱도 가면 재미있게 놀다 올 거예요. 이번 한 번만 허락해주세요, 네?"

미요코와 언니들을 만주로, 일본으로 보내자고 아버지를 설득하던 어머니도 이렇게 바늘방석에 앉은 기분이었을까? 이제야 어머니의 마음을 조금 알 것 같다. 그때 어머니는 오로지 어미로서의 직감을 믿고 어려운 결정을 했던 것이다. 지금의 미요코도 마찬가지다. 자식을 위해 최선의 길을 찾는 것이 어미다. 어린 딸의 등을 떠민 어머니를 원망하던 날도 많았지만, 이제는 그렇지 않다. 코짱도 언젠가는 어미를 용서할 것이다.

시어머니의 눈빛이 한풀 꺾였다. 주름 가득한 얼굴을 보니 새삼 시어머니가 부쩍 늙은 것이 실감났다. 힘 있고 강단 있던 말투도 막내아들이 죽은 뒤에는 많이 누그러졌다. 할머니라고 영원히 손주 곁에 있어줄 수는 없다. 코짱에게도 결국은 어미가 필요하다는 걸 시어머니라고 모르지는 않을 것이다.

말투는 여전히 냉랭했지만, 마침내 시어머니는 한발 물러섰다. "내 손주지만 네가 어미니 막을 길이 없구나. 이모도 아프다고 하니…… 코짱이 가겠다면은 말리지는 않겠다."

미요코는 그제야 숨을 크게 들이쉬었다. 얄궂게도 그 어느 때보다 시어머니와 가까워진 기분이었다. 자식을 떠나보내는 고통이라면 미요코도 잘 안다. 시어머니도, 미요코의 어머니도, 모두 같은 아픔을 알았다.

"고맙습니다, 어머님. 코짱은 조금 전에 놀러 나갔는데 이따 들어오면 할머니가 허락하셨다고 얘기할게요." 할머니가 허락했다고 말하면 코짱도 마음을 바꿀 것이다. 하지만 그걸로도 안 된다면? 거기까지는 아직 생각해보지 않았다.

**

코짱은 한동안 집으로 돌아오지 않았다. 동태찌개와 보리밥으로 온 가족이 먹을 저녁을 차리는 동안 해가 금세 저물었다. 미요코는 초조하게 코짱이 돌아오기를 기다렸다.

대문이 끼익 소리를 내며 천천히 열리더니 코짱이 머리를 들이밀고 집 안에 누가 있는지 살폈다. 미요코는 마침 코짱의 시선이 닿지 않는 마당 구석에서 빗질을 하던 중이었다. 인자와 윤희가 마당으로 들어서자, 코짱은 숨바꼭질하듯 큰 물독 뒤로 달려가 몸을 숨겼다.

"어머니께서 코짱이 제 어미랑 오사카에 가는 걸 허락하셨다면서요?"

"그러게. 가서 영영 안 왔음 좋겠네."

미요코는 숨이 멎는 것 같았다.

"애가 너무 버릇이 없어. 어머님, 아버님이 아니면 갈 데도 없는 애가 말이야. 아비는 죽고, 어미는 나가서 일만 하니……."

"우리 애들처럼 집안일을 돕지도 않잖아요. 애들도 이제 다 알걸요."

"할머니 할아버지가 늙고 병들면 여기는 자기가 있을 곳이 못 되는 걸 알게 되겠지."

미요코는 자기도 모르게 주먹을 꽉 쥐었다. 코짱이 들은 건 아니겠지?

"어서 와라." 시어머니가 문을 열고 코짱을 부르자, 두 며느리는 뒤도 돌아보지 않고 부엌 쪽으로 사라졌다. 코짱은 물독 뒤에서 나와 쏜살같이 할머니 품으로 달려갔다. 미요코도 코짱을 따라 집 안으로 들어갔다.

"어미랑 오사카에 간다면서!" 시어머니가 코짱에게 말했다. "큰 기차도 타고, 정말 좋겠다!"

시어머니의 행동에 미요코는 깜짝 놀라 눈을 끔뻑거렸다. 기차도 타고 재미난 구경도 하면 코짱이 좋아할 것으로 생각해 마음을 바꾸신 걸까? 코짱이 엄마와 좀 더 시간을 보내야 한다는 걸 인정하신 걸지도 모른다. 속마음이야 어떻든, 코짱에게 먼저 이야기를 꺼내준 건 고마울 따름이었다.

코짱의 표정은 여전히 읽어내기가 어려웠다. 큰어머니들이 하는 말을 들은 것도 같았지만, 딱히 기분이 상한 얼굴도 아니었다.

"내일 기차 타러 갈 거예요." 코짱이 말했다. 신이 난 말투는 아니었지만 마음이 돌아선 건 분명했다. 코짱은 할머니 말씀을 누구보다 잘 따랐다. 할머니가 뜨개바늘을 찾으면, 제일 먼저 바늘을 찾아다가 드리는 것도 코짱이었다. 큰어머니들의 말을 엿듣고 무슨 이야기인지 알아들었다면 충격이 컸을 것이다.

"가서 자랑할래요." 코짱은 벌떡 일어나 사촌들을 찾으러 갔다. 승부욕이 강해서 골목길에서 공을 찰 때도 누구보다 점수를 많이 올리고 싶어 하는 아이였다. 사촌들 누구도 못 타본 기차를 타고 오사카에 가게 된 건 큰 자랑거리일 것이다. 미요코는 시어머니에게 거푸 고개를 숙여 인사했다. "감사합니다. 어머님 덕분에 데려갈 수 있게 됐어요. 어머님이 허락 안 하시면 절대 가지 않을 아이예요."

시어머니의 대답은 이후 오랫동안 마음에 남아 미요코를 괴롭혔다. "호준이가 나한테 남긴 건 코짱뿐이야. 애한테서 절대로 눈을 떼지 마라. 금세 멀리 가버리고 길을 잘 잃으니까. 코짱한테 위험한 일은 절대로 하면 안 돼."

"네, 어머님. 조심할게요." 속이 울렁거렸다. 미요코는 끔찍한 거짓말을 하고 있다. 코짱은 평생 함께 살아온 가족을 뒤로하고 일본을 영영 떠나게 된다. 지금까지 죽은 아들을 생각해 손주를 애지중지 돌봐준 시부모에게서 코짱을 빼앗아 가려는 건 바로 자신이다. 게다가 앞으로의 길에는 알 수 없는 위험이 잔뜩 도사리고 있다.

하지만 이제는 돌이킬 수 없다. 시모노세키행 기차표도 구했고, 코짱도 구슬렸다. 코짱이 사정을 알고 따라나서는 게 아니더라도 계획대로 밀어붙여야 한다. 시어머니를 안심시키고, 코짱과 함께 오사카로 향할 것이다. 거짓말밖에는 다른 수가 없다.

제38장

1943년 4월 17일 토요일

하늘이 회색빛으로 흐린 아침이었다. 코짱을 배웅하려고 온 가족이 모였다. 할머니, 할아버지, 첫째 큰아버지와 둘째 큰아버지, 큰어머니 둘, 사촌 넷까지 모두 대문 앞에 서서 코짱의 머리를 쓰다듬으며 인사를 건넸다. 어린아이들은 동네를 벗어날 일이 없으니, 단 이틀이라도 이렇게 멀리 가는 건 사촌들 사이에서 코짱이 처음이다.

"이테 키 나사이(잘 다녀와)." 사촌들도 목소리를 한껏 높여 인사했다. 어른들은 집에서 조선말을 쓰지만, 아이들끼리는 학교에서 배운 일본어를 썼다.

"잘 다녀오너라." 시어머니가 말했다.

코짱은 검은색 유치원 교복을 입고 모자를 삐딱하게 눌러썼다. 커다란 감자 포대 같은 배낭도 멨다. 양손을 얌전히 앞으로 모았는데 귀는 새빨개져 있었다. 다들 자기만 쳐다보니 부끄러운 건지, 코짱은 아침부터 유독 평소보다 말이 없고 아침밥도 먹는 둥 마는 둥이었다.

"가자." 미요코가 다정하게 말을 붙였다. "기차 놓치겠다." 오늘도 미요코는 시모노세키행 기차표를 사러 갔던 날처럼 푸른 줄무늬 기모노를 입었다. 옷소매 안에 돈이 든 봉투를 넣어둬서 움직일 때마다 바스락거리는 소리가 났다. 몇 년 동안 모아온 전 재산이었다. 이 정도면 조선에 돌아가서 일자리를 찾을 때까지 당분간 코짱과 먹고 살 수 있을 것이다. 불안해도 마주해야 하는 앞날이다. 미요코는 이마 위로 흘러내리는 머리카락을 연신 넘겨 올렸다.

한쪽 팔을 코짱의 어깨에 얹고 함께 고개 숙여 인사한 뒤 기차역을 향해 걸음을 뗐다. 50보쯤 갔을 때 코짱이 갑자기 걸음을 멈추더니 뒤돌아섰다. 그러고는 모자가 벗겨질 정도로 빠르게 달려가서 할머니 품에 안겼다. 결국 가지 않기로 마음 먹은 건가 싶어 미요코는 가슴이 철렁 내려앉았다.

"보고 싶을 거예요, 할머니!" 코짱이 외쳤다.

시어머니는 허리를 굽힌 채 아이의 까까머리에 손을 올렸다. 시어머니는 이제 코짱보다 그리 많이 크지도 않았다. 단단하게 쪽진 백발과 긴 나무 비녀가 아니라면 멀리서 보는 사람은 어린아이인 줄 알 것이다. 시어머니는 코짱의 등을 떠밀며 손등으로 눈물을 훔쳤다.

"어서 가보렴. 기차 놓친다. 내일 저녁에 보자!"

미요코는 고향을 떠나던 날 동네 기차역에서 어머니를 끌어안고 놓지 못하던 자신이 떠올라 눈물이 왈칵 차올랐다. 하지만 감상에 젖으면 의지가 약해진다. 코짱이 할머니를 안아보는 건 이번이 마지막일 테고, 그 불확실한 미래로 아들을 데려가려는 사람은 바로 미요코 자신이다. 모든 이의 머리 위에 먹구름이 가득했다.

길바닥에 떨어진 코짱의 모자를 주워 들고 가족들에게 다가간 뒤, 영 발이 떨어지지 않는 듯한 아이의 손을 잡고 겨우 돌아섰다. 옳은 길이라고 계속해서 속으로 되뇌었지만, 머리가 조금씩 아파왔다.

미요코는 발걸음을 재촉했다. 코짱이 정말로 마음을 바꾸거나 자신의 마음이 약해지기 전에 기차역에 도착해야 한다. 두 사람은 가쁜 숨을 몰아쉬며 오사카행 기차에 올라탔다. 기차가 한 시간 가까이 달리고 나서야 두근거리던 가슴이 가라앉았다. 첫걸음은 뗐지만 아직 갈 길이 멀었다.

코짱은 차창에 머리를 대고 창밖으로 펼쳐지는 풍경을 구경하느라 정신이 없었다. 철길 옆에서 밭을 가는 황소가 나타났을 때는 손바닥이 유리창을 뚫고 나갈 듯했다. 신사와 절, 오래된 건물들로 가득한 교토에서 평생을 살아온 아이에게는 시골 풍경이 낯설고도 신기한 모양이었다.

"이치, 니, 산(하나, 둘, 셋)……." 반대편 철로로 기차가 지나갈 때마다 코짱은 손가락을 접어 숫자를 셌다. 아들의 반짝이는 눈동자를 보자 역시 잘 데려왔다는 생각에 기분이 조금씩 나아졌다.

마침내 기차가 오사카역에 멈춰 섰다. 기관사가 경적을 울리며 도착을 알렸다. 교토와 마찬가지로 오사카도 하늘이 흐렸다. 코짱은 높은 건물과 역을 가득 채운 인파에 깜짝 놀라 눈을 동그랗게 떴다. 미요코는 잠시 멈춰서서 인파가 잦아들기를 기다렸다가 역사 밖으로 향했다. 오사카는 교토보다 훨씬 큰 도시라, 자칫 잘못해서 아이를 잃어버리면 큰일이다.

미요코는 시어머니의 당부를 떠올리며 코짱의 손을 꼭 붙들고 발걸음을 옮겼다. 이제 코짱을 지킬 사람은 미요코뿐이다. 아이가 더 어렸을 때면 시어머니는 외출할 때 코짱의 허리에 천을 묶고, 그 줄을 손에서 놓지 않았다. 이제는 아이가 많이 자라서 그런 방법을 쓸 수는 없으니 최대한 코짱을 옆에 가까이 붙이고 걸었다.

두 사람은 30분쯤 걸어 보배네 집에 도착했다. 낯선 집 앞에 도착하자 코짱은 어머니의 기모노 자락 뒤로 몸을 숨겼다. 엄마를 믿고 의지하는 모습에 마음이 벅찼다.

"보배 이모네 집이야." 미요코가 말했다. 바삐 걸어오느라 숨이 찼다. 한낮의 햇볕이 꽤 따스해 코짱의 얼굴에도 땀이 송송 맺혔다.

"기억 안 나는데." 코짱이 어딘가 초조한 목소리로 중얼거렸다. 코짱이 보배 이모를 마지막으로 본 건 2, 3년 전이었다.

"몇 해 전에 보배 이모가 교토에 놀러 와서 함께 축제 구경 갔었지? 이모는 엄마한테는 언니야. 코짱을 얼마나 예뻐한다고." 미요코는 짐짓 목소리를 높였다. "이모도 아기가 둘이야.

코짱한테는 사촌 동생들이란다. 토미요는 코짱 또래라 금방 친해질걸. 교토에 있는 사촌들처럼 말이야."

보배는 코짱을 여기까지만 데려오면 조선까지 갈 수 있도록 함께 설득해 주겠다고 약속했었다. 코짱이 이모를 좋아하면 일이 더 쉬워질 테다. 하지만 아이가 이모를 잘 기억하지도 못하고 낯을 가리는 것 같아서 조금 불안해졌다.

대문이 열리더니 바람개비를 든 보배가 나타났다. "이게 누구야!" 알록달록한 장난감을 본 코짱의 눈에 생기가 돌았다. 보배는 입김을 불어 바람개비를 돌리고는 곧장 코짱의 손에 쥐여 줬다.

"코짱을 위한 선물이란다!" 보배가 활짝 웃었다. "많이 컸네, 우리 코짱."

코짱의 얼굴에도 미소가 번졌다. "이모 기억나!"

보배가 무릎을 꿇고 앉아 아이와 눈높이를 맞췄다. "우리 버스 타고 놀이공원에 갈까? 놀이공원에 가서 관람차를 타는 거야. 아니면 어시장에 가서 물고기 구경할까?"

코짱의 눈이 반짝였다. "둘 다 할래요!"

"좋아, 가자!" 보배가 경쾌하게 발걸음을 떼며 미요코에게 눈짓을 보냈다. 작전 성공!

코짱은 손뼉을 치며 기뻐했다. "얼른 가요!"

토미요와 노부코도 뒤따라 나와서 환호성을 질러댔다. 일이 어쩐지 순조롭게 풀려가자 미요코는 조금 안도하면서도 코짱이 할머니와 할아버지, 사촌들을 영영 보지 못하게 된다는 것이 계속 마음에 걸렸다. 코짱도 나 때문에 나만큼이나 외로운 삶을 살게 되는 건 아닐까? 옳은 길이라고 믿고 싶지만, 확신은 들지 않았다.

**

어시장 구경에 나선 코짱은 코를 찌르는 생선 비린내에 얼굴을 찌푸렸다. 코짱의 사촌들은 눈이 휘둥그레져서는 주변을 두리번거리느라 바빴다. 미요코 일행은 상인이 커다란 참치를 해체하는 모습을 구경했다. 호객하는 상인들의 목청에 다들 손으로 귀를 가려야 할 지경이었다.

코짱은 바닥을 어지럽게 가로지르는 호스에 발이 걸려 넘어지는 바람에 손가락을 다쳤다. 늘 손가방에 응급약 몇 가지를 챙겨 다니는 미요코는 바로 소독약과 거즈를 꺼냈다.

“자, 이쪽에 앉아봐. 엄마가 약 발라줄게.” 미요코가 말했다.

코짱은 상처에 빨간약을 바르는 엄마를 물끄러미 바라보았다. 미요코는 상처에 입김을 불어 말린 뒤에 거즈를 감았다.

“엄마는 병원에서 이런 일을 해요?”

“그렇지.” 미요코는 병원에서의 하루를 궁금해하던 호준을 떠올렸다.

“이제 하나도 안 아파!” 코짱이 사촌들을 향해 의기양양하게 외쳤다. 엄마에 대해 별 관심이 없는 줄 알았는데, 그건 아닌 모양이었다.

보배가 노점상에서 팥앙금이 든 도넛을 사 오자 코짱은 상처를 까맣게 잊은 듯 정신없이 도넛을 먹어 치웠다. 입이 설탕 범벅이 된 채 싱긋 웃어 보이자 볼에는 보조개가 패였다. 웃는 얼굴이 유독 호준과 많이 닮은 아이였다.

해가 뉘엿뉘엿 넘어갈 무렵, 코짱과 사촌들은 관람차에 올랐다. 관람차가 꼭대기에 다다르자, 코짱은 지평선에서 주홍빛을 뿜어대는 태양을 향해 손을 뻗었다. 미요코는 관람차 아래에서 부푼 가슴으로 아들의 모습을 올려다보며 앞으로 펼쳐질 미래를 다시 한번 그려보았다.

해가 넘어가고 나서야 다 같이 집으로 돌아왔다. 하라모토가 출장 중이라 집은 텅 비어 있었다.

“이모도 쉬어야 하니까, 다들 저쪽 방으로 넘어가렴.” 미요코가 코짱과 사촌들에게 말했다.

“오늘 너무 재밌었어요!” 코짱이 외쳤다. “엄마가 약도 발라주고.” 아들의 말에 미요코의 마음이 부풀어 올랐다. 아이의 마음이 열리고 있다. 이대로라면 일이 잘 풀릴 것이다.

아이들은 축제에서 산 만화책을 보겠다며 건넌방으로 갔다. 말이 좋아 건넌방이지 종이를 바른 얇은 문 하나를 사이에 두고 있을 뿐이라 자매는 목소리를 낮췄다.

“오늘 코짱 기분이 좋아 보여.” 보배가 방바닥에 주저앉아 발을 문지르며 말했다.

“그런 것 같아. 언니가 잘해줘서 그렇지. 고마워.”

“우리도 재밌었지, 뭐. 너희가 가버리면 이제 보고 싶어서 어쩌니? 지금으로선 코짱이 순순히 가겠다고 할 것 같은데, 그렇다고 안심할 순 없겠다, 얘." 보배의 얼굴이 진지해졌다.

"알아. 우리 차 마시자." 차를 마시면 불안한 마음이 가라앉을 것 같았다.

"저기 오디 잎이 좀 있어." 보배가 서랍장을 가리키며 말했다. 서랍장과 낮은 상 하나가 전부인 단출한 방이었다.

미요코는 화로에 불을 붙이고 주전자에 물을 끓였다. 서랍을 열자 향긋한 냄새가 흘러나왔다. 고향 집 마당에 있던 오디나무의 달고 하얀 열매가 떠올랐다. 잎을 넣은 주전자에 끓는 물을 붓자 잎이 부풀어 오르며 떠올랐다. 잎을 충분히 우린 다음 한 손가락으로 주전자 뚜껑을 누른 채 잔에 차를 따라냈다. 그 익숙하고 구수한 향을 맡자 아들에게 한시라도 빨리 진짜 계획을 털어놓고 싶어졌다.

"코짱한테 얘기해야겠어. 조선에 돌아가서 태영 오빠네서 지낼 거라고."

태영 오빠와 함께 산을 타던 어린 시절이 여전히 생생하다. 이제 스물아홉이 되어 평양의 은행에서 아주 중요한 일을 하고 있을 똑똑한 오빠가 보고 싶었다.

"뭐라고 해야 코짱이 따라오겠다고 할까? 언니가 좀 도와줄 수 있어?" 미요코는 절박한 심정으로 보배를 바라봤다. 단번에 모든 진실을 말할지, 앞으로도 당분간 거짓말을 해야 할지 고민스러웠다. "엄마가 조선에서 새 직장을 구했다고 하면 어떨까? 거기 사는 삼촌이 와서 같이 살자고 했다고……. 전에 가운데가 말랑말랑한 초콜릿을 보내줬던 삼촌이라고 하면 기억하지 않을까? 조선에 가면 그런 과자를 실컷 먹을 수 있다고 말이야."

보배가 고개를 절레절레 흔들었다.

다른 작전을 써야 하나 보다. "아니면 기차 타러 가자고 했을 때처럼, 이번엔 큰 배를 타러 간다고 하는 거지. 배를 타고 하룻밤을 잔다고……."

"그게 나을 것 같아." 보배가 말했다. "배를 타고 멋진 삼촌을 보러 간다고만 해. 앞으로 어떻게 할 건지는 조선에 도착하면 알려주는 게 좋을 것 같아. 도착하기 전에는 조선에서도 일본인 학교에 다니면서 일본말도 쓸 수 있고, 새 친구들도 사귈 수 있다고 얘기해."

거기까지는 미처 생각하지 못했다. 아이는 지금껏 함께 살던 가족들과 영영 작별하고 완전히 새로운 생활에 적응해야 한다. 낯선 학교에 다니면서 조선말도 새로 배워야 한다. 일본에 갓 도착했을 때의 미요코와 똑같은 처지가 되는 것이다. 입안이 바짝 말라왔다.

"코짱이 조선에서 살기 싫다고, 할머니 집으로 돌아가고 싶다고 하면 어떡하지?" 눈앞에서 온 방이 흔들리는 것 같았다. 미요코는 차를 마시며 마음을 가라앉히려고 애를 썼다. 어미의 고향이라고는 해도 낯선 땅에 떨어지는 건 여섯 살 어린아이에게 버거운 일이다.

"기분을 잘 살펴가면서 해야지." 보배가 말했다.

"할머니도 연세가 많이 드셨으니, 코짱이 할머니 대신 세상을 구경하면 좋아하실 거라고 해볼까?"

절박한 심정으로 보배의 말을 기다렸다. "태영이 이야기를 해주는 건 좋을 것 같아. 태영이가 코짱을 봐주기도 하고, 아빠 노릇도 어느 정도는 해줄 수 있겠지. 잘될 거야. 말할 때 내가 옆에서 편들어줄게. 틀림없이 엄마랑 같이 가겠다고 할 거야."

언니의 말이 그저 고마웠다. 이제 자신을 일본으로 보내려고 병을 숨긴 어머니처럼 코짱에게 거짓말을 해야 한다.

거짓말도 사랑의 표현일 수 있을까? 자신에게 어릴 때 어머니가 필요했던 것처럼 코짱에게도 어머니가 필요하다는 사실은 믿어 의심치 않는다. 말로 표현할 수 없을 만큼, 세상 누구보다도 아들을 사랑한다. 호준을 위해서라면 무엇이든 할 수 있었던 것처럼, 아들을 잘 키워내기 위해서도 무슨 일이든 할 것이다.

옆방에서 만화책을 보고 킥킥대는 아이들의 웃음소리를 들으며, 미요코와 보배는 아무 말 없이 차를 마셨다. 아이를 어떻게 달랠지 생각하다 보니 차도 식고 의욕도 가라앉아 버렸다. 이미 해는 졌고, 하루가 다 지나가 버릴 참이었다.

"뭘 좀 가지러 기숙사에 다녀올게." 차가운 밤공기를 쐬며 걸으면 머리가 맑아질지도 모른다.

보배도 몸을 일으켰다. "그래, 잘 다녀와. 애들은 내가 보고 있을게."

"코짱한테 금방 다녀오겠다고 말해야겠다. 엄마가 없으면 불안해할지도 모르니까." 미요코는 미닫이문을 열고 나란히 엎드려 있는 아이들을 내려다보았다. "엄마는 병원에 잠깐 다녀올게. 보배 이모가 있으니까 뭐든 이모한테 말씀드려, 알겠지?"

아이는 어머니를 올려다보지도 않고 고개를 끄덕였다.

미요코는 신발을 꿰어신고 문을 나섰다. "언니, 정말 고마워. 다녀와서 바로 코짱이랑 얘기할게. 내일 새벽 6시에 예정대로 기차가 출발하는지도 한 번 더 확인하고."

보배는 이미 저녁 준비를 시작했는지 냄비 소리가 요란했다. "다녀와. 조심하고."

**

먼저 기차역으로 향했다. 매표소 앞은 표를 구하려는 사람들로 북새통이었다. 이틀 전보다 순찰 중인 군인과 경찰이 늘어난 것 같았다. 황토색과 검은색 제복을 입은 이들이 위협적인 말투로 승객들을 몰아세웠다. 경찰을 상대 중인 젊은 남녀 곁을 지나칠 때는 걸음을 늦추며 귀를 쫑긋 세웠다. 무슨 일로 저러는 걸까? 표만 가지고는 기차를 탈 수 없는 걸까?

"어디로 갑니까?" 검은 제복을 입은 순사가 서른 살쯤 먹은 남자를 다그쳤다.

"아내와 함께 나가사키에 있는 친척 집에 가는 길입니다." 남자가 벌벌 떨며 대답했다.

"신분증 좀 봅시다." 경찰이 이번에는 여자 쪽을 보며 윽박지르자 여자는 얼굴이 하얗게 질린 채 가방을 뒤져 여권을 꺼냈다. 여권을 받아 든 경찰은 남녀를 아래위로 한참 훑더니 이만 물러

가라고 손짓했다. 두 사람은 허둥지둥 인파 속으로 사라졌다.

평범한 행인들도 검문하는구나! 이마에 식은땀이 맺혔다. 아들과 함께 검문에 걸리면 어떻게 되는 걸까? 신문에 난 가족들도 이런 식으로 적발된 걸까? 어쩌면 경찰과 군인들은 징집을 피해 도망치는 조선인을 집중적으로 찾고 있는 것일지도 모른다. 온몸의 피가 차게 식었다.

조용히 땅바닥만 내려다보며 기차의 출발 시각을 적어놓은 벽으로 향했다. 엎친 데 덮친 격으로 출발 시각이 미뤄져 있었다. 미요코가 타려는 시모노세키행 기차 출발 시각이 일요일 새벽 6시에서 월요일 아침 8시로 바뀌어 있었다. 월요일 8시면 코짱을 교토에 데려다놓아야 하는 일요일 밤을 한참 넘긴 시각이다. 그때쯤이면 시어머니가 이미 엄청나게 걱정하고 있겠지! 조선에 도착한 뒤에 두 사람 모두 안전하게 잘 있다고 편지를 쓸 작정이었는데. 게다가 월요일은 미요코의 소집 기일이기도 하다. 그래도 아침 일찍 기차를 타면 미요코가 사라졌다는 사실이 알려지기 전에 배를 탈 수 있지 않을까?

승객들을 검문하는 경찰을 바라보자 두려움에 속이 뒤틀렸다. 남자 없이 어린아이를 데리고 여행하는 여성이라면 경찰의 눈에 띄기 딱 좋다. 남편은 어딨냐는 질문을 받을 게 뻔했다. 표를 살 때 기차역 직원에게 했던 이야기처럼 그럴듯한 사연을 잘 둘러대야 했다. *제 남편은 장교입니다. 이 아이는 제 아들입니다. 남편이 조선에 나가 있는데 몸이 아파서 가봐야 합니다.* 정신없이 되뇌던 미요코의 눈에 어린 여자아이가 들어왔다. 기껏해야 코짱보다 한두 살 위인 것 같은데 경찰의 심문을 받고 있었다. 경찰이 어디로 가느냐고 물어오면 코짱은 뭐라고 대답할까? 아무것도 모르는 코짱이 어머니가 애써 지어낸 이야기를 망쳐버릴 수도 있었다.

그런 사태를 막으려면 아이에게 모든 걸 솔직하게 털어놓는 수밖에 없다. 아이도 어떤 난관이 기다리고 있는지를 알아야 한다. 일이 풀리는 것을 보면서 그때그때 대처할 여유는 없다. 기차 안에서도, 심지어는 배 위에서도 일본군을 마주칠지 모르는데 그때 아이가 예상하지 못한 질문을 받게 해서는 안 된다. 엉뚱한 답을 해버리면 두 사람 모두 끝장이다. 이제 우리는 조선으로 간다는 것, 그리고 왜 가는지까지 아이에게 모두 이야기해야만 한다.

서둘러 기숙사로 가서 몇 가지 물건을 챙기고 다른 이의 눈에 띌세라 허둥지둥 건물을 빠져나왔다. 서늘한 밤공기 속을 뛰다시피 걸으니 긴장이 조금 가라앉았지만 두려움은 여전히 가시지 않았다. 아이가 사정을 다 알게 되면 따라가지 않겠다고 하는 건 아닐까? 머릿속에서 순사와 군인들의 무서운 목소리가 들려오는 것 같았다.

미요코가 들어서자 보배가 검지를 입에 갖다 대고는 고갯짓으로 옆방을 가리키며 눈을 감았다. 아이들이 자고 있으니 조용히 하라는 뜻이었다. 아이는 사촌들과 나란히 누워 곤히 자고 있었다.

미요코는 목소리를 낮춰 보배에게 속삭였다.

"기차 출발 시각이 미뤄졌어. 모레 아침이나 되어야 출발한대. 그리고 경찰이 사람들을 마구잡이로 불러세워서는 무슨 일로 어디에 가느냐고 따져 물어. 어린아이들한테도 마찬가지야! 코짱한테 제대로 얘기해야겠어. 이러다가는 들킬지도 몰라. 너무 위험해." 미요코는 지끈거리는 관자놀이를 문질렀다.

보배가 주저 없이 대답했다. "그래. 있는 그대로 이야기하고, 코짱이 그래도 가겠다고 하기를 바라야지. 그래도 할머니, 할아버지는 허락하셨다고 하자. 그래야 그나마 설득이 되지 않겠니? 내가 옆에서 거들게."

미요코는 언니를 꽉 끌어안았다. 지금까지 곁에는 늘 언니가 있었다. 이제 언니랑 헤어지면 어떻게 살아가지? 눈물이 가득 차올랐지만 감상에 빠져 있을 시간이 없었다.

제39장

1943년 4월 18일 일요일

다음 날은 사촌들끼리 함께 보내는 마지막 날이라, 코짱과 두 아이는 아침부터 밖에 나가 놀았다. 점심시간이 다가오자 미요코는 용기를 내기로 했다. "잘 안 풀리는 것 같으면 언니가 끼어들어서 도와줘." 보배에게 미리 부탁도 해뒀다.

보배는 고개를 끄덕이고는 아이들을 다른 방으로 데려갔다.

미요코는 아이에게 과자를 건네고 먹는 모습을 말없이 바라보았다. 아이는 작년에 빠진 앞니가 새로 자라기 시작했다. 고작 여섯 살짜리 어린아이다. 미요코가 코짱이 아기였을 때처럼 아이의 코를 살짝 꼬집자 아이가 그 시절을 기억하는 듯 소리내 웃었다. 이제 곧 이 아이의 세상이 뒤집힐 참이다. 이전의 삶으로는 영영 돌아갈 수 없다.

목을 가다듬고는 다정한 말투로 입을 열었다. "조선에 사는 태영이 삼촌 알지? 설날에 초콜릿 보내준 삼촌 말이야."

아이는 등을 쭉 펴더니 입맛을 다셨다. "응, 엄마가 제일 좋아하는 삼촌. 엄마랑 같이 숨바꼭질했던 삼촌……. 초콜릿 진짜 맛있었는데!"

반응이 나쁘지 않자 기운이 났다. "맞아! 태영이 삼촌이 조선에 꼭 한번 놀러 오라고 했거든. 평양에는 간호사가 필요한 병원도 있어서 엄마한테 좋은 직장을 구해줄 수도 있대."

아이가 눈살을 찌푸렸다. "엄마만 조선으로 가는 거야?"

"코짱, 잘 들어봐." 미요코는 잠시 머뭇거리다가 다시 입을 열었다. "일본 군대가 엄마를 아주 먼 곳으로 부르고 있는데, 엄마가 거기 가버리면 코짱을 다시는 못 볼지도 몰라."

코짱이 고개를 흔들었다. "그게 무슨 말이야?"

"엄마랑 코짱이랑 헤어지지 않으려면, 우리 둘이 잠깐 같이 어디로 가 있어야 돼." 미요코는 아이의 손을 잡고 조마조마한 심정으로 반응을 기다렸다.

아이는 아무 말 없이 방바닥을 내려다보며 손에 든 만화책 모서리를 접었다 폈다 했다. 안 되겠다. 아무래도 다른 작전을 써야겠다. "우리 배도 탈 건데."

"배?" 코짱이 고개를 들고 물었다. "나 배 한 번도 못 탔는데……."

마음이 급해서 말도 빨라졌다. "엄마도 한 번밖에 못 타봤어. 열세 살 때 일본에 건너올 때 딱 한 번. 배 타면 얼마나 재밌다고!" 얼마 안 되는 진실로 말을 늘리려니 목소리가 자꾸만 갈라졌다. "배 타면 밥도 줘. 배 안에 있는 방에는 침대도 있고 커튼도 달렸단다. 선장님이 배 모는 것도 구경할 수 있어.”

“정말?” 아이의 목소리가 높아졌다.

“태영이 삼촌이 조선에 놀러 오면 자기 집에 있어도 된대. 삼촌이 있는 평양에 가려면 배 타고 가서 기차를 또 타야 돼. 삼촌이 코짱 보면 정말 좋아할걸!”

아이의 눈이 두 배로 커졌다. “나 기차 또 탈래!”

미요코는 두 손으로 아이의 양쪽 팔을 감싸안았다. “엄마랑 같이 가자! 코짱이랑, 엄마랑 둘이 같이 콜라도 마시고, 응?” 앞으로 펼쳐질 삶이 완벽하지 않더라도, 머나먼 전쟁터로 끌려가서 다시 보지 못하는 것보다는 분명히 낫다. 이대로면 언젠가는 이 아이도 일본 군대로 끌려가 조선을 괴롭히는 나라를 위해 싸워야 할지도 모른다.

코짱의 얼굴이 어두워졌다. “근데 얼마나 있다가 다시 와?”

미요코는 코짱의 마음이 변할세라 허겁지겁 말을 이어갔다. “평양까지 가려면 일주일쯤 걸릴 거야.”

“그럼…… 할머니랑 할아버지는?” 아이가 걱정스러운 눈으로 물었다.

어떻게든 답을 줘야 한다. “이번에는 엄마랑 코짱만 가는 거야. 할머니, 할아버지는 연세가 너무 많으셔서 멀리 가기 힘드시잖아. 대신 코짱이 좋은 구경 많이 하고 오라고 하셨어.”

“할머니, 할아버지 두고 그렇게 오래 있으면 안 돼!”

아이는 벌써 교토의 가족을 그리워하고 있다. 아들에게는 교토의 사촌들이 가장 친한 친구고, 할아버지, 할머니는 부모나 다름없었다. "엄마도 알지."

아이의 입술이 금방이라도 울음이 터져 나올 것처럼 떨려왔다.

"고멘네(미안). 갑자기 얘기해서 미안해." 역시 아이를 독차지하려 한 건 내 욕심이었을까? 징집을 피해 도망친 홀어머니와 사느니, 지금까지 살던 대로 교토에서 사는 게 아이에게 나은 걸까?

머릿속을 떠나지 않는 질문이었다. 하지만 지금 아이와 헤어지는 건 상상할 수 없다. 그리고 당장 일본을 떠나지 않으면 남는 선택은 사이판으로 끌려가는 것뿐이다.

"그동안 엄마가 늘 일하느라 코짱이랑 놀아주지도 못했지? 할머니, 할아버지가 잘 돌봐주신 거 엄마도 알아. 하지만 엄마도 코짱을 정말 사랑해. 코짱이랑 같이 살고 싶어. 아빠도 코짱이 엄마랑 살기를 바라실걸. 우리 셋이 같이 조선에 가는 게 아빠 소원이었거든."

아이는 작은 입을 꾹 다물고 코를 벌름거리더니, 미요코가 손을 뻗어 얼굴을 만지려고 하자 고개를 홱 돌려버렸다.

"할머니, 할아버지도 가라고 하셨을 거야." 얼굴이 화끈거렸다. 미요코는 지금 거짓말로 아들의 마음을 사려 하는 중이다. 아이가 언젠가 진실을 알게 되면 어미에 대한 믿음이 완전히 깨질 수도 있지만, 그때 가서 수습할 수밖에 없다. 조선에 무사히 도착하기만 하면 방법이 있을 것이다. 미요코는 어금니를 꽉 물고 말을 이어갔다. "할머니, 할아버지도 코짱이 재미있게 지냈으면 하실 거야. 코짱이 가서 좋아하면 기뻐하실걸!"

아이의 표정도 조금 달라졌다. "할머니, 할아버지가 늙어서 아프면 내가 할머니 집에 못 산다고, 큰엄마가 그랬어……."

두 형님이 몰래 나누던 험담을 들었구나. "왜 그런 말을 하셨을까……."

"큰엄마랑 작은엄마는 못됐어. 할머니가 안 볼 때는 먹을 걸 나만 빼고 줘."

가슴이 아팠다. "어머니들은 원래 누구나 자기 자식을 더 챙기는 거야. 엄마라 해도 코짱을 더 챙겼을걸." 어미 노릇을 별로 해보지도 못했지만 그 심정은 잘 알 것 같았다.

"그래서 할머니도 늘 아빠 사진을 보는 거야?" 코짱이 물었다. "할머니는 매일 코짱 머리를 쓰다듬고 옆에 앉으라고 해. 그럴 때면 코짱이 아니라 아빠 생각을 하는 것 같아."

아들이 속마음을 이렇게 드러내는 것은 처음 보았다. 어미를 믿는다는 뜻일까? 그런 아이에게 거짓말을 하려니 가슴이 아프지만, 언젠가 꼭 용서해주기를 바랄 뿐이다.

"사람 마음이 다 그런 거야. 그래서 엄마도 코짱이랑 살고 싶은 거야. 엄마는 코짱만 있으면 돼. 무슨 일이 있어도 코짱을 사랑해."

"조선에 가면 좋아?" 아이가 한결 가벼워진 목소리로 물었다.

"정말 아름다운 곳이야. 엄마 고향에 가면 코짱도 좋아할걸. 오디나무에 올라가서 놀 수도 있고, 거기는 완전히 딴 세상이야. 코짱이 조선 사람이라고 놀리는 친구들도 있다고 했지? 조선에 가면 그런 걱정은 안 해도 돼. 그런 걸로 괴롭히는 사람은 없어. 코짱이 하고 싶은 건 뭐든지 하게 해줄 거야."

아이가 밝아진 표정으로 고개를 끄덕였다.

"옆방에서 듣자 하니, 둘이 어디 멀리 간다며? 코짱 정말 좋겠다!" 보배가 문을 열고 들어오며 한껏 명랑한 목소리로 말했다. "태영이 삼촌도 보겠네! 태영이 삼촌은 바둑도 잘 두고 숨바꼭질도 좋아하는데!"

코짱이 활짝 웃자, 보배가 미요코에게 찡긋 눈짓을 보냈다. *아무 문제 없을 거야.* 그제야 마음이 조금 놓였다.

코짱은 보배에게 더 가까이 붙어 앉았다. "조선까지 가려면 우선 기차를 타고 남쪽으로 가야 해. 그다음에는 배를 타고, 배에서 내리면 또 기차를 타고 평양까지 가는 거야. 가면 정말정말 좋을걸."

정말로 그랬으면. 아이가 태영과 잘 지내준다면, 엄마랑 같이 조선에 오길 잘했다고 생각해주면 좋겠다.

"정말……?" 아이가 자기 귀를 만지작거리며 고개를 갸우뚱거렸다.

순간 방 안이 고요해졌다. 미요코는 마음이 바빠졌다. 침을 한번 삼키고, 이제는 어쩔 수 없이 거짓말을 하기로 했다. 이런 말까지는 하지 않으려고 했지만 다른 방법이 없다.

"교토 식구들이 보고 싶을까 봐 그런 거지? 조선에 갔다가 다시 집에 오고 싶으면 언제든지 돌아오자." 미요코가 일본으로 올 때 어머니도 같은 거짓말을 했었다. 일본에 갔다가 언제든 마음이 바뀌면 돌아오라고. 하지만 정작 미요코가 울면서 집에 가고 싶다고 했을 때 어머니는 꿈쩍하지 않았다. 이제는 미요코도 똑같이 해야 한다. 아들과 영영 헤어지지 않으려면 운명에 맞서는 수밖에 없다. 미요코처럼 일본인들의 그늘에서 사는 대신 제 조국에서 당당하게 살아갈 기회를 아이에게 줘야 한다.

보배가 자기 무릎을 치자 아이의 시선이 이모에게로 돌아갔다. 보배는 다시 한번 미요코의 눈을 보며 걱정하지 말라는 신호를 보냈다. "진짜야, 코짱. 집에 오고 싶으면 돌아와. 만약 이모가 보고 싶으면 이모도 놀러 갈게." 보배 언니를 하라모토에게 시집보낼 때, 어머니도 저런 거짓말을 했을까?

이래도 안 가겠다고 하면 억지로 아이를 데려가야 하는 걸까?

아이가 초조한 듯 꼼지락대더니 입을 열었다. "알았어. 갈게. 다시 돌아오는 거지? 약속?"

"약속." 미요코는 목이 메어 겨우 대답했다.

아이는 긴장이 조금 풀린 것 같았다.

"있지, 코짱." 검문당할 때 어떻게 대답해야 하는지도 알려줘야 한다. "지금은 전쟁 중이라 조선 사람은 어디든 멀리 가기가 어렵거든. 가다가 경찰이나 군인을 만날 수도 있고, 경찰이 코짱한테 뭘 물어볼 수도 있어. 그럴 때는 조선에 있는 삼촌을 만나러 간다고 하면 안 되고, 우리는 일본 사람이고 조선에는 아픈 아빠를 보러 가는 거라고 해야 돼."

아이가 도저히 이해가 안 된다는 듯 얼굴을 찌푸렸다.

"무슨 얘긴지 잘 몰라도 엄마 말 꼭 들어야 돼. 그래야 무사히 갈 수 있어. 그냥 엄마가 말하는 대로 따라 얘기하면 돼."

보배가 끼어들어 분위기를 바꿨다. "코짱은 평양이 어딘지 아니? 이모가 조선 지도 보여줄게. 과자도 먹고!"

보배가 아이를 데리고 사촌들이 있는 방으로 가자, 미요코는 홀로 남아 생각에 잠겼다. 역에서 본 어린 소녀가 자꾸 떠올랐다. 코짱이 그렇게 심문받게 되면 과연 매끄럽게 거짓말할 수 있을까? 오늘 어려운 산을 하나 넘었지만 내일은 더 큰 산을 넘어야 한다.

제40장

1943년 4월 19일 월요일

다음 날 새벽, 미요코는 칠흑 같은 방안에서 눈을 번쩍 떴다. 앞으로 닥쳐올 일을 걱정하느라 한숨도 자지 못했다. 옆에 누운 아이는 아무것도 모른 채 코까지 골면서 자고 있다. 언니와 조카들도 옆방에서 곤히 잠들어 있다. 심장이 너무 세게 뛰어서 온몸의 피가 빠르게 도는 것 같았다. 오늘 타게 될 기차는 고베와 오카야마, 히로시마를 거쳐 시모노세키에 도착한다. 시모노세키까지는 여섯 시간이나 걸리니, 그사이 무슨 일이든 일어날 수 있다. 언제 다시 볼지 모를 언니와 조카들을 두고 갈 생각에 마음이 무거웠다.

눈을 감고 심호흡하며 호준을 떠올렸다. *당신과 한 약속을 지키고 싶어요. 코짱을 고향으로 데려갈게요. 내가 용기를 낼 수 있겠지요?*

마음이 가라앉기 시작했다. 머리맡으로 손을 뻗어 성경책을 챙겼다. 성경책은 들키지 않도록 짐 속 깊은 곳에 잘 숨겨야 한다. 조선 사람에 기독교인이라면 심문당할 위험이 두 배다. 귀퉁이를 접어놓은 곳을 펼쳐서 히브리서의 한 구절을 읽었다. *그러나 선을 행하고, 서로 나누는 일을 잊지 말라. 이런 희생을 기뻐 받으시는 분이 곧 하나님이시다.* 이 구절을 머릿속에 새기고 또 새겼다.

보배가 방문을 열고 미요코와 코짱이 있는 거실로 나왔다. "잘 잤니?" 그러고는 아이들이 자고 있는 방의 문을 조심스럽게 닫으며 목소리를 낮췄다.

"응, 언니는?" 미요코도 인사를 건넸다. "같이 역까지 가준다니 정말 고마워."

보배는 냄비에 가다랑어포를 넣고 물을 끓여 아침 식사를 준비했다. "어젯밤에 미리 쌌어." 보배가 도시락통 두 개를 가리키며 말했다. "밥이랑 말린 연어, 절인 무를 넣은 주먹밥이야. 넉넉히 넣었으니까 하루는 충분히 버틸 거야."

"고마워, 언니." 미요코는 갑자기 배가 고파져서 침을 꿀꺽 삼켰다. 쌀은 여전히 정해진 양만 배급받을 수 있고 어렵게 따로 구한다 해도 값이 너무 비쌌다. 귀한 쌀로 음식을 마련해준 언니가 고마웠다. 헤어지는 슬픔을 달래기에는 역부족이지만, 먼 길을 가야 하는 두 사람에게는 더없이 고마운 선물이었다.

"코짱 깨워서 뭘 좀 먹여야지. 너도 배 좀 채우고." 보배는 끓는 물에 미역을 잘라 넣고 식은 수수밥을 상에 올렸다.

미요코는 코짱을 흔들어 깨웠다. "코짱, 일어나야지."

코짱은 졸린 눈을 비비더니 크게 하품했다.

"아침 먹어야지. 중요한 날이잖니!" 미요코가 말했다.

코짱은 아침밥을 입안으로 밀어 넣으면서도 현관에 놓인 짐가방에서 눈을 떼지 못했다. 보배가 일본에 시집올 때 어머니가 마련해준 값비싼 짐가방으로, 보배가 동생에게 주는 또 하나의 선물이었다. 미요코는 코짱에게 두 사람의 계획을 다시 한번 설명했다.

"오늘 기차를 타면 경찰이나 군인이 말을 걸 수도 있어."

코짱이 두 눈이 커다래졌다. "총도 차고 있어요?"

"그럴걸." 코짱이 사촌들과 손으로 총 모양을 만들어 서로 쏘는 시늉을 하며 놀던 것이 떠올랐다. "어젯밤에 엄마가 한 얘기 기억하지? 누가 물어보든 간에 우리는 일본인이고, 아픈 아빠를 뵈러 조선에 간다고 대답하는 거야. 아빠가 일본군 장교라고 해야지만 무사히 갈 수 있어."

아이의 얼굴에 순간 두려운 기색이 스쳐 지나갔지만, 이내 싱긋 웃더니 엄지와 검지로 총 모양을 만들어 보였다. 총칼에 대한 아이다운 호기심으로 두려움을 덜 수 있다면 그것대로 다행이었다.

시계를 보니 벌써 7시가 지났다. 벽에 걸린 하얀 일력에는 여전히 어제 날짜가 선명했다. 미요코는 어제 날짜를 찢어냈다. 오늘은 4월 19일, 월요일. 이제는 떠나야만 한다.

보배가 옆집 사람에게 아이들을 잠깐 봐달라고 부탁한 뒤 세 사람은 오사카역을 향해 서둘러 걸음을 옮겼다. 이웃들에게도 어제 미리 여동생과 조카가 오카야마에 사는 친척을 만나러 갈 예정이라 기차역에서 배웅해야 한다고 말해두었다. 오카야마는 미요코와 아이가 탈 기차가 정차하는 첫 번째 역이다. 아침 공기 속에 따뜻한 봄 햇살이 천천히 퍼지고 있었다. 좁다란 골목을 바삐 걸어가면서도 미요코는 긴장을 풀지 않고 끊임없이 주변을 살폈다. 아이도 긴장한 듯 걸음이 조금 느려졌다가도 금세 작은 발을 바삐 놀려 어머니를 따라왔다.

역에 도착했을 때 승강장에는 사람이 많지 않았고 군인이나 경찰도 보이지 않았다. 미요코는 안도의 한숨을 내쉬었다. 안내판을 보니 2번 승강장이다. 기차에 타기 전에 짧게라도 언니와 작별 인사를 나누고 싶었다. 언니도, 조카들도 언제 다시 볼지 모른다고 생각하니 금세 목이 메어왔다.

"언니, 정말 고마워. 전부 다." 미요코는 언니에게 허리를 숙였다.

코짱은 피곤한 듯 기지개를 켰다. 미요코가 옆구리를 찌르자, 눈이 반쯤 감긴 아이도 어머니를 따라 이모에게 머리를 숙여 인사했다.

보배가 코짱을 꼭 끌어안는 바람에 아이의 검은색 교복 모자가 벗겨질 뻔했다. 천진난만한 까까머리 코짱. "이모 보러 와줘서 고마워. 요 며칠 이모는 정말 행복했어. 코짱 기차 타고 배도 타고, 신나겠다. 몸조심하고, 잘 가."

"오키니(고마워), 이모." 보배의 품에 안긴 아이가 교토 사투리로 대답했다.

미요코는 또다시 목이 메어왔다. 보배가 끌어안아주자 눈에 눈물이 차올랐다. 어머니랑 기차역에서 헤어질 때도 그게 마지막이 될 줄은 몰랐었는데. 미요코는 마음속으로 언니를 다시 만날 수 있기를 빌고 또 빌었다.

“몸조심해.” 보배가 미요코의 손을 꼭 쥐며 말했다. “잘 도착하면 꼭 편지하고.”

“그럴게.” 미요코가 말했다. “잘 있어. 언니가 정말 그리울 거야. 절대 잊지 않고 편지 자주 할게.”

자꾸만 눈물이 쏟아지는 통에 겨우 몸을 돌려 아이를 데리고 기차 칸에 올랐다. 두 사람은 보배가 바로 내려다보이는 쪽 창가에 자리를 잡고 창밖으로 손을 뻗어 언니 손을 꼭 잡았다.

“이제 가, 언니. 우린 괜찮아.” 애써 씩씩한 목소리를 내본다.

기차에 오르는 군인 한 무리가 눈에 들어왔다. 공포에 질린 미요코의 얼굴을 본 보배는 마지막으로 동생 손을 꼭 쥐었다 놓았다.

“침착하게.” 보배가 소리 없이 입 모양으로만 말하고는 뒤로 물러섰다.

미요코는 다시 한번 꾸며낸 이야기를 머릿속으로 되뇌었다. *저희는 일본군 장교의 아내와 아들입니다, 남편이 아파서 보러 가는 중입니다…….* 그러나 누구는 신분증을 내놓으라고 하면 조선 사람인 것이 단번에 들통 난다. 애써 지어낸 이야기도 무용지물이 되고 그대로 끝장이다. 기차가 출발하기도 전에 쫓겨나거나 어쩌면 거짓말을 했다는 이유로 체포될지도 모른다.

아이는 열린 차창으로 고개를 내밀고 사람 구경을 하다가 군인들이 기차에 오르는 것을 보자마자 자세를 똑바로 고쳐 앉았다. 요란한 군홧발 소리에 승객들도 움직임을 멈추고 고개를 들었다. 아이는 군인들에게서 눈을 떼지 못하는 중이었다. 무슨 생각을 하고 있을까? 알려준 대사를 잊어버리면 안 되는데.

군인들은 짐칸에 가방을 올려놓고는 자리를 잡고 앉았다. 각자 짐가방을 들고 있는 걸 보니 검문하러 온 게 아니라 기차를 타고 어딘가로 이동 중인 모양이었다. 전쟁 때문에 식민지로 파병되는 군인이 점점 늘어나고 있다는 이야기는 들은 적이 있었다. 그렇다면 군인들도 시모노세키에서 배를 타려고 이 기차를 탄 것일 테고, 다른 승객들을 검문할 이유도 없다. 군인들은 큰 목소리로 자기들끼리 떠드느라 주변에는 별 관심이 없는 것 같았다. 그래도 눈에 띄지 않는 편이 낫겠지. 미요코는 시선을 바닥으로 떨구고 몸을 웅크렸다.

기차가 경적을 울리며 움직이기 시작했다. 곁눈질로 역 출입구 쪽을 보니 언니의 주황색 스웨터가 얼핏 보이는 것 같았다. 언니도 걱정이 돼서 떠나지 못하고 있구나. 무사히 조선에 도착하는 대로 곧장 편지를 써야겠다.

아이는 창가 자리에 얌전히 앉아 만화책을 보았다. 승무원이 표를 확인하러 왔지만, 표에 구멍만 뚫고는 아무것도 묻지 않았다. 미요코는 기모노 소매 안으로 손을 넣어 막대 사탕을 꺼냈다. 사잘한 물건을 넣어두기 좋은 기모노 소매 안에 아이에게 줄 간식을 넣어왔다. 소매 안에서 사탕이 나타나자, 아이는 놀이라도 되는 듯 즐거워했다. 사탕을 입에 문 채 창밖으로 지나가는 논밭과 집을 구경하는 아이의 얼굴은 평온했다. 입에 넣었던 사탕을 미요코에게 권하기도 했다. 미요코는 마음이 흐뭇해져서 어릴 때 하던 대로 아이의 코를 잡고 흔들었다. 이번에는 아이도 따라서 어머니 코를 잡았다. 둘은 이마를 맞댄 채 낮은 웃음을 터트렸다.

그제야 미요코는 조금 마음을 놓았다. 군인들은 대부분 잠들어 있고, 기차는 쉬지 않고 달리는 중이었다.

한 시간쯤 지났을 때 기차가 서서히 멈춰 섰다. 창밖으로 목을 빼고 보니 승강장에 순사들이 서 있었다. 검문소인가 보다. 손바닥이 땀으로 젖어왔다. 허리를 펴고 똑바로 앉았다.

"기차가 왜 안 가?" 졸다가 깬 코짱이 물었다.

"엄마도 잘 모르겠네." 불안한 마음을 꾹 누르며 대답했다. "저기 경찰이 있는데, 코짱한테 뭘 물어볼 수도 있어." 미요코는 목소리를 한층 더 낮췄다. "조선에 계신 아픈 아빠한테 가는 중인 거, 기억하지?"

코짱이 미요코의 말을 입속으로 중얼거리며 고개를 끄덕였다. 순사가 기차에 올라탔다. 검은색 제복을 입은 순사는 군인들이 앉은 쪽을 보며 인사를 건네더니, 곧장 미요코 옆자리에 앉은 남자에게 말을 걸었다. "어디로 가는 중이오?"

"히로시마에 사는 남동생을 보러 갑니다." 남자가 갈라진 목소리로 대답했다.

미요코는 떨리는 손을 부여잡았다. 남자가 긴장하는 모습을 보니 더 떨리는 것 같았다.

"일행이오?" 순사가 고갯짓으로 미요코와 코짱을 가리키며 물었다. 미요코의 심장이 빠르게 뛰었다. 심장 소리가 너무 커서 기차에 타고 있는 사람들 모두가 들을 것만 같았다. 남자가 고개를 저었다.

"당신네는 어딜 가는 중이오?" 순사가 미요코에게 거친 말투로 물었다.

미요코는 눈을 내리깔고 고개를 숙인 다음 작은 목소리로 대답했다. "남편을 만나러 갑니다. 남편이 조선에 파견된 장교인데 지금 상태가 몹시 나쁘다는 연락을 받아서, 아들을 데리고 가는 중입니다." 미요코는 슬쩍 몸을 틀어 아이를 막아섰다. 제발 아이에게는 질문을 하지 않았으면.

순사는 어색한 일본어 발음이라도 찾아내겠다는 듯 미요코의 입을 뚫어지게 쳐다보았다. 경찰이 일본인 행세를 하는 조선인을 찾아내려고 특정 단어를 발음해보게 한다는 소문을 들은 적이 있었다. 조선인들이 유독 어려워하는 일본어 발음이 있기는 하지만, 미요코는 지금까지 발음 때문에 문제를 겪은 적이 한 번도 없었다.

순사는 발끝만 쳐다보고 있는 코짱에게로 시선을 옮겼다. "꼬마야, 어디 가니?" 미요코의 몸이 굳었다. 아이의 입에서 나올 말에 두 사람의 운명이 달려 있었다.

아이는 순사를 올려다보더니 차분하게 대답했다. "아버지가 아파서 아버지를 보러 가요.” 코짱의 일본말은 일본 아이와 다를 바가 없다. 미요코는 그제야 참았던 숨을 내쉬었다. 코짱이 시킨 대로 잘해주었으니 이걸로 끝이면 좋을 텐데. 하지만 순사는 물러나지 않았다.

“몇 살이니?”

미요코는 좌석 손잡이를 꽉 잡았다. 연습했던 질문이 아니다.

“여섯 살요.” 아이가 막힘없이 대답했다.

“이름이 뭐니?”

일본 이름을 대야만 한다. 미요코의 손에 힘이 더 들어갔다.

“안도 준코 데스!” 코짱이 낭랑하게 외쳤다. 비로소 미요코는 잡고 있던 손잡이를 놓았다.

순사는 경찰봉으로 자기 손바닥을 두들기며 잠시 그대로 서 있었다. 결국 외국인 신분증을 내놓으라고 하는 걸까, 생각한 순간 몸을 돌리더니 다음 승객에게로 넘어갔다.

미요코는 그제야 어깨를 조금 폈다. 아이는 제대로 대답했고, 검문도 무사히 통과했다! 코짱의 머리를 살짝 쓰다듬고 무릎에 손을 올리니, 코짱도 흡족한 듯 웃어 보이고 고사리손을 미요코의 손 위에 올렸다. 마음의 거리가 한층 줄어든 것 같았다.

순사가 내리고 기차가 다시 출발하자 미요코는 보배가 싸준 도시락을 꺼냈다. 코짱에게 하나를 건네자, 아이는 허겁지겁 꽃무늬 후로시키를 풀어 나무 뚜껑을 열고 식은 밥과 연어를 순식간에 먹어 치웠다. 아이가 금세 통을 비우고 어머니를 올려다보는 바람에, 미요코는 자기 몫의 주먹밥 하나를 코짱에게 건넸다.

"하나 더 먹을래?" 통에 든 주먹밥은 여섯 개였다.

아이는 잠시 생각하다가 배를 두들기더니 고개를 저었다.

어느새 군인들도 다들 잠에서 깨어나 있었다. 도시락 냄새를 맡았는지, 얼굴에 여드름 자국이 가득한 어린 병사가 좌석 등받이 너머로 미요코를 보며 입맛을 다셨다. 미요코는 본능적으로 주먹밥을 내밀었다. 일본군이라도 결국은 배곯은 젊은이이고, 병원에서 만났다면 환자일 뿐이다.

두 손으로 주먹밥을 받아 든 병사는 얼굴 가득 미소로 인사를 전했다. *선을 행하고 서로 나누면 기쁜 일이 있을 것이다.* 미요코는 그 얼굴을 보며 아침에 되새긴 성경 구절을 떠올렸다. 보배 언니가 없는 살림에도 정성스러운 도시락을 마련해줬으니 미요코도 얼마 없는 가진 것을 더 배고픈 사람들과 나눌 때다.

작은 행동이 쌓여서 아이와 미요코에게 필요한 행운으로 돌아온다면, 남은 음식 따위 몽땅 나눌 수 있다. 작은 친절이 얼마나 의미 있는 것인지 아이가 배웠으면 하기도 했다. 미요코는 결국 주먹밥을 모두 꺼내 근처에 앉은 군인들에게 나눠주었다. 부디 이 주먹밥이 행운으로 돌아오기를.

아이는 긴박한 순간에 대답을 제대로 해냈고, 미요코를 안심시키기까지 했다. 가장 큰 고비는 넘긴 것일지도 모른다.

제41장

1943년 4월 19일 월요일

기차가 덜컹거리며 시모노세키역에 멈춰 섰다. 이제 배에만 무사히 오르면 고향 땅을 밟을 수 있다. 처음 시모노세키에 내렸을 때만 해도 미요코는 낯선 곳에 갑자기 떨어진 열세 살 어린 아이였다. 잔뜩 겁에 질렸던 소녀는 이제 어머니가 되어 아들을 데리고 고향으로 돌아가는 중이다. 한시라도 빨리 집으로 돌아가 돌아가신 어머니의 묘를 찾아가 인사드리는 장면을 상상하고 또 상상하고 있다. 언젠가는 아이도 미요코의 고향을 집으로 여기게 된다면 좋겠다.

매연이 시야를 가리는 통에 승강장을 오가는 사람들이 흐릿한 그림처럼 보였다. 시모노세키역은 기억보다 훨씬 더 붐비고 시끄러웠다. 바다 쪽에서 생선 비린내와 미역 말리는 냄새가 뒤섞여 불어왔고, 금빛 태양은 이미 수평선 가까이 내려앉고 있었다.

반대편 붉은 신사에는 안전한 뱃길을 기원하는 사람들이 줄지어 들락거렸다. 미요코는 잠시 교회를 찾아 두리번거리다가 이내 포기했다. 이곳에서도 교회는 진주만 공습 이후 모두 폐쇄된 것이 분명했다. 최근에는 그나마도 얼마 남지 않은 교회를 대신해 신사가 더 많이 들어서는 중이었다. 미요코가 처음 일본 땅을 밟은 1930년만 해도 일본은 열강과는 거리가 멀었지만, 지금은 2차 세계대전을 일으킨 나라가 되어 있었다.

작은 섬나라일 뿐이었던 일본은 어느덧 군사 강국이 되었고, 선생님을 꿈꾸던 소녀는 남편 없이 아들을 키우는 엄마이자, 간호사, 산파가 되어 처음 가는 길을 더듬어 간다. 일본에 사는 동안 세상은 크게 바뀌었고, 미요코도 마찬가지였다. 반드시 자신과 아들에게 더 나은 삶을 선물할 것이다.

시모노세키는 시작이자 끝이었다. 부산으로 가는 배에 오르면 되돌릴 길은 없다. 호준과의 약속을 지키고 아이와 함께 새 출발을 하는 것. 원하는 건 그게 전부다. 마지막으로 부산행 배표를 구하는 관문이 남아 있었다. 미요코는 여전히 남자 동행 없이 혼자 움직이는 신세였고, 언제 또 검문당할지 알 수 없었다.

항구에는 군인과 경찰이 셀 수 없이 많았다. 팔에 오스스 소름이 돋았다. 아들의 손을 꼭 붙잡고, 다른 손으로는 보배가 준 짐가방을 들었다. 힘을 내야 한다. 짐가방에는 미요코의 삶 전부가 들어 있었다. 가장 소중한 물건 중에는 간호사 시험을 치고 나서 아이와 둘이 찍은 사진도 있었다. 부산행 야간 연락선이 정확히 몇 시에 출발하는지는 모르지만, 이미 오후 4시가 넘어가고 있어서 마음이 급해졌다.

부두는 기차역에서 멀지 않았다. 미요코와 코짱은 북적이는 인파와 경적을 울려대는 전차, 그리고 자전거 사이로 바삐 걸음을 옮겼다. 금세 몸 이곳저곳에 때와 검댕이 묻어 행색이 초라해졌다. 아이는 정면에 보이는 커다란 화물선과 연락선을 머릿속에 사진으로 찍어 저장이라도 하려는 듯 눈을 연신 깜빡였다. 아이가 멘 배낭이 걸음을 뗄 때마다 등에 부딪혀 작은 몸이 앞으로 밀려났다. 급기야 아이가 미요코를 앞에서 잡아 이끄는 모양새가 됐다. 요 며칠 사이 부쩍 살가워진 아들의 얼굴에 가슴속에서 희망이 조금씩 싹텄다.

표를 사려고 줄을 섰을 때, 근처에 선 일본인들의 대화가 들려왔다.

"어제 일 들었소?"

"아니, 못 들었는데. 무슨 일?"

"연락선이 미국 잠수함의 공격에 가라앉아서 배에 탔던 사람들이 몽땅 죽었다던데."

"뭣이오? 지금 우리가 타야 할 부산행 연락선 말하는 거요?"

"그렇다니까. 어제 같은 시간에 출발한 배 말이오."

미요코는 숨이 턱 막혔다. 같은 배를 타는 건 자살 행위나 마찬가지일지도 모른다. 코짱과 함께 다른 곳으로 가서 숨어야 하나? 하지만 어디로 간단 말인가?

두 남자는 계속 떠들어댔다. "연락선 뒤에 빈 배가 따라가는 것 보이오? 배가 가라앉을 때를 대비해서 같이 가는 거라더군."

"세상에!"

아이가 겁에 질린 얼굴로 미요코의 팔을 잡아당겼다.

"엄마, 저기 좀 봐." 코짱이 붉게 물들어가는 하늘을 가리켰다. 커다란 비행기 두 대가 요란한 소리를 내며 날아갔다. 사람들도 같은 곳을 올려다보다가 양손으로 귀를 막고 웅크려 앉았다. 미요코와 코짱도 동시에 쭈그려 앉았다.

요란한 비행기 소리를 뚫고 누군가가 외쳤다. "일본군 전투기다! 분명 적국 잠수함을 쫓아가는 거야!"

코짱은 손바닥으로 귀를 막았다. 비행기 소리 때문인지, 무서운 대화를 더는 듣고 싶지 않아서인지 알 수 없었다.

미요코의 머릿속에서도 경고음이 울리기 시작했다. 그렇다면 이야기가 완전히 달라진다. 언제든 미군의 잠수함이 공격해서 가라앉을지도 모르는 배를 타야 하나? 지금이라도 다른 길로 가야 하나? 코짱은 할아버지, 할머니랑 있으면 적어도 목숨은 부지할 수 있을 텐데, 어마어마한 실수를 저지르는 건 아닐까?

"안도 미요코." 미요코는 갑자기 들려온 목소리에 정신을 차렸다.

덩치가 크고 턱이 각진 남자가 몇 걸음 앞에 서서 미요코의 이름을 부른 것이다. 단단하게 주먹을 쥔 남자는 딱 벌어진 어깨에 꼭 맞는 검은색 외투를 입고, 귀를 가리는 빨간 모자를 한쪽 눈이 보이지 않을 정도로 깊숙이 내려쓰고 있었다. 난생처음 보는 사람이었다.

"할 이야기가 있소. 안도 준코와 관련된 일이오." 남자가 조선말로 말했다.

미요코는 너무 놀라서 할 말을 잃었다. 이 남자는 도대체 누구이며, 어떻게 내 이름을 알고 있지? 코짱의 이름은 또 어떻게 알고? 미요코는 코짱을 바짝 끌어당겨 감싸 안았다. 이 남자와 조선말로 대화했다가는 당장에 정체가 탄로 날 것이다. 남자의 짙은 눈썹과 각진 턱은 몹시 위협적이었다. 군화처럼 생긴 신발을 신었지만 옷은 군복이 아니라 민간인 복장이었다.

조선인 병역 기피자를 잡으러 다니는 위장 군인인 걸까? 일본의 전쟁에 부역하며 같은 조선 사람을 괴롭히는 조선인도 얼마든지 있다고 들었다. 하지만 왜 하필 코짱의 이름을 들먹인단 말인가? 재빨리 주변을 살펴봤지만, 도망쳐봤자 숨을 곳도 마땅치 않았다.

미요코는 코짱을 자기 몸에 바짝 붙여 세우고 사람들이 지나다니는 길 한복판에서 살짝 물러났다.

"나는 최가라고 하오. 준코의 할머니가 보낸 사람이외다."

남자의 말에 미요코는 칼이라도 맞은 듯 굳어버렸다.

코짱이 몸을 일으켰다. "할머니……?"

남자가 사진을 한 장 들이밀었다. 코짱이 유치원에 입학한 날 미요코와 나란히 서서 찍은 사진으로, 아이는 지금과 똑같은 검정 교복 차림이었다. "두 사람을 찾느라 천지 사방을 헤맸소." 남자가 아이에게서 눈을 떼지 않은 채로 말했다. "둘 다 집으로 데려오라는 지시요."

깜짝 놀란 미요코가 두 손으로 입을 막았다. 코짱이 돌아오지 않자 시어머니가 돈을 주고 사람을 쓴 것이다. 이 남자가 오늘 아침 보배 언니네 집에 쳐들어가서 미요코와 코짱의 행방을 말하라고 협박했을 것이다. 그게 아니면 교토역에서 시모노세키행 기차표를 구해준 남자가 사진을 보고 미요코를 알아봤는지도 모른다.

"할머니가 절 찾아요?" 아이가 눈을 크게 뜨며 물었다. "할머니가 엄마랑 같이 조선에 가서 살라고 하셨다던데……."

"그런 적 없다. 할머니는 널 찾아서 데려오라고 하셨어." 남자가 말하자 아이가 얼굴을 찌푸렸다.

"너희 어머니가 널 속여서 여기까지 데려온 거다. 할머니는 집에서 널 기다리고 계셔." 남자는 거침없이 말을 이어갔다.

아이의 볼이 새빨갛게 달아오르자 미요코는 가슴이 찢어지는 것 같았다. 나중에 찬찬히 설명할 시간이 있을 거라고 생각했거늘, 그 계획도 물거품이 되어버렸다.

"잠시만요." 남자를 향해 손을 내저은 미요코는 스스로의 단호한 목소리에 깜짝 놀랐다.

남자가 눈을 가늘게 뜨더니, 두어 걸음 물러나 담배에 불을 붙였다.

미요코는 코짱 앞에 쭈그리고 앉아 눈을 맞추고 아들의 어깨를 붙들었다.

"아들, 잘 들어. 할머니가 집에 오라고 하신 건 맞아. 하지만 엄마는 코짱이 엄마랑 같이 갔으면 좋겠어. 코짱한테 엄마는 하나뿐이잖아. 엄마 말대로 같이 가자." 미요코는 아들의 손을 잡으며 한 발 더 가까이 다가갔다. "코짱이 다쳐도, 아파도 엄마가 돌봐줄 거야. 엄마는 간호사니까 돈 많이 벌어서 코짱이 읽고 싶은 책은 전부 사주고, 좋은 학교도 보내줄 거야. 엄마한테는 코짱이 제일 소중해……."

아이의 표정이 조금 누그러졌다. "나도 엄마가 좋아. 엄마랑 있으면 좋아."

아이의 말에 미요코는 조금 놀랐다. 큰엄마와 작은엄마한테서 받던 대접을 떠올린 걸까? 할머니가 오랫동안 아빠를 그리워해온 걸 보아서일까? 겨우 여섯 살이지만 모르는 새 철이 많이 들었는지도 모른다. 파고들 만한 틈이 보이는 것 같았다. 남자가 아무리 할머니의 지시를 받고 왔대도, 아이가 어머니랑 가겠다고 하면 어쩌겠는가? 아이와 헤어지지 않으려면 그 방법뿐이다.

"코짱의 엄마는 여기 있는 이 엄마뿐이야." 미요코가 아이의 볼을 어루만졌다. "엄마랑 너무 오래 떨어져 지냈지? 이제 엄마랑 같이 사는 거야."

잔뜩 찌푸렸던 아이의 미간이 평소처럼 돌아왔다.

"엄마도 어릴 때 어머니랑 헤어져서 얼마나 보고 싶었나 몰라. 코짱한테는 절대로 그런 일 없게 할 거야. 엄마가 거짓말한 건, 다 코짱이랑 같이 못 오게 될까 봐 그런 거였어." 여기까지 왔는데 아이의 마음이 돌아서게 둘 수는 없다.

아이의 얼굴이 다시 굳었다. 미요코는 물러서지 않고 다시 입을 열었다.

"코짱, 일본에 있으면 엄마는 전쟁터로 끌려갈 거야. 일본군이 엄마보고 멀리멀리 가서 다친 군인들을 치료하래. 엄마가 살아서 돌아오지 못하면 코짱은 어떡해. 할머니, 할아버지가 영원히 코짱을 돌봐주실 수는 없잖아. 그래서 같이 조선으로 도망가려고 한 거야. 엄마는 코짱 없이 못 사니까, 같이 가고 싶어서……." 눈물이 미요코의 뺨을 타고 흘러내렸다.

아이는 엄마의 턱에 맺힌 눈물을 물끄러미 바라보다가 빨간 모자를 쓴 낯선 남자에게로 시선을 옮겼다.

"아저씨랑 같이 집으로 가야지, 어서." 남자가 발로 담배꽁초를 비벼 끄더니 누그러진 목소리로 아이를 달래며 손을 내밀었다.

아이는 몸서리를 치며 고개를 땅으로 떨구더니, 곁눈질로 남자와 어머니를 번갈아 쳐다봤다. 아이의 어깨를 잡은 미요코의 손에 힘이 들어갔다. 아들의 입에서 무슨 말이 나올까 두려웠다.

"나 집에 갈래요." 아이가 남자를 향해 말하고는, 다시 미요코에게로 눈을 돌렸다.

미요코는 고개를 떨구고 말았다. 안 돼. 다시 아들을 잃게 되다니. 아들의 눈에는 엄마가 자신에게 거짓말을 했다는 걸 알게 된 뒤로 고통과 두려움이 가득했다.

"잠깐만." 다급히 입을 뗐지만, 다음 말이 나오지 않았다. 딛고 서 있는 발 밑이 무너져 내리는데 어떻게 하면 좋을지 알 수 없는 채로, 시간이 멈춘 것만 같았다. 미요코는 아이의 코를 잡고 이마를 맞댔다.

"사랑해, 코짱." 미요코가 속삭였다. "엄마는 코짱을 정말 사랑해. 할머니, 할아버지랑 똑같이는 못 해줘도, 엄마가 정말 열심히 할 거야. 지금은 이해하기 어렵겠지만 엄마가 한 일은 다 코짱을 위해서야. 엄마의 엄마도 그랬지만 엄마도 어렸을 땐 잘 몰랐어. 엄마는 영원히 코짱 곁에 있을 거야. 엄마니까."

아이가 이마를 떼지 않고 가만히 있는가 싶더니, 손을 들어 미요코의 코를 잡았다. 혹시나 하는 마음에 가슴이 뛰기 시작했다.

바로 그때, 확성기에서 요란한 목소리가 흘러나왔다. "여러분, 선장입니다. 혹시 의사나 간호사가 계십니까? 응급 상황입니다. 의사나 간호사가 계시면 지금 당장 선착장 사무실로 와주십시오."

혼란 속에서 아이의 목소리가 들려왔다. "오카상(어머니), 간호사를 부르고 있어요!" 코짱이 미요코의 기모노 소매를 잡아끌었고, 미요코는 벌떡 일어섰다.

두 사람은 남자를 그 자리에 남겨둔 채 손을 잡고 무작정 뛰기 시작했다. 줄지어 선 사람들 사이를 뚫고 사무실에 도착해 문을 두들겼다.

"제가 간호사예요. 무슨 일인가요?" 미요코가 가쁜 숨을 몰아쉬며 일본말로 외쳤다. 잠시 뒤를 돌아보니 남자의 빨간 모자가 인파를 헤치고 쫓아오고 있었다.

가슴이 조여왔다. 아들을 데려가려는 사람이 뒤에서 쫓아오는데, 간호사임을 밝혀서 조선인임을 들켜버릴 수밖에 없는 상황을 자초하다니!

하지만 지금 당장은 저 남자에게서 멀어지는 게 상책이다. 숫

아날 구멍이 있다면 이것뿐인지도 모른다.

문이 끼익 소리를 내며 열리더니 흰 모자에 제복을 입은 선장이 인상을 잔뜩 쓴 채 문간에 나타났다. 좁고 어두운 방 한구석에 칸막이가 쳐져 있었다.

“제가 간호사예요.” 미요코가 재빨리 일본말로 외쳤다. 칸막이 너머를 흘낏 보니 배가 수박처럼 부푼 여자가 누워서 몹시 고통스러운 듯 담요를 쥐어짜고 있었다.

“산파 자격증도 있어요.” 순식간에 상황을 파악한 미요코가 말했다. “제가 도와드릴게요.”

“어서! 부탁합니다.” 선장의 입에서 안도의 한숨이 터져 나왔다. “나는 모리 선장이고, 이쪽은 오타 상, 조선에 파견된 고위 장교의 아내분이오.”

“저는 안도 미요코고, 이 애는 제 아들이에요. 아들도 여기 같이 있게 해주세요.” 빨간 모자를 쓴 남자가 여기까지는 따라 들어올 수 없을 것이다.

아이는 빳빳하게 각 잡힌 흰 제복 차림의 선장을 유심히 바라봤다. 제복의 금빛 단추가 반짝였다.

“아들도 여기 있어도 됩니다. 선원들에게 바깥을 지키라 하겠소.” 선장이 미요코의 마음을 읽은 듯 대답했다.

“코짱, 저쪽에 앉아 있으렴.” 미요코가 여자의 반대편 구석을 가리켰다. 같은 방 안에 있어야 마음이 놓이겠지만 지금부터 일어날 일을 모두 보게 하고 싶지는 않았다.

“깨끗한 수건이랑 물을 갖다주세요.” 이제부터 지시하는 쪽은 미요코였다. "그리고 제가 줄 서 있던 곳에 짐가방을 두고 왔는데, 그 안에 산파 도구가 들어 있으니 가방을 찾아다 주세요. 손잡이에 초록색 끈이 묶인 가방이에요."

선장이 모자를 까딱해 보이고는 밖으로 나갔다. 선원 하나가 문 앞을 지키고 있으니 빨간 모자를 쓴 남자가 당장 쳐들어오지는 못할 것이다.

"자, 괜찮아요." 미요코가 여자를 달랬다. "저는 아기를 수도 없이 받아봤어요. 이제 제가 도와드릴게요."

여자가 괴로운 얼굴로 신음을 뱉어냈다. 겁에 질린 표정을 보니 초산이 틀림없었다.

"들이쉬고, 내쉬고."

여자는 미요코의 구호에 맞춰 심호흡을 시작했고, 곧 문 두드리는 소리가 들려왔다. 문이 열리더니 선원 하나가 미요코의 짐가방과 수건, 물통을 들고 들어왔다. 여자가 고통을 견디지 못해 울부짖자, 선원은 가져온 물건만 겨우 내려놓고 허둥지둥 돌아 나갔다.

미요코는 늘 하듯 가방을 열어 청진기와 겸자, 가위를 꺼내고, 작은 수건 위에 도구를 하나하나 늘어놓았다. 그러고는 여자의 하의를 벗기면서 크게 심호흡했다.

눈을 감은 채 청진기로 아기의 심장 소리를 찾고, 손으로는 배를 만져서 아이의 머리가 제 위치에 있는지 확인했다. 그다음엔 여자가 아이를 밀어낼 수 있도록 배를 눌러줬다. 팔꿈치로 자기 몸을 간신히 받친 채 누운 여자의 얼굴이 풍선처럼 부풀어

올랐다. 얼굴이 이미 땀범벅에 머리카락이 어지럽게 달라붙어 있었다. 곧 아기의 정수리가 보이기 시작했지만, 그 이상은 좀처럼 나오지 않았다. 여자는 몇 번 더 힘을 주다가 포기한 듯 드러누워 버렸지만, 미요코가 겸자로 아기 머리를 집은 뒤 조심조심 빼냈다. 됐다! 갓 태어난 아기의 우렁찬 울음소리가 방 안에 울려 퍼지고, 산모의 고통스러운 비명이 잦아들었다.

"아들이네요!" 미요코가 외쳤다.

여자는 마지막으로 깊은 신음을 내뱉었다.

미요코는 탯줄을 자르고 아기의 몸에 묻은 하얀 기름 막을 닦아냈다. 조심조심 아기를 들어서 산모의 가슴에 올려놓은 다음 새 수건으로 태반을 닦아냈다. 아기를 수십 번 받아보았지만, 언제나처럼 출산은 기적이었다. 조그마한 생명이 용케 어머니 배 속에서 아홉 달을 버티고 바깥세상으로 나오는 기적. 같은 경험을 해본 어머니로서 눈앞의 낯선 여성과 아기가 무사하다는 것이 더없이 대견하고 감사할 따름이었다. 코짱과 나도 무사히 이 여정을 마칠 수 있다면 얼마나 좋을까.

미요코도 벽에 등을 기대고 앉아 손수건으로 이마에 맺힌 땀을 닦아냈다. 아이는 다른 쪽을 보며 책상다리를 한 채 얌전히 앉아 있었지만, 꼼지락대는 모습이 몹시 불편해 보였다. 갓난아기는 젖을 찾으며 계속 울어댔다. 미요코는 코짱이 태어났을 때가 떠올랐다. 젖이 나오지 않아 코짱에게 젖을 물리지도 못했고, 그 탓에 둘의 관계는 시작부터 순탄치 않았다. 아이가 마음을 바꿔서 따라와줄까? 시어머니가 보낸 남자는 여전히 밖에서 아이를 기다리고 있을 것이다.

“이제 됐어요. 괜찮아요.” 미요코가 여자를 달랬다. 어쩌면 자신에게 하고 싶은 말인지도 모른다. “좀 더 가까이 끌어안아서 젖을 아기 입에 갖다 대세요. 이렇게…… 그래요!” 마침내 젖을 빨기 시작한 아기는 울음을 그치고 조용해졌다. 지친 산모도 그제야 눈을 감았다.

미요코는 회한에 잠겼다. 코짱에게 젖을 주지 못해서 아이가 큰어머니와 할머니를 어머니로 여긴 게 아닐까? 이제야 아들과 조금 가까워졌는데, 이번에 돌려보내면 다시는 기회가 없을 것이다.

누군가 세게 문을 두들기는 소리에 정신이 번쩍 들었다. 그 남자일까? 그 남자 때문에 조선 사람인 걸 들켜버리면 모든 게 끝난다. 아직 배 표도 구하지 못했고, 배를 탄다 해도 언제 공격할지 모르는 미국 잠수함의 위험이 도사리고 있는데.

“선장입니다. 들어가도 되겠습니까?“

“네.” 미요코는 이를 꽉 다물었다.

선장이 들어오자마자 문을 닫았다. 코짱도 그제야 몸을 돌려서 이쪽을 봤다.

“다 잘 된 겁니까? 아기 울음소리가 나던데요.” 선장이 미요코를 보더니 곧 바닥에 누운 산모와 아기에게로 시선을 옮겼다.

“고맙소.” 선장의 목소리에서 존경심이 묻어났다. “가시던 길에 방해가 된 건 아닐지요. 어디로 가시던 중이었소?”

“아들이랑 부산행 연락선을 타려던 중이었어요. 하지만 출발 시각을 정확히 몰라서…… 이미 놓친 건 아닌지 모르겠네요."
미요코가 아들을 쳐다보니 아이는 남자가 밖에서 여전히 기다리고 있는지 궁금한 듯 눈을 굴리며 두리번거리는 중이었다.

다음 순간, 아이가 벌떡 일어나더니 선장에게 다가왔다. "저희 아빠는 군인인데, 조선에 계세요. 우린 아빠를 보러 가는 거예요!" 코짱이 씩씩한 목소리로 외쳤다.

미요코는 밀려오는 안도감에 눈을 감았다.

선장이 코짱을 바라보며 미소를 지었다. "내가 그 배의 선장인데, 어찌 너를 두고 가겠니? 배가 곧 출발하니 얼른 타야겠다. 여기 계신 오타 상도 부산으로 가시는 중이란다."

원래 이 정도로 배가 부른 산모는 먼 길을 떠나선 안 된다. 산고가 길어지지 않은 건 천운이었다. 미요코가 이 자리에 있었던 것도 천운이다. 미요코와 코짱이 오늘 시모노세키에 도착하지 않았더라면 여자는 아무런 도움 없이 혼자 아이를 낳을 뻔했다.

"아이가 태어나기 전에 남편을 만나러 가려고 했다지요. 아기 아빠가 부산에서 기다리고 있답니다."

"그렇군요." 호준이 떠올라 가슴이 아렸다.

이어진 선장의 말은 뜻밖이었다.

"부산까지 가는 길에 오타 상을 좀 돌봐주시겠소? 신생아와 산모에 대해 아는 사람이 전혀 없습니다. 두 사람 푯값은 받지 않을 테니, 오타 상 옆방의 일등실을 쓰면 됩니다."

미요코는 귀를 의심했다. 뱃삯도 들이지 않고 조선으로 갈 수 있다. 신분증을 보자고 하는 사람도 없다. 두 사람이 일본인이라는 코짱의 말을 아무도 의심하지 않는다. 일이 이렇게 술술 풀릴 수 있다니.

미요코는 아이의 표정을 살폈다. 코짱은 기쁜 듯이 웃고 있었다. 엄마랑 같이 가겠다는 뜻이겠지?

미요코는 선장에게 고개 숙여 인사했다. 그토록 꿈꾸었던 대로, 안전과 자유를 모두 손에 넣었다. 시어머니가 보낸 남자가 끝까지 훼방꾼 노릇을 하지만 않는다면.

"배에 갓난아기를 태우는 건 경사지요. 산파도 함께 간다면 우리 배에는 행운의 부적이 따로 없소." 선장이 말했다.

"감사합니다, 선장님." 미요코가 대답했다. "오타 상과 아기가 바다를 건너는 동안 제가 잘 돌볼 테니 걱정하지 마세요."

"곧 사람을 시켜 데리러 오겠소." 선장이 모자 끝을 내리며 감사 인사를 하고는 사무실을 나섰다.

코짱은 신이 난 듯 손뼉을 쳤다. 할머니가 시켜서 자기를 데리러 온 남자는 까맣게 잊고 배를 탈 생각에 들뜬 것 같았다. 이제야 마음 놓고 어미 노릇을 할 생각에 미요코의 마음도 부풀어 올랐다.

큰 산을 또 하나 넘었지만 시어머니가 보낸 남자가 여전히 저 밖에 있고, 배가 잠수함이나 전투기의 공격으로 가라앉을 위험도 여전하다. 그래도 행운인지 미요코의 기도 덕분인지, 모리 선장의 보호 아래 바다를 건너게 됐다. 무사히 고향 땅을 밟을 수 있지 않을까?

제42장

1943년 4월 19일 월요일

몸이 다부진 선원 두 사람이 들것을 들고 오타 상을 데리러 왔다. 아까 미요코에게 수건과 물을 갖다준 나이 든 선원이 목소리를 높여 부하들에게 이것저것 지시했다. 선원들이 지친 산모를 번쩍 들어 들것에 태우는 동안 미요코는 잠든 갓난아기를 잠시 안고 있다가 어머니 품에 살며시 놓아주었다.

"이쪽으로 가시지요." 나이 든 선원이 미요코의 짐가방을 들더니 들것을 따라나섰다. 미요코는 코짱을 옆에 꼭 붙이고 선원들의 뒤를 바짝 따라갔다. 들것에 실린 사람이 나타나니 길게 줄을 서 있던 승객들도 길을 터주었다.

"물러나시오!" 들것을 든 젊은 선원이 외쳤다.

미요코는 인파 속에서 빨간 모자를 쓴 남자가 이쑤시개로 이를 쑤시고 있는 모습을 발견했다. 가슴이 쿵쾅거려 코짱을 좀 더 가까이 끌어당기자, 아이는 미요코의 다리 옆에서 허리를 붙든 채 따라 걸었다. 두 사람을 발견한 남자가 다가오려다가 함께 있는 선원들을 보더니 뒤로 물러섰다. 미요코는 다시 한번 아이를 품 안으로 끌어당겼다. 다른 건 몰라도 아이만은 어떻게든 데려가려 할지도 모른다.

남자는 이제 어떤 선원을 붙잡고 미요코와 코짱 쪽을 가리키며 무언가 따지는 듯했다. 혹시 미요코가 코짱을 납치했다고 말하는 걸까? 저 두 사람이 조선 사람이라고 폭로하고 있는 건 아닐까? 저 남자도 미요코가 징집 통지서를 받고 도망치는 중이라는 걸 알고 있을까? 어떻게든 배에 타는 걸 막으려는 것만은 분명하다. 이렇게 목적지 가까이까지 왔는데, 여기서 모든 게 끝나버리는 걸까……. 배가 곧 출발할 것처럼 엔진 소리를 내기 시작했다. 얼른 배에 올라타야 한다.

미요코는 아이의 손을 꼭 붙들고 건널판에 올랐다. 두 사람이 땅에서 발을 떼자마자 나이 든 선원이 통제선을 쳐서 뒤를 막았다. 발밑의 나무판이 당장이라도 꺼져버릴 것 같았다. 발아래 바닷물이 무섭게 일렁이고 손바닥은 금세 땀에 젖어버렸다. 마침내 배의 갑판에 도착했을 때 시원한 바람이 미요코의 얼굴을 스치고 지나갔다. 드디어 탑승이다! 뒤를 돌아봤지만 남자의 모습은 보이지 않았다. 미요코는 그제야 안도의 한숨을 내쉬었다. 남자를 따돌린 것이다.

나이 든 선원이 짐꾼을 불러 미요코와 코짱을 오타 상 옆 객실로 모시라고 지시했다. 일등 객실은 과연 호화로웠다. 융단을 씌운 의자와 마호가니 탁자를 갖춘 데다 벽과 천장 모두 고급 목재로 되어 있었다. 동그란 창문에 드리워진 짙은 자주색 커튼에는 담배 냄새가 배어 있었다. 두 사람은 객실 안을 둘러보며 입을 다물지 못했다.

"편히 쉬십시오." 짐꾼이 객실을 나서며 말했다. "먹을거리를 좀 올려보내겠습니다."

"고맙습니다." 미요코의 말이 떨어지기 무섭게 코짱은 배낭을 바닥에 털썩 내려놓고 창문을 향해 달려갔다.

"엄마! 배가 엄청나게 커요! 사촌들한테 자랑해야 하는데!"

코짱이 당분간 사촌들을 만날 일은 없을 것이다. 새삼 가슴이 아팠다. 그러면서도 아이가 말하는 사촌이 교토의 사촌들인지, 오사카에서 만난 보배 언니의 아이들인지 궁금했다. 지난 며칠간 보배 언니네 아이들과도 꽤 친해졌지만, 앞으로는 보고 싶어도 보기 어려울 것이다. 아이가 아는 가족 전부로부터 아이를 떼어놓은 것이 과연 잘한 일일까? 그래야만 한다.

아이는 창틀을 손가락으로 쓸더니 커튼 끝에 달랑거리는 술을 잡아당겨 보았다. 푹신한 의자에 털썩 앉아보고는 팔다리를 쭉 뻗으며 기지개를 켜기도 했다. "오카상! 이것 좀 봐요!" 푹신한 서양식 침대로 자리를 옮긴 아이가 엉덩이를 아래위로 구르며 소리쳤다.

코짱이 미요코를 어머니라고 부른 것이 두 번째다. 그 말만으로도 미요코는 가슴이 벅차올랐다. 지금까지 비어 있던 가슴 한 구석이 딱 들어맞는 조각으로 채워진 것처럼. 지금 이 자리에 호준이 함께 있었다면 얼마나 좋았을까. 감격에 차서 한순간도 아들에게서 눈을 떼고 싶지 않았다.

그때 문 두들기는 소리가 들려왔다.

"네, 들어오세요." 미요코의 심장 박동이 빨라졌다. 그 남자가 배까지 쫓아와 올라탄 건 아니겠지? 설마 조선까지 따라오려는 걸까? 남자가 배에 오르는 모습을 보지는 못했지만 타지 않았다는 보장도 없었다.

다행히 문간에 나타난 사람은 또 다른 짐꾼이었다. 짐꾼의 손에 들린 도시락에서 먹음직스러운 음식 냄새가 풍겨왔다.

"선장님께서 보내셨습니다." 선원은 음식을 탁자에 내려두고 물러났다.

코짱이 달려들어 뚜껑을 열자 도시락에는 최고급 일본 요리가 가득 들어 있었다. 굽고 튀긴 생선, 연근, 달짝지근한 양념을 바른 닭고기, 모양을 낸 달걀, 갖가지 채소 절임과 밥이 칸칸이 가득했다. 일본에서도 귀족들이나 먹는 음식이었다. 아마도 오늘 먹고 나면 다시 구경할 일도 없을 것이다. 미요코도 백작댁에서 일할 때 이런 요리를 손님들에게 내간 적이 있었지만 직접 먹어보는 건 처음이었다. 기차에서 먹으라고 언니가 싸준 도시락과는 천지 차이였다. 언니도 이 좋은 음식을 같이 먹을 수 있다면 얼마나 좋을까.

"스고이(대단해)!" 코짱이 입맛을 다시며 외쳤다.

하지만 얼마 안 가 문 두들기는 소리가 또 들려와 미요코는 다시 한 번 곤두섰다.

“누구세요……?”

선장이 문을 열고 들어섰다. “방이 괜찮은지 확인하러 왔소.”

“감사합니다.” 미요코는 다시 한번 안도의 한숨을 내쉬었다. “객실도 음식도 과분합니다.”

코짱은 그새 선원들이 인사하는 것을 봤는지 벌떡 일어나 선장에게 경례를 붙였다. 선장은 웃으며 경례로 화답했다.

“과분하다니요. 정말 큰일을 해주셨습니다. 안도 상이 없었다면 큰일 날 뻔했지요.”

“제가 마땅히 해야 할 일인걸요.” 미요코가 말했다. 산파로서 임신부를 돕는 건 당연한 일이다. 미요코는 제 일에 자부심을 느꼈고 자신감도 있었다.

그제야 선장의 얼굴을 좀 더 자세히 들여다보았다. 떡 벌어진 어깨에 콧대가 넓적한 중년 남자였다. 여러 날 제대로 자지 못한 듯 눈은 충혈되어 있고 수염이 까칠하게 자라 있었다. 배를 모는 건 그만큼 힘든 일일 것이다. 이번에는 갓 태어난 아기를 보호하는 일도 선장의 일에 추가된 셈이다.

“이제 자리로 돌아가야 합니다. 다른 일도 많아서 이만…….”

선장이라면 잠수함과 전투기의 공격에도 대비해야 할 것이다. 바다를 건너는 내내 위험이 도사리고 있다. 아직 안심하기는 이르다. 미요코는 다시 초조해졌다.

**

아이는 맛있는 냄새를 잔뜩 풍기는 도시락 앞으로 달려들었다. 미요코는 잠깐 기다리라고 손짓하고서 아이의 손을 잡아 나란히 모았다.

"이제 눈 감아봐." 아이는 음식을 곁눈질하며 군침을 삼키면서도 순순히 눈을 감았다.

"하나님 아버지, 오늘 배를 무사히 탈 수 있게 해주시고 이렇게 음식을 베풀어주셔서 감사합니다. 산모와 아기가 건강하기를, 그리고 우리가 탄 배가 무사히 조선 땅에 닿기를 기도하나이다." 미요코는 숨을 내쉬며 기도를 끝마쳤다. "아멘."

미요코가 이제 먹어도 된다고 눈짓을 보내자, 코짱은 젓가락을 들고 모든 요리를 한 번씩 찔러보았다. 연근을 집어 올려 구멍을 하나하나 살피더니, 입에 넣고 그 아삭하고 달큰한 맛을 조금도 놓치지 않겠다는 듯 오랫동안 씹었다. 미요코는 자기 몫을 금세 먹어 치운 코짱에게 자기 음식을 덜어주었다. 걱정이 사라진 건 아니지만, 아들이 먹는 모습만 보아도 배가 불렀다.

옆방에서 아기 울음소리가 들려왔다.

"오타 상이랑 아기가 잘 있나 보러 갈까?"

두 사람은 울음소리를 따라 옆방으로 갔다. 코짱이 객실 문을 두드렸다.

"들어오세요." 지친 목소리가 대답했다.

산모는 침대 머리에 등을 대고 앉아 우는 아기를 품에 안은 채 도움이 간절해 보이는 눈빛으로 미요코를 올려다봤다.

"제가 잠깐 안고 있을게요." 미요코가 아기를 받아 들었다. "눈을 좀 붙이시는 게 좋겠어요."

달콤한 젖 냄새에 코짱을 처음 품에 안았을 때가 떠올랐다. 그때는 호준도 곁에 있었다. 셋이 함께 보낸 짧은 시간은 꿈 같았고, 미래에 대한 계획이 끝없이 펼쳐지곤 했다.

산모는 안심한 듯 표정이 풀렸다. "저는 오카 가즈에라고 해요."

"저는 안도 미요코예요." 생각해보니 지금까지 정신이 없어서 산모와 말 한마디 제대로 나누어보질 못했다.

"아드님은요?" 오타가 물었다.

"안도 준코 데스!" 코짱이 외쳤다.

"정말 감사드립니다." 오타가 몸을 젖혀 누우면서 인사했다. "제 아들을 세상으로 무사히 데려와주셨어요."

"천만에요. 별말씀을요. 앞으로 아기 덕분에 행복하실 일만 남았어요. 저도 아이를 키워봐서 알아요."

오타의 지친 얼굴에 미소가 떠올랐다. "남편이 아들을 보면 깜짝 놀랄 거예요." 오타가 옆으로 돌아누우며 말했다.

"얼른 좀 쉬세요. 제가 아기를 데리고 옆방에 가 있을게요."

"네." 오타가 눈을 반쯤 감은 상태로 대답했다.

객실로 돌아온 미요코는 아기를 베개 두 개 사이에 눕히고 그 옆에 나란히 누웠다. 코짱은 다시 창가로 달려가 커다란 돛이 요란한 소리를 내며 올라가는 모습을 구경했다. 코짱을 데리러 온 남자가 아직 나타나지 않은 걸 보면 배에 타지 못한 것이 분명하다. 일단 배가 항구를 떠나면 걱정을 내려놓아도 되리라.

엔진 소리가 더욱 커지더니 배가 움직이기 시작했다. 코짱의 머리 너머로 보니 선착장 지붕을 떠받친 기둥들이 마치 차렷 자세로 서 있는 군인 같았다. 배가 움직이고 얼마 안 가 코짱은 아기 옆에서 잠들었다. 곧 아기가 몸을 뒤척이고 칭얼대기 시작해서 미요코는 젖을 물리러 옆방으로 향했다.

아기를 어머니에게 데려다주고 돌아오는 길에 미요코는 갑판으로 나가는 문을 열었다. 밤하늘에 수천 개의 별들이 쏟아질 듯 빛나고 있었다. 어린 시절 오디나무 위에서 올려다보던 별들과 같은 별일 테지. 이제는 고향집도 많이 가까워졌다. 승객들이 자러 들어간 탓인지 배 위는 고요했다. 어디선가 남자들의 목소리가 들려왔다.

"어제는 미군이 여객선을 일본 군함으로 착각했다지."

미군 잠수함의 공격에 배가 가라앉는 장면이 생생하게 그려진다. 같은 일이 다시 일어나지 않으리라는 법은 없다. 어제 침몰한 배에도 미요코처럼 전쟁을 피해 고향으로 돌아가던 조선인들이 여럿 타고 있었을 것이다.

미요코는 갑자기 대피해야 할 상황에 대비해 기모노에 나무로 된 외나막신 차림으로 침대에 누웠다. 잠든 코짱을 꼭 끌어안고 숨소리에 귀를 기울였다. 조선 땅을 밟을 때까지는 마음을 놓을 수 없었다.

제43장

1943년 4월 20일 화요일

닻이 떨어지는 소리에 얕은 잠에서 깼다. 코짱도 눈을 비비며 일어나 창밖을 내다봤다. 부산항에 도착했고 수평선 너머로 해가 조금씩 떠오르고 있었다. 항구에 늘어선 배와 언덕 위에 들어선 건물들을 바라보는 코짱의 눈이 휘둥그레졌다. 미요코도 13년 만에 보는 고국의 풍경이었다. 마침내 조선에 도착한 것이다. 미요코는 기쁨에 몸을 떨었다.

호준의 바람대로 코짱을 데리고 무사히 고향으로 돌아왔다. 그는 여기 없지만 분명히 마음만은 함께 두 사람의 무사 귀향을 기뻐하고 있을 것이다. 이제 코짱과 함께 새 삶의 기회를 얻었다. 코짱은 일본에서 살던 가족들과는 헤어지지만 이곳에는 태영 오빠가 있다. 아버지와 이복언니들에게도 연락해볼 작정이었다. 모두들 코짱을 따뜻하게 맞아준다면 얼마나 좋을까.

뱃고동 소리가 크게 울려 퍼졌다. 하선을 준비하라는 신호였다. 미요코는 부지런히 짐을 챙겼다. 향수병과 앞날에 대한 기대가 한꺼번에 물밀듯이 밀려들었다. 미요코는 짐가방을 들고 코짱도 배낭을 멨다. 그다음으로는 옆 객실로 가서 오타가 짐 싸는 것을 도와주었다. 곧 짐꾼들이 와서 산모와 아기를 들것에 실었다. 오타가 미요코에게 진심을 담아 작별 인사를 건넸고, 미요코도 똑같이 마음을 담아 인사했다.

곧 남편을 만나게 될 오타가 부럽기도 했다. 다시 진정한 사랑을 찾아서 아이를 가질 일이 인생에 남아 있을까? 코짱을 친자식처럼 여겨줄 남자가 어딘가에는 있을지도 모른다. 그러면 코짱에게도 자신을 형, 오빠로 우러러보는 동생이 생기겠지.

미요코는 새삼 자신이 많이 달라졌다는 것을 깨달았다. 학교에 다녀서 선생님이 되겠다고만 생각하던 소녀가 이제는 가족을 꾸리고 싶다는 꿈을 꾼다. 스스로의 힘으로 먹고살기 위해서는 사랑이나 가족은 완전히 포기해야 한다고 믿었지만, 호준을 만나고 나서는 생각이 달라졌다. 사랑이 있어야 내가 온전해진다. 코짱에게 어머니의 사랑이 필요한 것처럼, 미요코에게도 코짱의 사랑이 필요하다. 미요코는 이제 어린 시절 그렸던 미래와는 또 다른 삶을 꿈꾸고 있었다.

떠나 있는 동안 조선은 많이 달라진 것 같았다. 배에서 내리자마자 입에서 탄성이 터져 나왔다. 미요코가 기억하던 부산이 아니었다. 항구 위로 보이는 하늘이 매연으로 검게 물들어 있고, 쓰레기 냄새가 훅 밀려왔다. 기름때로 뒤덮인 건물 벽에서는 칠이 조각조각 떨어져 내리고 있었다. 거리에는 군용 자동차가 가득했다. 전통 공예품 따위를 팔던 가게들은 일제 생활용품을 파는 가게로 바뀌었고, 간판에는 일본 글씨가 가득했다. 부산은 일본의 군사 기지나 다름없이 변해 있었다. 조선인의 얼은 온데간데없고 껍데기만 남은 것 같았다.

서늘한 새벽 공기에서 불안함이 느껴졌다. 이런 조선이라도 일본을 빠져나온 게 잘한 일일까? 코짱을 가족에게서 떼어놓은 건 결국 잘한 선택이었을까? 태영 오빠가 과연 우리를 진심으로 반겨줄까?

미요코의 귀에 익숙한 조선말이 들려왔다.

"여기! 갓 담근 김치 사이소!" 시장 골목에 접어들자, 여자 상인들이 외쳤다. 톡 쏘는 김치 냄새가 코를 찔렀다. 옛 기억이 물밀듯이 밀려왔다. 추운 겨울에는 김치를 항아리에 담아 땅에 묻어 보관하곤 했다. 새빨간 고춧가루 냄새에 고향으로 돌아간 것 같았다. 세상이 달라졌어도 여전한 것들이 있었다.

아이도 두리번거리며 새로운 풍경을 눈에 담고 있었다. 신나게 앞장서는 통에 멀리 가지 못하게 여러 번 불러 세워야 했다. 총검과 기관총을 멘 일본 군인들 사이로 기모노 입은 사람과 한복 차림의 사람이 한데 섞여 걷고 있었다. 일본말도 여기저기서 쉴 새 없이 들려왔다. 일본식 이름을 써야만 하는 법도 생겼다고 들었다. 고향에 돌아와서도 원래 이름을 쓸 수 없다고 생각하니 씁쓸한 기분이 들었다. 그런 어려움이 있을 거라고는 생각지 못했다. 미요코의 여정은 아직도 끝난 게 아니었다.

일본이 조선을 식민지로 삼은 지도 35년이 됐다. 미요코가 태어나 살아온 세월보다 긴 시간이다. 미요코처럼 일본에서 오래 살다 온 사람은 일본의 부역자 취급을 받지 않을까? 일본에서 왔다는 이유로 고향을 방문했을 때 배척당했다는 사람들의 이야기를 들은 적이 있었다. 무사히 도착하기는 했지만 이곳에도 일본군이 득실대니 언제 어디서 검문당할지 모르고, 태영을 만나러 고향 마을까지 가려면 아직도 먼 길이 남았다.

그래도 조선 땅이었다. 이제 다른 사람 행세를 하지 않아도 된다. 해방이 되면 코짱도 조선 사람으로 자라날 것이다. 당당하게 한복을 입고 아무렇지 않게 조선말을 쓰는 날이 오는 건 단지 시간문제일 테다. 당장 조선 이름을 쓸 수 없다고 해도 미요코는 이미 미영으로 돌아와 있었다. 머지않은 미래에 진짜 이름으로 불리며 온전한 자신이 될 것이다.

미영은 손을 뻗어 앞서가던 순호의 손을 잡았다. 작고 따뜻한 손가락을 만지며 미영은 안도했다. 순호가 따뜻한 눈으로 어머니를 올려다보자, 아이가 갓 태어났을 때가 생생하게 떠올랐다. 어머니가 된 것만으로도 기뻤던 시절. 이제부터는 최선을 다해 부끄럽지 않은 어미가 될 것이다. 아이가 자라서 무엇이든지 될 수 있도록 뒷바라지를 아끼지 않을 것이다.

부산역에 다다르자, 미영은 기모노의 오비에 찔러둔 오디나무 종이 공책을 꺼내 태영의 주소를 확인했다. 종이를 넘기니 오디나무 냄새가 은은하게 올라와 김 선생님에게서 공책을 선물로 받았던 때가 떠올랐다. 김 선생님이 몹시 보고 싶었다. 평양은 고향에서 멀지 않다. 여름이면 참외를 따고 찌개를 끓이던 어머니. 어머니가 순호를 볼 수 있다면 참 좋았을 것이다. 분명 순호를, 또 미영을 대견하다 하셨을 것이다. 순호를 데리고 어머니의 묘를 찾고 또 태영 오빠와 아버지, 가족들을 오랜만에 만날 생각에 가슴이 뛰었다.

태영 오빠의 다정한 얼굴도 눈앞에 아른거렸다. 미영처럼 코가 좁고 이마가 넓은 그 얼굴이 여전한지도 궁금하다. 태영 오빠에게서는 어릴 때부터 배운 것이 많다. 공기놀이를 가르쳐준 것도 태영 오빠였다. "이렇게 하는 거야. 공기 하나를 띄우고, 바닥에 놓인 공깃돌을 개수 맞춰서 집은 다음에, 띄운 돌이 바닥에 떨어지기 전에 잡아야 돼." 태영 오빠는 결코 서두르는 법이 없고 늘 다정해서, 둘은 시간 가는 줄 모르고 공기놀이를 하곤 했다. 이제는 순호에게 삼촌이 같은 놀이를 알려줄 것이다. 생각만으로도 흐뭇했다.

몰라보게 달라진 조선에 적응하는 법도 태영 오빠가 알려주겠지. 어린 미영에게 중학교에 가서 공부를 계속하라고 북돋아준 사람도 태영 오빠였다. 그런 믿음이 있었기에 스스로 밥벌이하는 어른이 됐다. 일본에 두고 온 언니를 대신할 수 있는 사람은 없겠지만, 옆에서 도와줄 수 있는 형제가 있다는 건 더없이 든든한 일이다.

가슴속에 새삼 희망이 차올랐다. 이제 미영은 자기 자리를 찾지 못해 고군분투하던 불안한 어린아이가 아니다. 어엿한 조선인 여성이자, 홀로 아들을 키우는 어머니이자, 간호사, 산파, 기독교인이 된 미영은 비로소 이름의 두 번째 글자대로 용감한 사람이 되었다. '고생 끝에 낙이 온다'던 어머니의 말은 더 이상 바람뿐이 아닌 현실이 됐다.

미영과 순호를 스쳐 가는 행인들의 눈에는 두 사람이 그저 평범한 엄마와 아들로 보일 것이 틀림없었다. 밝아오는 봄날 아침, 두 사람은 서로 손을 꼭 붙든 채 북쪽으로, 집으로 가는 기차를 향해 걸었다.

작가의 말

미영의 이야기는 우리 할머니의 실제 경험을 바탕으로 쓰였다. 할머니가 그토록 엄혹했던 일제 강점기에 어떻게 일본에서 조선인의 몸으로 간호사이자 산파가 될 수 있었는지, 결코 우호적이지 않았을 환경에서 어떻게 홀몸으로 아들을 키웠는지, 자신을 지키기 위해 아이와 떨어져야 할지도 모를 선택지 앞에서 어떤 마음으로 결정을 내렸는지 간절히 이해하고 싶었다. 그리고 그 이야기를 내 아이들에게도 들려주고 싶었다.

할머니는 처음에 과거를 꺼내기를 몹시 주저하셨다. 아버지의 집에서 오래된 일본 간호사 면허와 산파 자격증을 발견하고서 여쭤보았을 때 할머니는 입을 꾹 다무셨다. 당시 80대에 접어든 할머니는 로스앤젤레스 한인타운의 노인 아파트에 살고 계셨다. 보리밭이 펼쳐진 북한의 고향에서 수천 마일 떨어진 곳이었다. 할머니는 이후 조금씩 지나간 이야기를 풀어놓으셨고, 나는 이 치열한 이야기를 책으로 담아내겠다 마음먹었다. 《화이트 멀버리》는 그렇게 탄생했다.

할머니가 들려주신 삶의 궤적을 여러 차례 녹음해 이해하려

애쓰면서, 가장 마음을 사로잡은 부분은 할머니가 어린 소녀에서 성인 여성으로 거듭나던 시절이었다. 그러니까 낯선 이가 할머니의 언니를 꾀어 일본으로 데려가고, 할머니 당신도 학업을 이어가기 위해 일본으로 건너가 그곳에서 어머니가 되고, 남편의 죽음과 시집살이를 겪으며 종교에 의지하고, 마침내 제2차 세계대전 한복판에서 조선으로 다시 돌아오기까지의 사연 말이다.

소설 속 '코짱'인 나의 아버지는 내가 할머니의 이야기를 영어로 옮기고 역사적인 맥락을 이해할 수 있도록 도와주셨다. 나는 일곱 살 때 가족과 함께 미국 로스앤젤레스로 이민을 왔기 때문에 한국어가 서툴다. 아버지는 당신이 일본에서 태어나 일본어를 할 줄 안다고 종종 말씀하셨지만, 어쩌다 아버지가 일본에서 태어났는지, 또 어떻게 일본을 떠나게 되었는지는 정확히 몰랐었다. 나는 대학에서 일본어를 배우고 일본에서 몇 년간 지내기도 했는데, 그때 일본에 있는 한국 친척들을 여럿 만나면서 가족의 역사가 더욱 궁금해진 터다. 당신의 이야기를 책으로 쓰고 싶다고 할머니께 말씀드렸을 때, 할머니는 얼굴을 찌푸리며 주저하셨다. 마지막까지도 과거를 세상에 드러내는 일이 썩 내키지 않으셨던 모양이다.

할머니는 2012년 2월에 돌아가셨다. 로스앤젤레스의 한 추모 공원에 할머니를 모신 뒤, 나는 메모와 녹음 파일을 모아 정리하기 시작했다. 처음에는 할머니의 생애를 시간 순서로 담은 논픽션을 쓸 생각이었지만 곧 논픽션으로는 한 인격체의 깊이

와 뉘앙스를 온전히 담아낼 수 없음을 깨닫고, 소설 형식을 빌리기로 결심했다.

그 결과 나에게는 '미영'의 눈을 통해 할머니의 삶을 바라보며 이야기의 빈 곳을 채워나갈 방법이 생겼다. 할머니가 무엇을 이루고자 했는지, 어떤 어려움이 있었는지, 어떻게 강인하고 독립적인 여성으로 거듭났는지를 상상력을 동원해 그려갔다. 인물과 사건의 순서 등 세세한 부분은 조금씩 바꾸었지만, 할머니의 여정이 가진 본질은 그대로 살려내고자 했다. 일제 강점기를 공부하기 위해 역사책과 그 시대 조선인의 전기도 여럿 찾아서 읽었다. 재일 조선인들이 일본 사회에서 소수자로서 겪어야 했던, 그리고 여전히 겪고 있는 어려움과 차별은 여전히 가슴이 아프다.

책을 쓰면서 일본에 여러 차례 방문해 친척들을 만나고 이야기를 나눴다. 그분들의 경험에는 내가 미국에서 한국계 이민자로 살면서 겪은 것과 비슷한 점이 많다. 일본에서 3세대 이민자로서 자신의 정체성을 지켜나가는 그분들의 노력은 감동적이었다. 재일교포인 친척 가운데는 한국 이름을 쓰는 분도 일본 이름을 쓰는 분도 있지만, 평생을 살아온 땅이자 고향이라고 부를 수 있는 유일한 곳에서 여전히 이방인으로 살아가고 있다는 것만은 같다. 그분들의 이야기를 듣고 나의 삶을 되돌아보니 이런 질문이 떠올랐다. 본래 살던 곳을 떠나게 되면 나의 자아는 어떻게 되는가? 새로운 장소에서 만나게 되는 나는 누구인가? 그 과정에서 희생되는 자아는 또 누구인가?

할머니의 세상은 가난과 가부장제, 인종차별로 얼룩진 곳이었다. 하지만 할머니를 짓누른 세상에서 할머니는 살아남았고, 또 승리했다. 나는 이토록 질긴 회복의 이야기를 세상에 알리고 싶었고, 동시에 한국과 일본의 역사에서 잘 알려지지 않은 부분을 조명하고 싶었다. 미국 같은 나라에서 백인으로 '패싱passing*' 되는, 비교적 피부색이 밝은 유색 인종 여성들의 이야기가 있듯이, 할머니의 이야기도 가혹하고 억압적이었던 시절의 일본에서 일본인으로 '패싱되기'를 다루고 있다. 위험을 무릅쓰고 차별로부터 가족을 지키고자 했던 할머니의 용기는 현재를 살아가는 우리에게도 강렬한 인상을 남긴다. 지금도 젠더와 인종, 정체성의 문제는 여전하기 때문이다.

어린 시절부터 할머니처럼 용감한 여성 영웅의 이야기를 찾아 헤맸지만, 그런 이야기는 흔치 않았다. 내가 어릴 적 가장 좋아했던 책은 할머니의 시대인 20세기 초반의 뉴욕을 배경으로 가난하지만 씩씩한 아일랜드 출신 소녀의 성장기를 그린《브루클린에서는 나무가 자란다A Tree Grows in Brooklyn》다. 내가 쓴 소설에《화이트 멀버리》라는 제목을 붙인 것도 이 책의 영향이다. 오디나무가 할머니의 가장 소중한 친구였던 것처럼《브루클린에서는 나무가 자란다》라는 책이 나에게는 그 시절 가장 친한 친구였다. 세상에는 나 같은 사람들이 많다. 할머니가 자기 자

* 백인이 아닌 사람이 사회적 맥락에 따라 백인처럼 보이는 현상, 또는 백인처럼 보이기 위해 무언가를 숨기거나 특정 행동을 하는 행위.

신으로 용감하게 살아간 것처럼, 나도, 또 우리도 그렇게 할 수 있다는 용기를 얻고 싶다.

소설 제목에 흰색을 넣은 이유도 있다. 흰색은 한국인에게 역사적으로 의미가 크고, 소박함을 상징하기도 한다. 책 앞머리에 실린 미영의 시에 '소박하다'라는 단어가 나오는데, 할머니의 삶이 실제로 그러했다. 할머니는 간호사로 일할 때 흰 제복을 입으셨으며, 할머니가 평생 위안과 희망을 찾으신 기독교에서 흰색은 진실과 선함을 뜻한다. 일제 강점기 조선에서 많은 이들이 민족주의와 결부된 기독교를 받아들였고, 기독교는 이후 한국에서 지배적인 종교로 자리 잡고 있다.

오디나무는 여러 아름답고 유용한 물건의 원재료이기도 하다. 안쪽 나무껍질로는 아름다운 한지를 만들고, 잎은 영양소가 풍부해 약재로도 활용된다. 누에가 오디나무 잎을 먹고 비단을 뽑아내는 모습 역시 할머니의 삶 그 자체이며, 튼튼한 오디나무가 북쪽의 혹독한 겨울 날씨를 이겨내고 매년 봄에 아름다운 꽃을 피우는 것 이 역시 할머니를 닮았다.

십여 년에 걸친 작업 속에서 나는 마침내 찾아 헤매던 것을 찾을 수 있었다. 그것은 바로 내가 받아들일 수 있는 나 자신의 모습이었다. 할머니에게도 그런 모습이 있었기 때문이다. 이 소설을 쓰면서 오늘날의 나를 만든 환경과 맥락을 깊이 이해하게 되었다. 문화나 언어가 낯선 땅에 건너온 어린 소녀, 한국인도 미국인도 아닌 애매모호한 정체성, 나 자신을 믿는 법을 익히고 이 세상 속에서 나만의 자리를 찾아가는 과정. 그 모든 게 할머니의 이야기이자 나의 이야기였고, 그래서 이 이야기를 세상에 내놓고 싶었다.

할머니는 당신의 비밀이 세상에 드러나는 것을 원치 않으셨다. 비밀을 잘 지켜야만 살아남을 수 있었던 경험 때문인지도 모른다. 전쟁과 식민 지배, 인종차별, 이주 트라우마를 겪은 윗세대 동양인 가운데 할머니처럼 가슴 깊이 자신의 이야기를 숨기고 있는 분들이 얼마나 많을지 생각하곤 한다. 이 책을 보고 단 한 사람이라도 힘들었던 사연을 털어놓기로 마음먹는다면, 또 누군가가 그런 이야기를 소중히 여긴다는 것을 알아준다면 더할 나위 없이 기쁠 것이다. 과거의 트라우마를 털어놓으면 낙인이 해소될 뿐 아니라, 개인의 상처도 치유되기 마련이다.

이 책을 세상에 내놓은 것을 할머니가 아셨다고 해도 결국은 기꺼이 용서하셨으리라 믿는다. 평생 숨겨온 비밀이 할머니의 자식, 손자, 나아가 미래 세대에게는 선물이나 다름없다는 점도 결국은 아셨으리라 생각한다. 간호사이자 산파인 동시에, 조선인 어머니이자 아내, 누이, 며느리였던 할머니의 이중생활은 개인의 독립적인 자기결정권이 갖는 의미를 보여준다. 자신과 가족을 보호하기 위해 조선인으로서의 정체성을 숨기고 일본인으로 '패싱'되는 삶을 택했던 것은 결단력의 산물이자, 인간이 가진 생존 능력의 증거다. 스스로 결정하고 미래를 만들어갔던 그 용기가 나를 포함하여 할머니가 사랑한 모든 이에게 더 나은 삶을 선물했다.

할머니의 이야기가 모든 이에게 이 세상을 탐험하고, 가진 것을 나누고, 스스로를 사랑할 수 있는 동력이 되어주기를 간절히 바란다. 나 자신과 타인을 또 다른 눈으로 바라볼 수 있기를, 그렇게 해서 우리의 생각도 조금은 바뀔 수 있기를 기원한다.

1943년 일본을 떠나기 전 기모노를 입은
작가의 할머니와 교복을 입은 아버지의 사진.

《화이트 멀베리》 독자들을 위한 독서 가이드

Q1. 이 소설은 하얀 오디나무 위에 올라가 앉은 미영으로부터 시작되고, 미영은 이후 일본에 살면서도 늘 자신의 오디나무를 떠올립니다. 오디나무는 미영에게 무슨 의미일까요? 이 소설에서 오디나무는 무엇을 상징할까요? 또 '흰색'이 갖는 의미는 무엇일까요?

Q2. 《화이트 멀베리》는 1930~40년대 일본을 배경으로 한 이주에 대한 이야기입니다. 고향 땅을 떠나 사는 경험은 사람의 정체성을 어떻게 형성하고, 또 바꾸어갈까요? 미영의 경험과 다른 지역 이주민들의 경험은 비슷할까요?

Q3. 미영은 이별과 상실의 고통으로부터 자신을 보호하기 위해 사람들과 거리를 둡니다. 사랑하는 이를 잃는 것에 대한 미영의 두려움은 아들과의 관계에 어떤 영향을 미쳤을까요? 아들을 향한 미영의 사랑은 어떤 성격을 띠고 있나요? 시간이 흐름에 따라 아들에 대한 사랑이 달라졌다면 어떻게 달라졌나요?

Q4. 미영을 향한 호준의 사랑은 깊고 지극합니다. 미영이 호준을 사랑하게 된 이유는 무엇일까요? 미영이 임신하지 않았더라도 호준과 결혼했을까요? 당신이 미영과 같은 처지에 놓였다면 어떻게 했을까요?

Q5. 미영과 보배의 관계는 매우 돈독합니다. 보배의 조언은 미영의 삶에 어떤 영향을 미쳤을까요? 미영이 처음에 호준과의 관계에 대해 언니에게 솔직하게 털어놓지 못한 이유는 무엇일까요? 당신에게도 언니나 여동생과 나눌 수 없는 이야기가 있나요?

Q6. 미영과 함께 일본을 떠날 당시 순호는 겨우 여섯 살이었습니다. 순호와 어머니의 관계는 이야기 속에서 어떻게 진화했나요?

Q7. 소설 속에서 묘사되는 재일 조선인에 대한 차별은 어떤 모습인가요? 미영이 일본인 행세를 하고 살았던 것에 대해서 어떻게 생각하나요? 당신이라면 어떤 선택을 했을까요?

Q8. 미영의 어머니, 호준의 어머니, 그리고 미영은 각자 다른 어머니상을 보여줍니다. 이들의 다른 점은 무엇이고, 또 공통점은 무엇인가요? 문화적인 요인이 어머니상에 미치는 영향은 무엇일까요?

Q9. 종교는 미영의 삶에서 큰 부분을 차지합니다. 미영이 기독교에 매료된 이유는 무엇일까요?

Q10. 일본군으로부터 징집 통지서를 받고 아들을 데리고 일본에서 탈출하기로 한 미영의 결정에 대해 어떻게 생각하나요? 마지막에 미영이 자기 자신에 대해 새로이 알게 된 것은 무엇일까요?

Q11. '낯선 사람'은 이 소설에서 반복적으로 등장하는 모티프입니다. 미영의 집 앞에 나타난 제복 입은 남자부터, 시어머니의 지시로 순호를 데리러 온 최 씨에 이르기까지 '낯선 사람'이 여럿 등장합니다. 이들의 등장은 어떤 의미일까요? 당신의 인생에도 예기치 못한 순간에 '낯선 사람'이 나타난 적이 있나요?

Q12. 소설 초반, 용띠인 미영은 불같은 용과 자신을 동일시하는 씩씩한 소녀입니다. 하지만 조선인으로서의 정체성, 또 아들을 가진 어머니로서의 정체성을 숨겨야 하는 상황에 부닥치면서 외로움과 고립을 경험하게 됩니다. 이 같은 '이중생활'의 결과로 발생한 어려움과 그 과정에서 미영이 얻게 된 것에는 어떤 것이 있을까요?

Q13. 간호사이자 산파인 미영은 직업을 갖고 있다는 점에서 동시대의 일반적인 어머니들과 다릅니다. 여성의 역할은 어떻게 달라졌고, 또, 달라지지 않은 점은 무엇일까요? 미영의 직업 생활을 개인적인 저항의 한 형태로 볼 수 있을까요?

Q14. 이 소설은 비극인가요, 역설인가요, 아니면 또 다른 무엇인가요? 이 이야기를 가족, 생존, 그리고 희망에 대한 이야기로 본다면 그 이유는 무엇일까요?

옮긴이 권채령

서울시청과 주한 미국대사관에서 통역사로 근무하다가 지금은 라디오 PD로 일하고 있다. 서울대 외교학과와 한국외대 통번역대학원에서 공부했고, 옮긴 책으로 『우리는 멈추지 않는다』, 『민주주의 공부』, 『미국이 불타오른다』 등이 있다.

화이트 멀베리

오디나무 위에 두고 온 이름

초판 1쇄 발행 2026년 4월 6일

지은이 로사 권 이스턴
옮긴이 권채령

책임편집 이상화
마케팅 이주형
기획편집 이정아, 오민정, 윤지윤
제작 올북컴퍼니

펴낸이 이정아
펴낸곳 ㈜서삼독
출판신고 2023년 10월 25일 제2023-000261호
이메일 info@seosamdok.kr

ISBN 979-11-93904-74-9 (03840)